PLUS ENCORE !

Paru dans Le Livre de Poche :

LA DERNIÈRE LIBERTÉ

TANT ET PLUS !

TOUJOURS PLUS

FRANÇOIS DE CLOSETS

Plus encore !

FAYARD / PLON

REMERCIEMENTS

Le chemin de *Plus encore !* fut long et difficile pour l'auteur.
Qu'il me soit permis de remercier ceux qui m'ont accompagné
dans cette épreuve :
Olivier Bétourné avec Sophie de Closets,
Olivier Orban avec Jean-Claude Simoën,
mes éditeurs qui n'ont cessé de me soutenir
de leurs conseils et de leur confiance ;
mon épouse Janick, compagne de cette navigation au long cours ;
et toutes les équipes qui se sont mises au service de ce livre.
À tous, merci et plus encore !

© Librairie Arthème Fayard/Plon, 2006.
ISBN : 978-2-253-11993-7 – 1re publication LGF

Un an de *Plus encore !*

Un livre qui paraît, c'est une histoire qui commence. Une histoire au long cours pour l'essai qui se greffe sur l'actualité. Car le film continue, ignorant l'image figée par l'auteur. Ainsi l'accueil des critiques, des médias ou des lecteurs n'est-il jamais qu'un jugement de première instance, la sentence définitive est rendue par la suite des événements qui peut, sans contestation possible, ruiner les plus brillantes démonstrations ou avérer les plus audacieuses intuitions. Dans le cas de *Plus encore !*, cette confrontation du futur anticipé et du futur réalisé constitue l'épreuve de vérité.

Plus encore ! montre comment une génération prédatrice a ruiné la France et laissé à ses enfants un pays menacé de cessation de paiement. Au printemps 2006, certains jugèrent mon propos excessif. Depuis, de nombreux auteurs, venant d'horizons fort différents, ont repris et amplifié cette démonstration. Le pillage de la France par les Français au cours des trente dernières années est désormais un fait avéré.

Ce premier rendez-vous au tribunal des faits, je l'attendais avec des sentiments contradictoires, car l'auteur craignait un démenti que le citoyen espérait en secret. Quand le pire est annoncé, les surprises de l'histoire sont toujours pour le meilleur. J'aurais aimé que la France ne ressemble plus au tableau que j'en propose ici, qu'un sursaut imprévu m'impose de présenter une édition « revue et corrigée ». Il ne s'est malheureusement rien produit de tel au cours de l'année écoulée.

J'en prendrai pour exemple le chapitre consacré aux rémunérations patronales. Il est scandé par un certain nombre d'affaires : Suard, Jaffré, Messier, Bernard, etc., qui ont choqué l'opinion au cours des dernières années. Ce réquisitoire a suscité bien des remous. Indignation des lecteurs, irritation des intéressés. Mais le feuilleton s'est poursuivi. Ce fut tout d'abord l'affaire Zacharias qui, à elle seule, aurait suffi à illustrer mon propos. Le public éberlué découvre que le PDG de Vinci, dont je souligne dans mon texte l'appétit pantagruélique, aurait gagné quelque 250 millions d'euros. On le savait riche d'un salaire princier, gorgé de stock-options, on se doutait qu'il se préparait une prime de départ opulente et une retraite dorée... le total donne le vertige. Or ce montant astronomique est révélé par son adjoint et meilleur ennemi, Xavier Huillard. C'est trop, même aux yeux des membres du conseil d'administration qui décident de démettre pour cause d'excessive voracité un PDG dont tout le monde apprécie par ailleurs les qualités managériales et les résultats étincelants. Antoine Zacharias s'en va donc... mais fortune faite. Ces rémunérations faramineuses sont des droits acquis et ne sont jamais scandaleuses que par leur divulgation. C'est le plus légalement du monde qu'un supermanager peut gagner de telles sommes. Car il ne s'agit jamais que d'un salarié et non pas d'un « patron ». Entre les deux, il manque cette la légitimité du capitalisme : le risque personnel. Le patron est un failli en puissance. C'est usurper ce titre que s'en réclamer quand on n'a pas lié son destin à celui de l'entreprise.

Pour le gouvernement, ce serait l'occasion rêvée

d'en finir avec ces rémunérations abusives. Vous n'y songez pas ! Le gouvernement Villepin, en tout cas, n'y a pas pensé. Si prompt à légiférer sur tout et n'importe quoi pour répondre à l'émotion populaire, il n'a pas pris le sillage de l'affaire Zacharias pour remettre au pas les ogres du CAC 40.

Si Zacharias révélait les abus du succès, Noël Forgeard nous apprit ceux de l'échec. Au printemps 2006, les retards successifs de l'A380 déclenchent la crise. Le président français d'Airbus, Noël Forgeard, doit démissionner. Adieu les 2,3 millions de salaire annuel. Sautant de l'Airbus en catastrophe, il ouvre son parachute : 6 millions d'indemnités. Une prime aux mauvais résultats, pratique courante du monde patronal. Puis on découvre que le PDG a vendu ses stock-options et empoché de confortables plus-values peu avant l'annonce qui provoqua un brutal et prévisible plongeon en bourse. Certains dénoncent le délit d'initié, mais feignent d'ignorer que le système est structurellement délictueux. Le PDG ne peut être un actionnaire comme les autres. L'imagine-t-on conservant ses options, alors qu'il détient des informations privilégiées sur des difficultés à venir ? Qu'importe ! On se contentera de corriger le système à la marge plutôt que réserver les stock-options aux salariés ordinaires à l'exclusion des mandataires sociaux.

Deux nouvelles affaires qui auraient enrichi ma démonstration sans rien changer à sa conclusion. Dans ce chapitre, je retrace la lutte victorieuse menée par le Medef tout au long de la présente législature contre les velléités réformatrices de quelques parlementaires. En dépit des plus récentes escarmouches, la ligne de front n'a toujours pas bougé.

Qu'il s'agisse de l'emploi, de l'Administration, des privilèges, de la solidarité, des finances, le constat reste le même : au cours des douze derniers mois, la France n'a pas dévié de la très mauvaise route qu'elle suit depuis trente ans.

Le livre une fois paru, c'est l'actualité qui prend le relais de l'auteur. Les lecteurs en sont conscients qui, à chaque rencontre, me demandent : « Comment voyez-vous l'avenir ? » Essayons de répondre brièvement.

À très court terme, nous allons être absorbés par les campagnes électorales. Nous en connaissons déjà le résultat. Non pas politique, ce qui n'est pas essentiel, mais civique.

L'élection constitue un instant privilégié de la vie démocratique. Le débat public se dégage du présent et se projette dans l'avenir. La confrontation est parfois douloureuse entre l'impitoyable réalité et la conscience collective. Le citoyen se trouve à l'heure des choix. Depuis quelques décennies, ce temps fort de la citoyenneté s'est transformé en un carnaval politique, une fuite dans l'imaginaire. Des Pères Noël candidats font la parade en sortant de leur hotte toutes sortes de cadeaux sans avoir le moindre euro pour honorer les factures.

Les candidats de 2007 auraient dû rompre avec cette dérive car la situation de la France s'est considérablement aggravée – les technocrates préfèrent dire que les marges de manœuvre se sont réduites. Naïves espérances ! Les surenchères démagogiques sont de retour et le langage de vérité toujours censuré.

La campagne n'a pas encore commencé que les deux champions présumés du second tour ont sorti de leur hotte 40 milliards d'euros de présents chacun ! Mais pas la moindre mesure crédible pour arrêter le compte à rebours qui entraîne le pays vers une crise financière majeure.

Les résultats d'une telle élection n'auront pas

grandes conséquences. Les Français seront passionnés, la communauté internationale attentive, les financiers concentrés sur les comptes. Le chef d'État et la majorité élus sur de tels programmes n'ont aucune chance de mettre de l'ordre dans nos affaires ni de rétablir la confiance. La sanction sera inévitable : la signature de la France sera dégradée. Après une telle campagne, le retour à la réalité promet d'être pénible, car le nécessaire redressement doit se payer d'efforts et non de cadeaux. Les gouvernants déclareront « nous nous sommes trompés » et les Français entendront « nous vous avons trompés ». Quel charisme peut résister à une telle déconvenue ?

À deux reprises déjà, les électeurs ont connu ces lendemains de victoire qui déchantent. La première fois, en 1983, ils se sont résignés, la seconde, en 1995, ils se sont révoltés. La troisième est annoncée pour 2008. Ressemblera-t-elle à la première ou à la seconde ? L'auteur s'arrête sur cette question et repasse la main à l'histoire.

François de Closets,
novembre 2006.

Quand nous voudrons

Évoquer les atouts de la France pour soutenir le moral de la patrie, c'est l'exercice à la mode. Je m'en dispenserai donc, mais il va de soi que je signe des deux mains ces inventaires partout exposés. En fait, les Français n'ont pas seulement quelques atouts en main, ils les ont tous. Le monde entier voit d'ailleurs en nous une nation d'enfants gâtés et non pas un peuple accablé de malheurs. Cessons donc de chercher à nous réconforter en vantant nos succès passés ou présents et posons-nous la seule question qui vaille : comment parvient-on à se trouver si mal en point quand on a reçu la France en partage ?

Car aucune prospérité, si bien établie soit-elle, n'aurait pu résister aux trente années de laisser-aller que nous avons connues. La raison de nos déconvenues réside tout entière dans les politiques détestables que nous avons mises en œuvre. Et c'est accroître notre désarroi que de chercher le réconfort dans le rappel de notre supériorité ou dans l'éclat de nos succès plutôt que de nous interroger sur les causes de nos échecs.

On a connu de ces champions qui, trop assurés de leurs dons éclatants, manquèrent de constance dans l'effort et furent incapables de tenir leurs promesses. Un gâchis toujours difficile à supporter et que, de fait, nous ne supportons plus. Un surdoué en situation

d'échec oscille entre la mégalomanie, la dépression
et la paranoïa. Les trois temps de l'humeur nationale. Nous attaquons la journée convaincus d'être les
meilleurs du monde, à midi nous nous découvrons
entourés de périls et d'ennemis, le soir nous ne sommes
plus bons à rien.

Nous ne sommes ni les premiers ni les seuls à nous
être ainsi laissé prendre au piège de notre propre
richesse. Tous les pays industrialisés ont voulu croire
que leur position dominante était à jamais acquise. Et
tous se sont retrouvés pris dans la tourmente sans bien
comprendre ce qui leur arrivait. Tous confrontés au
chômage d'exclusion, aux difficultés économiques, au
délabrement des finances publiques. D'où vient que
nous ayons tant de mal à nous reprendre ?

Notre spécificité est essentiellement culturelle. Plutôt qu'affronter et relever les défis de notre temps, nous
nous sommes enfermés dans une bulle déformante qui
travestit le renoncement en courage, l'égoïsme en solidarité, le privilège en justice, et donne toujours la prime
aux intérêts particuliers sur l'intérêt général, au présent sur l'avenir. C'est ainsi qu'en une génération nous
avons ruiné un pays de cocagne.

Nous voici donc à la croisée des chemins. Malades
du futur plus encore que du présent. La jeunesse, qui
devrait porter nos espoirs, cristallise nos inquiétudes,
éveille nos remords. Quelle France laisserons-nous à
nos enfants ? Cette question nous hante et ôte tout
sens à nos engagements, dissout nos actions dans une
agitation stérile.

Le piège se referme alors sur nous. Il nous faudrait,
à en croire certains, rompre avec la terre entière et
persévérer dans la voie sur laquelle nous nous sommes
si bien égarés. Les faits ne sauraient avoir raison de
nos illusions, car, reconnaître nos erreurs, ce serait
aussi confesser nos mensonges. Une fuite en avant sui-

cidaire ou un salvateur retour à la réalité. Si nous la regardions sans préjugés, en France comme dans le monde, nous constaterions qu'elle ne nous est nullement contraire, que nous pourrions en tirer un bien meilleur parti. Au prix de grands efforts, il est vrai. Quand le passé s'inscrit en passif, on ne peut en faire table rase. Mais serions-nous si heureux que nous aspirions à ne rien changer ?

Pour bâtir l'avenir, nos dénonciations, nos colères, nos révoltes ne serviront à rien, les constructions théoriques et les doctrines globalisantes ne feront que nous égarer un peu plus, il faut tout simplement nous mettre au travail. Tout le monde sait ce qu'il faut faire. Il suffirait – et rien n'est plus difficile – de renoncer à nos illusions, d'en revenir aux faits, pour que la voie du redressement s'ouvre devant nous.

Mais il n'est rien de plus imprévisible que les mentalités et les comportements. Pourquoi la France est-elle restée un pays sous-industrialisé jusqu'en 1945 ? Pourquoi a-t-elle réussi son démarrage économique au cours des trente années suivantes ? Rétrospectivement, on trouve de multiples raisons, qui n'ont pas la moindre valeur prédictive. Elles ne disent pas l'essentiel : à quel moment, dans quelles circonstances et pourquoi un peuple décide-t-il de se forger un destin ?

Notre avenir est enfermé en quatre propositions.

Premièrement : la route que nous suivons mène à la catastrophe.

Deuxièmement : le redressement dépend de nous, et uniquement de nous.

Troisièmement : le sursaut passe par un retour à la réalité.

Quatrièmement : il peut se produire à tout moment.

Ce ne sont pas là des vœux pieux, mais une certitude. Et s'il fallait lancer un nom pour donner corps à cet espoir, je dirais sans la moindre hésitation :

Renault. Les chantres de l'optimisme officiel mettent toujours en avant Airbus, Ariane, le TGV, voire nos champions du CAC 40. Mais ils oublient que, si cette France qui gagne est une évidence aux yeux de tous, il y a aussi cette France qui stagne et s'enlise. Comment impulser le passage de l'une à l'autre ? Telle est la question, et c'est Renault la réponse.

Non pas la seule, il est d'autres exemples, tout aussi significatifs, mais il n'en est pas de plus emblématique. Si l'on pouvait transposer à l'échelle du pays l'histoire de notre constructeur d'automobiles, alors nous serions tirés d'affaire. L'analogie a longtemps été si forte entre l'histoire de Renault et celle de la France que les difficultés de l'un semblaient toujours annoncer l'échec de l'autre. Pourquoi le schéma ne fonctionnerait-il pas dans l'autre sens ? Certes, l'itinéraire n'est jamais le même pour un constructeur d'automobiles et pour une société dans son ensemble. L'un doit satisfaire à une logique d'entreprise et l'autre s'inscrire dans un schéma beaucoup plus vaste. Mais la modernisation de la Régie nationale, il faut le reconnaître, était aussi improbable que celle de notre État. Et puisque les points de départ sont assez semblables, gageons que les leçons à tirer sont autant de raisons d'espérer.

L'improbable renaissance

Renault, voilà un champion comme nous les aimons – et pas seulement pour ses victoires en Formule 1. Il s'est imposé à l'échelle mondiale : quatrième constructeur d'automobiles avec 2,5 millions de voitures, l'un des plus profitables au cours des dernières années, il a réussi l'absorption puis le redressement du japonais Nissan et réalise les deux tiers de son chiffre d'affaires à l'étranger. Une place gagnée de haute lutte, et qui doit être défendue tous les jours. Il n'est pas de droits acquis sur le marché international de l'automobile. Bref, une réussite éclatante. Mais singulière aussi. Qui l'aurait imaginée en 1984 ?

En ce temps-là, une histoire courait Paris. Le patron de Renault invite le patron de Peugeot à la présentation de son nouveau modèle, la R 25. Ce dernier souhaite se la procurer : « On vous la fera au prix de revient », précise aimablement le patron de Renault. « Si vous permettez, je préférerais m'en tenir au prix de vente », répond l'acquéreur. L'anecdote est, bien sûr, apocryphe, mais elle traduit une réalité. À l'époque, chaque fois qu'elle vend une voiture, la Régie perd 5 000 francs. Elle accumule les déficits : 2 milliards de francs en 1983, 12,5 milliards en 1984, encore 11 milliards en 1985. Son endettement atteint alors 65 milliards de francs, la moitié de son chiffre d'affaires. Les experts ne donnent pas cher de son avenir : ce sera au mieux le rachat par un étranger, au pire la faillite pure et simple.

Des entreprises qui se sont brillamment redressées après avoir frôlé la disparition, on en connaît. Mais voilà, Renault n'est pas une entreprise, et c'est tout son problème. Après la nationalisation-sanction de 1945, la firme de Billancourt est devenue une Régie nationale, l'emblème industriel de l'exception française. Portée par l'expansion des Trente Glorieuses, elle fait découvrir la voiture aux Français à travers ses modèles fétiches : 4 CV, Dauphine, 4L, R5. Elle sert aussi de « laboratoire social » en ce qu'elle a toujours un temps d'avance en matière de salaires, de congés, de retraites. La Régie : l'un des plus beaux fleurons du patrimoine industriel français.

Avec les années 1970 viennent les temps difficiles. Les Japonais sèment la terreur, l'économie se languit.

Désormais, il faut s'adapter ou périr. Or, l'adaptabilité, ce n'est pas la qualité première de notre champion. L'État est tout sauf un actionnaire, c'est-à-dire
un propriétaire soucieux de la rentabilité. La Régie
pratique l'emploi à vie, la rémunération à l'ancienneté,
et construit le plus de voitures possible sans trop se
soucier des marchés, de la rentabilité ni, surtout, de la
qualité. Ses modèles traînent la fâcheuse réputation
(pas toujours méritée, il est vrai) de « voiture cégétiste
qui rouille et qui tombe en panne ». En client fidèle, je
ne l'ai pas oublié ! Bref, la Régie est davantage une institution qu'une entreprise, ses difficultés ne sont pas
conjoncturelles mais structurelles. Et les structures
sont les plus rigides qui se puissent imaginer. La « citadelle ouvrière » est le siège d'un partenariat conflictuel entre la direction et la CGT dominante depuis la
Libération. La vie de la Régie est centrée sur cette
dyarchie bien plus que sur son marché. Faire de ce
monde pour soi et en soi une entreprise dynamique et
rentable, ouverte sur le monde, semble aussi improbable que de réussir à transformer le Vatican en un
État laïc.

   Le patron de la dernière chance, Georges Besse,
découvre en 1985 « une CGT prospère dans une
entreprise en perdition[1] ». Il décide alors de soumettre
la Régie à une cure de réalisme en rappelant ceci :
« Notre métier, c'est de gagner de l'argent en vendant
des voitures de qualité qui plaisent au public. »

   Une cure d'austérité aussi. 20 000 postes sont supprimés en deux ans. Le recours massif aux préretraites
permettra d'éviter les licenciements secs. Pourtant l'affrontement commence avec la CGT. Il sera rude.

---

1. Stéphane Lauer, *Renault, une révolution française*, Paris,
J-C Lattès, 2005.

Besse ne se laisse pas impressionner, il poursuit son chemin. Il entreprend même de fermer l'île Seguin en dépit de la montée en épingle, on s'en souvient, des « Dix de Billancourt ». Son atout : le poids de la réalité. Le personnel sait que le redressement est pour tous une question de survie ; la direction ne cessera jamais d'expliquer son action. De dire ce qu'elle fait, de faire ce qu'elle dit. Les salariés et les syndicats minoritaires s'intéressent à la transformation de la Régie ; quand la CGT, elle, reste attachée aux valeurs anciennes et défend le statu quo. Mais, dès la fin de 1985, l'échec de la grève du Mans révèle qu'elle n'est plus en état de s'opposer à la modernisation.

En novembre 1986, Georges Besse est assassiné par Action directe. Raymond Lévy prend le relais. De l'ingénieur à l'OS, il impose la religion de la qualité. À la fin des années 1980, les voitures au losange tiennent la comparaison avec les étrangères, et la Régie renoue avec les bénéfices. Un homme a rejoint la Régie en 1986 : l'ancien directeur de cabinet de Laurent Fabius, Louis Schweitzer. Au cours des deux années précédentes, il a fait office de « Premier ministre *bis* ». Les fameux blocages français, il les connaît par cœur. Ceux de Renault, il va les découvrir. Pendant six ans, il travaille dans l'ombre de Raymond Lévy et ne prendra la direction de Renault qu'en 1992.

Son grand dessein : privatiser l'entreprise. Un choix surprenant ! N'est-il pas socialiste ? N'a-t-il pas été l'un des grands « nationalisateurs » de 1981 ? Ne sait-il pas que la Régie est un emblème du modèle français, qu'on n'y touche pas sans d'infinies précautions ? Sans doute, mais Schweitzer, comme ses prédécesseurs, est un pragmatique. Ce mouton à cinq pattes, il le voit bien, est handicapé dans le marché automobile mondial. Il faut couper la patte étatique. « Un Renault public manœuvrait mal dans un monde qui, au contraire, exige une liberté d'action complète[1]. » Une entreprise publique ne parvient jamais à se marier, comme l'a montré l'échec du rapprochement avec Volvo. Trop soumise aux interférences de la politique, elle manque de l'indispensable marge de manœuvre financière. Oui, Renault a besoin d'être une entreprise comme les autres, une entreprise capitaliste. En interne, la mutation a déjà abouti. «Les Renault » ont été emportés par la logique industrielle et commerciale. C'en est fini du face-à-face stérilisant entre la CGT et la direction. Ce qui n'empêche nullement les conflits. Comme dans n'importe quelle entreprise.

«Privatiser Renault ! » Pendant des années, la classe politique, de droite comme de gauche, recule devant ce sacrilège et, surtout, devant la perspective de l'explosion sociale qu'il ne manquera pas de provoquer. Finalement, Schweitzer arrache l'ouverture du capital en 1994. Le gouvernement Balladur s'attend au pire. Mais les chahuts de la CGT restent isolés ; désormais, nécessité fait loi. Seule déception, les particuliers ne se sont pas précipités. Sans doute ont-ils encore en tête l'image de la vieille Régie déficitaire. La privatisation proprement dite n'interviendra qu'en 1996. Et nul, jusqu'à présent, n'a plaidé pour la renationalisation…

Mais rien n'est jamais gagné à l'entreprise. Après dix années d'efforts, la tension s'est relâchée. La sanction est immédiate. En 1996, Renault se retrouve dans le rouge. Diagnostic de Louis Schweitzer : «Les coûts de fabrication doivent être abaissés de 3 000 francs par voiture. » Reste à trouver l'homme du redressement. Depuis toujours, le vivier des grands corps fournit les dirigeants. Il suffit de consulter les caciques pour qu'ils

---

1. Stéphane Lauer, *op. cit.*

avancent des noms – toujours les mêmes. Le pouvoir politique choisit. Schweitzer, lui, s'adresse à des chasseurs de têtes. L'oiseau rare s'appelle Carlos Ghosn. Un *cost-killer*, dit-on, qui a fait ses preuves chez Michelin.

L'entreprise doit subir une opération chirurgicale : la fermeture de l'usine belge de Vilvoorde qui emploie 3 000 salariés. Scandale ! L'affaire prend un tour politique, médiatique, culturel. Les syndicats, les partis de gauche, les célébrités parisiennes se mobilisent. Difficile de tenir le choc lorsqu'on appartient à la grande famille de gauche et qu'on se retrouve face à Lionel Jospin, nouvellement nommé Premier ministre, qui s'était engagé à ne pas fermer Vilvoorde. Mais Schweitzer et Ghosn ne cèdent pas. Ils n'ont pas le choix. Ce n'est pas non plus le capitalisme sauvage. Sur les 3 000 postes supprimés, on comptera moins d'une centaine de licenciements. Les autres travailleurs auront été recasés ou seront partis en préretraite.

En 2005, Schweitzer passe la main à Ghosn, tout auréolé de son succès japonais : c'est lui qui a redressé Nissan. Renault est alors l'une des meilleures entreprises au monde. Tant sur le plan économique que social. Mais, en 2006, le constructeur se trouve à nouveau en perte de vitesse. La leçon du passé a été retenue. Ghosn redresse la barre sans attendre. Le monde de l'automobile est impitoyable. Mais le navire et son équipage sont capables d'affronter le mauvais temps.

Figure emblématique du modèle français, de sa force, de ses métamorphoses, de ses faiblesses aussi, la Régie des décennies 1940-70 fut sans conteste une grande réussite. Elle était dans l'air du temps. Puis le monde a changé, le modèle s'est sclérosé. Renault n'avait de choix que de se transformer ou de disparaître. Ce ne sont pas des idéologues, mais des pragmatiques qui ont pris en main cette métamorphose.

Les premiers l'auraient placée face à cette alternative : l'immobilisme régressif de la CGT ou bien la mutation radicale dans le capitalisme sans filet. Besse, Lévy, Schweitzer, et Ghosn aujourd'hui, ont simplement ramené l'entreprise à la réalité. Or, la réalité, c'est en effet que l'impératif de rentabilité est incompatible avec une gestion sans peine qui garantit l'emploi et, en prime, épargne aux travailleurs l'épreuve du changement. Les nouveaux patrons ne se sont souciés ni de libéralisme ni de socialisme ; ils ont fait leur métier d'industriels. Un métier qui, comme celui de gouvernants, oblige à prendre des décisions difficiles. Par chance, ils ont trouvé face à eux des interlocuteurs qui, eux aussi, ont fait leur métier, celui de syndicalistes, en ne s'opposant pas systématiquement aux mesures indispensables. Pour avoir trop longtemps refusé de jouer le jeu, la CGT a perdu la majorité dans tous les comités d'établissement.

Entre les deux stratégies de défense, « les Renault » ont tranché. Ils savent aujourd'hui que le réalisme a sauvé l'entreprise et qu'un conservatisme doctrinaire l'aurait tuée. Mais il y a plus. La qualité des produits passe par celle des hommes. Pour élever l'une, il a fallu élever l'autre. De nombreux salariés ont bénéficié d'une formation professionnelle, acquis de nouvelles qualifications. En prime, ils sont fiers de leur entreprise. Il est vrai que l'excellence a un coût, qu'il a fallu réduire les effectifs, fermer Vilvoorde, mais elle offre aussi des gratifications. La médiocrité, elle, est apparemment gratuite, la facture arrive plus tard.

Tandis que Renault épousait son temps et allait de l'avant, les corporations et groupes de pression organisaient la résistance et se crispaient dans l'immobilisme. Pourquoi cette différence ? La raison est toute simple. La réalité était venue battre les murailles de la forteresse ouvrière. Les travailleurs avaient beau se rassurer en vantant la belle image de Renault, «vitrine sociale de la France», ils savaient qu'un constructeur d'automobiles ne peut durablement perdre de l'argent. Le discours idéologique de la CGT n'avait aucune crédibilité aux oreilles des ingénieurs comme des ouvriers, qui, tous les jours, étaient confrontés aux contraintes de la concurrence. Pour le meilleur ou pour le pire, le marché est une école de nécessité. Ceux qui refusent obstinément de l'entendre finissent comme le personnel du *France* regardant partir, depuis les quais du Havre, le paquebot qui emportait vers la Norvège les emplois perdus.

Le marché, c'est la réalité, une mise en forme et en forces qui entretient une tension permanente. Les Français n'apprécient guère ce jeu qui s'est imposé comme l'ordre universel du XXIe siècle. Pourtant, les entreprises françaises, loin de sombrer dans cette foire d'empoigne, ont brillamment réussi. Renault n'est qu'un exemple parmi d'autres de ces champions mondiaux aux couleurs tricolores. Des entreprises dynamiques qui contrastent avec une nation en bien mauvaise santé.

La France qui n'est pas soumise aux lois du marché se porte mal. Vivant à l'abri de cette féroce compétition, elle s'est fabriqué un monde d'illusions et de facilités, un monde où l'équilibre des comptes n'aurait pas droit de cité. Un rêve qui tourne au cauchemar à l'heure du bilan.

Pour la France comme pour Renault, il n'est pourtant qu'une voie de salut, c'est le pragmatisme. Il impose des efforts, c'est vrai, mais à la mesure de l'enjeu. Refuser la reconstruction du pays, c'est prendre le risque au mieux d'un déclin qui n'en finira pas, au pire d'une explosion qui ferait voler en éclat notre société.

Nous mettre tous ensemble à ce travail de salut public, c'est prendre les moyens de chasser nos peurs et nous assurer d'un avenir. Et qu'on nous épargne les rêves et les idéologies : la réalité devrait nous suffire quand elle a pour nom la France et que le futur a le visage de nos enfants.

CHAPITRE 1

La route de l'Argentine

Les jeunes ne l'ont pas lu, et tant mieux pour la paix sociale. Ils étaient pourtant les premiers concernés par cet opuscule intitulé *Des finances publiques au service de notre avenir*, et joyeusement sous-titré *Rompre avec la facilité de la dette publique pour renforcer notre croissance économique et notre cohésion sociale*. Car c'est nous qui avons dépensé et ce sont eux qui devront rembourser. Mais il est improbable que, en ce mois de décembre 2005, les lecteurs de vingt ans aient fait du rapport Pébereau sur la dette de la France leur livre de chevet.

S'ils avaient épluché les cent trente pages de ce fascicule, ils auraient pu légitimement prendre la relève des émeutiers de novembre 2005. Brûler, casser, vandaliser, pourquoi pas ? Leurs aînés n'ont-ils pas fait partir en fumée 1 000 milliards d'euros en ne laissant que les factures à payer ? Superbe héritage des papys de 68 ! Précarité, chômage, violences, cités à l'abandon, universités délabrées et, pour solde de tout compte, une dette gigantesque ! Un paquet-cadeau que l'on retournerait volontiers à la figure de l'envoyeur, mais qu'il faut accepter sans bénéfice d'inventaire.

En écoutant la radio, en parcourant la presse, en regardant la télévision, la belle jeunesse de France a entendu parler d'une grosse, d'une très grosse dette.

1 000 milliards d'euros, peut-être 2 000 milliards, on ne sait pas vraiment. La bombe financière a été emportée comme les autres, au fil de l'eau. À l'approche de Noël, les médias ont vite chassé la soupe à la grimace pour enfiler la tenue de sourire obligatoire. « *Merry Christmas !* » Demain est un autre jour.

Le testament d'une génération

Les rapports ont une fonction bien précise. Cette « mise en problème », effectuée le plus souvent sous la houlette de quelques experts, débouche sur de très sages propositions. Elle formalise et canalise ainsi la discussion. La presse en résume le résumé, le président de commission se répand dans les médias. Un tour de piste, constatations, avertissements, préconisations : on cause, on cause… Mais attention ! c'est déjà fini. L'actualité reprend ses droits, l'orchestre relance les cuivres, le numéro suivant entre en piste. Tel est l'art du déminage qui, dans nos démocraties médiatiques, tient lieu de débat et dispense de concertation.

La République produit ainsi quelques dizaines de rapports par an, de quoi caler toutes les tables bancales de l'Administration. Pourquoi faire un sort particulier à celui de Michel Pébereau, le très technocratique patron de la BNP ? Parce qu'il constitue le testament d'une génération. Il marque le passage de témoin entre les sexagénaires qui s'en vont et les trentenaires qui arrivent.

Imaginons le même épisode en 1939. Les hommes de l'entre-deux-guerres expliquent à leurs successeurs que la victoire a été gâchée, que la paix est perdue, que la défaite est annoncée et qu'il leur appartiendra de se battre à mains nues pour chasser l'ennemi et reconstruire le pays. Haut les cœurs ! Oubliez le contexte guerrier qui n'autorise pas une telle vision de l'avenir, transposez dans le domaine économique et social beaucoup plus prévisible, et vous retrouvez la même situation. Une vingtaine de sexagénaires ont dressé un bilan générationnel qui devient ipso facto la feuille de route pour les enfants. Visa pour le désastre.

Le constat lui-même ne prête pas à discussion. Il fut adopté à l'unanimité par une commission qui comprenait en son sein des personnalités très diverses. Les commentaires, y compris ceux de la classe politique, ne l'ont pas remis en cause. Pour une raison simple : les chiffres qu'il contient étaient connus. Le montant de la dette fait partie des grands indicateurs économiques au même titre que les taux de chômage, d'inflation, de déficit budgétaire ou de croissance. Il clignote au rouge sur le tableau de bord de l'économie depuis des années déjà. La Commission européenne ne le quitte pas des yeux, car il est au cœur du Pacte de stabilité. 1 100 milliards d'euros, 66 % du PIB, tout le monde était au courant.

Sur le plan factuel, donc, le rapport Pébereau se contente de certifier les comptes. Même l'affaire des 2 000 milliards d'euros n'est qu'une fausse nouvelle. Ce chiffre, qui double le montant officiel de la dette, fut lancé par Thierry Breton, ministre de l'Économie et des Finances, dès le mois de novembre 2005, soit quinze jours avant la parution du rapport. On a les effets d'annonce qu'on peut !

En dépit de sa grande prudence, la commission Pébereau met en lumière cette partie immergée de l'iceberg financier dont le pouvoir maléfique attire irrésistiblement le paquebot France. Que la facture pèse un peu plus de 1 000 milliards d'euros ou un peu moins de 2 000, elle est, en tout état de cause, impayable en l'état.

La dette réelle dépasse le PIB, cela ne fait aucun doute. Arrêtée à 1 100 milliards, elle représente déjà 18 000 euros à la charge de chaque habitant, nouveau-nés compris ; si on la fixe à 2 000 milliards, la part individuelle s'élève à 33 000 euros. Or les Français, contrairement aux cigales américaines couvertes de crédits, sont plutôt du genre fourmi. La totalité de leurs emprunts individuels n'atteint guère que 700 milliards d'euros. Et voilà que ces ménages économes, sans avoir été consultés ni même prévenus, se font coller sur le dos une dette double, voire triple, de celle qu'ils avaient contractée ! Charge que les vieux supporteront pour les années qui leur restent à vivre et les jeunes… pour toute leur existence.

Un tableau comptable est l'équivalent de ces résultats d'analyses que nous allons chercher au laboratoire et qui ne prennent leur sens qu'à travers la parole du médecin. Ce que disent le docteur Pébereau et sa brochette de personnalités qualifiées est bien plus scandaleux encore pour les jeunes que l'annonce de cette catastrophe financière.

Quelle est la cause du désastre ? Soit dit en passant, il n'est pas sans précédent : la France s'est déjà retrouvée endettée de 100 % au XIXe siècle, de 130 % en 1918, de 170 % en 1945. Mais les guerres avaient ruiné le pays. L'explication ne vaut pas pour 2005. La France n'est engagée dans aucun conflit majeur. Même la guerre froide a pris fin. Les dernières décennies compteront parmi les plus paisibles de notre histoire. La conclusion ne fait pas de doute : « L'alourdissement de l'endettement ne nous a pas été imposé. » Nous n'avons eu besoin d'aucune circonstance extérieure et n'avons donc aucune circonstance atténuante. Nous avons ruiné le pays et compromis l'avenir de nos descendants tout seuls, sans guerre, sans peste noire, sans tsunami, sans l'aide de personne.

Autre question : où est passé l'argent ? S'il a été investi dans des équipements modernes, la nouvelle génération en profitera tout au long de sa vie, et il est juste qu'elle en paye sa part. Réponse : « L'augmentation de la dette ne provient pas d'un effort particulier en faveur de l'investissement public. » Comprenez qu'il n'en restera rien pour nos successeurs. Effectivement, nos jeunes ont beau chercher autour d'eux, ils ne voient pas le pays refait à neuf qui justifierait pareil endettement. Où sont les services publics accueillants qui seraient la contrepartie des milliards évanouis ? Bien au contraire, tout semble se dégrader. Et les rapporteurs de pointer du doigt les lignes qui accusent dans la comptabilité nationale : la part des « dépenses en capital » a diminué dans le budget de l'État, tandis que, au cours des vingt-cinq dernières années, les dépenses de fonctionnement ont pratiquement doublé en monnaie constante. La France s'est endettée pour ne pas investir.

La dépense publique se répartit entre l'investissement (qui anticipe sur le futur) et le fonctionnement (qui doit être supporté au présent). Or ce sont les dépenses courantes qui ont été payées à crédit. On le lit en toutes lettres dans le rapport : « Une partie de la dette ne sert qu'à faire payer par les générations futures nos dépenses de santé et d'indemnisation du chômage. » Exemple à l'appui : en quinze ans, nous avons accumulé 110 milliards d'impayés sur nos dépenses de santé, des ordonnances qu'il faudra rembourser pendant des dizaines d'années. Entre-temps, avec l'allongement de la durée de la vie, les retraités d'aujourd'hui seront de plus en plus nombreux et coûteront de plus en plus cher à l'assurance maladie. Là encore aux frais de la jeune génération.

110 milliards pour la santé, il reste 1 000 milliards. Pour quoi ? Interrogez, on répondra : « Grâce à l'aug-

mentation de la dette, l'État a pu retarder l'adaptation
de sa gestion. » Autrement dit, on a payé pour ne rien
faire. Comme ces entreprises qui ont maintenu un
appareil de production dépassé, une organisation trop
lourde, un marketing inefficace, jusqu'au dépôt de
bilan. Il en va ainsi de l'État : moins il change et plus
il coûte.

Et si l'on dépensait autrement ?

Tout de même, se diront sans doute nos jeunes en
colère, la comptabilité, ça existe. Dans le public comme
dans le privé ! Toute ménagère regarde à la dépense et
ne s'y résout qu'en étant assurée de pouvoir payer.
N'en va-t-il pas de même à la tête de l'État ? Eh bien,
non, justement. Le rapport Pébereau dénonce « la préférence pour la dépense publique ». De quoi s'agit-il ?
D'une chose simplissime : l'argent public n'a pas à être
compté. Il est abondant, disponible et fait pour être
dépensé. J'en avais fait la démonstration, il y a plus
d'une décennie déjà [1]. Dans le secteur privé, entreprises ou ménages, la dépense est toujours vue en
négatif. Moins on dépense, mieux on se porte, tout le
monde sait cela. Dans le secteur public, c'est exactement le contraire. Du ministre au chef de service, tout
gestionnaire des fonds publics considère son budget
comme son chiffre d'affaires, soumis à la même loi de
croissance. Plus il augmente, meilleur il est. À cette différence près que la dotation budgétaire n'est pas une
recette, mais une dépense, qu'elle ne représente pas
l'actif, mais le passif du budget de l'État. L'Administration remplace le – par le + et nul ne le remarque.

---

1. François de Closets, *Tant et Plus !*, Paris, Grasset-Seuil, 1992 ;
Le Livre de Poche n° 9701.

Dès lors, une politique ne se juge pas à ses résultats, mais à ses moyens. Jacques Chirac et Jack Lang resteront considérés comme les meilleurs ministres de l'Agriculture et de la Culture devant l'Éternel parce qu'ils ont obtenu les plus fortes augmentations budgétaires. Tout ministre se juge à de tels effets d'annonce. Plus je dépense, mieux je me porte. C'est ainsi que la part de la dépense publique dans la richesse de la nation n'a cessé d'augmenter : au rythme de 2,7 % par an, entre 1980 et 2004, elle s'est accrue de 7 points de PIB, nous situant ainsi à 6 points de PIB au-dessus de la moyenne européenne. Juste derrière la Suède et le Danemark. Mais les Scandinaves en ont pour leur argent : la société n'est pas fracturée, les finances publiques sont tenues, les étudiants ont des universités superbes, les chercheurs, des laboratoires modernes, les citoyens, des services publics qui fonctionnent, les demandeurs d'emploi, des ANPE qui les prennent en charge. Le contribuable sait pour quoi il paye. En France, la société se défait à mesure que la dette s'alourdit.

Droit dans le mur

« Ils ont claqué le fric et nous laissent les ardoises », résumerait sans doute la génération débitrice. Mais qui sont-ils ? Quel est donc ce gouvernement indigne qui a fait de l'endettement une « ressource budgétaire à part entière », qui a hypothéqué l'avenir de ses enfants pour couvrir ses fautes de gestion ? La réponse se trouve encore dans le rapport. Depuis vingt-cinq ans, tous les budgets présentent un déficit qui se déverse ensuite dans la dette, et la France est le seul pays européen avec l'Italie à avoir réussi pareil exploit. Qu'ils soient de droite ou de gauche, les gouvernements manifestent la même « indifférence à l'endettement public». Lorsque l'on s'en tient aux chiffres, on ne peut faire de distinction ni entre les présidences ni entre les majorités. À cette réserve près que la gauche a théorisé, idéologisé, voire glorifié ce laxisme auquel la droite a cédé par faiblesse et démagogie.

Tous coupables ! C'est bien une génération dans son ensemble qui a pillé la France. Une génération, c'est-à-dire tout à la fois une classe politique, une classe dirigeante et la société tout entière qui a soutenu de ses votes et encouragé de ses pressions cette fuite en avant dans l'échappatoire du crédit. Tous complices ! Nous vivons en démocratie, il nous faut assumer nos responsabilités, plus ou moins lourdes selon notre rang dans la hiérarchie. Mais ce sont bien les seniors d'aujourd'hui qui furent les responsables d'hier…

Cet état des lieux suffirait à faire passer les jeunes lecteurs de l'indignation à la colère. Pourtant, nous sommes encore loin du compte. L'instantané ne donne qu'une première indication, c'est la tendance qui permet de porter un jugement. Or celle-ci est malheureusement bien plus alarmante que ce que révèle le bilan à l'instant *t*. Sur les dix dernières années, alors que toute l'Europe, à l'exception de l'Allemagne, freinait son endettement, la France a accru le sien de 10,5 points de PIB. En tendance, elle est bien l'homme malade de l'Europe, rongé par cette dette proliférante qui croît à grande allure et que nul ne sait arrêter. Du coup, notre problème n'est décidément pas tant le présent que l'avenir.

La France s'est installée dans le déficit au début des années 1980, et la dette a alors commencé à connaître une irrésistible inflation. En un quart de siècle, elle a été multipliée par cinq en euros constants. Nous nous étions engagés vis-à-vis de l'Union européenne à réduire notre déficit. Mais l'habitude s'est prise de payer l'Europe de vaines promesses. À l'automne 2005, nous lui avons soumis un programme de stabilité au terme duquel nous atteindrions l'équilibre en 2009 si la croissance est bonne, et nous nous retrouverions seulement à – 1,4 % du PIB si elle est languissante. Serment d'ivrogne. C'est le huitième engagement que nous prenons et que nous ne respecterons pas plus que les sept précédents. Notre redressement est toujours remis au lendemain, le demain des barbiers quand ils raseront gratis. Si nous en étions restés au franc, les marchés financiers, en dépréciant notre monnaie, nous auraient imposé la sagesse ; si nous avions respecté Maastricht, c'est l'Europe qui s'en serait chargé. Mais Chirac, l'alchimiste de l'or vers le plomb, a mis l'exigence européenne au service du laisser-aller national. Autant de crises évitées, mais, en fait, reportées, qui éclateront toutes ensemble le moment venu.

Au mois de décembre 2005, lorsque sont rendues publiques les conclusions du rapport Pébereau, seuls les syndicats montent au créneau pour défendre leur clientèle. La CGT « récuse une présentation contestable des charges des fonctionnaires qui participe à la dramatisation pour justifier des mesures d'austérité », et FO craint, de son côté, que « l'objectif de réduction de la dette ne se confonde avec une cure d'amaigrissement de l'État ». Quant au silence de la classe politique, il est assourdissant.

Le rapport Pébereau sonne comme un tocsin : il y a le feu dans la maison France. Il n'est plus temps de se chamailler, il faut se rassembler, faire la chaîne pour combattre le sinistre. D'autant que la commission ne s'en est pas tenue à un constat, elle a proposé un plan quinquennal pour ramener nos finances à l'équilibre.

Les préconisations sont rudes, mais elles n'ont rien de dramatique : les dépenses de l'État devraient être stabilisées en euros courant, c'est-à-dire diminuer de 2 % tous les ans, les réductions d'impôts devraient être bannies, toute dépense nouvelle devrait avoir pour pendant la suppression d'une dépense équivalente, etc. Bref, rien de vraiment original, et tout le monde est parfaitement conscient, à quelques variantes près, des mesures qu'il conviendrait de prendre. Reste à les appliquer. Seule une manière d'union sacrée permettrait de tenir un tel programme. Car il y faudrait un véritable tête-à-queue budgétaire. Depuis vingt-cinq ans, même en période de forte croissance, le déficit a toujours été supérieur aux frais financiers. Or il nous faudrait maintenant dégager des excédents !

Ce sont d'abord nos guerres idéologiques qui devraient être mises en sourdine. Mais on imposerait plus facilement le silence à une basse-cour qu'à nos aboyeurs professionnels ! Il leur faut s'opposer pour exister, combattre pour s'affirmer. Le consensus, professent-ils, est la mort de la démocratie – et peu importe que le dissensus signifie la mort du pays !

Lorsque le rapport a été publié, chacun, à gauche comme à droite, s'est renvoyé le principal de la responsabilité : « À force d'engager des fonctionnaires… », « À force de multiplier les cadeaux fiscaux… ». Rien qui permette d'espérer un sursaut.

S'il existait un dernier souffle de volonté générale, la reconnaissance unanime du péril financier enclencherait une dynamique de consensus pour conjurer le pire. Quand la patrie est en danger, il faut mettre de côté les querelles partisanes. L'occasion nous en est précisément donnée. Mais l'affaire est mal engagée. Les vocations de pompiers sont rares parmi les pyromanes de la dette.

Le mauvais élève de l'Europe

Ne peut-on se consoler en regardant les autres ? S'ils font plus mal que nous, c'est que nous ne faisons pas si mal ? S'ils connaissent tous des difficultés, c'est peut-être que nous ne sommes pas responsables des nôtres. Hélas ! la confrontation avec nos voisins européens est aussi peu flatteuse pour nous en situation arrêtée qu'en tendance.

En matière de déficit, nous naviguons de conserve avec l'Allemagne autour du seuil fatidique des 3 % du PIB – mais il est vrai que l'Italie franchit régulièrement la ligne rouge, tout comme la Grèce et le Portugal. Pour le poids de la dette, les Allemands sont au même étiage que nous, mais les Belges, les Grecs et les Italiens ont franchi la barre des 100 % du PIB. Nous ne sommes donc pas seuls dans le peloton de queue, mais il n'est pas interdit non plus de regarder vers la tête. En dehors du Luxembourg, tous les États sont endettés. Mais certains vivent avec moins de 50 % du PIB. C'est le cas du Royaume-Uni, de la Suède, de l'Espagne, du Danemark, des pays qui suivent, on en conviendra, des politiques fort différentes. Il en va de même pour le déficit, qui a pratiquement disparu des budgets espagnol, suédois, belge, hollandais, irlandais ou islandais. On voit, là encore, que la discipline budgétaire n'est un principe ni socialiste ni libéral.

La dépense excessive est censée stimuler la consommation, et bien sûr la croissance. Avec un plan de relance de 1 000 milliards d'euros, notre économie devrait galoper loin devant ses concurrentes européennes. Ce n'est pas vraiment le cas. La croissance est vigoureuse dans des pays tout à fait dissemblables, de la Suède à l'Irlande en passant par le Canada, la Finlande ou l'Espagne, et poussive en France, en Allemagne, en Italie, en Suisse, aux Pays-Bas. Dans l'ensemble, ce sont les pays les plus vertueux sur le plan financier qui sont les plus dynamiques sur le plan économique. Comprenne qui voudra.

Cette dépense excessive a-t-elle eu des effets bénéfiques sur le plan social ? Ne pleurons pas sur l'argent envolé s'il a permis de réduire les injustices, la misère et, en tout premier lieu, le chômage. Sur ce plan encore, nous voici en compagnie des cancres de l'Europe aux côtés des Grecs, des Italiens et des Allemands, avec des taux voisins de 10 %. Peut-on ignorer que des pays aussi différents que la Grande-Bretagne, l'Autriche, le Danemark, l'Irlande, les Pays-Bas ou la Suède font deux fois mieux, que l'Espagne, en dix ans, est passée de 20 % à 8,5 % ? Certes, ces statistiques tiennent aussi de la partie de cache-cache. C'est à qui saura faire de ses chômeurs des handicapés, des malades, des étudiants, des stagiaires ou des femmes au foyer, bref tout sauf des demandeurs d'emploi. Mais je ne suis pas certain que, avec nos préretraités, nos étudiants prolongés et nos chômeurs radiés, nous soyons les plus honnêtes dans cette triche généralisée. Retenons que la mondialisation a bon dos, puisque les contraintes sont les mêmes pour tous, mais les effets variables de l'un à l'autre.

S'il fallait, comme dans les écoles à l'ancienne, classer les élèves de l'Union européenne, on hésiterait sur les premières places, mais pas sur les dernières. La Grèce, l'Italie et le Portugal fermeraient la marche, évitant le bonnet d'âne… à la France et à l'Allemagne.

Certains élèves ont des circonstances atténuantes à présenter, sans doute méritent-ils même l'indulgence des censeurs. L'Italie souffre depuis un demi-siècle d'un système politique qui n'a jamais donné à l'État l'autorité nécessaire pour diriger le pays. Elle paye le prix de cette impuissance congénitale. La Grèce et le Portugal, partis de très bas, veulent, à marche forcée, rejoindre les nations fondatrices. Qu'ils dérapent en chemin n'est guère surprenant. L'Allemagne a connu le «grand dérangement» de la réunification, soit un transfert annuel d'environ 4 % du PIB de l'ex-RFA vers l'ex-RDA. Un boulet auquel le modèle rhénan n'a pas résisté. Débilité politique, retard initial, épreuve exceptionnelle, chacun des cancres a des excuses à faire valoir. Chacun sauf… la France. La Ve République lui avait donné la stabilité politique, les Trente Glorieuses le dynamisme économique et la puissance financière. Rien ne justifie une telle dégringolade.

L'image arrêtée n'est pas fameuse, on l'a vu, mais, là encore, c'est la tendance qui donne le coup de grâce. Partant de plus haut, la chute de l'élève France a été la plus brutale. Il y a dix ans, elle était l'un des pays les moins endettés d'Europe, elle est désormais l'un des plus endettés. Au cours des quinze dernières années, sa situation financière s'est détériorée trois fois plus vite que celle de l'Europe dans son ensemble. Et le différentiel ne cesse de s'accélérer. Au cours des quatre dernières années, l'endettement moyen s'est réduit de 3,4 % du PIB pour l'Europe des Quinze, France non comprise, et s'est accru de 8,3 % du PIB en France. Car nos voisins ont consenti des efforts auxquels nous n'avons pu nous résoudre.

La Belgique, dont la dette avait culminé à 135 % du PIB, l'a ramenée à 95 %, le Danemark est passé en dix ans de 77 % à 41 %, la Suède de 74 % à 50 %. En Allemagne, Gerhard Schröder a engagé son avenir politique pour imposer les réformes indispensables, celles que nous devrions faire et qu'Angela Merkel se garde bien de remettre en cause. Et voici que le cousin germanique semble retrouver son dynamisme économique. On ne peut en dire autant, certes, de l'Italie, le grand malade. Du moins a-t-elle tenté de s'attaquer à son mal administratif et à son système de retraite. Les pays scandinaves ont modernisé leur bureaucratie providentielle et restructuré tout leur appareil étatique. Et nous ? « Parmi les principaux pays industrialisés, la France apparaît comme l'un de ceux où la dette financière est la plus élevée et où les efforts pour la contenir ont été les plus faibles », constate le rapport Pébereau, qui voit là une « exception française ».

Oublions les circonstances extérieures, la véritable cause est en nous, ancrée au plus profond de nous. Preuve que la France est responsable de son échec financier, c'est qu'elle est également responsable de sa réussite démographique.

Voici, pour le coup, la plus heureuse des exceptions françaises. Depuis quelques années, il n'est question que de notre déclin. Les uns pensent que nous déclinons, les autres décrètent que la France ne saurait décliner vraiment, nous verrons cela. Mais il est un domaine dans lequel tout le monde décline sauf nous : c'est la démographie. Nous sommes ici dans le quantitatif. Nulle contestation possible. Si l'on se réfère à l'indicateur le plus communément utilisé, le taux de fécondité, la singularité française éclate. Jusqu'en 1980, nous avons suivi la même pente déclinante que la plupart des pays européens. C'est alors que tous nos voisins ont décroché et que la France seule s'est maintenue avec un taux qui a même augmenté au cours des dix dernières années. En 2006, avec 1,92 enfant par femme, les Françaises sont presque au seuil de renouvellement des générations ! Seules les très catholiques Irlandaises font aussi bien, mais la moyenne des Européennes n'est qu'à 1,5 enfant par femme. Avec des niveaux bien inférieurs en Allemagne et, surtout, en Espagne ou en Italie. Dans des villes comme Milan ou Bologne, on n'enregistre plus que 0,8-0,9 naissance par femme. Un suicide démographique, en quelque sorte.

Cette bonne santé n'est pas le fruit du hasard, elle tient pour une large part à notre politique familiale. Sur ce plan aussi, la France est sans égale. Nulle part ailleurs, les parents ne trouvent un environnement aussi favorable : protection de la femme enceinte, congés parentaux, allocations familiales, crèches, écoles maternelles, etc. Et cette action n'a pas été improvisée au cours des dernières années, elle se poursuit depuis des décennies. Nos voisins, au contraire, ne se sont jamais intéressés à leur démographie et n'ont jamais mené de véritable politique de la famille. Cette fois, ils seraient bien inspirés de prendre exemple sur le modèle français.

La France ne doit donc qu'à elle d'échapper à la malédiction démographique qui s'abat sur la population européenne. Elle a lieu de s'en réjouir, et même d'en tirer une légitime fierté. Mais on ne peut s'attribuer le mérite de ses succès sans assumer la responsabilité de ses échecs. De la démographie à l'économie, nous passons de la première aux dernières places, et c'est toujours la politique et non la fatalité qui est en cause. Nous n'avons, comme disaient autrefois nos parents, que ce que nous méritons. En matière de blâmes comme de louanges.

Un constat réconfortant si nous décidons de nous reprendre, alarmiste si nous poursuivons dans la même voie. Du moins connaissons-nous les routes à ne pas suivre. Celles-là mêmes que nous avons empruntées.

De la commodité d'être immortel !

Le diagnostic posé, tout malade s'interroge sur le pronostic. « Est-ce grave, docteur ? » S'agissant d'une entreprise, les deux réponses seraient liées : dépôt de bilan, mise en redressement judiciaire, voire faillite et liquidation. Et de fait, nos gouvernants, qui, depuis tant d'années, présentent des budgets « arrangés » et multiplient les promesses mensongères, devraient avoir bien du souci à se faire. Des patrons ont été poursuivis pour moins que cela. Mais les hommes politiques n'ont à redouter de sanctions qu'électorales et jamais judiciaires pour les fautes de gestion qu'ils commettent. Quant au mal financier, il n'est pas soumis au même droit et ne se manifeste pas de la même façon dans le public et dans le privé. Une différence qui s'est transformée en piège pour la France.

Les agences financières qui notent les emprunteurs sur le marché international déterminent les conditions de crédit qui sont faites aux uns et aux autres. Il suffit qu'elles abaissent la note pour que le mauvais élève se voit coller des taux d'intérêt plus élevés. Or ces sévères examinateurs apprécient différemment les États et les sociétés privées.

En 2005, ils donnent toujours à la France la note suprême, le label magique AAA qui assure le crédit au meilleur coût. Emprunt français, remboursement assuré. Il ne s'agit pas d'un traitement de faveur, c'est un simple effet de relativité. La situation de nombreux pays est si désastreuse que la nôtre semble « moins pire » par comparaison. En Europe même, les financiers se méfient de la Grèce, du Portugal et de l'Italie. La sanction ne s'est pas fait attendre, leur note a été dégradée.

Abrités derrière les cancres de la classe, nous pouvons encore faire illusion, mais la prestigieuse agence Standard and Poor's ne cache pas que nos résultats, comme ceux de l'Allemagne d'ailleurs, ne répondent plus à toutes les exigences du club AAA. En l'absence d'un véritable redressement, nous n'échapperons pas à la relégation. Le rapport Pébereau laisse d'ailleurs entrevoir la menace d'« une augmentation de la prime de risque consécutive à la dégradation de la notation des administrations ». Sur la pente que nous suivons actuellement, la rétrogradation est inévitable, avec pour conséquence une augmentation des frais financiers liés à nos emprunts. À bon entendeur… Mais qui donc entend ?

Si encore la seule hausse que nous avions à redouter était liée à une prime de risque, mais non, il n'est pas besoin d'une sanction pour renchérir le crédit. Nous bénéficions actuellement de taux historiquement bas. Ils étaient deux fois plus élevés au cours des années 1990. À tout moment, ils peuvent repartir à la hausse. De ce seul fait, le poids de notre endettement augmenterait fortement et dépasserait les 70 % du PIB en très peu de temps.

Comment peut-on faire si bonne figure en étant si mal portant ? D'où vient que la même maladie financière soit létale dans le privé et vénielle dans le public ? La différence tient à l'immortalité.

Les entreprises sont de nature mortelle. Le droit organise leur création, leur gestion, mais aussi leur disparition. Lorsque les affaires tournent au vinaigre, des procédures se mettent en marche, des institutions se saisissent du cas. Si le mal se révèle incurable, les liquidateurs judiciaires font place nette. Bref, une société privée en mauvaise santé n'est pas assurée de sa survie.

Les nations, au contraire, ont vocation à l'immortalité. Leur disparition n'est jamais prévue par les textes constitutionnels. Cette pérennité rassure les créanciers. De tels débiteurs ne risquent pas de disparaître dans la nature sans laisser d'adresse ! Les gouvernements changent, les régimes passent, le pays reste avec son territoire, ses villes, ses villages, ses habitants et ses dettes. C'est pourquoi les bolcheviks ont davantage stupéfié le monde en refusant de rembourser les emprunts tsaristes qu'en massacrant la famille impériale. Ce scandale n'a jamais servi de précédent. Au XXIᵉ siècle, les peuples doivent toujours répondre des dettes qui furent contractées en leur nom.

Voilà le secret de cette «indifférence à l'endettement» que souligne la commission Pébereau. Lorsque les gouvernements empruntent, ils renvoient la charge du financement à leurs successeurs qui, à l'échéance, rembourseront à l'aide d'un nouveau crédit, et ainsi de suite au fil des ans et des décennies. Les banquiers sont rassurés, bien sûr, par l'immortalité du débiteur, et, si longtemps que les frais financiers sont payés, ils considèrent qu'il n'y a pas péril en la demeure.

C'est ainsi que les États, notamment les grandes puissances industrielles, peuvent vivre sur cette solvabilité au rabais que les spécialistes appellent la «soutenabilité» de la dette. Ils jouissent d'ailleurs d'immenses facilités de crédit et n'ont qu'à lancer des emprunts pour se procurer de l'argent. Cela fait un quart de siècle que la France ne résiste plus à cette tentation. Et pourquoi donc se priver de cet argent «à ne jamais rendre»?

Si nos dettes pouvaient ainsi courir éternellement, notre conscience s'en trouverait soulagée, car nos enfants n'auraient plus à les rembourser. À cette réserve près que les frais financiers ne s'éteindraient jamais. Or ils représentent aujourd'hui près de 50 milliards d'euros par an... et ne manqueront pas de s'alourdir à l'avenir. Thierry Breton l'a rappelé : dans le budget, la charge de la dette est du même ordre que le produit de l'impôt sur le revenu. Pas de quoi nous réjouir au moment de signer les chèques au Trésor public, pas de quoi nous plaindre non plus. Il est juste que nous supportions le poids des dettes que nous avons contractées. Si nous nous plaçons dans l'hypothèse heureuse du non-remboursement, nos héritiers se verront confisquer à tout jamais une somme bien supérieure. Dans vingt ans, dans cinquante ans, ils devront payer le tribut que leurs ancêtres imposent à titre posthume. Car il s'agit bien d'un tribut, même pas d'une redistribution entre Français puisque la moitié de nos créanciers sont étrangers. Des dizaines de milliards quitteraient ainsi la France chaque année avec l'effet déflationniste que l'on imagine.

Revenons à la réalité : combien de temps peut-on continuer sur les tendances actuelles ? Les extrapolations qui ont été faites nous promettent une dette qui atteindra 100 % du PIB dès 2014, 200 % en 2032, et ainsi de suite jusqu'à 400 % en 2050. À ces niveaux, il n'y a plus de « soutenabilité » qui tienne, on sombre dans l'insolvabilité. Une preuve par l'absurde que cela ne peut pas durer. Pour les optimistes, nous devrions pouvoir tenir encore cinq ans ; pour les pessimistes – les réalistes – l'échéance est encore plus proche. Les boursiers disent que les arbres ne montent pas jusqu'au ciel, les liquidateurs, eux, savent que les dettes descendent jusqu'en enfer. Passé un certain stade, les trous financiers agissent comme des trous noirs : ils enclenchent une dynamique qui aspire irrésistiblement le débiteur vers le fond. Comment éviter de se laisser ainsi capturer, comment se dégager du piège si l'on a eu le malheur de s'y laisser prendre ?

La commission Pébereau a joint l'ordonnance au diagnostic. Traitement classique pour ce genre de pathologie financière. Malheureusement ce n'est pas la maladie qu'il faut guérir, c'est le malade, un malade qui refuse absolument de se soigner. Après avoir dit tant de mal de nos dirigeants, accordons-leur cette immense circonstance atténuante : ils ont gouverné des Français. Ils connaissaient la gravité de la situation, les mesures à prendre, mais ils n'avaient pas le quart de l'autorité nécessaire pour faire accepter une telle politique. Et, au vu des réactions qui ont suivi cette publication, ils ne l'ont toujours pas. C'est dire que la dérive va continuer et qu'il faut en mesurer les suites.

La commission Pébereau se contente de barrer la route qui conduirait la France «à perdre la maîtrise de [sa] situation financière». On peut toujours espérer que, dans un ultime sursaut, nous saurons en effet l'éviter, mais, pour l'heure, nous fonçons droit dans cette direction. Il faut donc l'explorer plus avant. À ce point, quittons monsieur Pébereau et son rapport.

Les experts qui se sont interrogés sur nos dérives budgétaires font preuve de la même retenue technocratique pour en évoquer l'issue. De messieurs Fauroux et Spitz[1] aux experts de l'Insee[2], ils concluent tous que la tendance actuelle n'est pas «soutenable» et qu'elle nous imposera à terme «des ajustements importants», des «décisions sévères». Traduisons ce langage technocratique. La «perte de la maîtrise de nos finances» n'a rien à voir avec les crises que nous connaissions lorsque les marchés faisaient chuter le franc pour sanctionner une mauvaise gestion, et les plans d'austérité qui nous furent appliqués à l'occasion de ces crises monétaires ne sont que des «inflexions» ou des «corrections», bref, de la médecine douce. Les «ajustements importants» et «décisions sévères» sont d'une autre nature. Même le programme Pébereau n'en donne qu'un avant-goût très édulcoré. La contrainte internationale nous ferait sortir de la médecine classique pour nous précipiter dans la médecine d'urgence, peut-être même la médecine de guerre.

---

1. Roger Fauroux et Bernard Spitz, *État d'urgence*, Paris, Robert Laffont, 2004.

2. *L'Économie française, Comptes et dossiers, 2004-2005*, Rapport sur les comptes de la nation, Insee, Paris.

Comment passe-t-on de la « soutenabilité » à la cessation de paiement ?

Le trou noir de l'endettement

Comme tous les États, la France bénéficie d'une prime géostratégique qui décale les échéances financières. Malheureusement, elle a choisi de continuer à dévaler l'autoroute du surendettement. La suite, on la connaît. Le pays conserve un temps l'apparence de la souveraineté (comme ces personnages de dessins animés qui poursuivent leur course dans le vide avant de chuter). Plus il emprunte et plus il doit emprunter, d'abord pour rembourser les intérêts qui s'accumulent. Lorsque les agences financières dévalorisent la signature, les nouveaux crédits sont plus chers. La dette explose alors, c'est l'effet boule de neige. Son poids devient écrasant, la cessation de paiement menace. Les banques s'affolent, la communauté internationale s'alarme, le recours au FMI devient inévitable. Le débiteur se retrouve face à son banquier, sommé de réduire son train de vie sous peine de se faire couper les vivres. Inévitable, le désendettement est au bout de la route, toujours douloureux. Et il peut durer très longtemps.

En théorie, la menace pèse sur toutes les nations, des plus mal loties de l'Afrique subsaharienne aux mieux pourvues de l'Europe occidentale. Quelle qu'ait été la prospérité passée, l'heure vient toujours où l'on doit solder les comptes. Mais les grandes puissances ne peuvent s'imaginer en cessation de paiement.

Le rapport Pébereau était, peut-être, la dernière occasion de nous arrêter dans cette voie, nous sommes passés outre. Aucun gouvernement ne pourra plus arrêter la dégringolade. Si longtemps que nous pourrons emprunter, nous emprunterons, et c'est de l'extérieur, pas de l'intérieur, que viendra la correction.

Tout surendetté a donc rendez-vous avec son banquier. La France ne fera pas exception. Un jour, la communauté internationale dira « stop » et nous devrons nous arrêter. C'est pour nous le rendez-vous de l'histoire. En comparaison, les échéances politiques, présidentielles ou autres, ne sont que des péripéties. Plus nous attendrons et plus le redressement sera difficile. Plus il pèsera sur les épaules de nos successeurs.

Nous fonçons dans le mur et vivons dans l'illusion qu'il pourrait indéfiniment reculer. On connaît l'adage du flambeur : à moins d'un million de dollars, c'est mon problème ; à plus d'un milliard, c'est celui de mon banquier. Si la dette est faible, le débiteur risque la saisie ; si elle est énorme, c'est le créditeur qui risque la ruine. La France avec ses 1 000 milliards d'euros au compteur se trouverait en position de force puisque son naufrage mettrait à mal le système financier international et affecterait tous ses créanciers. Ceux-ci auraient donc le plus grand intérêt à conforter notre « soutenabilité » et s'abstiendraient de toute démarche qui pourrait l'affaiblir. Si cette démonstration peut laisser dubitatifs les modestes emprunteurs que nous sommes, l'exemple américain serait de nature à chasser notre scepticisme. L'Amérique de George W. Bush ne croule-t-elle pas sous une montagne de dettes tant publiques que privées sans, pour autant, sembler s'en soucier ? Cela devrait nous rassurer. Certes, mais à condition de nous prendre pour des Américains, ce qui serait, dans le cas d'espèce, une pure folie. L'empire américain est seul à même de ponctionner ainsi la richesse des nations. Les financiers ne supporteraient jamais de la France ce qu'ils admettent des Américains. Tôt ou tard, ils se rappelleraient à notre mauvais souvenir.

Nous ne sommes ni les premiers ni les seuls à plonger dans le trou noir de l'endettement. Le scénario est connu. Les autorités financières, généralement par l'entremise du Fonds monétaire international, font savoir que, en l'absence de réformes rigoureuses, le pays ne trouvera plus les crédits dont il a besoin. L'État peut s'incliner tout de suite ou tenter de se rebiffer. Peu importe, le débiteur finit toujours par subir la loi du créancier.

Lorsque la tourmente financière s'abat sur des pays pauvres, les traitements des fonctionnaires sont amputés, le niveau de vie de la population s'effondre et les particuliers voient leurs économies s'envoler dans l'hyperinflation et la déroute bancaire. Et le pays peut s'estimer heureux si la débâcle monétaire n'entraîne pas le chaos politique. Mais de tels drames, qui se sont produits en Amérique latine, en Asie, en Afrique, ne sauraient menacer véritablement les pays les plus riches, qui n'auront pas à payer le redressement au prix fort de la misère, voire de l'explosion sociale.

De fait, la Grande-Bretagne, la Nouvelle-Zélande, le Canada, les Pays-Bas, la Finlande, la Suède sont passés par là et en sont sortis. La Suède justement, au début des années 1990, se trouve en récession : sa dette explose à 79 % du PIB, les prélèvements obligatoires à 73 % du PIB, la dépense publique à 67 % du PIB, le déficit budgétaire à 12 % du PIB. Une catastrophe qui ferait passer la France de 2006 pour un pays bien géré. Pourtant, dix ans plus tard, elle a recouvré la santé. Le Canada à cette époque était aussi mal en point qu'elle : 8,5 % du PIB de déficit, 115 % du PIB de dettes, qui dit pire ? Lui aussi s'est redressé en quelques années.

Le traitement est toujours le même : réduction des dépenses publiques. Des opérations chirurgicales, au sabre plus qu'au bistouri, dans le train de vie de l'État. Il a été mené à bien par des pays libéraux comme le Canada ou la Nouvelle-Zélande, comme par des pays sociaux-démocrates comme la Suède ou la Hollande. C'est, dans tous les cas, le prix à payer pour le retour de la confiance et des crédits et, dans tous les cas, cette austérité a préparé le retour de la croissance et la réduction du chômage.

Quand commander c'est céder

La France se trouvera tôt ou tard dans la même situation si nous ne faisons rien. Mise sous tutelle, sommée de réduire les déficits, de revenir à l'équilibre des comptes et de commencer le remboursement de ses dettes. Bref, ce que les gouvernements auraient aimé faire et dont ils ont été incapables. Mais les reculades ne sont plus de saison, la communauté financière exige des résultats. Elle dispose pour cela d'un argument imparable : le robinet du crédit. Pas de réformes, pas d'argent. La France est-elle en état d'affronter une telle épreuve ?

Sur le papier, ces difficultés n'ont rien d'insurmontable. Mais il faudrait imposer à marche forcée les préconisations du rapport Pébereau, c'est-à-dire en revenir aux contraintes de l'économie. Les Français devraient travailler davantage – c'est-à-dire autant que les autres –, restreindre l'État-providence – c'est-à-dire ne pas en abuser –, imposer à l'Administration des normes de productivité et de modernisation. Ce n'est pas un menu de fête, pas un régime de bagnard non plus. Le pain sec des Français reste une inaccessible brioche pour des milliards d'hommes. En contrepartie de cette temporaire cure d'austérité, notre prospérité serait préservée pour nous et nos enfants.

Pourquoi donc serait-il si difficile d'appliquer un tel programme alors même que l'urgence ne nous laisserait plus le choix ? Parce que le déficit s'est incrusté dans notre société comme une drogue. Il permet d'esquiver la réalité, de s'entretenir dans une euphorie trompeuse, il permet surtout d'effacer les conflits. Ceux-ci naissent toujours d'une insuffisance de ressources. Un État qui peut ouvrir ses caisses et distribuer l'or est assuré d'apaiser les querelles et de ramener la paix. Celui, au contraire, qui ne dispose d'aucune réserve pour satisfaire les mécontents doit affronter la meute au risque de se faire dévorer.

Depuis trente ans, les gouvernements puisent dans le crédit pour maintenir la paix sociale. C'est une réforme que l'on diffère, une subvention que l'on maintient, une détaxation que l'on accorde, une rémunération que l'on augmente, un avantage que l'on concède, peu importe, c'est toujours de l'argent en plus. L'agressivité diminue, la colère retombe, la société française retrouve son calme sans avoir à assumer sa fonction première : gérer la violence latente. Car les rapports de force sont le langage naturel des groupes sociaux. Ils déterminent la place et la part de chacun dans l'espace toujours restreint de la vie. La sociabilité substitue aux affrontements physiques un système de règles, acceptées par tous, des règles qui canalisent et répartissent les contraintes, ritualisent et conjurent la violence physique.

Depuis des décennies, la France expérimente l'art de désamorcer les conflits en rajoutant de l'argent au pot. Tout le monde applaudit lorsque le ministre lâche sur les revendications. Commander, c'est céder. À ce jeu, l'État dépense plus qu'il ne gagne, mais la paix sociale est assurée. Seule la fuite en avant dans le déficit lubrifie les rouages grippés de cette société. C'est pourquoi le retour à l'équi-

libre s'annonce aussi pénible qu'une cure de désin-
toxication. Certains drogués l'acceptent et s'en sortent, d'autres la refusent et se détruisent. Que fera
la France ?

L'injonction faite aux peuples surendettés peut être
mobilisatrice. Elle leur donne la volonté de s'en sortir. Volonté conflictuelle, lorsque le redressement est
imposé par une majorité de combat, comme celle de
Margaret Thatcher en Grande-Bretagne ; volonté
consensuelle lorsqu'elle suscite une grande négociation entre partis et syndicats, comme dans les pays du
Nord. La France peut-elle se conformer à l'un ou
l'autre de ces scénarios ?

Depuis trente ans, les Français ont toujours fait
reculer leurs gouvernements. Ils ont pris l'habitude de
ne jamais céder, de ne jamais accepter, de toujours
refuser. Suffirait-il que l'autorité s'exerce de l'extérieur
pour qu'ils changent de comportement ? Nous nous
sommes offert une répétition générale avec le Pacte
de stabilité issu du traité de Maastricht. La France a
tout de suite joué sa partition : « Au diable les comptables de Bruxelles ! » Protégés par l'euro qui nous a
épargné les crises monétaires, les dévaluations et les
plans de rigueur, nous avons allégrement transgressé
les règles communes. Si nous avions été seuls dans ce
cas, nous aurions été sanctionnés. Mais l'Union européenne s'est trouvée désarmée face à une troupe
d'élèves prodigues. Pour l'opinion, cette épreuve de
force a valeur de précédent. La France n'a pas à tenir
compte des injonctions étrangères ! Le symptôme
dominant de sa maladie risque, du coup, d'être le refus
de se soigner, c'est-à-dire de se soumettre à la nécessité commune.

Les mises en demeure de la communauté internationale ont, dans ce contexte, plus de chances de bra-
quer l'opinion que de la convaincre. On imagine déjà

les appels à la révolte contre les diktats du capitalisme mondialisé ! Car les Français s'entretiennent dans l'illusion commode que la condamnation de l'endettement et l'impératif de l'équilibre relèvent d'une idéologie perverse. Il n'est que de la récuser pour être libéré de ces contraintes. Les «ajustements sévères» auront donc le plus grand mal à passer. Bardée dans sa culture de l'affrontement idéologique et son refus du consensus pragmatique, la France risque bel et bien de connaître la banqueroute explosive, bref, d'entamer le scénario de l'autodestruction et non pas du redressement.

La fossilisation budgétaire

D'autant qu'à la difficulté politique s'ajoutent les difficultés monétaire et budgétaire. La meilleure façon de vivre en déficit sans faire croître la dette en proportion, c'est évidemment d'entretenir une forte inflation. Les débiteurs sont gagnants, et les créanciers, perdants, l'État dépensier peut donc rembourser en monnaie dévaluée. C'est ainsi que la France s'est sortie d'affaire en 1945. La monnaie, en perdant sa valeur, a ruiné les épargnants et fait fondre la dette. Notre économie a recouru à ce stimulant inflationniste pour entretenir la croissance tout au long des Trente Glorieuses. Au jeu du crédit, les entrepreneurs étaient gagnants, et les rentiers, perdants. Au début des années 1980, la monnaie fondait encore de quelque 10 % par an. Mais, après la stabilisation imposée par Jacques Delors en 1983, l'inflation s'est ralentie jusqu'à devenir résiduelle dans les années 1990. Depuis lors, les déficits ont continué à s'accumuler impitoyablement d'une année sur l'autre. Mais, en ce début de XXIe siècle, la commodité monétaire n'est plus un recours possible. La Banque centrale européenne veille au grain et remonte les taux sitôt que les 2 % sont nettement dépassés. Il nous faut donc vivre dans une économie sans inflation, c'est-à-dire rétablir les équilibres financiers sans pouvoir nous autoriser les glissades incontrôlées.

D'ores et déjà, certains experts réfléchissent, en toute discrétion et à tout hasard, à un scénario catastrophe pour éviter la banqueroute pure et simple : la sortie de l'euro. La France acculée par les pressions européennes, incapable d'y faire face, déciderait d'abandonner l'euro et d'en revenir au franc. Cela se traduirait immanquablement par une dégringolade de la monnaie, un renchérissement de nos importations, une fuite éperdue des capitaux, et provoquerait une baisse brutale du niveau de vie. Le gouvernement, ayant retrouvé le privilège d'émettre la monnaie, ferait tourner la planche à billets et la spirale de l'inflation incontrôlée reprendrait. À ce jeu, on ruinerait les créanciers qui n'auraient pas pu s'enfuir à temps, c'est-à-dire les petits épargnants français (et non pas les gros investisseurs internationaux, qui, bien entendu, auraient quitté le navire avant le naufrage).

En l'absence des facilités inflationnistes, il ne reste que trois remèdes : augmenter les recettes, diminuer les dépenses et, si possible, s'assurer d'une forte croissance. De ce triple point de vue, la situation française est à l'opposé de la situation américaine. Les Américains ont un taux d'imposition très bas, ils peuvent à tout moment le relever et dégager des recettes supplémentaires. Ils financent des programmes très lourds, la guerre d'Irak notamment. En pratiquant des coupes claires, ils peuvent fortement diminuer les dépenses. Preuve de cette marge de manœuvre budgétaire, Bill Clinton a fait passer les finances fédérales d'un déficit de 6 % à un excédent de 2 % et réduit le poids de l'endettement de 75,4 % à 58 % sous ses deux mandats. À charge pour le successeur de Bush de recommencer l'opération. Enfin, l'adoption des principes du libéralisme donne à l'économie américaine une grande réactivité. Et la croissance, pour être entretenue artificiellement, n'en est pas moins au rendez-vous de la relance.

À l'opposé de l'adaptabilité américaine, la France souffre de sclérose budgétaire. L'économiste Alexandre Siné[1] a constaté la quasi-fossilisation de nos finances publiques, qui se reproduisent à l'identique d'une année sur l'autre. Parmi les dépenses intangibles, les frais financiers, les traitements, les pensions. Des factures qui s'imposent au gouvernement – à payer sans discuter – et qui ne connaissent d'évolution qu'à la hausse. Les économies ne peuvent être réalisées que sur les dépenses compressibles. Or, constate Alexandre Siné, « depuis 1975, le budget de l'État est marqué par la montée de la part des dépenses obligatoires et incompressibles ». Celles-ci représentaient 45 % du budget en 1980, elles atteignent aujourd'hui 58 % et devraient monter à 64 % en 2010. L'État a donc cessé d'être un décideur politique, il n'est plus qu'un employeur-débiteur, un gestionnaire du passé et du passif. La totalité des dépenses ordinaires est plus ou moins gelée. Reste un petit 10 % pour les investissements, part qui n'a cessé de se restreindre. Impossible de tailler encore dans cette peau de chagrin. Ainsi, le peu de croissance disponible ne donne pas au gouvernement les fameuses « marges de manœuvre » nécessaires, il ne permet

---

1. Alexandre Siné, « État imposant, État impuissant », dans *Futuribles*, nov. 2005, et *L'Ordre budgétaire*, Paris, Economica, 2005.

même pas de faire face à l'augmentation inéluctable
du budget d'une année sur l'autre. Dans ces conditions, la dépense publique se trouve figée à un
niveau qui implique un gros déficit. Si nous décidons
de l'attaquer en urgence d'ici quelques années, il nous
faudra dynamiter toutes les forteresses des droits
acquis.

Pourrait-on augmenter les recettes ? Certainement
pas. Notre fiscalité est l'une des plus lourdes en Europe,
et la concurrence fiscale est impitoyable. À 44 % de
prélèvements obligatoires, tout alourdissement des
impôts fait fuir les entreprises et les possédants. Là
encore, nous voilà bloqués. En accroissant les taux, on
risque de diminuer la collecte. Quant à jouer sur la
croissance, il n'y faut pas compter : la bureaucratisation
de notre société rend inopérantes les politiques de
relance.

Un miracle

Tout semble figé et, pourtant, un changement
semble se dessiner. Ce serait à désespérer si cet horizon si noir n'avait aussi son coin de ciel bleu. À ce
stade, tout espoir est bon à prendre. Cette culture de
la dépense publique n'était pas seulement le fruit de
politiques perverties, elle était, en quelque sorte, inscrite dans nos institutions. De la façon dont l'État
tenait ses comptes, il ne pouvait que dépenser toujours
plus. Voilà précisément ce qui devrait changer. Je parle
au conditionnel, car la révolution budgétaire vient tout
juste d'entrer en application. Disons qu'elle est encore
virtuelle. Mais ce premier pas, à lui seul, mérite d'être
salué.

Et d'abord dans son histoire, qui constitue une sorte
de « miracle politique », selon l'expression très juste de

Rémi Godeau[1]. Imaginez cela : la droite et la gauche qui reconnaissent l'urgence d'un péril, la nécessité d'un changement, qui travaillent main dans la main et font voter une réforme par le Parlement unanime… De tels élans consensuels sont généralement provoqués par l'actualité. C'est un fait divers, un drame, un scandale qui oblige à légiférer sous la pression de l'opinion, sous le coup de l'émotion. Ces lois de circonstance bâclées dans l'urgence et adoptées à l'unanimité sont rarement de grands textes. Rien de tel avec la LOLF, traduisez : la loi organique relative aux lois de finances qui fut adoptée le 1er août 2001… dans l'indifférence générale. Dommage ! Pour une fois, les élus auraient mérité une *standing ovation* de la part de leurs électeurs.

Deux parlementaires sont à l'origine de cette réforme : le sénateur centriste Alain Lambert et le député socialiste Didier Migaud. L'un préside la commission des finances au Sénat, l'autre est rapporteur de la commission des finances à l'Assemblée. Ils observent chaque jour ces dérives budgétaires qui conduisent du déficit à la dette et parviennent à la même conclusion : il faut repenser de A à Z notre procédure budgétaire. C'est ainsi qu'ils vont travailler ensemble, loin de toute considération partisane. Les politiques aussi peuvent retrouver le sens civique.

Je m'étais étonné que l'État confonde la dépense et le chiffre d'affaires, mais n'est-ce pas ainsi qu'est présenté le budget ? Tant pour tel ministère, tant pour tel organisme, tant pour tel service. La nomenclature administrative fait défiler les factures, il ne reste qu'à faire l'addition. Les dépenses sont définies par les besoins de l'Administration, et légitimées par leur consommation

---

1. Rémi Godeau, *La France en faillite*, Paris, Calmann-Lévy, 2006.

(surtout ne jamais laisser en fin d'année un crédit inutilisé !). Elles sont justifiées par le fonctionnement des services, et réciproquement. Au fil des ans, elles se révèlent de moins en moins compressibles. Le gouvernement et le Parlement ne peuvent plus intervenir qu'à la marge. L'État devient une machine à générer une dépense qui se renouvelle comme par fatalité.

Quant au contrôle, il est purement comptable. Les affectations des crédits sont prévues ligne à ligne, poste à poste en vertu d'une complexité telle que personne ne peut plus les suivre. Dès lors que la dépense a été faite dans les règles, elle est réputée impeccable. Peu importe son utilité. Un budget s'exécute, il ne se gère pas.

Cette procédure remontait à 1959, et tout le monde savait qu'elle était absurde. À trente reprises, des projets de réforme avaient été présentés. Aucun n'avait abouti. L'État avait gravé sa comptabilité dans le marbre.

Nos deux parlementaires entreprennent donc de briser cette logique infernale en s'inspirant des travaux de la Cour des comptes et de nombreux exemples étrangers. Ils n'entendent pas améliorer le système existant, mais le reconstruire à partir de nouveaux principes. Plutôt que de partir des demandes des administrations et de raisonner en termes de moyens, on partira des missions et on raisonnera en termes de résultats. Une révolution copernicienne qui doit permettre de réconcilier la politique et la finance.

Désormais les crédits ne sont plus affectés à des administrations, mais à des objectifs. Leur utilisation n'est plus prédéterminée, mais laissée à l'appréciation de managers publics. Ce sont eux qui devront les gérer, eux aussi qui devront en justifier l'emploi au vu des résultats. L'État règle la dépense sur la performance – non plus sur la conformité.

Résumons cela : l'argent public n'est plus fait pour être dépensé, mais pour être géré. Et comme tout argent géré, il est confié à un responsable qui, en contrepartie de sa marge de manœuvre, devra rendre des comptes en termes de performances.

Tel est l'esprit de la proposition de loi déposée par messieurs Migaud et Lambert et qui sera adoptée, sans même une modification gouvernementale, par les parlementaires unanimes. Restait à reconstruire le budget en tenant compte de cette nouvelle logique. Énorme travail mené au pas de charge. Dès la fin de 2003, la nouvelle architecture budgétaire est achevée. Elle s'articule sur 34 missions qui se décomposent en 132 programmes conduisant à 580 actions auxquelles sont affectés les crédits. Partout des objectifs, des indicateurs, des résultats et des responsables. La LOLF, cette nouvelle constitution financière de la France, est entrée en application le 1er janvier 2006.

Saluons le progrès, mais ne rêvons pas. Le mal est si profond qu'une réforme ne suffira pas à le corriger. Les nouvelles institutions ne sont jamais que des moyens, elles ne valent que par la volonté de ceux qui les appliquent. Je n'en prendrai qu'un exemple. Notre procédure traditionnelle faisait du Parlement une chambre d'enregistrement budgétaire. Lorsque le gouvernement présentait son projet, 90 % des dépenses étaient figées, et les recettes équivalentes, engagées. C'était à prendre ou à laisser. La discussion budgétaire n'apportait aucun changement notable. Avec la LOLF, les députés pourront tout reprendre à la base, discuter des missions, des affectations, des résultats ; bref, remettre en cause la pertinence des politiques publiques à l'occasion du débat budgétaire et, au passage, couper bien des dépenses inutiles. Tout cela est parfait sur le papier. Mais comment oublier que, dans le couple exécutif-législatif, c'est ce dernier qui est en

France le plus dépensier ? Aux États-Unis, le président se fait raboter ses grands programmes et doit mendier une rallonge au Sénat lorsqu'il a épuisé ses crédits. En France, au contraire, les députés se bousculent à la tribune pour satisfaire leur clientèle, et il a fallu leur interdire de proposer des dépenses supplémentaires sans recettes nouvelles. Quel usage nos parlementaires feront-ils des nouvelles prérogatives budgétaires ? S'ils se comportent en élus de la nation, ce sera parfait ; s'ils interviennent en élus de leur circonscription, ce sera désastreux.

Pour tirer tout le parti de la LOLF, il faudrait que la même union nationale qui présida à sa naissance se reforme demain pour son application. Nous en sommes loin.

Aujourd'hui, LOLF ou pas, nos gouvernants ne sont que des faillis en sursis multipliant les plus coupables expédients pour assurer les échéances. Que se passera-t-il lorsqu'ils ne pourront plus le faire à crédit ? Qu'ils devront refuser les compromis ruineux, imposer les réformes impopulaires, attaquer les sanctuaires budgétaires ? C'est alors que la révolte populaire risque de faire exploser notre si fragile équilibre social. Pour plus de détails, voyez l'Argentine.

La menace de l'argentinisation

Au début du XXe siècle, elle était la sixième puissance économique mondiale et avait tout pour le rester. Ses habitants auraient pu jouir aujourd'hui d'un niveau de vie comparable à celui des Canadiens ou des Australiens. Oui, l'Argentine était programmée pour la prospérité, mais, voilà, elle a fait naufrage en 2001, écrasée par une dette colossale : 150 % de son PIB. Cette faillite n'a pas été celle du capitalisme, mais de l'absence de capitalisme. La bourgeoisie possédante, plutôt qu'investir pour développer le pays, n'a eu de cesse de placer son argent à l'étranger, et l'État, aux mains d'une caste corrompue, a dilapidé l'argent public. La malheureuse Argentine avait besoin d'une élite entreprenante, elle est tombée sous la coupe d'une oligarchie prédatrice. À travers ses déchirements et ses convulsions, elle a donné au monde le premier exemple d'un pays en voie de sous-développement. Retrouvera-t-elle l'équilibre et la croissance ? Seule assurance : elle n'y parviendra qu'en rompant avec son passé, en se rassemblant sur des valeurs et des politiques nouvelles. Si elle retourne aux vertiges du populisme, si elle est à nouveau pillée par la classe possédante, elle n'en finira pas de s'enfoncer dans la misère.

Ce syndrome n'a pas frappé par surprise, il rongeait le pays depuis des décennies. Au début des années 1980, j'avais souhaité consacrer un reportage au mal argentin dans le magazine économique « L'Enjeu ». Mais je ne pouvais me lancer à partir d'une simple interrogation. Il fallait avoir des pistes sinon des réponses, savoir ce qu'il faudrait filmer. J'ai donc mené mon enquête auprès des Argentins, des connaisseurs de l'Argentine, des experts. Obstinément, je reposais ma question : « Quelle est la cause de ce désastre économique ? » Le pays n'était affecté d'aucun handicap visible. Il ne souffrait pas de l'épuisement de ses richesses naturelles, d'affrontements religieux ou raciaux, il avait profité de la Seconde Guerre mondiale, il pouvait encore tirer son épingle du jeu. Et pourtant, il s'enfonçait irrésistiblement. Les réponses qui me furent données étaient assez insaisissables et fort peu télégéniques. Je renonçai à mon reportage sur l'Argentine et, plus généralement, à comprendre ce pays.

Mais je n'ai cessé d'y repenser tout au long de ces années où je voyais la France partir à la dérive. Impossible de saisir les raisons objectives de ce désastre, elles n'existent pas. La France dispose toujours des atouts qui lui ont permis de briller pendant les Trente Glorieuses. Le pays fait encore la preuve de son génie : Ariane 5, Airbus 380, viaduc de Millau, et toutes ces entreprises championnes du monde. Il suffit de regarder autour de soi pour se rassurer. Mais, voilà, cette France qui, hier, allait de l'avant ne cesse de reculer. La mécanique s'est enrayée, le système ne fonctionne plus. À cette perte de dynamisme, on ne peut trouver aucune cause objective, tout s'est joué dans les têtes, dans les comportements, dans les politiques. La mauvaise gouvernance ne se filme pas. Elle se lit dans la comptabilité, c'est dire aussi qu'elle peut s'ignorer. Buenos Aires n'a pas changé d'apparence lorsque la dette argentine a entamé son irrésistible ascension. Le mal avance à bas bruit et, le jour où il éclate, alors il est trop tard pour en corriger les effets.

Dans cette France du XXIe siècle, la menace a pour nom l'argentinisation, c'est elle que nous devrions avoir sans cesse présente à l'esprit. Car comment éviter un péril dont on n'a pas conscience ?

CHAPITRE 2

Ça n'arrive qu'aux riches

Les Français détestent les finances publiques. Ils adorent les débats idéologiques, politiques, intellectuels, mais ils sont brouillés avec les chiffres. À l'opposé des Américains, qui valorisent leurs propos par la référence au dollar, ils dévalorisent les leurs par la référence à l'euro. Cette réduction du réel à sa contrepartie monétaire rassure le premier, mais frustre le second, qui refuse cette grossière quantification. Ce n'est que « le point de vue comptable », une vision sommaire et prosaïque qui se veut réaliste alors même qu'elle détruit le sens. La carte, dit-on, n'est pas le territoire, le budget n'est pas davantage le pays.

La France s'est peu à peu installée dans le déni budgétaire. Celui qui en rappelle les contraintes n'est qu'un triste sire soumis aux lois des marchés financiers, et, à l'inverse, celui qui prétend s'en affranchir passera pour un humaniste chaleureux. Ainsi euphorisée, l'opinion publique s'est détournée des additions pour se focaliser sur les revendications. Quant à la vie intellectuelle, elle se déploie dans un empyrée dégagé des viles contingences, une pensée qui n'est plus retenue par les chiffres, ces horribles clous de la réalité.

Serions-nous condamnés à ces visions alternatives, qui tantôt réduisent le monde à sa projection

comptable, tantôt prétendent libérer l'avenir de ces
contraintes budgétaires ? Ici un rapport qualité/prix
et là un produit bonheur-espérance. Certainement
pas. La finance n'a pas à dicter sa loi, à dire ce que
nous devons faire, elle détient seulement un droit de
veto, elle nous dit ce que nous ne pouvons pas faire.
Une vérité dépassée, semble-t-il, selon nos maîtres
à penser. Fort peu versés en économie – Raymond
Aron n'a décidément pas eu de successeur –, ils
rebâtissent le monde et tranchent du politique sans
nulle considération pour ces comptes d'épicier. Eux
se consacrent à la valeur des êtres, quand le vulgaire
observe le prix des marchandises.

Le « cher et vieux pays » a déjà connu bien des épi-
sodes tragiques qui le laissèrent détruit, exsangue, nau-
fragé. Il fut frappé, puis il se releva. Les hommes de
ma génération ont vécu la dernière en date de ces
catastrophes : la Seconde Guerre mondiale. Qui donc
aurait parié un franc sur le pays en ruine dont nous
héritions ? Qui donc aurait imaginé que la nation qui
n'avait pas supporté la victoire de 1918 parviendrait à
surmonter sa défaite de 1940, qu'elle allait connaître
les décennies les plus heureuses de son histoire, les
fameuses Trente Glorieuses ?

Le désastre n'est pas de même nature. Au lendemain de la guerre, le constat était vite fait dans ses
causes comme dans ses conséquences. Le nazisme, la
défaite, l'Occupation, les bombardements d'un côté,
les dévastations de l'autre. Les Français se trouvaient
dans la même situation que les populations asiatiques
frappées par le tsunami. Rien à expliquer, tout à
reconstruire. Des gaullistes aux communistes, tout le
monde s'est mis au travail et le pays s'est relevé. Ils le
pourraient encore, aujourd'hui comme hier, s'ils en
avaient la volonté et, pour commencer, s'ils avaient
conscience des dangers.

À l'été 2005, 35 % seulement des Français considèrent que la réduction de la dette et des déficits publics doit être « prioritaire », 46 % n'y voyant qu'un problème « important mais non prioritaire ». Marc Blondel traduit ce sentiment général lorsque, interrogé sur les déficits, il répond, goguenard, au journaliste du *Point* : « Vous avez déjà vu un État en faillite ? Qu'est-ce que cela signifie ? Quel est le patrimoine des nations ? Vous imaginez la situation si on fait sauter l'assurance-chômage ? Ce n'est pas possible ! » Tous les faillis raisonnent ainsi et, se croyant invulnérables, finissent par sombrer.

Que les Français, à l'image de Marc Blondel, s'entretiennent dans une rassurante dénégation, cela peut se comprendre, mais je puis certifier qu'il en va de même dans la classe dirigeante. Combien de fois, jouant au jeu du : « Que va-t-il se passer ? » avec des technocrates, des banquiers, des économistes, je n'ai obtenu pour ultime réponse que le trop fameux : « Mais ce n'est pas possible ! » Et pourquoi donc ce ne serait pas possible ? Nul ne sait, mais ce n'est pas possible. Ce cri libérateur qui sort l'enfant du cauchemar et le ramène dans la réalité devient la formule magique censée conjurer la réalité pour fuir dans l'imaginaire. Au dernier moment, de Gaulle, Jeanne d'Arc ou Zorro viendront retenir le bras des créanciers internationaux qui détiennent la moitié de notre dette. Voilà pourquoi les Français n'ont aucune raison de se mettre au régime du bon docteur Pébereau.

La France ruinée ? N'est-elle pas l'un des pays les plus riches du monde ? Eh bien, justement, c'est pour cela qu'elle s'est ruinée. Les pauvres, eux, ne peuvent s'offrir ce luxe. Ils ne font que s'enfoncer, glissant de la pauvreté à la misère. Pour risquer de tout perdre, il faut d'abord être riche.

La comédie budgétaire

Depuis une dizaine d'années, la France s'est installée dans une comédie budgétaire destinée à rassurer
le bon peuple, mais qui devrait faire hurler n'importe
quel commissaire aux comptes. L'exercice consiste à
contenir le déficit au-dessous des 3 % imposés par le
Pacte de stabilité. Pour réussir l'épreuve, il faut une
forte croissance, de belles entourloupes et des recettes
exceptionnelles.

Une forte croissance, c'est clair, nourrit les rentrées
fiscales et réduit le déficit. Les deux taux naviguent à
l'inverse l'un de l'autre. En 2000 : +3,8 % d'un côté,
–1,4 % de l'autre ; en 2001 : +2,1 % et –1,5 %. Puis arrive
la grande dégringolade boursière, la panne économique : en 2002, c'est +1,2 % et –3,2 % ; en 2003 : +0,5 %
et –4,1 % ; en 2005 : +2,5 % et –3,1 %. Et voilà pourquoi
Lionel Jospin n'eut pas à jouer les pères-la-rigueur
pour être moins déficitaire que ses prédécesseurs ou
successeurs. Hélas ! nos ministres ne commandent pas
plus à la croissance que les skippers aux vents ! Ils
vivent donc sur « des hypothèses volontaristes », et se
trouvent en décembre fort dépourvus quand la bise
n'est pas venue.

La conjoncture est capricieuse, les économies inen-
visageables, mais on peut toujours compter sur la
« créativité budgétaire », devenue la clé de toute politique financière. Il s'agit d'astuces comptables pour
reporter des dépenses sur l'exercice suivant, les sortir
du budget, encaisser des recettes par anticipation et
s'assurer, par simples jeux d'écriture, de ressources qui
n'existent pas. Nous disposons, à Bercy, d'une équipe
de prestidigitateurs budgétaires sans égale au monde.
Sauf, peut-être, dans l'Italie de Berlusconi. Son plus
beau numéro ? Les soultes.

Pour 2005, Nicolas Sarkozy a beau poser l'hypothèse

«volontariste» d'une croissance à +2,5 %, il ne peut rester dans les clous. C'est alors qu'il trouve le pactole : une soulte de 7 milliards d'euros versés par EDF-GDF à la Caisse nationale d'assurance-vieillesse, la CNAV. Il s'agit d'une recette immédiate pour une dépense future, car les retraites des électriciens seront désormais prises en charge par la Sécurité sociale. La provision est notoirement insuffisante, mais, dans l'immédiat, elle gonfle les actifs sans contrepartie dans le passif. Or l'EDF n'entre pas dans les comptes consolidés de l'entreprise France, alors que la Sécu en fait partie. Vous voyez la suite ? Tout versement de l'électricien à l'État devient une ressource budgétaire. La soulte, c'est tout bénéfice ! Un commissaire rigoureux n'admettrait pas que l'on enjolive ainsi le bilan. Mais, en politique budgétaire, c'est de bonne guerre. Le gouvernement Juppé avait utilisé le même tour de passe-passe en vue du budget 1997, en se faisant verser par France Télécom une soulte de près de 6 milliards d'euros. Le déficit s'en était trouvé allégé de 0,45 %. Juste ce qu'il fallait pour respecter les critères de Maastricht. Le bénéfice est pour aujourd'hui, le déficit pour plus tard. Pour la RATP, l'État doit payer lui-même la soulte, il a donc étalé cette dépense sur les années à venir.

Thierry Breton renouvelle l'opération pour le budget 2006 en pompant une soulte de 3 milliards pour les retraites de la Poste. Comment pourra-t-on « soulter » dans les prochains budgets ? La Banque de France, la gendarmerie, la Comédie-Française ou bien le régime de retraite des parlementaires ? Un patron qui dilapiderait ainsi un fonds de garantie des retraites serait poursuivi au pénal. Le ministre, lui, n'encourt qu'une remontrance de la Cour des comptes. Rien de grave : entre les énarques de Bercy et ceux de la rue Cambon, les échanges ne sont jamais qu'à fleurets mouchetés.

Cent autres astuces comptables doivent être inventées pour passer sous la barre fatidique. Thierry Breton, reprenant en cours de route le budget de 2005, était donné perdant faute d'une croissance suffisante. C'est alors que les ateliers de Bercy ont sorti un nouveau lapin de leur chapeau. Les champions du CAC 40 ont annoncé des résultats étincelants en 2005. L'impôt sur les sociétés s'en trouverait bonifié d'autant en 2006. À quoi bon attendre ! Le ministre glissa dans le collectif budgétaire une disposition qui augmentait les acomptes provisionnels versés dès cette année. C'est un milliard d'euros en plus encaissé avant le 31 décembre. Autant de moins pour 2006, certes, mais à chaque budget suffit sa peine. Le déficit de celui-là n'excédera pas les 3 %. Bravo l'artiste ! Et, pour le suivant, il en ira de même. Le projet proposé affiche superbement un 2,9 % au terme d'un feu d'artifice comptable sifflé par les arbitres de Bruxelles qui, pourtant, en ont vu d'autres. Mais, à force d'accumuler les recettes exceptionnelles, les prélèvements supplémentaires, les anticipations de dividendes, nos magiciens de Bercy se sont fait prendre la main dans le sac à malices. Comment faire autrement ? Le budget ne saurait être, dans ces conditions, qu'un échafaudage d'expédients.

En chiffres ronds, l'État prévoit 250 milliards d'euros de recettes, 300 milliards de dépenses et 50 milliards de trou que les comptables s'efforcent de ramener à 45. Tout cela pour annoncer un déficit de 3 % ! Sans être grand mathématicien et sans même avoir besoin de sortir sa calculette, on peut faire rapidement l'opération et conclure que le trou est en fait de l'ordre de 20 %. Quelle est donc cette arithmétique qui fait de 50 les 3 % de 300 ? Un artifice technocratique sur lequel nos hommes politiques se sont précipités pour masquer les gouffres qu'ils creusent.

Comme l'on sait, il ne s'agit pas de 3 % du budget, mais 3 % du PIB. Une opération incongrue en termes de comptabilité. Un déficit se calcule en comparant la colonne des recettes et celle des dépenses sur un même compte. Ce qui nous donne pour le budget 2005 : 243 d'un côté, 288 de l'autre et un solde négatif de 45 qui peut également s'écrire 18,5 %. Que les statisticiens jugent utile de comparer ce chiffre à la production nationale pour obtenir les 3 %, c'est leur affaire. Mais ce pourcentage n'a rien à voir avec le déficit budgétaire. Les comptes de l'État font apparaître un trou qui varie de 18 à 25 % selon les années. Voilà la réalité.

Or, tout au long de ces années, tous les Français se sont persuadés que les dérives budgétaires ne dépassaient pas quelques pour cent par an et que les fatidiques 3 % représentaient un retour à l'équilibre. Étonnons-nous après qu'ils refusent de s'alarmer pour si peu ! Ils pensent 3 % quand il s'agit de 20 %, ils croient être au plancher quand ils sont au plafond, et, plutôt que de s'indigner que le mobilier d'époque finisse en bois de chauffe, ils trouvent naturel que l'argent des privatisations alimente le budget.

Vendre les bijoux de famille

Au début du grand dérapage, l'État est prodigieusement riche. Il possède de grandes entreprises, un parc immobilier gigantesque, de superbes forêts domaniales, un stock d'or impressionnant et bien d'autres trésors. Un tel patrimoine ne se conserve pas, il se gère. Certains biens doivent être vendus, d'autres peuvent être achetés. Encore faut-il, pour obtenir quitus, qu'à toute cession corresponde une acquisition, un enri-

chissement ou, ce qui revient au même, un remboursement de dette.

Le principe même des privatisations ne saurait être
remis en cause. Dans un pays moderne, le gouvernement n'a pas à jouer les pétroliers, les industriels, les
banquiers, les assureurs, etc. Il doit s'en tenir à ses fonctions naturelles, ce qui n'exclut nullement d'ailleurs une
politique active dans le champ économique. Mais c'est
une chose d'impulser une politique industrielle et une
autre de jouer les industriels. Quoi qu'il en soit, en
vingt ans, l'État a mis sur le marché un nombre impressionnant d'entreprises : BNP, Société générale, UAP,
AGF, Elf, Renault, France Télécom, Air France, etc.
Qu'a-t-il fait de l'argent perçu ?

Lorsque les premières entreprises quittent le secteur public en 1986, Édouard Balladur promet que
les recettes serviront exclusivement à rembourser
les dettes de l'État. Louables intentions, qui ont été
respectées dans un premier temps, puis ont pavé
l'enfer de la dilapidation. L'argent des privatisations
a, en effet, été rapidement détourné de sa destination première. Par différents biais, il a servi à sou-
lager le budget, jusqu'à n'être plus qu'une ressource
parmi d'autres. L'État impécunieux a vendu son bien
parce qu'il était à la recherche d'argent frais, c'est
aussi simple que cela. La gauche a poursuivi cette
politique avec la même ardeur que la droite. Elle en
a même vanté la logique économique tout en en
appréciant surtout les commodités budgétaires. Les
militants socialistes n'ont d'ailleurs pas manqué de
s'interroger. D'où venaient que les privatisations
soient considérées comme la panacée en ces années
1990 comme les nationalisations l'avaient été dans
les années 1980 ? Les explications emberlificotées qui
furent données de ce tête-à-queue idéologique ne
peuvent masquer la vérité.

Le patrimoine public est devenu une ressource que l'on exploite comme le forestier coupe ses arbres pour se procurer du revenu. À cette différence près que les arbres repoussent, tandis que l'argent dépensé s'envole à tout jamais. La France ne vend pas les bijoux de famille pour réaliser de meilleurs placements, mais pour boucler ses fins de mois. La référence au désendettement du pays n'est plus qu'une clause de style, une délicatesse sans laquelle une privatisation ne serait plus ce qu'elle était. Le pot aux roses a été dévoilé à l'automne 2005 dans un rapport de l'Agence des participations de l'État. Les experts chiffrent ainsi à 77 milliards les recettes des privatisations depuis 1986. Sur ce total, 9 milliards seulement ont été affectés au remboursement de la dette. Le reste a servi à financer des dépenses qui, sinon, auraient été imputées au budget. Bref, la France brade son capital pour payer ses frais de fonctionnement.

Pour la seule année 2004, le gouvernement a récolté par ce biais 10 milliards d'euros, engloutis dans le trou sans fond des déficits. Sans doute aurait-il été disposé à vendre bien davantage, mais les 10 milliards représentaient le maximum de ce que la Bourse est capable d'absorber chaque année. L'ancien ministre Francis Mer concluait sur des accents d'une sombre lucidité : « Ce qui me semble très positif, c'est l'impossibilité que l'on aura de fantasmer sur le trésor caché, sur les bijoux de famille lorsque l'État aura tout vendu. » Se dépouiller pour décourager les solliciteurs, on aura reconnu la politique de Gribouille qui se jette à l'eau pour éviter la pluie.

Thierry Breton, lui aussi, a fait son marché dans la réserve aux privatisables. France Télécom, par-ci, Gaz de France, par-là, EDF pourquoi pas ? Et même la poule aux œufs d'or de la République : les sociétés d'autoroutes. Jean-Pierre Raffarin les avait épargnées, la dureté des temps oblige à les mettre sur le marché. 14 milliards d'euros, comment résister ? Le scandale aura été tel qu'il faudra bien consacrer l'essentiel de la manne au désendettement, mais il restera bien quelques milliards pour les dépenses courantes.

On connaît déjà les plus beaux lots des prochaines braderies. 19 % d'Air France-KLM, 93 % d'Areva, 35 % de France Télécom, 15 % de Renault, 31 % de Thalès, tout est à vendre. Les investisseurs devraient se presser aux enchères puisque les entreprises publiques ont gagné plus de 7 milliards d'euros en 2004. Mais l'État ne pourra plus compter sur les 3 milliards d'euros qu'elles lui ont versé. Le rapport Pébereau lui-même recommande à l'État de larguer toute la cargaison pour sauver le navire. 100 milliards de biens et participations diverses devraient être ainsi vendus... sous condition de n'affecter les recettes qu'au remboursement de la dette.

Nos argentiers désargentés regardent la France avec l'œil du liquidateur qui recherche dans les coins ce qu'il pourrait vendre et combien il pourrait en tirer. Un jour, ce sont les 3 000 tonnes d'or qui s'entassent dans le bunker souterrain de la Banque de France : un magot de 32 milliards d'euros. Qu'on vende les lingots, a décrété Nicolas Sarkozy ! Malheureusement, on ne peut se défaire que d'une centaine de tonnes par an. Ce sera toujours un bon milliard d'euros de pris. Un autre jour, les regards se portent sur le parc immobilier de l'État. Un patrimoine immense, estimé à 33 milliards d'euros, géré en dépit du bon sens. Là aussi, il aurait fallu pratiquer des coupes claires, mais là encore la recherche d'argent frais l'aura emporté sur les principes d'une saine gestion. Le gouvernement attendait de ces ventes 500 millions d'euros en 2004. Mais l'Administration n'a engrangé qu'un modeste 170 millions d'euros et s'est fait houspiller par les ministres.

La situation s'améliore en 2005 : l'État escomptait 850 millions d'euros et en touchera tout de même 600 millions. Qui serviront à désendetter le pays… à hauteur de 15 % !

La France étale ses dernières richesses sur la place publique. Tout ce qui peut renflouer les caisses de l'État doit disparaître. Ne pourrait-on, dans cette logique, affermer le château de Versailles à Disney ? Les Américains verseraient tout de suite un énorme paquet de dollars qui permettrait de toucher par anticipation les recettes des années à venir. Superbe opération !

Une gestion qui se réduit aux acrobaties comptables pour sauver le présent et charger l'avenir annonce la cessation de paiement, tous les experts le savent. Que la route soit plus longue, que le temps s'écoule plus lentement pour un État que pour une entreprise n'y change rien. Des experts en gestion privée préconiseraient la mise en liquidation pure et simple ou, à tout le moins, imposeraient des mesures drastiques : abandons d'activité, fermetures de filiales, cessions d'actifs, licenciements massifs. Toutes mesures exclues dans le cas de l'entreprise France. Pas question d'abandonner les DOM-TOM ou la Corse « non rentables », pas question de fermer la Sécurité sociale « déficitaire », pas question d'expulser les étrangers « sans emploi », pas question de supprimer le Sénat « dispendieux ». La France ne peut ni mettre la clé sous la porte ni se découper en morceaux. Reste une variable d'ajustement – et une seule – : les Français. Ce sont eux, ou leurs enfants, qui devront prélever sur leur patrimoine et leurs revenus pour faire face aux ardoises françaises.

La France dans le rouge

Et s'il n'y avait que l'État et sa dette officielle, la
dette maastritchienne ! Mais non, en France les dettes
sont partout, il suffit de sonder un trou pour découvrir
un gouffre.

Il en va ainsi de l'État lui-même, qui fait de son budget un paravent pour dissimuler toutes les charges
qu'il a reportées dans le temps. Le passif est à choisir :
1000 milliards si l'on s'en tient au décor, 2 000 milliards
si l'on préfère la vérité. Voici l'origine de l'écart men-
tionné plus haut. Cette seconde partie de la dette
publique ne correspond pas à des remboursements,
mais à des engagements. Certains sont fermes et défi-
nitifs, d'autres sont conditionnels, d'autres enfin ne
peuvent être évalués avec précision. Les signataires de
Maastricht, tous encombrés de telles charges et qui, à
l'époque, étaient plus endettés que la France, ne furent
que trop heureux d'oublier ce passif qui, pourtant,
devra bien être honoré à l'échéance.

La plus grosse de ces bombes à retardement est
constituée par les retraites des fonctionnaires. Chaque
fois que l'État recrute, il s'engage à verser une retraite
et, éventuellement, une retraite de réversion au
conjoint. Un engagement définitif qu'il devra assumer
seul puisqu'il existe un régime particulier qui fait de
l'Administration la caisse de retraite de ses anciens
serviteurs. Une entreprise privée qui se trouve dans
cette situation doit, en raison des nouvelles règles
comptables internationales, faire figurer à son bilan les
charges de pension. Un État n'y est pas encore obligé,
mais certains, comme le Canada, l'Australie ou la Nouvelle-Zélande, le font déjà. Quant à la Grande-Bretagne, elle vient de reconnaître que l'évaluation de sa
dette doit être doublée si l'on veut tenir compte des
pensions dues aux fonctionnaires.

La dette est donc certaine, bien que le paiement doive s'échelonner tout au long du siècle. Quel est son montant ? Les calculs reposent sur une série de variables difficiles à maîtriser complètement : démographie, régime des retraites, taux d'actuarisation, etc. Disons qu'il tourne autour de 900 milliards d'euros. Un chiffre en soi sans grande signification : ne s'agit-il pas d'une dépense courante équilibrée, en principe, par des cotisations ? Oui, à cette réserve près que le régime est incroyablement déséquilibré. En 2005, pour 36 milliards de pensions versés, les cotisations n'ont représenté que 10 milliards. L'État a dû financer l'écart de 26 milliards. Or le nombre des retraités de la Fonction publique va s'accroître fortement dans l'avenir et il n'existe précisément aucune provision pour faire face à ces dépenses supplémentaires. Plutôt que le fardeau brut, c'est cet alourdissement qui est inquiétant. Si l'on ne considère que la partie non financée, le chiffre tombe de moitié.

Mais il n'est question ici que des fonctionnaires d'État, il faut encore prendre en considération les retraites des fonctions publiques territoriales et hospitalières. Des régimes différents, plus difficiles à évaluer, mais, en gros, on reste dans le même ordre de grandeur. Enfin, le pire arrive avec les fameux régimes spéciaux : EDF-GDF, SNCF, RATP, Poste, Banque de France, etc. Les décalages entre les cotisations perçues et les sommes versées deviennent ici gigantesques. La commission Pébereau a pudiquement détourné le regard. Nous devrions sans doute mettre 200 milliards d'euros de côté pour les privilégiés de la retraite.

Si encore nous en étions quittes avec la dette maastritchienne et les retraites ! Mais il existe bien d'autres gouffres. Ainsi les 42 milliards d'endettement du secteur ferroviaire se divisent en 7 milliards à charge de la SNCF, 25,5 reportés sur Réseau ferré de France et

8,7 supportés par un discret «porte-dette» baptisé : service annexe d'amortissement de la dette.

Autre champ de mines : le «hors-bilan». Traditionnellement, cette *terra incognita* était fermée au public. Mais la nouvelle comptabilité publique s'efforce de les recenser. Il s'agit tout bonnement des cautions de l'État. Plutôt que d'avoir à sortir son propre argent, il laisse à d'autres le soin de le faire et se porte garant. Autant de dépenses qui, dans l'immédiat, n'apparaissent pas dans le budget. Cela représente des milliards d'euros. Nul ne sait exactement combien. On découvrira le chiffre au solde des comptes. La liste en est interminable. Des constructions d'autoroutes aux prêts au logement, du sauvetage d'Alstom au financement d'Ariane, du déficit de l'Unedic aux agriculteurs corses surendettés... À la grande parade des cautions, les dizaines de milliards défilent en rangs serrés.

Traditionnellement, l'État seul se permettait de faire des dettes, les collectivités locales et les organismes sociaux étaient tenus à l'équilibre des comptes. Une tradition bien oubliée. Désormais, c'est tout le contraire. Le budget de la nation est à peu près stabilisé, à un niveau certes trop élevé, mais stabilisé tout de même, et ce sont les autres budgets qui explosent. Depuis quatre ans, Assurance-maladie, Unedic, caisses de retraite creusent des gouffres que l'on ne parvient même plus à sonder. En juillet 2005, les experts découvrent un abîme «oublié» de 8 milliards d'euros, au titre des retraites agricoles et de la solidarité vieillesse. Après un parcours spéléologique dans ces cavernes, la Cour des comptes conclut à «la plus forte dégradation financière de l'histoire de la Sécurité sociale».

Puis viennent les collectivités territoriales, qui sont parties en dérapage incontrôlé depuis que l'État se décharge sur elles de nombreuses dépenses sans transférer les financements correspondants. D'un budget à

l'autre, ce sont ainsi les milliards d'euros qui s'accumulent dans la colonne des passifs.

Les certitudes françaises

La France fait repentance. Elle se découvre tous
les jours quelque nouvelle occasion de présenter ses
regrets, ses excuses. Après Vichy, la colonisation, après
la colonisation, la traite des Noirs, viendront bientôt
les campagnes napoléoniennes, la révocation de l'Édit
de Nantes, la croisade des Albigeois, les croisades en
Terre sainte. Pour finir, nous érigerons un monument
à l'homme de Néandertal qui fut, peut-être, victime du
premier génocide de l'histoire et dont les bourreaux
seraient... suivez mon regard.

Il s'agit toujours de drames abominables, qui ont fait
des milliers et des millions de victimes. Il s'agit d'épi-
sodes peu glorieux, voire criminels, de notre histoire.
Tous les peuples, en fouillant dans leur passé, en trouveraient sans doute l'équivalent. Mais, pour être pertinente, cette repentance ne doit pas être trop tardive.
Mieux vaut interroger ses souvenirs plutôt que l'histoire. La guerre d'Algérie plutôt que le bûcher de
Montségur. C'est donc ici et maintenant qu'une génération à ce point coupable et prise de repentance
devrait se remettre en cause.

Quand on présente un tel bilan, on ne peut que dire
à ses enfants : « Nous vous transmettons des échecs
pour que vous en fassiez des succès, nous vous transmettons des erreurs pour qu'elles vous révèlent la
vérité. Surtout, ne faites rien comme nous. Et bonne
chance à vous ! » Oui, ce pourrait être le post-scriptum
du rapport Pébereau. Mais non, pas une once de doute
n'émane de cette génération qui s'accroche comme
jamais à son pouvoir. Nos doctrinaires ont raison

contre les faits, contre le monde entier, dût la France en crever !

Voilà bien la spécificité française. Toutes les nations ont été prises de court par la vague de libéralisme et la mondialisation qui ont déferlé à partir des années 1980. Chacune a réagi selon son génie particulier, avec des fortunes diverses. La France a été plus que d'autres déchirée, car elle était légitimement attachée à l'organisation socio-économique qu'elle avait mise en place au lendemain de la guerre, celle qui avait fait ses preuves tout au long des Trente Glorieuses. Malheureusement, ce modèle étatiste se trouvait condamné par le libéralisme mondialisé, il aurait dû savoir évoluer, non pas pour se renier, mais pour préserver ses valeurs. Une adaptation difficile dont nul n'avait le mode d'emploi. Que nous ayons hésité sur la voie à suivre, que les familles politiques se soient opposées sur ce point, rien de plus naturel.

Mais, après deux décennies, le temps des querelles idéologiques est passé. Le verdict des faits dissipe les brumes de l'illusion. Les peuples, instruits par l'expérience des autres autant que par la leur, passent de l'idéologie à l'empirisme. Les Français seuls font de la résistance.

Chez nous, la réalité n'a pas droit de cité. Nous ne tirons aucun enseignement de nos erreurs quant aux succès des autres, nous ne les regardons jamais que comme les beaux fruits... de la propagande. Nos maîtres à dépenser ne supportent pas les références étrangères. Au mieux et dans le meilleur des cas, elles n'auraient aucune signification.

Notre modèle est le meilleur, notre politique, la plus juste, notre « exception » sert de référence universelle, qu'on se le dise. Souvenons-nous de cette campagne référendaire de 2005, où les partisans du « non » prétendaient imposer à nos partenaires un texte conforme à leurs vues ! C'était Napoléon dictant sa loi à l'Europe.

On n'affiche pas une telle satisfaction, une telle assurance, voire une telle arrogance, sans couler ses erreurs au moule idéologique. Si nos dirigeants s'étaient contentés de dilapider l'argent public, cela n'aurait pas duré bien longtemps. S'ils avaient dit la vérité, encore moins. Imaginez le ministre des Finances jetant négligemment : « Vous mettrez cela sur le compte de nos enfants. » En France, de bonnes raisons sont nécessaires pour persévérer dans l'erreur. Des raisons intellectuellement satisfaisantes et moralement gratifiantes. Après avoir pris la mesure de cette faillite financière et des mécanismes à l'œuvre, il faut maintenant en comprendre les causes ou plutôt les prétextes. Car nous nous sommes précipités dans le crédit hors de toute raison, mais non sans justifications.

La potion du docteur Keynes

La route de l'endettement est balisée tout du long par un nom magique : « Keynes ». Le grand économiste britannique est devenu l'un des mythes du XXe siècle. Un destin peu enviable. Sa pensée, tombée dans le domaine public, se réduit à une formule simpliste que sa très savante *Théorie générale de l'emploi, de l'intérêt et de la monnaie* est censée cautionner. La même mésaventure posthume est arrivée à Marx, à Freud et à Einstein. Du premier, on retient la lutte des classes et le communisme, du second, le sexe et la petite enfance, du troisième, que « tout est relatif ». Ne plus s'appartenir, c'est le comble de la gloire. À cette aune, Keynes est assurément le plus glorieux des économistes.

Étrange destin que le sien ! John Maynard Keynes, pur produit de la haute bourgeoisie britannique, qui

tenait le communisme pour «scientifiquement erroné,
inintéressant et inapplicable dans le monde moderne»,
qui ne rejoignait Marx et la lutte des classes que pour
affirmer : «La guerre des classes me trouvera toujours
du côté de la bourgeoisie éduquée», a été récupéré
au point d'«appartenir désormais au patrimoine de
gauche…», comme le constate Alain Minc. «Quel est,
en effet, le vade-mecum keynésien de l'homme politique et du militant de base ? La relance ; la relance
encore, la relance toujours[1]. »

Avec Keynes, la politique économique a trouvé le
volontariste dont elle avait besoin. Les gouvernants,
qui jouaient du laisser-faire et du protectionnisme, de
la monnaie et des taux d'intérêt comme les médecins
de Molière du lavement et de la saignée, ont appris à
manipuler les vraies commandes, celles qui ouvrent la
voie au dynamisme.

Une économie, on le sait, n'est jamais à l'équilibre,
elle est sujette à des emballements, mais aussi à des
ralentissements. Les libéraux misent sur l'autocorrec-
tion du marché. Tout excès dans un sens finira par
provoquer une réaction en sens contraire, disent-ils.
Keynes ajoute à la reconnaissance de ces automatismes
la nécessité du pilotage. Quand la machine tourne au
ralenti, le gouvernement doit délibérément se mettre
en déficit pour injecter de l'argent et favoriser la
reprise. Il lance des programmes d'investissements
qui, tout à la fois, préparent l'avenir et précipitent le
retour de la croissance. C'est alors que les rentrées fiscales plus abondantes permettront de boucher les
trous creusés pendant les années de vaches maigres.
Telle est la philosophie de la relance, simple dans son
principe, très difficile à mettre en application.

---

1. Alain Minc, *Les Prophètes du bonheur*, Paris, Grasset, 2004 ;
Le Livre de Poche n° 4376.

Depuis que la relance keynésienne figure en bonne place dans la panoplie de tous les gouvernements, de droite comme de gauche, le déficit a trouvé ses lettres de noblesse : il était une faute, il est devenu un outil. Doté d'un mode d'emploi très strict, mais qui sera bien vite oublié. Car l'effet bénéfique de la dépense est garanti. Selon la formule bien connue d'un politicien : « Pour un gouvernement, il n'est de difficulté politique que l'argent ne soulage. » Quant aux effets pervers, ils ne se manifestent qu'à moyen terme, un mistigri pour le successeur. En somme, le déficit est à la politique ce que la morphine est à la médecine : un remède d'un maniement très délicat, qui devient une drogue dès lors que son usage est dévoyé. Et pour ce qui est de dévoyer le keynésianisme, la France, patrie de la surconsommation pharmaceutique, va s'y adonner sans la moindre retenue. La relance est devenue la pièce maîtresse de l'économie sans peine qui se met en place à partir de 1981.

On l'a oublié, mais la grande distribution de mai 1981 avait eu un précédent. En 1975, Jacques Chirac, alors Premier ministre de Valéry Giscard d'Estaing, ne parvient pas à dégager la France du premier choc pétrolier. La croissance est en berne et le chômage frappe un million de personnes – chiffre inouï pour l'époque – ; c'est alors qu'il tente sa chance au poker de la relance. Son plan, qui joue sur tous les tableaux, des grands investissements aux relèvements des allocations, ne fait pas dans l'homéopathie mais dans la médecine de cheval. Or la France est alors si vertueuse qu'elle peut, pour une fois, goûter aux amphétamines de l'argent facile. La croissance, stimulée par ce formidable coup de fouet, bondit à 4,6 % l'année suivante. Mais le contrôle antidopage révèle que l'économie s'en remet mal : l'inflation est à plus de 10 %, le chômage ne baisse pas, la balance commerciale plonge, la France doit même quitter le serpent monétaire européen. Raymond Barre prend les commandes. Adieu Keynes, bonjour la rigueur.

L'idéologie du déficit

La gauche du Programme commun, bien qu'elle prétende «rompre avec le capitalisme», avait fait de Keynes plus que de Marx son prophète. Elle s'était persuadée que l'économie française avait besoin d'un plan de relance pour financer son programme social. C'est donc dans un climat d'euphorie qu'elle ouvrira les vannes budgétaires.

Avec le recul historique, on s'aperçoit que ces deux relances n'auront pas du tout eu les mêmes conséquences. Sur le plan idéologique, tout d'abord. Chirac, en 1975, c'est le camionneur embourbé qui donne un grand coup d'accélérateur pour se dégager. Le garagiste Barre devra ensuite réparer la machine. Il n'est question que de gestion. Mitterrand et Mauroy, en 1981, sont les prophètes des temps nouveaux. Ils vendent à l'opinion une rupture politique dont le plan de relance est la conséquence naturelle. On change de véhicule, on change les routes, la conduite, le code de la route, on change tout. Ne s'agit-il pas de «rompre avec le capitalisme»? L'orthodoxie budgétaire traduit une gestion rétrograde qui freine l'économie, mais la gauche affirme sa cohérence intellectuelle avec ce pilotage en anticipation qui fait reposer la dynamique économique sur le progrès social.

Du point de vue budgétaire, les conséquences de cet emballement budgétaire furent beaucoup plus désastreuses. La relance classique, par la mise en chantier de grands programmes, n'hypothèque pas l'avenir. C'est une dépense ponctuelle, conjoncturelle. Celle des socialistes fut d'une tout autre nature. Elle se traduisit par des embauches de fonctionnaires, par la création de droits acquis, bref, par des engagements irréversibles.

Ainsi, la relance de Jacques Chirac, quantitativement la plus importante (2,2 % du PIB en 1975 contre 1,1 % du PIB en 1981), n'a laissé de traces ni dans l'opinion, ni dans les finances publiques, tandis que celle de Mauroy s'est révélée infiniment plus lourde de conséquences à terme. La France de 1981 aurait pu encaisser un coup d'accélérateur, il lui était impossible de s'affranchir de la discipline budgétaire.

En tout état de cause, la relance idéologique de Mauroy ne réussit pas plus que la relance démagogique de Chirac. En 1983, le chômage n'avait pas diminué, l'inflation flambait de plus belle, les déficits se creusaient partout, les prélèvements obligatoires bondissaient à 43,6 % du PIB, tandis que le franc était à nouveau attaqué. Les communistes et une grande partie des socialistes refusèrent alors de céder à la «dictature des marchés financiers» et prétendirent maintenir inchangée notre politique économique à l'abri de frontières fermées. Débat ô combien révélateur ! Ces leaders qui prônaient la résistance aux «puissances de l'argent» furent ceux-là mêmes qui poussèrent le pays à accumuler les déficits. Quand de Gaulle disait que «la politique de la France ne se fait pas à la corbeille», il en tirait les conséquences et imposait une stricte orthodoxie. Un pays qui prétendrait se tenir à l'écart des circuits financiers internationaux devrait payer d'une discipline impitoyable son superbe isolement. Mais les apprentis sorciers de 1983, comme leurs successeurs d'aujourd'hui, conjuguent en toute inconséquence le laxisme budgétaire et le défi lancé aux marchés financiers.

Par chance, François Mitterrand refusa le virage du repli sur soi. Le keynésianisme-miracle, ayant une fois de plus montré ses limites, dut céder la place à une politique de rigueur. C'est Pierre Mauroy qui redressa la barre, et Jacques Delors qui prit dans la foulée les mesures impopulaires : prélèvements sur les ménages, freinage des dépenses, désindexation des salaires sur les prix. La raison l'emportait sur l'idéologie.

Sur le strict plan économique, on rejouait le passage de Chirac à Barre, mais, sur le plan politique, c'était une autre affaire. La rupture de 1981 n'avait rien à voir avec la relance de 1975. Elle semblait exclure, dans son esprit même, le respect de l'orthodoxie budgétaire vouée aux gémonies. Lorsqu'ils firent le choix de la rigueur en 1983, les socialistes expliquèrent donc qu'il s'agissait d'une simple parenthèse, d'une très temporaire concession à la méchanceté du monde et à la dureté des temps. Alors même que la France s'ouvrait comme jamais aux marchés financiers, on continuait à faire croire que nous nous étions affranchis de leurs lois. Entre la politique du franc fort, des taux d'intérêts élevés et la poursuite d'une pseudo-relance budgétaire keynésienne, les gouvernements firent en définitive tout et son contraire, avec les résultats que l'on sait.

Mais, surtout, le pays s'installa dans le déficit. En effet, les mesures de 1981-82 avaient accru les dépenses publiques : +21,5 % en 1981, +16,5 % en 1982. Or celles-ci ne correspondaient pas à des charges d'investissements, mais à des frais de fonctionnement ; autrement dit, on ne pouvait les réduire sans réformer l'État. Inenvisageable ! Il n'était plus possible d'accroître des prélèvements qui frôlaient déjà les 44 % du PIB. C'est alors que le recours à l'emprunt devint une ressource budgétaire considérée comme normale. Et l'habitude se prit de dépenser désormais plus qu'on ne gagnait, opération toujours baptisée « relance ». Keynes, que de crimes...

Dépenser toujours, rembourser jamais

La droite libérale de 1986 parvint à freiner le déficit, mais ne put revenir à l'équilibre. L'épreuve de
vérité arriva avec le gouvernement Rocard, qui béné-
ficia d'une belle croissance. C'était le moment ou
jamais de se faire keynésien, c'est-à-dire de compenser le déficit par des excédents. Et pourtant, le déficit
continua à filer, pour exploser à partir de 1991 et
atteindre des niveaux inégalés, plus de 70 milliards
d'euros, quand revint la récession. Le même scénario
se rejoua avec le gouvernement Jospin, qui, porté par
une superbe expansion, ne put revenir à l'équilibre.
Et, lorsqu'en 1999 Dominique Strauss-Kahn, ministre
de l'Économie, envisagea d'affecter les fruits inespé-
rés de la croissance à réduire le déficit, il procéda discrètement, comme s'il se préparait à faire un mauvais
coup.

C'était compter sans la démagogie chiraquienne.
Lors de son intervention télévisée du 14 juillet, le président de la République pointa du doigt la «cagnotte»
de 20 milliards que l'on semblait vouloir cacher aux
yeux des citoyens et demanda qu'elle soit distribuée
aux Français. Autant mettre un verre de vin sous le
nez d'un alcoolique. La manœuvre politicienne était
méprisable, Lionel Jospin aurait dû la dénoncer et se
poser en défenseur de la République face à un chef
d'État aussi indigne. De quelle République rêviez-
vous ? Il brise la tirelire, répand la manne sur sa clientèle et le déficit se maintient alors que la croissance est
au plus haut. Lorsque la bulle Internet éclate au tournant du millénaire, on repart vaillamment à l'assaut
d'un immuable déficit annuel de l'ordre d'une cinquantaine de milliards…

Voilà donc les principes du malheureux Keynes
totalement pervertis. La relance n'est pas conjonctu-

relle mais permanente, elle ne finance pas les investissements mais les dépenses courantes, on y procède en période d'expansion comme de récession. Le médicament est devenu une drogue. Injecté de façon permanente, à dose massive, il n'a aucun des effets bénéfiques attendus. En particulier, le chômage ne fait que diminuer dans les périodes fastes, il ne cède jamais. Mais rien n'y fait, l'alibi keynésien est trop commode ; moins il fonctionne et plus on s'y accroche.

« Il s'est [alors] établi, diagnostique Alain Minc, une "pensée unique" dont la gauche et ses alliés traditionnels, intellectuels et scientifiques, ont constitué les meilleurs militants : ce qui allait bien dans la sphère économique était à mettre à l'actif du keynésianisme ; ce qui dérapait à un usage insuffisant de la pharmacopée du "bon docteur Keynes[1]". »

Les technocrates qui négocièrent le traité de Maastricht, au début des années 1990, pensèrent avoir trouvé la parade en traçant à l'échelle européenne les lignes rouges de l'orthodoxie budgétaire. Et de fait, la prothèse fonctionna parfaitement en 1997, lorsque les Français se virent imposer une limitation des déficits au nom dudit traité.

Mais la droite, une fois revenue au pouvoir, découvrit à son tour, on l'a vu, les délices keynésiennes. Plutôt que de freiner les dépenses publiques, elle choisit donc de partir en guerre contre le Pacte de stabilité. Ce fut à qui démontrerait le mieux que la fameuse limite des 3 % du PIB était une absurdité économique. N'interdisait-elle pas de pratiquer la relance en période de basse conjoncture ? Car un déficit de 50 milliards d'euros, ce n'est pas assez, il faudrait pouvoir monter à 100 milliards pour faire repartir la crois-

---

1. Alain Minc, *op. cit.*

sance ! L'insuffisance du déficit fut même regardée comme la cause principale du chômage. Lorsque Jean-Pierre Raffarin se révéla incapable de tenir nos engagements européens, il se rengorgea en affirmant qu'il avait fait le choix de la croissance, qu'il refusait de se résigner au chômage pour satisfaire les comptables de Bruxelles. Et la France crut avoir remporté une grande victoire au mois de novembre 2003, lorsque, profitant des difficultés allemandes, elle imposa à ses partenaires l'assouplissement du Pacte maudit. La droite retrouva les accents de la gauche de 1981 qui vantait « le courage du déficit » ! Sous la présidence néokeynésienne de Chirac, la dette aura ainsi augmenté de 400 milliards d'euros !

La mauvaise santé financière est fort répandue dans la société des nations. Nous le savons. Notre spécificité consiste à théoriser nos insuffisances au lieu de les corriger. La santé par la dépense a reçu le baptême absolutoire du keynésianisme, l'endettement sans limites celui de la comptabilité idéologique.

Les chantres de la dette

La question de l'endettement n'a vraiment commencé à être posée qu'au tournant du millénaire. Depuis lors, des voix de plus en plus nombreuses s'élèvent pour s'indigner que l'on puisse accumuler autant de dettes sur la tête des générations qui nous suivront. Pour le coup, il semblerait qu'il n'y ait plus de théorie économique qui vaille : on ne vit pas aux crochets de ses enfants. Mais vous n'y êtes pas ! À nouveau, il s'est trouvé des « experts » bien français pour veiller sur notre bonne conscience.

Sachez donc, ils le disent et l'écrivent, que nos enfants ne sauraient se plaindre de rien. D'abord les

déficits correspondent à autant de relances qui ont
soutenu la croissance et donc créé des emplois à leur
intention. Vous me direz que le chômage des jeunes…
Mais il serait encore pire si l'on avait maintenu l'orthodoxie budgétaire ! Keynes ne l'a-t-il pas démontré ?
Ne parlons pas, bien sûr, du risque d'explosion sociale,
sujet plus tabou que la corde dans la maison du pendu.
Les facilités budgétaires servent à lutter contre la frac-
ture sociale, c'est bien connu.

Au reste, la dette publique n'aurait rien d'inquiétant, car elle n'est jamais qu'un emprunt de la France
aux Français. Elle s'appauvrit de sa dette, ils s'enrichissent de leurs créances. Pas de panique, l'argent ne
sort pas de la famille. Remarquons d'emblée que ce
n'est plus vrai depuis que l'étranger détient une moitié
de ces créances. Pour cette seule part nationale, l'argument est-il recevable ? Si les Français avaient acheté
des actions, par exemple, ils toucheraient des dividendes qui les enrichiraient. Dès lors qu'ils détiennent
des bons d'État, les intérêts qui leur sont versés sont
payés par les contribuables, c'est-à-dire par eux-mêmes.
Le débiteur contrôle la bourse du créancier, il prend
dans la poche gauche ce qu'il met dans la poche droite.
Ce serait encore plus vrai si la dette devait être remboursée. Il faudrait alors augmenter massivement les
impôts. Bref, on n'en sort pas. Que la dette publique
soit détenue par des Français ou par des étrangers,
qu'elle soit remboursée ou qu'on ne verse que les intérêts, en tout état de cause, les Français devront payer.
Les seuls créanciers qui ne seront pas lésés seront les
étrangers, qui n'auront pas à verser d'une main ce
qu'ils recevront de l'autre.

Par une incroyable perversion, le recours à l'endettement est parfois considéré comme le propre d'une
gestion budgétaire de gauche, opposée à l'orthodoxie
de droite. Or, justement, l'endettement redistribue l'ar-

gent des plus pauvres… vers les plus riches. Il revient
à reporter le financement du budget dans les ressources fiscales de l'avenir. Mais, entre-temps, la dette
se sera transformée en créances sur l'État. Celles-ci
sont traditionnellement détenues par les possédants
plutôt que par les prolétaires. L'accumulation de la
dette revient donc à constituer une rente payée par la
population aux classes aisées. Le contraire même de
la redistribution que devrait opérer la contribution fiscale. C'est ainsi qu'on fabrique de l'inégalité au sein
des générations à venir. Au nom de la justice sociale,
cela va de soi.

Quant à la situation du pays, elle doit, nous dit-on,
être regardée dans sa globalité. L'État est endetté,
c'est exact, mais les Français sont économes, c'est également vrai. Leur patrimoine atteint 7 000 milliards et
leurs dettes 700 milliards seulement. Preuve que le crédit est moins séduisant lorsqu'on doit en assumer la
charge plutôt que la transmettre à ses successeurs. On
va donc faire bourse commune et réunir les dettes
publiques et l'épargne privée dans un compte unique,
celui de la France. Le passif de tous adossé aux actifs
de chacun fait bien meilleure figure. Rassurez-vous,
bonnes gens, le pays est toujours solvable, il ne vit pas
au-dessus de ses moyens.

Certes, il vaut mieux éviter la situation américaine
où le surendettement privé s'ajoute au surendettement public. Mais les deux comptes n'en sont pas
moins séparés. Du moins devraient-ils l'être. Nos
accros de la dépense publique verraient bien dans
l'épargne des Français la caution permettant à l'État
d'emprunter sans limites. Dans le passé, c'était plutôt
l'inverse : la génération prédatrice avait reçu en héritage un pays dans lequel la puissance financière
publique avait été garante des patrimoines privés.
Mais elle transmettra à ses enfants un pays dans lequel

la caution opère en sens contraire. Sans aucun complexe. Quant à mobiliser l'épargne des particuliers, cela s'obtient par la restauration de la confiance, alors que l'alourdissement du déficit produit l'effet exactement contraire.

Notons encore que la nouvelle génération, elle, sera interdite de crédit. Comment peut-on contracter un emprunt quand la dette du pays atteint 80 % ? Or nous sommes mieux placés que quiconque pour savoir à quel point l'endettement est indispensable dans la vie d'un État. Pour avoir abusé de cette commodité, nous empêcherons nos successeurs d'y recourir.

Mais en auront-ils seulement besoin, vu la richesse de l'héritage que nous leur laissons ? Car, c'est bien connu, nous n'avons procédé à tant de dépenses que pour leur préparer un avenir radieux. Et puis, si le patrimoine de l'État s'est appauvri et les investissements publics ont diminué, il n'y a tout de même pas que le matériel qui compte : « L'accumulation du capital humain est tout aussi importante », décrète un ancien commissaire au Plan, Henri Guaino. Suivez le raisonnement : « Les dépenses d'éducation sont supérieures au déficit des administrations publiques, ce qui relativise l'idée que l'endettement de l'État ne sert pas à financer des investissements pour les générations à venir. On peut faire le même raisonnement pour le déficit de l'assurance-maladie, qui sert à soigner les enfants et leurs parents qui les éduquent [1]. » Autrement dit, nous serions fondés à mettre à la charge de nos enfants les dépenses que nous avons consenties pour les éduquer, les soigner et, même, nous soigner nous-mêmes, car cela leur a permis de jouir de parents en excellente santé. Il fallait y penser ! Non seulement

---

1. Henri Guaino, « Non, la France ne vit pas au-dessus de ses moyens », *Les Échos*, 20 septembre 2005.

ils devront payer nos retraites, mais, en plus, ils devront rembourser ce qu'ils nous ont coûté. Décidément, nous ne leur ferons grâce de rien ! Et ce sont les papys 68 qui le disent après avoir été parfaitement pris en charge par leurs parents, comme il se doit.

Le tribunal de l'expérience

Telle est la voie française du surendettement. Rien à voir avec le simple laxisme, la banale lâcheté, la boulimie budgétaire, le pillage clientéliste, il s'agit fondamentalement d'une construction théorique : l'hyperkeynésianisme. Un véritable crime contre l'esprit puisque la pensée ne cherche plus la vérité, mais construit l'erreur.

Les politiques savent bien qu'ils ne peuvent réduire les dépenses publiques sans ébranler les phalanges macédoniennes du secteur public, voire prendre le risque d'une explosion sociale et d'une défaite électorale. Ils n'ont donc conservé, de la boîte à outils du Dr Keynes, que l'« accélérateur » baptisé progressiste et rejeté le « frein » décrété réactionnaire.

Aux scribes de fabriquer un mode d'emploi scientifico-moral qui prescrira de toujours céder aux revendications des groupes menaçants. La solution s'impose avant toute réflexion. L'augmentation des dépenses publiques et du pouvoir d'achat étant le point d'arrivée, il ne reste qu'à fabriquer le CQFD. Non pas une recherche, mais une démonstration. Les postulats, les présupposés, les préjugés déterminent la sentence ; la pensée, de préférence jargonnante, ne fabrique que les « attendus » et les « considérants ». À l'arrivée, cela donne une invraisemblable choucroute qui mêle les valeurs républicaines, l'orgueil national, le raisonnement économétrique, le progrès social. Elle sert d'alibi au pouvoir, de caution aux intérêts particuliers – et d'espérance au plus grand nombre.

Aux comptes des faits, on a substitué les contes de fées. On professera que l'orthodoxie financière s'oppose à la croissance en évitant d'attirer l'attention de l'autre côté des Pyrénées, sur une Espagne dont l'économie est en expansion, le chômage en récession, avec un budget en équilibre, et même en excédent, ou bien sur le Canada et la Suède, qui ont renoué avec la croissance grâce à une réduction des dépenses publiques, ou bien encore sur le Japon, qui s'est enfoncé pendant dix ans dans une longue récession en pratiquant une relance forcenée au lieu de procéder aux réformes indispensables tandis que l'Allemagne s'est, dans le même temps, enfoncée dans les déficits excessifs et le grand chômage.

Et la France, direz-vous ? Oublions l'expansion sans déficit des années 1960, voit-on que les croissances Rocard et Jospin soient le fruit d'une quelconque relance ? Le seul contre-exemple, c'est l'Amérique, société impériale et ultralibérale, mais modèle trop spécifique pour être en quoi que ce soit exemplaire.

Ainsi tranche le tribunal de l'expérience. Mais la France le snobe depuis qu'elle détient la vérité. Lorsque les effets ne répondent pas aux promesses, elle se reproche son manque d'audace. Il faut doubler les doses pour guérir le malade. Ou le faire crever. Mais, cela, il sera toujours temps de le constater plus tard. Le déficit est l'engrais de la croissance : plus on en dépose, meilleure sera la récolte. Tel est le dogme.

Cette charpente intellectuelle se coule dans le béton de l'idéologie moralisante. L'hyperkeynésianisme devient ainsi l'économie du progrès social, la seule idéologiquement correcte. Elle place ses défenseurs dans le camp du bien, de la justice, de la solidarité, du peuple. Elle rejette ses opposants hors du champ économique, du côté de l'enfer moral. Une politique visant à réduire la dépense publique, à redresser les finances, à rétablir le commerce extérieur n'est pas seulement inefficace, elle devient réactionnaire, anti-populaire, et pour tout dire «libérale». L'hyperkeyné-sianisme vous commande, au contraire, d'accroître les dépenses publiques, de distribuer du pouvoir d'achat, de réduire les impôts, et il vous promet en prime la réduction du chômage. Que demande le peuple? Cela précisément. Si vous n'êtes pas élu sur un tel pro-gramme, c'est que le concurrent est meilleur camelot.

L'économie sans peine se déploie dans les discours, les intentions, les effets d'annonce, et se défile à l'heure des comptes. Pourtant nous pouvons aujourd'hui juger ces politiques sur pièces. Les confronter aux pro-messes. En 1981, il était question de changer la vie (vaincre le chômage, supprimer la pauvreté, élever le niveau de vie, apporter la sécurité aux Français, l'es-poir aux jeunes, la sérénité aux anciens). Un quart de siècle plus tard, nous vivons le temps du chômage de masse et de l'exclusion, de la pauvreté structurelle, de la stagnation du niveau de vie, des jeunes à la dérive des anciens désespérés, des possédants qui envoient leurs millions à Bruxelles ou à Genève – et le désastre financier en prime.

En 1995, Jacques Chirac entendait résorber la frac-ture sociale. Il n'a cessé de faire du keynésianisme, parfois peut-être sans le savoir. Résultat: en 2005, les banlieues s'embrasent et la dette explose. La France ne réussit, de façon brillante, que là où cette calami-teuse doctrine ne s'applique pas: dans le secteur concurrentiel.

Avez-vous entendu un seul leader socialiste se tar-guer du plan Delors de 1983? Voilà, par excellence, un acte de gouvernement, nécessaire, difficile, courageux. Mais, en langue de bois, rien d'une «avancée sociale».

Et pourtant, il a évité la déroute au pays. Une paille !
En revanche, les 35 heures, cette mesure qui a désta-
bilisé notre économie, sont chaque jour célébrées.
Jacques Delors a demandé des efforts, Martine Aubry
a offert des cadeaux. Sur le seul plan qui compte, celui
des intentions et des promesses, la fille l'emporte haut
la main sur le père. Qu'importe la boisson, pourvu
qu'on ait l'ivresse !

CHAPITRE 3

La génération prédatrice

Comment peut-on creuser un trou de 1 000 milliards d'euros ? Nos institutions ne prévoient-elles pas le consentement à l'impôt et le contrôle des dépenses par les élus de la nation ? Comment ont-elles avalisé ces traites tirées en rafales sur nos héritiers, ce détournement intergénérationnel ?

Si encore les profiteurs en profitaient, s'ils claquaient l'argent en toute insouciance. Mais non, toutes les enquêtes le montrent : les Français broient du noir. Aucun peuple européen n'est à ce point angoissé. Un mal-être qui ne va pas sans une certaine ambiguïté. Dans un sondage récent[1], les mêmes personnes répondent à 72 % que les Français ne sont pas heureux et à 70 % que les générations à venir vivront moins bien, mais, surprise ! elles sont 84 % à se considérer heureuses ! Pour moi aujourd'hui, ça va, mais pour nous ça va mal, et pour l'avenir c'est pire. Un véritable cas de dépression collective.

Depuis trente ans, les Français perçoivent les changements du monde comme autant de menaces. Ils ne cherchent pas en tirer parti, mais à s'en protéger, et cette attitude, loin d'apporter la sécurité attendue, fait

---

1. « Enquête sur l'état des Français », sondage CSA, *Challenges* n° 18, 12 janvier 2005.

monter l'insécurité. La France est malade de peur[1]
Cette vision négative s'étend à la perception que nous
avons de l'histoire elle-même. Quand il s'agit d'opter
pour l'une de ces deux propositions : « on vivait mieux
il y a vingt ou trente ans », et « on vivra mieux dans
vingt ou trente ans », 65 % penchent pour la première
et 27 % seulement pour la seconde[2]. Sur plus d'un
demi-siècle, la dégradation serait inéluctable. Nous
avons perdu le paradis des années 1960 et nous per-
drons le purgatoire des années 2000.

L'économiste Jacques Marseille s'est attaqué à cette
conviction dans un livre intitulé *La Guerre des deux
France*[3]. Il rappelle tout d'abord, simple mise en
bouche, que les Français vécurent les Trente Glorieuses dans la conviction que leur niveau de vie
stagnait ou diminuait, alors qu'il augmentait très fortement. Puis, s'appuyant sur les travaux de l'expert
Angus Maddison, il compare les Français de 2002 à
ceux de 1972. Que le niveau de vie se soit accru, on
pouvait s'en douter, mais la surprise vient du rythme
de cette progression. Entre 1973 et 2001, le PIB par
habitant s'est accru de 7 969 dollars. Or il n'avait gagné
que 7 853 dollars entre 1950 et 1973. Quant au SMIC
il a progressé, toujours en monnaie constante, de
334 euros de 1949 à 1973, et de 470 de 1973 à 2002.

Ainsi, le ralentissement de la croissance et la dérive
financière à partir des années 1970 n'ont entraîné
aucune stagnation du pouvoir d'achat. Un résultat qui
doit beaucoup aux années Giscard, et bien peu aux
années Chirac. Jacques Marseille pousse encore plus
loin sa démonstration iconoclaste et montre que

---

1. Christophe Lambert, *La Société de la peur*, Paris, Plon, 2005
2. Sondage CSA, *Le Figaro Magazine*, 4 mars 2006.
3. Jacques Marseille, *La Guerre des deux France*, Paris, Plon
2004.

contrairement aux idées reçues, les inégalités ne se sont pas accrues pendant cette période. L'écart entre les plus riches et les plus pauvres est resté assez comparable d'une époque à l'autre.

Si le Français des Trente Glorieuses était moins riche en biens, il jouissait, en revanche, de sécurités que nous n'avons plus. Sécurité du revenu (qui doit se maintenir tout au long de l'existence), sécurité du travail (qui implique la garantie de l'emploi ou la certitude d'en retrouver un autre), sécurité personnelle (face à toutes les formes d'incivilités et de délinquance), sécurité sociale (qui permet d'amortir tous les coups durs de la vie : maladie, vieillesse, chômage). Évitons de verser dans le mythe de l'âge d'or. Il y avait aussi des pauvres, c'est vrai. Souvenons-nous des campagnes menées par l'abbé Pierre pendant l'hiver 1954. Mais l'ensemble de la population vivait dans la conviction que ses enfants pourraient se caser, que le meilleur était à venir.

En dépit de ces correctifs, les conclusions de Jacques Marseille sont aussi indiscutables que déroutantes. Nous avons examiné une France qui se déglingue depuis trois décennies, et nous découvrons maintenant des Français qui se sont enrichis, un enrichissement qui s'est accompagné d'un monstrueux appauvrissement : la perte de la sécurité et, plus généralement, la perte de la croyance en l'avenir. Comment expliquer cette contradiction ?

Des Français plus riches, une France plus pauvre

Pour trouver le fin mot de l'affaire, il faut plonger dans les tableaux de la comptabilité nationale. Une expédition au monde des chiffres et des nomenclatures, des statistiques et des agrégats.

Ici, les experts de l'Institut national de la statistique et des études économiques, l'Insee, consignent, au jour le jour, les indicateurs de la santé du pays. Ils rassemblent, trient, classent une multitude de données pour établir des séries statistiques, forger des indices, dresser des tableaux synthétiques, tenir des bilans comptables. Ainsi mise en comptes, la France est aussi peu reconnaissable que le bœuf découpé en morceaux sur l'étal du boucher – mais beaucoup plus lisible.

Le tableau de bord de l'Insee permettait traditionnellement de connaître les salaires, les revenus, les coûts, les charges de la maison France, ce que l'on appelle la comptabilité de flux. Nous disposons aujourd'hui d'un deuxième ensemble qui rend compte cette fois de l'état des stocks, une comptabilité de patrimoine. Elle nous fait passer du «qui gagne quoi?» au «qui possède quoi?». C'est cette seconde question qui nous intéresse ici.

Dans ce domaine, tout est évalué. La richesse de l'État avec ses écoles, ses hôpitaux, ses immeubles, ses actifs mobiliers, etc. Celle des entreprises avec leurs usines, leurs stocks, leurs participations, leurs cash-flows. Celle des particuliers (nos statisticiens disent des «ménages») avec leurs biens immobiliers, leurs placements, leur épargne, etc. Les passifs venant en déduction des actifs dans l'évaluation de chaque patrimoine.

Cette comptabilité de patrimoine est aujourd'hui bien maîtrisée : les modes de calcul sont au point, les «agrégats» normalisés. Elle permet ainsi d'observer d'une année sur l'autre, l'évolution de la richesse de l'État, des entreprises et des particuliers. On navigue ici dans les milliards d'euros. Nous éviterons les aspérités des séries comptables en ne retenant que les chiffres arrondis, plus significatifs et plus faciles à saisir.

L'information que nous cherchons peut être obtenue en nous posant la question suivante : comment ont évo-

lué les patrimoines depuis le premier choc pétrolier en
1973 ? Pour la commodité, nous nous contenterons de
l'écart 1977-2002, dont la série se lit plus aisément,
étant entendu que les résultats sur l'ensemble de la
période ne font qu'accentuer la tendance. Pour que la
confrontation prenne immédiatement son sens, nous
avons tout converti dans la même monnaie. Que l'on
ne s'étonne donc pas de voir les euros apparaître en
1977, il s'agit de francs de l'époque recalculés en euros
d'aujourd'hui. Voici donc le but de l'expédition et les
principes qui ont été suivis pour la mener à bien,
entrons maintenant dans la caverne.

La première salle est consacrée au pays dans son
ensemble – l'État, l'entreprise, les particuliers. Ainsi
entendue, l'économie française pesait 5 000 milliards
d'euros en 1977 et 8 150 milliards en 2002. Sa valeur a
augmenté de 63 %. Passons maintenant à la salle de
l'État, les « administrations publiques » selon la nomenclature comptable. Il s'agit du secteur public au sens le
plus large, compte non tenu des monuments historiques et autres chefs-d'œuvre des musées, dont la
valeur marchande est inestimable. Pour les « administrations », donc, le patrimoine atteignait 600 milliards
d'euros en 1977 et, surprise, il n'est plus que de 300 milliards en 2002. La fortune de l'État a été divisée par
deux tandis que celle du pays dans son ensemble s'ac-
croissait des deux tiers. Où donc est passée la différence ? Nous le découvrons dans les salles suivantes.
Celle des sociétés privées, tout d'abord. Sont prises en
compte ici toutes les entreprises non financières, du
géant Total au petit entrepreneur du coin. Toutes
ensemble, elles possédaient 1 100 milliards d'euros en
1977 et sont passées à 1 300 en 2002. 20 % en plus. Si
l'on considère les sociétés financières (banques et
assurances), il faut ajouter 270 milliards en 1977 et 400
en 2002 (soit près de 50 % en plus). Le capitalisme

financier s'est ainsi enrichi davantage que le capitalisme industriel, ce qui n'est guère surprenant. Reste à visiter la salle des «ménages», autrement dit, la fortune des particuliers. Elle était évaluée à 2 800 milliards en 1977, elle atteint 6 100 en 2002. Plus d'un doublement sur l'ensemble des trente années.

En somme, si nous nous en tenons aux ordres de grandeur, la richesse de la France s'est accrue des deux tiers au cours des trente dernières années, celle des entreprises de 20 %, celle des ménages a plus que doublé, en revanche, celle des administrations a été divisée par deux. Faut-il s'en étonner ?

Revenons un instant dans la salle des administrations publiques, et regardons plus en détail l'évolution de ce patrimoine. Ses actifs sont passés de 990 milliards en 1977 à 1 570 en 2002. Disons qu'ils ont augmenté de moitié. C'est bien naturel, avec toutes les écoles, les universités, les hôpitaux, les palais de région qui ont été construits. C'est aussi très insuffisant, et la situation n'a cessé de se dégrader au fil des ans.

Mais comment passe-t-on d'une augmentation de moitié à une division par deux ? En raison des passifs, pardi ! À la ligne «passifs financiers des administrations publiques» ne s'affichait en 1977 qu'un modeste 390 milliards d'euros, or, à la même ligne, pour 2002, se dresse un monstrueux 1 270 milliards. Un triplement en vingt-cinq ans !

Si l'État avait maintenu son endettement inchangé, son patrimoine atteindrait 1 180 milliards d'euros alors qu'il se traîne à 300 milliards. Un trou de 800 milliards. Où est passé cet argent ? L'État fait office de pompe, il puise d'un côté et arrose de l'autre, ces milliards n'ont donc pas été perdus pour tout le monde. Ils ont bénéficié sous les formes les plus diverses (traitements, subventions, aides, allocations, services, etc.) aux particuliers et aux entreprises. Bref ils ont profité aux

Français. Pour dire les choses brutalement, les Français se sont enrichis sur le dos de la France. Ils ont profité de son crédit et pas seulement de ses revenus.

Un dragon nommé France

« Nous n'héritons pas de la terre de nos ancêtres, nous empruntons celle de nos enfants. » Pour la génération des sexagénaires, le précepte de Saint-Exupéry sonne aujourd'hui comme une condamnation. Les juristes ont une expression charmante pour dire la retenue du propriétaire soucieux de transmettre son héritage : il doit « jouir en bon père de famille ». Ce principe, article premier de la bible écologiste, n'est ni contestable ni contesté. Il est simplement bafoué un peu plus chaque jour qui passe.

Curieusement, ce qui est vrai pour l'écologie ne l'est pas pour l'économie. Nos inquiétudes face aux courbes montantes de la pollution inscrivent d'emblée nos préoccupations dans la durée et nous renvoient à nos enfants ; nos colères face aux courbes ascendantes du chômage et plongeantes de la croissance nous enserrent dans le présent et semblent ne concerner que nous. L'échelle écologique a la décennie comme unité, l'échelle économique l'année simple.

Triste réflexe d'évitement. L'avenir de nos enfants n'est pourtant pas moins inscrit dans l'état de nos finances publiques que dans celui de l'environnement, et le devoir de préservation-transmission n'est pas moins impératif dans un cas que dans l'autre. Et nous nous en sommes bien mal acquittés si nous comparons le pays que nous allons léguer à celui que nous avons reçu en héritage au début des années 1970.

Cette France post-gaullienne a été longuement étudiée par le Hudson Institute, célèbre *think tank* amé-

ricain présidé par Herman Kahn, le pape de la prospective en ces années d'euphorie. Les experts américains abordèrent leur étude en 1970 avec de solides
préjugés : « À l'idée d'une bonne vieille France correspondait celle d'un pays trop civilisé pour devenir
une puissance industrielle : plus crûment, l'image traditionnelle de la France était celle de l'homme malade
de l'Europe sur le plan économique. » Une image que
l'incompréhensible psychodrame de mai 1968 n'avait
fait qu'assombrir aux yeux des analystes. Croyant examiner un « homme malade », les Californiens sont stupéfaits de découvrir un dragon. Avec une croissance
moyenne de 5,8 % depuis dix ans, l'économie française est alors la plus performante du monde occidental. Elle n'est dépassée que par le Japon, qui progresse
à 10 % l'an. Indiscutable championne d'Europe, la
France est en pleine révolution industrielle. Ne vit-elle
pas en surchauffe, ne va-t-elle pas connaître un brutal
coup d'arrêt ? Les inspecteurs passent à la loupe les
fondements de cette expansion flamboyante. L'inflation, à 6 % est trop forte, c'est vrai, mais, pour le reste,
le budget est en équilibre, le commerce extérieur aussi,
la dette publique ne dépasse pas 15 % du PIB, le pays
connaît le plein-emploi, la main-d'œuvre est tra-
vailleuse – la durée du travail est plus longue en
France qu'aux États-Unis –, qualifiée et productive.
Bref, il n'y a aucune raison que la France s'arrête en
si bon chemin.

Le rapport publié à l'issue de cette étude, et cosigné
par cinq experts, tous bardés de titres et de diplômes,
est intitulé *L'Envol de la France*[1]. Il annonce que la
France deviendra en 1985 l'économie la plus puissante

1. Edmund Stillman, James Bellini, William Pfaff, Laurence
Schloesing, Jonathan Story, *L'Envol de la France dans les années 80*,
préface d'Herman Kahn, Paris, Hachette Littératures, 1973.

d'Europe, et que les Français seront les plus riches
des Européens – plus riches même que les Américains.
Les plus riches du monde pour tout dire ! Les examinateurs ne fondent pas leurs prévisions sur de
simples extrapolations de résultats et prolongations
de courbes : ils ont longuement comparé nos atouts à
ceux de nos voisins. Pas de doute, c'est bien la locomotive France qui tire le mieux, qui doit aller le plus
vite et le plus loin. À moins que... Le rapport se termine sur une remarque en forme d'avertissement :
« Mais, à tous les échelons de la société, un manque de
sagesse pourrait remettre en cause ces résultats. »
Mieux vaudrait ne pas s'offrir trop de mai 1968...

Les économistes du Hudson Institute furent d'autant plus impressionnés par la chevauchée fantastique
de la France qu'elle durait depuis une bonne vingtaine
d'années. Oui, la IVe République, si piteuse sur le plan
politique, fut glorieuse sur le terrain économique.
Malheureusement, elle ne parvenait pas à tenir ses
finances. Le budget était en déficit, le commerce extérieur, dans le rouge, et l'inflation s'envolait à 18 %. Les
ministres successifs de ces tristes Finances devaient
supporter la vigilance, pour ne pas dire la tutelle, du
FMI. Le délabrement était tel que, en 1958, la France
avait même prié ses partenaires européens de différer
l'entrée en vigueur du traité de Rome. La croissance
n'était plus qu'une fuite en avant, aux lendemains mal
assurés. Les mesures de redressement étaient connues,
mais inapplicables. Elles auraient fait tomber le gouvernement dans la journée.

Lorsque le général de Gaulle revient au pouvoir en
mai 1958, son premier souci n'est pas diplomatique
mais financier. Il entend que la France remette de
l'ordre dans ses affaires. Sans délai. Le plan de redressement est d'une incroyable brutalité. Avec le recul, il
n'en reste que le passage au nouveau franc : la cocarde

sur la matraque. Les coups sont sévères : hausse des
tarifs publics, augmentation de la pression fiscale, déva-
luation de 17 %, baisse du pouvoir d'achat, emprunt,
liberté des prix et ouverture des frontières. La rafale
paraît alors à ce point intolérable que le ministre des
Finances, Antoine Pinay, est sur le point de démissionner. Qu'à cela ne tienne ! Le Général couvrira de son
autorité l'impopularité de ces mesures.

Imaginons un instant les réactions qui, en 2006,
accueilleraient une telle politique. Le chœur unanime
en dénoncerait le caractère réactionnaire, crierait à
l'assassinat de la croissance et à la venue de la récession. Le déficit n'est-il pas devenu l'engrais de la prospérité ? Par bonheur, le Général connaissait cette
musique. Il l'avait entendue en 1945, à l'heure des
premiers choix économiques de l'après-guerre. Il
devait trancher entre le laxisme que proposait René
Pleven et la rigueur que voulait imposer un certain
Pierre Mendès France. Il fit le mauvais choix : Pleven
contre Mendès. De cet épisode, il retint la leçon : une
bonne politique se fonde sur de bonnes finances
publiques.

Dès 1959, les équilibres budgétaires et commerciaux
sont rétablis, l'inflation est vaincue, et l'économie
renoue avec une expansion vigoureuse. En s'imposant
la rigueur financière, la France gaulliste n'a nullement
cassé la croissance, elle l'a au contraire confortée pour
dix ans.

Telle était donc cette France des années 1970, plus
riche encore de son avenir que de son présent, tels
étaient ces Français qui se voulaient entrepreneurs –
et pas seulement héritiers.

Le plus beau pays du monde

Tout homme hérite à sa naissance d'un pays. Une égalité de droit qui masque les pires inégalités de fait. Nous, Français, avons reçu en héritage le plus beau pays du monde, mais est-ce bien le même que nous laisserons à nos enfants ?

La formule, je sais, prête à sourire. Elle paraît réservée aux chansons patriotiques. Il s'agit pourtant d'une évidence non pas poétique, mais économique. Chaque année, 75 millions de visiteurs (le record du monde !) viennent partager un instant avec nous le bonheur d'habiter en France. L'Espagne n'en accueille que 50 millions, l'Italie, 40 millions. Cet afflux touristique nous rapporte 30 milliards d'euros et il est à l'origine de 600 000 emplois directs. Pourtant, les Français ne se mettent guère en frais pour retenir leurs visiteurs. Les Espagnols, meilleurs commerçants, récoltent 33 milliards d'euros avec 25 millions de touristes en moins. Quoi qu'il en soit, nous n'aimons pas reconnaître nos privilèges, celui-là moins que les autres. Pourtant, nous n'avons pas créé ce pays de cocagne, nous en avons hérité, et ce pactole n'est pas menacé mais valorisé par la mondialisation.

Lors du premier choc pétrolier, une évidence frappa les esprits comme une sentence : « La France n'a pas de pétrole ! » Ingratitude d'enfants gâtés dont le pays vaut tous les gisements d'hydrocarbures qui finissent par s'épuiser sans avoir généré de véritable activité économique.

Or la fascination qu'exerce la France n'attire pas seulement les touristes. Elle joue en notre faveur quand les multinationales veulent s'implanter en Europe. Les cadres étrangers préfèrent vivre à Paris, Toulouse ou Montpellier que de s'exiler dans les brumes de Scandinavie ou les frimas de Pologne. 38 %

des décideurs européens placent la France en tête pour la qualité de la vie, une suprématie écrasante : les autres destinations européennes ne recueillent guère que 10 % des suffrages. D'autant que la qualité de nos équipements collectifs, de notre approvisionnement électrique, de nos réseaux ferroviaires et autoroutiers, de nos voies navigables, de notre système de télécommunications et de notre main-d'œuvre accroît encore l'attractivité des villes et des paysages. La France est ainsi tout naturellement la deuxième destination des investisseurs internationaux.

Dans la compétition internationale, nous accumulons les atouts. La fertilité de nos sols, qui nous assure de confortables dividendes agricoles ou agroalimentaires, l'espace toujours ouvert dans un pays aussi vaste du littoral à la montagne, des Flandres à la Provence, nos positions dominantes dans le vin et le luxe, nos réussites technologiques dans le nucléaire ou l'aérospatiale, la force de notre industrie automobile, la réputation de nos écoles d'ingénieurs, le dynamisme de notre démographie. Comment les Néerlandais et leur entassement, les Scandinaves et leur climat si rude, les pays méditerranéens et leur tradition industrielle trop faible, la Grande-Bretagne et sa désertification industrielle pourraient-ils soutenir la comparaison ? Oui, nous avions vocation à devenir ce dragon de l'Europe repéré par les experts américains. Une seule question se posait : pourquoi la France ne s'était-elle pas imposée dès la fin du XIXe siècle comme la première puissance du continent ?

La France et son modèle

La Troisième Guerre mondiale n'a pas eu lieu, à cela peut-être la bombe nucléaire aura-t-elle été bonne, mais la planète a vécu un bouleversement d'ampleur cataclysmique au cours des vingt dernières années. Mondialisation, libéralisme, chute du communisme, éveil de la Chine, délocalisations, concurrence, dumping... La France s'est sentie agressée et, sans doute, d'une certaine façon, l'était-elle. L'affrontement économique ne se réduit pas à des querelles de boutiquiers et, comme les affrontements militaires, il fait des vainqueurs et des vaincus.

Ce combat de la génération 1970, pour être dur et traumatisant, ne pèse pas lourd comparé à la reconstruction-modernisation-décolonisation auxquelles fut confrontée la génération précédente. Mais, de l'une à l'autre, les Français avaient perdu la soif d'avenir. Ils ne relevèrent le défi que contraints et forcés. Les entreprises exposées à la concurrence n'avaient de choix que vaincre ou périr.

Nos institutions, en revanche, ne furent pas soumises aux mêmes pressions. Elles se sont donc entretenues dans l'illusion d'un monde immuable ou, ce qui revient au même, d'une exception d'immuabilité. La France a mis en place au lendemain de la guerre un modèle de société original qui, tout au long des Trente Glorieuses, aura accompagné le progrès économique. Il possède des vertus indiscutables, dont la moindre n'est pas de correspondre au tempérament national. Il possède aussi des faiblesses, dont la plus évidente est sa rigidité. Fondé sur la notion de « droits acquis », il s'enferme dans sa bouteille et, comme nos grands vins, croit se bonifier en prenant de l'âge. Malheureusement, les institutions ne sont pas des monuments historiques hors du temps, elles n'existent qu'en situation et, lorsque celles-ci changent, elles doivent évoluer de même. Or on ne saurait toucher à un cheveu de la Sécu ou corriger à la virgule le statut de la fonction publique qu'on ne commette un sacrilège. Le choix du conservatisme est toujours le plus coûteux et le moins efficace. Un pays se ruine à ne pas se moderniser.

Si encore il sombrait dans la fidélité ! Mais non, c'est tout juste le contraire. Un modèle ne prend son sens, n'affirme ses principes que dans des conditions déterminées. À ses origines, la féodalité apportait une sécurité dans un monde désorganisé par l'effondrement de l'Empire romain. Elle remplissait une fonction sociale. Quelques siècles plus tard, dans la France d'Ancien Régime, elle n'était plus qu'un système désuet et parasitaire, voué à la disparition.

Ainsi, un modèle qui n'évolue pas au rythme de la société trahit sa vocation première et finit à l'opposé de ses valeurs originelles. Voilà où nous en sommes. La France née de la Résistance, qui se voulait solidaire et égalitaire, devient éclatée autant qu'inégalitaire, non pas en raison de ses transformations, mais, au contraire, de son refus, de son immuabilité. Plus nous nous accrochons à la lettre de notre modèle et plus nous nous éloignons de son esprit. Avec la ruine financière en plus. Il faut désormais que tout change pour que tout redevienne pareil, conforme aux principes fondateurs.

Non conformes, les salaires vertigineux et avantages scandaleux de nos managers salariés.

Non conforme, cette exclusion de la jeunesse devenue la variable d'ajustement, le sous-prolétariat de la génération en place.

Non conforme, la surprotection d'une partie de la population, qui reporte tout le fardeau de la précarité sur les jeunes et les travailleurs âgés.

Non conforme, cette division en citoyens de première classe, dont les droits sont intangibles, et citoyens de seconde classe, dont les droits sont révisables.

Non conforme, cette dégénérescence de notre Administration, colonne vertébrale du pays, en une bureaucratie coûteuse et paralysante.

Non conforme, cet arrêt du progrès social, qui enferme les plus pauvres dans leur condition.

Non conforme, cette école de la République, qui se dédouble en filières de l'excellence et en filières de l'échec.

Non conformes, ces inégalités face à la retraite, qui offrent toujours les meilleures pensions à ceux qui ont travaillé le moins.

Non conforme, ce droit de grève non réglementé et réservé aux seuls agents du secteur public.

Non conforme, cette préférence nationale pratiquée par l'ensemble du secteur public.

Non conforme, cette ségrégation qui exclut les plus de 30 ans des emplois statutaires.

Non conforme, cette immigration inorganisée qui prépare une République des communautés, des ghettos et des affrontements.

Non conforme, ce privilège du retour à l'Administration qui permet aux fonctionnaires de monopoliser les postes politiques.

Non conforme, enfin et surtout, ce report sur les générations à venir des dettes accumulées pour abuser à crédit d'un État-providence.

Faut-il continuer ?

Réformer l'État, c'est revenir au modèle et non pas le trahir. Ne pas le moderniser, c'est imposer aux Français de payer plus cher pour être moins bien servi. Mais comment prendre la main dans le sac, en flagrant délit d'abus de biens publics, celui qui fait de son immobilisme une vertu ? Pour détourner l'argent, il faut intriguer, manœuvrer, manipuler, bref, bouger. Comment imaginer qu'on en dilapide bien davantage en ne faisant rien, en refusant de bouger ? Pour s'en convaincre, il suffit de se reporter au cas d'école en la matière : la non-réforme de Bercy.

Bercy, la forteresse immobile

L'administration des Finances évolue dans notre société comme un dinosaure en pleine ère tertiaire. Napoléon, s'inspirant de l'Ancien Régime, lui a donné sa forme définitive. Une indépassable perfection qui a traversé, inchangée, le XIXe puis le XXe siècle.

L'Empereur n'avait pas plus de confiance dans ses serviteurs que de considération pour ses sujets. Il mit en place une lourde bureaucratie, qui distingue les fonctionnaires qui établissent l'impôt et ceux qui le collectent. Ordonnateurs d'un côté, comptables de l'autre, une dualité qui, immuable en dépit de sa totale inutilité, représente aujourd'hui pour les contribuables une surcharge financière de quelque 2 milliards d'euros par an, sans compter les tracas provoqués par ces vaines vérifications. Cette double administration fiscale fut éparpillée en un maillage très fin pour enserrer la France rurale.

Par la suite, le gouvernement et le Parlement, non contents de nous ponctionner, n'ont cessé de compliquer le système. Sitôt une nouvelle taxe inventée, ils en font varier le taux, les conditions, les exceptions, les exemptions et les exonérations. Autant de contrôles supplémentaires. C'est ainsi que les revenus des particuliers se trouvent imposés par prélèvement à la source au titre des contributions sociales, puis par paiement différé d'un an au titre de l'IRPP, de la CSG et de la CRDS. Impensable de n'avoir qu'une seule imposition prélevée avant tout encaissement.

Pour appliquer cette législation délirante, la France s'appuie sur une administration bureaucratisée. Trois directions rivales, la direction des Impôts, la direction de la Comptabilité publique, on dit du Trésor public, et la direction des Douanes, qui contraignent les contribuables à courir d'une administration à l'autre selon l'imposition en cause, selon qu'ils en contestent le calcul ou le paiement. Chapeautant ce ministère, les plus brillants des technocrates, les inspecteurs des Finances, qui dénoncent quotidiennement l'absurdité du système.

Lorsque Dominique Strauss-Kahn, homme politique socialiste et non pas libéral comme chacun sait, devient ministre des Finances en 1997, il peut prendre le temps de faire le diagnostic, d'étudier des solutions. Il a plusieurs années devant lui. Plutôt que limiter sa curiosité à la France, il l'étend à l'étranger. Ses inspecteurs se rendent chez nos voisins pour tirer les enseignements de leurs expériences. Les conclusions, connues à la fin de 1999, sont effarantes : notre administration fiscale est la seule qui n'ait jamais été réformée. Avec ses 180 000 agents, elle est la plus nombreuse et la moins informatisée. Partout ailleurs, la productivité s'accroît de 3 à 5 % par an ; ici, elle n'a pas bougé depuis des décennies.

Résultat de ce conservatisme forcené, la collecte de l'impôt est ruineuse en France. Ne nous perdons pas dans les comparaisons à la décimale près, nos services fiscaux coûtent 40 % de plus que ceux de la Grande-Bretagne, de l'Espagne, des Pays-Bas, du Canada ou de l'Irlande, et deux fois plus que ceux de la Suède ou des États-Unis. De telles comparaisons se manient avec prudence, mais, lorsqu'elles mettent en présence des pays aussi dissemblables que la Suède et l'Amérique, qu'elles font apparaître des écarts aussi importants, alors elles traduisent bien le retard d'un système. Pourquoi un même impôt, la TVA, coûte-t-il deux fois plus cher à collecter en France qu'en Grande-Bretagne ? Comment admettre de telles anomalies qui font supporter au contribuable, en supplément de ses impôts, une charge annuelle qui se chiffre en milliards d'euros ?

L'ordre syndicalo-bureaucratique

La réponse, tout le monde la connaît. Depuis Bercy, les ministres commandent à toute la France… sauf à Bercy. Car l'administration des finances est au service du personnel avant d'être au service du pays. Les agents sont travailleurs, compétents, dévoués, intègres, mais ils n'admettent aucune entorse au statu quo. J'écris « ils » et je pense « il », car il ne s'agit pas des 180 000 agents pris isolément, mais de l'ensemble qu'ils composent : le personnel. Un être collectif à pensée unique qui domine et étouffe les personnalités. C'est lui qui nous vaut une si mauvaise administration, dotée pourtant d'excellents fonctionnaires.

Cet ordre syndicalo-corporatiste, bureaucratique pour tout dire, n'est pas conservateur – il est des partis conservateurs qui savent moderniser –, non, il est fossilisateur. Toute organisation vivant sous sa coupe sera minéralisée. Prenons les primes et indemnités innombrables, anarchiques, aberrantes qui constituent de 20 à 30 % des rémunérations selon les cas. La Cour des comptes ne cesse d'en dénoncer l'absurdité. Qu'importe ! Elles s'accumulent dans une totale opacité. Un ministre des Finances, à force d'insistance, a pu en consulter une liste partielle… et sur papier non photocopiable.

Le ministère des Finances connaît même la syndicratie, stade suprême de la bureaucratie. Tout l'équilibre de la maison repose sur deux piliers. D'un côté le syndicat unifié des Impôts, les autonomes, qui a la haute main sur la direction des Impôts, de l'autre FO qui tient la direction du Trésor. Depuis des années, les ministres rêvent d'un service fiscal unifié qui mettrait fin à cette absurde division ordonnateurs-comptables et donnerait au contribuable un interlocuteur unique. Mais cette restructuration renforcerait la direction des

Impôts au détriment de celle du Trésor. Elle remettrait en cause le Yalta syndical, gage de l'ordre bureaucratique. Inacceptable !

Bercy possède également l'une des plus belles collections de placards dorés. À tous les étages, des contrôleurs d'État ou des inspecteurs généraux, dont les rémunérations sont aussi lourdes que les occupations légères, ne quitteraient pour rien au monde une si bonne auberge. En outre, Bercy entraîne dans son sillage une ribambelle d'organismes dont la raison première est d'abriter des postes de président ou de directeur général au confort garanti. Bref, du planton au conservateur des hypothèques, tout le personnel est prêt à monter aux créneaux pour défendre la citadelle.

Dominique Strauss-Kahn démissionne en 1999, et son successeur, Christian Sautter, s'empare avec beaucoup de détermination de la patate chaude. Il entreprend la réforme sans tarder. Il laisse de côté, dans l'immédiat, l'idée de retenue à la source, mais se lance dans la grande restructuration : le service fiscal unifié. Il s'agit de reconsidérer la dissémination des administrations sur le territoire, de réorganiser et de rationaliser les services et les procédures, les qualifications et les rémunérations. La grande toilette de printemps est annoncée. Elle fait lever la tempête.

La plupart des entreprises ont traversé de telles épreuves. Mais les restructurations, les fermetures d'usines entraînaient autant de licenciements. Rien de tel ici. Tout le monde bénéficie de la garantie de l'emploi. La fonte des effectifs passe par la réduction des embauches, jamais par l'éviction des salariés. Mais elle doit intervenir faute de quoi la restructuration n'aurait aucun sens. Cela, les syndicats ne peuvent l'admettre. L'Administration peut se doter d'ordinateurs à condition de garder tout son monde, comprenez tous ses postes. Le contribuable doit payer les machines en plus des agents. En janvier 2000, lorsque Christian Sautter lance la mise en route de son grand chantier, la levée de boucliers est vive et déterminée. Au reste, n'a-t-il pas envisagé de supprimer 652 emplois au ministère même ? Les grévistes vont se focaliser sur la défense de l'emploi, pourtant nullement menacé par la perspective de licenciements.

Les manifestations et les grèves commencent dès le mois de janvier. En quelques semaines, elles deviennent très dures avec piquets, occupations, séquestrations et, surtout, paralysie de l'État. Une menace savamment calculée en fonction des échéances fiscales. En mars, les contribuables doivent recevoir leur déclaration de revenus. Un excellent point de blocage. En outre, la centralisation du système informatique rend l'Administration extrêmement vulnérable. Il suffit de quelques agents grévistes situés aux points névralgiques pour couper les circuits fiscaux et financiers. Le personnel n'a donc aucune peine à tenir la grève, et le gouvernement, toutes les difficultés à soutenir le conflit.

Or Lionel Jospin n'est pas fait du même bois que Margaret Thatcher. Dès le mois de mars, il sonne la retraite, promet qu'il n'y aura pas la moindre suppression de poste au ministère. Christian Sautter n'a plus qu'à retirer sa réforme et présenter sa démission. Dans *Le Nouvel Observateur*, Laurent Joffrin tire les leçons de la crise : « Alors que les besoins sociaux évoluent sans cesse, la bureaucratie d'État est immobile. On ne peut la faire bouger qu'en accroissant les dépenses… L'échec de la réforme de Bercy, c'est la régression de la République en démocratie féodale. Il ne reste plus qu'à déclarer les emplois du ministère des Finances héréditaires. »

En attendant, il faudra supporter les coûts et les tracas d'une Administration bureaucratisée qui laisse sans réponse 60 % des appels téléphoniques. Les Fran-

çais continuent à payer un tribut annuel de plusieurs
milliards d'euros pour son entretien. Si encore les
fonctionnaires se partageaient cet argent, s'ils en profitaient. Mais non ! Le ministère des Finances paye
mieux que les autres administrations, mais les traitements n'ont rien de mirobolant. Seuls quelques trésoriers payeurs généraux connaissent une fin de
carrière cousue d'or. Les milliards sont dépensés en
pure perte, perdus pour tout le monde, c'est le prix de
la désorganisation. Plus ça coûte, moins ça marche.
Fort heureusement, l'histoire ne s'arrête pas en 2000,
nous verrons cela.

La facture des retraites

Non contents d'ignorer l'exigence de productivité,
nous avons même dédaigné l'évidence des faits. On
peut toujours contester le nouveau cours de l'économie mondiale, emportée par un libéralisme à tout-va,
mais comment ignorer des évolutions apolitiques qui
s'imposent à tous comme autant de fatalités : changements climatiques, épuisement programmé du pétrole,
bouleversements démographiques, etc. ? Eh bien non !
Même ces réalités ont été idéologisées, elles sont
excommuniables pour cause d'hérésie.

Un exemple : la démographie. Elle n'est ni de droite,
ni de gauche, elle est ce qu'elle est. Elle a même la
politesse de ne pas se manifester de façon inopinée
comme les séismes, mais de s'annoncer longtemps à
l'avance. Depuis des décennies, les démographes
constatent que la longévité s'accroît tandis que la
fécondité diminue. Ils ont tracé des courbes qui vont
toutes dans le même sens. Nous aurons dans l'avenir
plus de vieux et moins de jeunes. Comment financer
cette vie en plus ?

Notre système de retraites est fondé sur la répartition des cotisations prélevées sur les actifs pour payer les pensions des inactifs. Or, en un demi-siècle, l'espérance de vie des Français est passée de 68 à 80 ans et le niveau des pensions a été fortement revalorisé, tandis que la population active entamait sa décroissance.

Il n'est pas besoin d'être grand économiste pour comprendre que la même équation ne peut résoudre les problèmes de 1945 et ceux de 2025. Si l'on veut maintenir la solidarité entre générations et la retraite par répartition, il faut impérativement faire évoluer le système. Niveau des pensions, âge de la retraite, taux des cotisations, régimes spéciaux, tout doit être remis sur la table. La démographie impose l'effort, la politique ne fera jamais que le répartir. La potion est amère, mais, avant de geindre, souvenons-nous que ces années nouvelles à financer n'existaient tout simplement pas en 1950. La mort prématurée est d'une grande économie, c'est vrai ; mais la vie prolongée, même plus chère, c'est nettement mieux.

La retraite n'a rien à voir avec nos luttes sociales. Il ne s'agit pas de modifier le partage entre riches et pauvres, entre capital et travail, mais de définir les relations entre les anciens qui toucheront les pensions et les générations suivantes qui les paieront. En ce domaine, on ne se crée de droits supplémentaires qu'à la charge de ses enfants. Mais l'idéologie, bonne fille, donne à croire qu'il s'agit d'«avancées sociales». Et quand, en 1983, les socialistes, sans tenir aucun compte des projections démographiques, décident de fixer l'âge de la retraite à soixante ans, ils se gardent bien d'expliquer qu'ils viennent de s'octroyer cinq années d'oisiveté à la charge de leurs enfants ! La génération prédatrice préfère célébrer alors un grand progrès de la justice sociale !

La question du financement est posée dès 1989, lorsque Michel Rocard fait établir son livre blanc des retraites. Une bombe à retardement pour ses successeurs. Les droits à la retraite sont désormais des «droits acquis» indifférents à l'évolution démographique. Il est interdit de poser la seule question qui vaille : «qui paiera ?». À l'été 1993, Edouard Balladur, courageux mais pas téméraire, réforme le régime général, celui des Français non protégés. La majorité de la population voit ses droits amputés. Mal organisée pour les défendre, elle doit se résigner.

Fort de ce précédent, Alain Juppé, en novembre 1995, croit pouvoir aligner le secteur public sur le secteur privé. La mesure relève de la simple équité, elle devrait être comprise et acceptée par tous. C'était compter sans les règles du «Toujours plus !», et les cheminots les lui rappelèrent en paralysant le pays. Une réaction de pur égoïsme corporatiste qui aurait dû leur aliéner l'opinion. La réaction fut tout juste inverse. Les Français, dont les retraites avaient été amputées, soutinrent la grève : grand moment d'irréalisme collectif. Nul ne sembla comprendre que, le jeu étant à somme nulle, ils paieraient, eux et leurs enfants, pour les retraites des privilégiés. Selon les canons de l'approche idéologique, tout doit toujours se jouer entre le peuple opprimé et les maîtres oppresseurs. C'est ainsi que les grandes consciences virent un «mouvement social» dans cette poussée de pur corporatisme. Une transfiguration de la réalité incompréhensible aux yeux des observateurs étrangers, qui n'en finissaient pas de s'interroger sur les bizarreries françaises. Pourtant, le gouvernement dut capituler sans conditions. La démographie ne pouvait rien contre le «Toujours plus !». Chaque génération cheminote a les «batailles du rail» qu'elle peut !

Pendant les cinq années suivantes, Lionel Jospin déploie des trésors d'habileté pour ne rien faire. Il jongle avec les rapports, crée un observatoire des retraites, puis un fonds de réserve des retraites. De quoi ne fâcher personne.

Après les palinodies socialistes, Jean-Pierre Raffarin et son ministre François Fillon osent, en 2003, remettre en cause les retraites des fonctionnaires. La réforme, qu'ils font passer après quelques batailles épiques, est certes loin d'assurer le financement à terme du système. Il faudra, tôt ou tard, aller plus loin. Mais, dans toutes les démocraties du monde, l'opposition se réjouit de voir la majorité faire le «sale boulot» et se garde bien de toucher aux réformes qu'elle aurait dû imposer si elle avait exercé le pouvoir. L'un prend le relais de l'autre, c'est de bonne guerre. Tony Blair s'est appuyé sur l'héritage laissé par Margaret Thatcher, comme Angela Merkel sur celui de Gerhard Schröder, Zapatero sur celui d'Aznar et ainsi de suite. L'alternance politique fait progresser le pays.

La classe politique française, elle, empêtrée dans ses choix idéologiques, n'en est pas là. Lors de leur congrès du Mans, les socialistes, abusant du privilège de n'avoir jamais rien fait, se «synthétisent» sur la promesse de sacrifier la réforme Fillon lorsqu'ils reviendront au pouvoir. Un pas de plus, ils nous auraient fait reculer de quinze ans en supprimant aussi la réforme Balladur ! Pourtant, la dernière prévision de l'observatoire des retraites institué par Lionel Jospin nous signale qu'en 2015 il manquera… 18 milliards d'euros pour payer les pensions.

Au total, notre assurance-vieillesse est beaucoup plus injuste aujourd'hui qu'il y a trente ans. Au sein d'une même génération, l'écart n'a jamais été si grand entre les privilégiés des régimes spéciaux et les prolétaires du régime général ; entre les générations, il est devenu intercontinental avec les retraités de l'Ancien Monde (qui auront beaucoup reçu après avoir peu payé) et ceux du Nouveau Monde (qui devront beaucoup payer pour très peu recevoir). Sans parler, bien sûr, des scandaleuses «retraites-chapeau» de nos impudents PDG – j'y reviendrai.

La facture des retraites est ce qu'elle est, bête et obstinée comme les faits. Elle doit être redistribuée entre les Français. Refuser cette évidence, au nom des droits acquis, c'est s'en remettre aux rapports de force. À l'arrivée, ce sont toujours les plus faibles qui jouent les variables d'ajustement afin de conforter les privilèges des plus forts. Dans vingt ans, le monde des personnes âgées comprendra un sous-prolétariat de veuves qui ira faire le ménage chez les retraités du premier cercle. Au nom du progrès social !

L'antimanagement à la française

Nos dérobades devant les réformes, ou devant les faits, ont un coût très élevé. Proposition réversible, on peut toujours payer pour ne rien faire. Mais cela coûte d'autant plus cher que le maintien du statu quo n'est qu'un placebo aux effets temporaires. La politique française est ainsi devenue l'art d'une sorte d'antimanagement. Dans l'entreprise, le patron ne doit pas seulement résoudre les problèmes du présent, il doit également anticiper ceux de l'avenir. Gérer, c'est prévoir. À la tête de l'État, tout l'art consiste à esquiver les difficultés immédiates et à ne pas voir celles qui s'annoncent.

Ce laxisme devrait se heurter à la révolte des contribuables excédés par l'incessante aggravation de la ponction fiscale. Aux États-Unis, les élus ne concèdent pas un dollar sans d'âpres discussions. En France, c'est tout le contraire. Députés et sénateurs ne représentent pas l'argent privé, mais l'argent public. «L'Américain est un contribuable, le Français, un imposable», constate en fin connaisseur de la réalité française le politologue américain Ezra Suleiman. Ce basculement de l'économie à la dépense est un pur calcul électoraliste. Pour une moitié de la population dispensée de l'impôt sur le revenu, les prélèvements sont relativement indolores. Le contribuable, c'est l'autre. En contrepartie, les agents de l'Administration et leurs familles, les travailleurs des secteurs parapublics et subventionnés, et tous ceux enfin qui vivent sur des revenus sociaux tirent de l'argent public l'essentiel de leurs ressources. Faites le compte. Une majorité de Français pense qu'elle a plus à gagner qu'à perdre lorsque l'État augmente ses dépenses. Dans notre monde de frontières ouvertes, une pression fiscale trop élevée fait fuir la matière imposable. Passé un certain stade, l'augmentation des taux réduit la collecte. Le gouvernement qui bute sur la limite fiscale puise alors dans un nouveau gisement : l'emprunt.

La France s'endette pour financer son immobilisme. C'est le deuxième temps de l'antimanagement. De l'investissement qui prépare l'avenir, nous avons fait un arrangement qui hypothèque le futur.

L'affaire ne se joue pas entre contemporains, mais entre générations. Cela change tout. Les dettes d'État sont à très, très long terme. La France lance maintenant des emprunts à cinquante ans ! C'est dire que le prix de notre immobilisme est à payer par nos enfants. Michel Godet démonte l'affaire en une phrase : « Le déficit public [...] n'est rien d'autre qu'un impôt différé que les enfants d'aujourd'hui devront payer en lieu et place de parents irresponsables[1]. » Vivre aux frais de ses enfants, il n'est rien de plus commode.

---

1. Michel Godet, *Le Choc de l'an 2006*, Paris, Odile Jacob, 2003.

Les enfants tiers-payants

La France, comme l'on sait, a « le meilleur système de santé du monde ». Ce cocorico du coq gaulois traduit-il la réalité ? Pour ce qui est du « meilleur », c'est un fait attesté par les comparaisons internationales de l'Organisation mondiale de la santé. Disons qu'en France les médecins et les malades disposent de la plus grande liberté pour bénéficier d'une médecine moderne et de qualité. Oui, ce système est excellent, mais il nous faut en parler au passé. On ne possède que ce que l'on paye. Or les Français sont, depuis de nombreuses années, hors d'état de supporter le coût de leur assurance-maladie.

Il y a une dizaine d'années, le gouvernement Juppé prétendit arrêter cette fuite en avant. Pour remettre les compteurs à zéro, il fit prendre en charge la dette de la Sécu, soit 137 milliards de francs, par un organisme, la Cades, chargé d'éponger le passif grâce à un impôt nouveau : la CRDS. En l'espace de treize ans, tout devait être payé. Ainsi, la génération qui s'était soignée à crédit ne laisserait pas à ses enfants le soin de jouer les tiers-payants.

Toute réforme de la Sécurité sociale prévoit la disparition définitive du « trou ». Le définitif dura un an, puis les déficits reprirent. Lorsque les socialistes reviennent au pouvoir, ils trouvent fort commode cet expédient qu'ils avaient condamné lors de sa création et font éponger l'ardoise des années 1996 à 1998, soit 85 milliards de francs, par la Cades. À partir de 2002, le « trou » se fait « gouffre », et le gouvernement Raffarin bascule tranquillement ces dettes nouvelles sur la malheureuse Cades qui doit avaler 50 milliards d'euros supplémentaires en l'espace de cinq ans. La barque ainsi surchargée ne pourra arriver à bon port, toutes dettes remboursées, en 2008, date initialement prévue pour sa mise au rancart. Qu'à cela ne tienne ! Le provisoire étant toujours ce qui dure le plus longtemps, l'éphémère Cades se voit conférer l'immortalité. Les remboursements s'échelonneront jusqu'en 2020, jusqu'en 2030, jusqu'à plus d'eau… Ainsi, un dispositif prévu pour ne pas reporter la dette sociale sur les futures générations fonctionne en sens contraire et devient le canal de transvasement du présent vers le futur. Le gouvernement s'apprêtait à renouveler l'opération avec les 15 milliards d'ordonnances impayées qui lui restaient sur les bras, mais la manœuvre était un peu grossière et le Conseil constitutionnel y a mis le holà ! Désormais il est interdit de payer en années de vie supplémentaires un alourdissement du fardeau : si l'on augmente l'endettement de la Cades, alors il faudra augmenter la CRDS en proportion. Gageons que les gouvernements sauront trouver un autre dispositif pour nous soigner aux frais de nos enfants.

Dans ce cas précis, le report sur la génération suivante est aussi visible que choquant. Si encore il venait en complément du «meilleur système de santé au monde»! Mais non, c'est tous les jours que l'on constate sa dégradation. L'hôpital, qui n'a jamais corrigé ses lourdeurs bureaucratiques, ne s'est toujours pas remis des 35 heures, les médecins comme les malades usent et abusent de leur liberté, et la France doit faire venir de l'étranger les spécialistes et les infirmières qu'elle ne forme plus. Bref, c'est un modèle déglingué que nous transmettrons.

La génération du « Toujours plus ! »

Piller la France, accumuler des dettes impayables, tout cela a pu se faire sans qu'aucun sentiment de responsabilité ou de culpabilité ne vienne entraver le mouvement. C'est en toute bonne conscience que notre génération a joué les parents indignes.

La société française a développé des trésors d'imagination pour dissimuler l'identité du payeur final. L'artifice le plus souvent utilisé, le plus efficace, consiste à placer l'État en tampon entre nous et nos enfants. Les Français se sont habitués à tout en attendre, à tout exiger. Ils vivent en union fusionnelle non pas avec, mais contre lui. Lorsqu'ils s'opposent entre eux, que menace la perspective d'un véritable conflit, jaillit la formule magique, l'abracadabra réconciliateur : « L'État n'a qu'à... » Et l'on voit les adversaires se retourner d'un seul élan vers le maître abhorré. « Qu'il fasse son devoir ! » – traduisez : « Qu'il paye ! » – et les différends seront résolus. Les Corses se calmeront pendant quinze jours, les producteurs de lait, pendant une saison, les lycéens, le temps de passer le bac, les intermittents retourneront au théâtre, et les généralistes, à leur cabinet.

Nous ne pouvons plus ignorer que ces dépenses supplémentaires aggravent le déficit, alourdissent la dette et se reportent sur nos successeurs. Mais l'État conserve l'opacité nécessaire pour masquer cette réalité déplaisante.

Comment la France a-t-elle basculé de la génération des bâtisseurs à celle des démolisseurs, de la génération des gestionnaires à celle des dilapidateurs ? Voilà ce qu'il faut comprendre.

Cette société française m'a toujours fascinée par son aptitude à vivre dans le mensonge – mensonges qui ne trompent personne, mais qui arrangent tout le monde. Les autres sociétés ne sont sans doute pas moins hypocrites, mais je n'y vis pas. Au début des années 1980, j'ai entrepris de décrire la France non pas comme elle se voit elle-même, mais telle qu'elle est, de montrer la ruée des intérêts privés, la puissance des égoïsmes catégoriels, le détournement de l'idéologie au service des appétits particuliers. Cette analyse, présentée dans mon ouvrage *Toujours plus !*, rencontra un grand écho dans le public et suscita un grand embarras chez nos dirigeants. Les questions posées étaient suffisamment gênantes pour n'attirer aucune réponse. À vingt-cinq ans de distance, le portrait me paraît plus fidèle que jamais. La France de 2006 est bien celle du « Toujours plus ! » aggravée par le « Plus encore ! » des vingt-cinq dernières années. Son moteur n'a pas varié, c'est toujours le « Moi d'abord », le « Tous pour moi », et son discours est toujours aussi mensonger, aussi éloigné de la réalité. Je partirai donc de cette idée, hélas ! toujours d'actualité, pour démonter la machine infernale qui nous a conduits du « Toujours plus ! » des parents au « Toujours moins ! » des enfants. Retour vingt-cinq ans en arrière.

CHAPITRE 4

Du « Toujours plus ! »… au « Plus encore ! »

Les coupables de la grande dilapidation ne sont pas des voleurs, des gangsters, des mafieux ni même des corrompus, la corruption n'étant jamais, face à une telle facture, que le pourboire comparé à l'addition. Dommage d'ailleurs, cela nous innocenterait et, en prime, nous laisserait un espoir, car on retrouve parfois l'argent volé. Mais jamais l'argent dilapidé. Non, la France a été pillée par des Français très ordinaires, vous ou moi, qui, bien sûr, n'agissaient pas individuellement. Tantôt ils s'exprimaient au sein du corps électoral, qui a toujours préféré les démagogues aux politiques ; tantôt ils se contentaient d'appartenir à tel groupe de pression qui se mobilisait pour imposer ceci, s'opposer à cela, au gré de ses intérêts particuliers. Et l'État, veule, velléitaire, flattant ceux dont il cherchait les suffrages, cédant à ceux dont il craignait les menaces, vidait les caisses avant de puiser dans le crédit. Comment la République s'est-elle trouvée aussi désarmée à l'heure de défendre le bien commun ?

Le contrôle démocratique, avouons-le, ne peut pas grand-chose contre cette sœur jumelle et maléfique de la démocratie : la démagogie. Or c'est elle qui régente la France depuis 1981. Les campagnes électorales sont des surenchères de promesses, et l'équilibre budgé-

taire est à peine une clause de style. Le problème
financier, c'est ce qui reste quand on a tout distribué.
L'explication est indiscutable, elle n'est pas suffisante.
Le virus démagogique est certes partout présent, toujours prêt à frapper, mais pourquoi a-t-il soudain
déclenché cette épidémie ? Si nos hommes politiques,
qui, par nature, ne sont pas plus démagogues aujour-
d'hui qu'hier et ici qu'ailleurs, ont cédé sur la dépense,
c'est que l'argent public a peu de défenseurs et beaucoup de prédateurs en terre française.

L'équilibre des finances ne se décrète pas, il ne s'obtient pas une fois pour toutes, il se gagne chaque jour.
En France, la bonne administration se heurte à un
néocorporatisme virulent qui pousse à la dépense et
jamais à l'économie, qui est partout présent mais nulle
part visible. Une véritable force, dormante le plus souvent, car les gouvernants évitent d'engager les affrontements que, à l'exemple de Bercy, ils risquent de
perdre. Sur le front du corporatisme, la France s'est
ruinée à ne pas livrer bataille.

Des groupes de pression, il s'en trouve dans toutes
les sociétés. D'où vient qu'ils aient pesé d'un tel poids
dans la société française ? Ce n'est pas le produit d'une
bataille, mais d'une histoire. Au fil des décennies, les
valeurs sociales ont été détournées, l'information a été
censurée, un discours idéologique s'est élaboré pour
valoriser les intérêts particuliers. Au total, c'est un
archipel de privilégiatures qui s'est constitué au détriment des Français inorganisés.

Cette découverte, je l'ai faite pour mon propre
compte à la fin des années 1970, au terme d'une
enquête sur l'inégalité. Il suffisait de regarder les faits
sans nul a priori pour constater que celle-ci n'est pas
moins structurée par les oppositions sociales classiques
que par le néocorporatisme. D'un côté, elle s'organise
à la verticale, des plus pauvres aux plus riches, de

l'autre elle se diffuse à l'horizontale, au sein d'une même catégorie, entre les mieux organisés et les moins organisés. À un extrême, les corporations, leurs avantages et leurs protections, à l'autre, les individus isolés et exposés à tous les aléas du marché.

Voilà ce que j'entrepris de montrer en 1982 dans *Toujours plus !*. Dans aucun autre pays au monde, un ouvrage consacré à un tel sujet n'aurait pu se transformer en phénomène d'édition. Un éditeur aurait dû s'estimer heureux d'en écouler quelques dizaines de milliers ; il s'en vendit au total plus d'un million et demi ! Comment fait-on un tel succès en recensant les avantages de certaines corporations et en démystifiant le système qui prétend les justifier ? La réponse est connue : le best-seller n'est pas tant dans le livre que dans la société. C'est elle qui, à un moment donné, entre en résonance avec un message et l'amplifie. De fait, les corporations sont, en France, protégées par un double tabou. Leurs privilèges ne se disent pas, et leurs discours ne se contestent pas. J'avais, sans trop m'en soucier, brisé ces deux interdits. Ne me disait-on pas, tandis que je menais mon enquête, qu'il valait mieux ne pas parler de «ces choses», car je risquais de «diviser les travailleurs» et de «dresser les Français les uns contre les autres» ? Lorsque le dévoiement est à ce point accepté et censuré, il n'est plus de scandale que dans sa divulgation.

Cette grille de lecture, proposée dans *Toujours plus !*, est aujourd'hui indispensable pour retrouver la trace de nos 1 000 milliards d'euros envolés. En 1982, elle révélait une économie discrète, sinon souterraine, qui détournait une part importante de la richesse nationale. Depuis lors, le phénomène n'a fait que s'amplifier, nous faisant passer du *Toujours plus !* des années 1980 au *Plus encore !* des années 2000. Il faut donc repartir de cette machine à creuser les gouffres

financiers pour la voir à l'œuvre tout au long de ces
vingt-cinq années.

Un vrai tabou : les inégalités non monétaires

J'étais parti d'un constat d'évidence : l'argent, celui
du revenu, comme celui du patrimoine, n'est pas seul
en cause dans les inégalités. Des comparaisons honnêtes devraient également prendre en considération
quantité de facteurs qui ne peuvent se traduire en
termes monétaires. On y trouve pêle-mêle : la sécurité de l'emploi, les protections statutaires, les prix
garantis, la profession fermée, la concurrence limitée,
les conditions de travail spécifiques, les rentes de
situation, les services sociaux particuliers, les promotions assurées, les primes automatiques, les congés
supplémentaires, les retraites améliorées – ce qui
donne en négatif : la dureté de la concurrence, les
aléas du marché, la précarité de l'emploi, la pénibilité du travail, les salaires misérables, l'autoritarisme
des chefs, les horaires contraignants, le manque de
respect, les contraintes en tous genres, etc. Je me lançai donc sur la piste de ces facteurs non monétaires,
qui se présentaient le plus souvent comme des « droits
acquis ».

Leur valeur s'était accrue dans le monde incertain
des années 1980. Ne pas craindre le licenciement en
période de plein-emploi, échapper à la concurrence
quand le souffle de la croissance emporte tout le
monde, cela n'a rien de providentiel. Mais les deux
chocs pétroliers avaient mis un terme à cette période
heureuse où les notions mêmes de chômage et de
récession n'avaient plus cours. Les salariés craignaient
pour leur emploi, et les patrons, pour leurs entreprises.
Toute condition se définissait désormais en fonction

de la sécurité qui lui était attachée. C'était elle qui divisait la population entre ceux qui allaient affronter la crise et ceux qui en seraient préservés. L'accessoire devenait l'essentiel, l'argent, qui ne disait jamais qu'une partie de la vérité, perdait encore de sa signification.

En quoi ces avantages concernent-ils la fuite de l'argent public ? Ne sont-ils pas «non monétaires» ? Cela est vrai en aval, pour celui qui en profite. Les protections et autres avantages ne figurent ni sur la feuille de paye, ni sur la feuille d'impôt, et ce n'est pas la moindre de leurs qualités. Si, en revanche, on se reporte en amont, alors ils coûtent fort cher à celui qui les concède. C'est évident pour les services sociaux et les prestations en nature, mais ce l'est également pour les garanties et les sécurités. Les assurances ne sont jamais gratuites, et les compagnies seraient vite ruinées si, à l'image de l'État, elles devaient accorder leur garantie sans jamais encaisser les primes.

L'économie de marché joue cartes sur table. Elle se fonde sur les biens, marchandises et services, et n'en assure la propriété qu'au prix de l'insécurité. Il est légitime de s'enrichir quand on risque de se ruiner. Le corporatisme est plus subtil. Il ne distribue pas des marchandises, mais des «droits à…» qui ne font pas l'objet de propriété individuelle mais collective. C'est moins voyant que la richesse – et beaucoup plus sûr. En effet, ces droits sont de nature juridique et non pas économique. Ils ne fluctuent pas au gré du marché, ils sont «acquis» une fois pour toutes, mais, à la différence de l'argent équivalent universel et anonyme, ils ne peuvent s'offrir à tous sur le marché et se justifient par une raison d'être particulière.

Voilà qui réconcilie à merveille morale collective et comportement individuel. Car les Français ne sont attachés à leurs principes que pour les enfreindre, et à leurs institutions que pour les détourner. Égalitaires avec ceux du dessus, ils deviennent élitaires avec ceux du dessous ; misant sur la règle pour se protéger, ils comptent sur l'exception pour s'avantager. En cela, ils ne sont sans doute pas différents des autres peuples : l'hypocrisie est le ciment de tout ordre social. Les petites combines, les rentes de situation, les passe-droits, les statuts dérogatoires, les jardins secrets et les hôtels particuliers, tout est légitimé par les grands principes et autres valeurs fondamentales.

Dès lors que vous mettez en avant le « service public », l'« égalité des citoyens », la « protection des travailleurs », l'« image de la France », la « défense de la création » ou, à l'inverse, que vous dénoncez la « logique du profit », l'« approche comptable », la « concurrence sauvage », le « nivellement par le bas », la « médecine à deux vitesses » ou l'« ultralibéralisme », chacun se doit de tenir pour vraies les plus complètes invraisemblances. Ces mensonges de complaisance sont au fondement du savoir-vivre français, ils permettent au corporatisme de transformer en toute quiétude l'argent public en droits particuliers. Économiquement discrets et idéologiquement corrects. Ces produits dérivés de l'action collective n'ont pas leur place dans les livres de comptes. Les corporations ne consolident jamais leurs comptes.

Dieu sait que la question des inégalités taraude la société française, qu'elle revient de façon obsessionnelle dans le débat public, de façon rituelle dans le discours politique. Mais, des plus savantes études aux plus minces échos de presse, il n'est jamais question que d'argent. Qui gagne plus, qui gagne moins ? Qui possède plus, qui possède moins ? Combien en plus, combien en moins ? L'inégalité se compte en euros, cela seul importe, cela seul distingue les Français les uns des autres.

Que la monnaie fournisse un instrument très commode pour mesurer les inégalités, c'est une évidence. Elle quantifie dans une même unité des situations diverses et donne instantanément une grille hiérarchique. Parfait. Les «fameux» avantages, eux, ne se laissent pas ainsi manipuler. Ils se dérobent à la comparaison et ne sauraient être utilisés aussi simplement que des feuilles de paye ou des déclarations fiscales. Mais cette difficulté suffit-elle à justifier le silence et l'obscurité ?

Un tabou faisant systématiquement naître en moi une irrépressible envie de le violer, j'entrepris de dresser la situation réelle, avantages et inconvénients, d'un certain nombre de corporations. La bibliographie fut bientôt faite, j'étais en terrain vierge et devais me frayer mon propre chemin. C'est alors que je me heurtai au pacte corporatiste.

Une curiosité mal accueillie

S'interroger sur le niveau de vie réel des vignerons, sur le temps de travail effectif des policiers, sur les véritables retraites de la Banque de France, sur les vacances des magistrats, sur les revenus des pharmaciens ou des pilotes de ligne, sur les rémunérations patronales traduisait au mieux une curiosité malsaine, au pire un tempérament de délateur.

La réprobation fut générale. Chaque corporation revendiquant cette discrétion pour son cas particulier se devait de l'admettre pour les autres, en sorte que, toutes ensemble, elles imposaient la censure sociale.

En 1995, le président de la République, Jacques Chirac, toujours maître dans l'art d'asséner les vérités premières, rappela aux téléspectateurs que «la feuille de paye des fonctionnaires, c'est aussi la feuille d'impôts des contribuables». Que redire à cela ? Tout au plus que le chef de l'État perd son temps et nous fait perdre le nôtre à débiter de telles banalités. Erreur totale ! Les journalistes politiques flairèrent la provocation et, de fait, les corporations du secteur public virent dans ce rappel une véritable déclaration de guerre. L'évidence que les agents de l'État sont payés par les contribuables doit être censurée. Interdit, à plus forte raison, de s'interroger sur les services sociaux de l'EDF, sur l'absentéisme des professeurs, les licences des taxis, les bénéficiaires des subventions agricoles. Il s'agit, dans tous les cas, d'une agression. Le ministre qui la commet y perd son portefeuille, celui qui ne la dénonce pas y risque le sien.

Ces avantages étant, de nature, collectifs, on ne saurait titiller l'un ou l'autre de leurs heureux propriétaires sans voir toute la catégorie se dresser contre soi. Contre-attaque hargneuse, intimidante, car le lien corporatiste se fonde sur le «bon droit» : les avantages acquis ne sont ni contestables ni critiquables ni négociables et, pour commencer, non publiables.

La porte étant fermée, je dus passer par la fenêtre. Je partis donc en quête de ces facteurs non salariaux – mais qui, dans certains cas, ressemblent fort à des salaires – et me retrouvai rapidement perdu dans le plus invraisemblable bric-à-brac qui se puisse imaginer. Quel principe de classification retenir pour prendre en compte ces primes multiples et variées, tel *numerus clausus,* un régime fiscal sur mesure, des prix garantis, une retraite tout confort, une clause de retour dans le corps d'origine, un logement de fonction, des horaires de travail allégés, des promotions assurées, un statut protecteur, des prêts bonifiés, une profession fermée et à l'inverse la pénibilité, la puanteur, la précarité, l'autoritarisme, le manque de considération, l'absence de promotion, les maladies professionnelles, la crainte du chômage et le temps de travail interminable ?

À écouter les gardiens de l'ordre corporatiste, la relation était évidente et nécessaire : les avantages venaient en compensation des inconvénients. Voyez les mineurs de fond, me dit-on. Ils sont astreints au travail le plus dangereux, le plus pénible, le plus malsain qui soit, c'est pourquoi ils ont obtenu un statut de faveur avec une couverture médicale renforcée, des systèmes sociaux plus généreux, des retraites précoces, etc. Aurais-je le toupet de remettre en cause ces acquis sociaux ? De contester la légitimité de ces maigres avantages face aux risques du grisou, aux ravages de la silicose ?

Les droits acquis accroissent les inégalités

Au premier regard, il sautait aux yeux que le modèle du mineur de fond était l'exception et non pas la règle. L'alibi pour tout dire. Le plus souvent, les heureux bénéficiaires de ces avantages ne souffraient d'aucune servitude particulière. Je n'en prendrai qu'un exemple, l'âge de la retraite.

L'espérance de vie varie de plus de dix ans selon les catégories socioprofessionnelles. Pour simplifier, on meurt plus jeune dans le peuple que dans la classe moyenne ou la bourgeoisie. La logique aurait voulu que la retraite sonne plus tôt pour le monde ouvrier que pour les cadres et fonctionnaires. La réalité était tout juste à l'inverse. Les ouvriers restaient au travail jusqu'à 65 ans, avec trois ou quatre ans de retraite devant eux, les agents de l'État partaient entre 50 et 60 ans, pour un repos vite gagné de quinze ans. L'instituteur quittait l'école à cinquante-cinq ans, avec une vingtaine d'années paisibles devant lui. Vous disiez compensation ?

L'âge de la retraite n'est qu'un exemple parmi beaucoup d'autres. La règle était toujours la même : les avantages vont aux avantages. À l'inverse, ceux qui avaient les plus mauvais salaires étaient condamnés aux pires conditions de travail, à la chaleur, au bruit, à la crasse, aux accidents, aux maladies professionnelles, aux horaires décalés, à l'autoritarisme, à la précarité. Au monde des inégalités, la répartition des droits et des avantages ne compensait en rien les différences de fortune et de revenus, elles les accentuaient. Et les ouvriers étaient les grands perdants du système.

Ce constat venait en conclusion d'un simple travail journalistique, un constat d'explorateur en quelque sorte. Cette première approche demandait à être confirmée par une véritable enquête scientifique. Elle fut menée quelques années plus tard par deux chercheurs du Centre d'études des revenus et des coûts. Messieurs Thomas Coutrot et Philippe Madinier entreprirent, en effet, de vérifier si, conformément à mes assertions, les inégalités non monétaires aggravaient les inégalités monétaires plutôt qu'elles ne les compensaient. Leurs conclusions furent publiées au quatrième trimestre 1986 dans un rapport du CERC intitulé : *Les compléments de salaires*.

Les deux chercheurs se proposaient d'examiner « l'importance et la répartition des éléments que ne prennent pas en compte les statistiques courantes des salaires : avantages en nature, éléments divers de rémunération directe non imposables et, surtout, un ensemble de rémunérations que l'on peut qualifier d'"indirectes" en ce sens qu'elles sont versées par des organismes (caisse de retraite complémentaire, compagnie d'assurances, mutuelle, comité d'entreprise…)

qui s'interposent entre le salarié bénéficiaire et les entreprises qui contribuent au financement desdites rémunérations ».

Le projet était beaucoup plus limité que le mien. Messieurs Coutrot et Madinier concentrèrent leurs recherches sur l'entreprise sans aller chercher du côté des corporations. Au terme de leur rapport, bourré de tableaux et de statistiques, mais, surtout, fondé sur une analyse scientifique qui n'avait pas sa place dans *Toujours plus !*, ils conclurent que ces compléments atteindraient en moyenne 16,9 % des rémunérations. Un chiffre qui ne concernait que la part monnayable de ces compléments, qui excluait donc la sécurité de l'emploi, la pénibilité du travail, la précarité de la situation, le manque de considération, l'arbitraire, et autres facteurs essentiels mais non quantifiables. Une moyenne qui cachait des disparités considérables. Le 17 % pouvait être inférieur à 10 % dans certains cas et atteindre le quart dans d'autres. Même dans le secteur privé, cette part cachée de la rémunération était donc loin d'être négligeable. Or, constataient les chercheurs du CERC, elle tendait à augmenter depuis une dizaine d'années. Ici, on voudrait ajouter que la sécurité se valorise en proportion de l'insécurité et que les différentes garanties statutaires n'ont fait que croître et embellir depuis les années 1980…

Venons-en à la question cruciale. Ces compléments avaient-ils pour effet de réduire les inégalités de salaire ou, au contraire, de les aggraver ? Les auteurs répondaient avec la plus grande prudence, et non sans rappeler les limites de leur étude, mais concluaient néanmoins avec la plus grande clarté : « L'importance relative de l'ensemble des compléments par rapport au salaire direct varie de façon considérable et, en général, celle-ci est d'autant plus grande que le niveau de salaire est plus élevé. »

Autrement dit : dans chaque catégorie, ce sont les mieux payés qui ont droit aux avantages et, serait-on tenté d'ajouter par déduction, ce sont aussi les moins payés qui en ont le moins. Les chercheurs avaient l'honnêteté d'ajouter : « On peut en conclure que les statistiques courantes de salaire feraient apparaître des disparités de rémunération nettement plus accentuées si elles étaient en mesure d'ajouter lesdits compléments de salaire. »

Messieurs Coutrot et Madinier affirmaient que leur travail, pionnier, était fort incomplet, un simple coup de sonde qui en appelait d'autres. Que l'on se rassure, ces enquêtes complémentaires n'ont jamais été entreprises et ne le seront sans doute jamais. On devra donc se contenter de cette confirmation scientifique très partielle : les inégalités non salariales ne compensent nullement les inégalités salariales. Elles les amplifient. Il convenait de stopper au plus vite cet accroc au dogme de la justice sociale, un accroc qui aurait pu tourner à la déchirure. Hélas ! ce premier rapport ne fut guère commenté par la presse – et bien vite oublié par le monde de la recherche.

Privilèges ! Vous avez dit privilèges ?

Une fois reconnue cette règle de l'accumulation, il restait à en comprendre les causes. D'où venait que certains étaient comblés, et d'autres, dédaignés ? La question ne se pose pas pour les inégalités monétaires classiques, qui se forment sur le marché selon les lois de la concurrence. On admet (ou on n'admet pas) la morale libérale, mais c'est elle qui, dans tous les cas, est en cause. L'État est confiné dans son rôle d'arbitre. Il constate la victoire des uns, la défaite des autres, et ne se soucie des gains réalisés qu'au moment de prélever l'impôt. Il en va tout différemment avec ces facteurs non monétaires. Qu'il soit question d'un système d'avancement automatique, d'un carburant détaxé, d'un calcul de retraite avantageux, d'une garantie d'emploi, d'un monopole professionnel ou d'un appartement de fonction, il s'agit toujours d'un droit attaché à un statut. Les avantages ne se gagnent pas, ne se méritent pas, ils sont partie prenante de la condition et sont à l'abri de la concurrence. Ce sont des privilèges, acquis pour les uns, exclus pour les autres.

« Privilèges », ce mot provoqua des réactions d'indignation, qui frisèrent l'hystérie chez certains fonctionnaires. J'avais pourtant pris soin de distinguer la « haute » et la « basse » privilégiature, j'avais précisé que le privilège ne signifie nullement la richesse, que, sous l'Ancien Régime, bien des privilégiés étaient dans la misère alors que des bourgeois, voire des paysans, vivaient dans l'opulence. Rien n'y fit. Certains lecteurs ne voulurent jamais entendre le mot dans son sens exact. Les gens du secteur public s'indignèrent qu'avec des feuilles de paye bien médiocres, ce qui est vrai, ils puissent être considérés comme des « privilégiés », tandis que les gens du secteur privé, eux, s'indignaient que les détenteurs de privilèges, fort médiocres à l'occasion, mais cela était oublié, puissent encore se plaindre. Bref, le privilège passait pour une marque d'infamie qui interdisait de se proclamer malheureux, ce qui, pour un Français, représente le pire des châtiments, presque une malédiction.

Revenons à la réalité : le privilège n'est pas un contenu, mais un statut. Il n'est pas disponible sur le marché, non soumis à la concurrence, et doit être octroyé par la collectivité. C'est un droit reconnu à une catégorie, qui peut valoir beaucoup d'argent, mais peut aussi bien se réduire à un symbole dérisoire. Peu importe ! Dès lors qu'il est alloué par la collectivité et soustrait à la concurrence, il s'agit d'un privilège. À ce jeu, le « privilégié » n'est pas nécessairement riche ni même avantagé. Pour ma part, je n'aurais jamais troqué une retraite précoce contre la silicose des mineurs. Mais tout régime particulier de retraite réservé à une catégorie déterminée constitue un privilège, et cela reste vrai, que l'on ait en vue le régime, ô combien mérité, des mineurs ou celui, exorbitant, des employés à la Banque de France.

En passant de l'enrichissement libéral aux avantages catégoriels, nous basculons de l'économique au politique. Contrairement aux rémunérations classiques, un système de privilèges ne peut faire l'économie d'une éthique et, lorsque les réponses cessent d'être convaincantes, la nuit du 4 août n'est pas loin. Quelle était donc la logique qui présidait à la constitution et à la répartition de ces privilèges dans la France moderne ?

Une lutte des classes au rabais

L'argumentaire syndicalo-corporatiste de la compensation était d'une problématique indigence. Lorsqu'elles étaient réelles, les servitudes invoquées se retrouvaient dans d'autres professions, parfois même aggravées, et sans nulle contrepartie. Mais les contraintes horaires n'avaient pas le même poids selon qu'elles pesaient sur les épaules d'un routier ou d'un cheminot, selon qu'elles étaient imposées dans un restaurant ou dans un commissariat de police. Non, décidément, il était impossible de faire du mineur de fond le saint patron de la grande foire aux privilèges.

Au registre de la compassion succédait alors celui de la reconnaissance. Du policier qui veille sur notre tranquillité au paysan qui sauve la nature, en passant par les conducteurs sans lesquels nous ne pourrions nous déplacer et les fonctionnaires sans lesquels nous ne saurions fonctionner, tout ce monde nous rendait des services indispensables au prix d'un dévouement surhumain dont les prétendus « privilèges » n'étaient qu'une très faible contrepartie. La privilégiature se transformait en ordre du mérite : « À ses enfants privilégiés, la France reconnaissante ». Je fus peu convaincu par ce discours grandiloquent, car je découvrais toujours que telle autre catégorie aussi méritante ne bénéficiait pas de telles récompenses.

On m'expliquait alors que ces droits n'étaient pas, comme on pouvait le croire de prime abord, des privilèges, mais plutôt… la marque d'une servitude. La sécurité de l'emploi était imposée par l'État à ses serviteurs pour assurer l'impartialité de l'Administration, l'indépendance de la justice, la compétitivité de la recherche, la sûreté des centrales nucléaires, la créativité de notre culture et non pour satisfaire leurs revendications. Il fallait y voir une obligation liée à la fonction, nullement un privilège. Quant à la fermeture de certaines professions, elle bénéficiait en priorité aux usagers qui auraient tout à redouter de la concurrence sauvage, forcément sauvage, que provoquerait l'ouverture…

Les syndicalistes, qui connaissent la fragilité de ces démonstrations, se réfugient, le plus souvent, dans une justification globale. Il s'agit de conquêtes sociales légitimées par les luttes qui ont permis de les obtenir. Ce qui est pris l'a toujours été à bon droit. L'argument, qui renvoie à l'instant fondateur de notre mythologie sociale, interdit toute discussion. Dans la tradition française, le progrès ne se reconnaît pas à ses résultats, mais à son origine. Il ne peut naître que des luttes. Le conflit est la source de toute légitimité sociale, c'est lui qui fait de tout avantage un droit conquis, donc acquis.

En réalité, de nombreuses avancées, du droit de grève à l'indemnisation du chômage en passant par la retraite par répartition et les allocations familiales, ont été réalisées «à froid» et par des gouvernements plutôt conservateurs. Mais que peut la réalité historique face aux dogmes idéologiques ? Retenons donc que la concertation, la coopération ou la négociation ne débouchent jamais que sur des faux-semblants. C'est une des raisons pour lesquelles la social-démocratie, toujours à la recherche du consensus, n'a pu obtenir ses lettres de noblesse en France. C'est pourquoi, d'ailleurs, la lutte des classes se décline dans l'imaginaire collectif sous les formes les plus diverses : riches contre pauvres, gros contre petits, propriétaires contre locataires, créanciers contre débiteurs, commerçants contre consommateurs, banquiers contre clients, etc.

Il suffit en tout cas que les avantages des agents soient des «conquêtes sociales» pour qu'ils cessent d'être discutables. Les corporations non salariées, privées de cette légitimité prolétarienne, sont condamnées à argumenter au cas par cas. Et ne s'y résignent qu'avec la plus extrême mauvaise volonté.

Encore faut-il un joli tour d'illusionniste pour transformer des agents statutaires en un prolétariat précarisé. Car notre tradition des luttes sociales nous reporte *ipso facto* au *Germinal* de Zola, aux affrontements entre le capital et le travail du XIXe siècle. Des patrons qui défendent leur profit pour s'enrichir, des salariés qui veulent voir leurs salaires augmenter pour survivre, un antagonisme insurmontable susceptible de mettre à mal l'entreprise.

Or les conflits qui nourrissent l'actualité sociale se déroulent pour l'essentiel dans le secteur public, si riche en «facteurs non monétaires». Ils mettent face à face un personnel statutaire et un directeur fonctionnaire. Le mouvement est conduit par des permanents syndicaux, salariés de l'Administration, qui, dans les conseils et comités, assurent la cogestion du personnel. Il exclut, au départ, tout risque de licenciement ou de sanction. Et peut même se terminer par le paiement des jours de grève.

Bref, une conflictualité qui, comparée à celle des temps héroïques, relève plus du simulacre que de la bataille. C'est même le secret de ces privilégiatures : leur formation suppose l'absence d'une opposition déterminée de type capitaliste. Un patron de combat n'aurait jamais cédé aux salariés de la Banque de France ou de la RATP le dixième de ce qu'ils ont obtenu.

Gommer cette différence entre les conflits du public et ceux du privé, donner à croire que les affrontements sont aussi durs d'un côté que de l'autre, c'est l'obsession des syndicats dans la fonction publique. Dans leurs bouches, les directeurs de ministère deviennent des «patrons capitalistes», les fonctionnaires sont écrasés par l'«exigence de rentabilité», et les réductions d'embauches se transforment en «licenciements purs et simples». Germinal à tous les étages ! À l'occasion d'un conflit, le langage se fait volontiers guerrier. Il faut vanter la «combativité des travailleurs», la «détermination dans les luttes» ou dénoncer les «pressions patronales», les «manœuvres d'intimidation». Moins on combat, plus on gesticule. C'est dans le secteur public que les syndicats sont pris en main par des permanents trotskystes au langage révolutionnaire enfiévré.

Cette stratégie, qui devrait prêter à sourire, se révèle payante. Les Français se doutent bien que la SNCF n'est pas le bagne, que les électriciens ne sont pas vraiment des prolétaires et que les universitaires ont des vacances, mais ils savent aussi qu'en ce domaine la vérité n'est pas bonne à dire et s'en tiennent à l'image

convenue qui arrange tout le monde. C'est ainsi que
ce rituel fallacieux s'est imposé à toute la population.
Les conflits du secteur public passent aux yeux de tous
pour des luttes entre capitalistes et prolétaires, les
avantages des corporations sont généralement mis au
rang des «acquis sociaux» au même titre que le SMIC
ou la retraite pour tous.

Cet habillage idéologique est garanti par la censure
de toute information. L'interdiction de rendre publique
la situation exacte des corporations revendicatives est
un des fondements du «Toujours plus!». Les Français
pris à témoin, quand ce n'est pas en otages, condamnés
à être les payeurs du conflit, n'ont pas le droit de
connaître les avantages dont jouissent les protesta-
taires. Toute information est regardée comme un coup
bas, un inqualifiable manquement aux règles. En
décembre 2005, alors que les conducteurs du RER
infligeaient aux voyageurs des journées de conflit sous
prétexte d'une «dégradation des conditions de travail», la SNCF rappela qu'ils travaillaient six heures
par jour. A priori, les malheureux usagés avaient à tout
le moins le droit d'être éclairés sur les avantages en
cause. Pas du tout. Les syndicalistes se répandirent sur
les ondes, toujours largement ouvertes, pour dénoncer
cette insulte faite aux travailleurs…

En vertu de cette idéologie sur mesure, toute relation sociale et, plus encore, toute relation de travail,
oppose le camp du bien au camp du mal: tout salarié
est un travailleur exploité, et tout conflit, une lutte
contre les forces d'oppression. C'est alors que les
avantages deviennent, comme les prises des corsaires,
justifiés par le combat.

Constater qu'il s'agit toujours de rapports de force
et que la morale n'a rien à voir là-dedans, imaginer
que l'électricien, le routier, le viticulteur, le restaura-
teur ou le journaliste, ne le cède en rien au patron ou

au possédant lorsqu'il défend son pré carré, qu'il n'est pas moins âpre au gain, dur aux faibles, soucieux de lui, indifférent aux autres, s'apparente au blasphème.

Mon refus des conventions sociales avait beaucoup choqué en 1982. Oser parler dans les mêmes termes des cheminots et des trésoriers payeurs généraux, des instituteurs – à l'époque ils n'étaient pas encore professeurs d'école – et des notaires, ne pas faire de différence ontologique entre les «petits» et les «gros», cela me rangeait dans le camp des oppresseurs. C'est pour cela sans doute que le livre ne fut jamais commenté pour ce qu'il dénonçait : l'injustice faite au monde ouvrier. J'avais recensé la misère du peuple autant que les avantages des classes moyennes et de la haute bourgeoisie, mais les lecteurs préférèrent visiter les niches bien garnies que les terrains vagues et les cours des miracles.

Du pouvoir de nuisance comme arme fatale

J'en étais là de mes interrogations à mi-parcours de mon travail. C'est alors qu'une évidence s'imposa à mon esprit. Ces privilèges ne rémunèrent ni le mérite, ni le malheur, ni l'utilité, ils récompensent uniquement le pouvoir de nuisance. La proposition était à ce point choquante qu'elle me laissa quelque temps interdit. Comment soutenir que ces corporations fort estimables mobilisent une logique de menace, de chantage, disons-le, une logique maffieuse, à l'encontre de la collectivité ? Plus l'idée me semblait absurde et plus elle s'imposait à mon esprit.

C'est en pensant à mon enfance, de façon tout à fait fortuite, que je trouvai la preuve que je cherchais. Ma mère a élevé huit enfants dans des conditions matérielles très difficiles. Pendant une trentaine d'années, elle n'a pas eu un instant de repos entre son réveil matinal et son coucher tardif. Sept jours sur sept, cinquante-deux semaines par an, sa vie fut consacrée à ses enfants, depuis les tâches domestiques les plus humbles, pour lesquelles elle ne fut jamais aidée, jusqu'aux missions éducatives les plus exigeantes, auxquelles elle ne renonça jamais. Ainsi arriva-t-elle à l'automne de sa vie, usée, brisée, mais ayant conduit ses huit enfants à bon port, à l'âge adulte. Elle eut droit, je pense, à une médaille de la famille nombreuse ou quelque chose de ce genre, en revanche, elle ne mérita aucune pension. Selon l'expression consacrée, «elle n'avait jamais travaillé» et ne pouvait donc prétendre qu'au minimum-vieillesse, plus la charité de ses enfants. Des cantonniers aux ministres, chacun avait droit à une retraite, preuve de l'utilité sociale qu'on lui reconnaissait, de la considération qu'on lui accordait. Seule la mère de famille nombreuse était considérée dans ses vieux jours comme une rentière n'ayant rien fait pour les autres et ne pouvant rien en attendre.

Pour une société comme pour une espèce, il n'est rien de plus important que de se reproduire. C'est la première exigence, le premier impératif. Et nous n'avons pas seulement besoin de nouveau-nés, mais de jeunes adultes. Or, dans la France des années 1950, l'éducation de la jeune génération restait l'affaire des femmes.

Bref, les mères de famille nombreuse représentaient assurément l'une des catégories sociales les plus utiles à la société. L'une des plus méritantes aussi. Toutes les raisons invoquées pour justifier les privilèges se trouvaient donc réunies et, pourtant, les mères n'avaient rien. Que leur manquait-il pour monter ne fût-ce que sur les plus basses marches de la privilégiature ?

La réponse allait de soi. Les mères de famille ne disposaient d'aucun pouvoir de nuisance. Les imaginaiton à l'heure de la manifestation, se mettant au balcon avec leurs bébés dans les bras et menaçant de les lâcher dans le vide ? « Pas de retraite, plus de bébés ! » La seule menace crédible agitait la perspective d'une « grève des ventres ». La société française y fut très sensible et s'est ensuite, plus que toute autre, souciée d'aider les jeunes mères. Fort bien, mais cette sollicitude révèle en négatif combien les vieilles femmes, celles qui avaient accompli leur tâche, étaient dénuées de tout moyen de pression.

Les corporations s'étranglent d'indignation à la seule évocation d'un pouvoir de nuisance sur la collectivité. Le raisonnement est toujours le même. Si le gouvernement nous donnait satisfaction, nous cesserions nos actions. C'est donc lui, le véritable responsable des inconvénients qui peuvent en résulter pour le public. Et qu'on ne parle pas de public pris en otage ! Il ne s'agit jamais que d'un « dommage collatéral » dont l'auteur direct n'a pas en tout état de cause à porter la responsabilité. Il n'a jamais visé que l'État et n'y est pour rien si des particuliers se sont égarés, au moment du combat, sur le champ de bataille.

Le bouclier idéologique

Se faire craindre pour se faire entendre, brandir la menace pour obtenir satisfaction, tel est le fondement de nos relations sociales sitôt que l'on quitte le marché concurrentiel. Ce sport national, que tout le monde pratique sans jamais le reconnaître, est le plus truqué qui se puisse imaginer, car l'inégalité face au pouvoir de nuisance n'est pas moins grande que l'inégalité face au pouvoir de l'argent. Les uns peuvent prendre le pays en otage, les gouvernants à la gorge, les autres n'ont que leur détresse pour tout argument.

Les groupes de pression savent que leur crédibilité n'est liée qu'à leur capacité de nuisance. En 2000, au plus fort de la grève de Bercy, le secrétaire général de FO-Trésor annonçait dans la presse : « Nous allons commencer à bloquer les recettes de l'État […]. Nous allons, tout en payant les dépenses, suspendre les écritures comptables. Rapidement, l'État ne saura plus quelles sont ses recettes. » Un pistolet braqué sur la tempe du ministre : la capacité de nuisance à l'état pur.

Toute corporation veut avoir barre sur la société. Dans les années 1970, le ministre de l'Éducation nationale, Christian Beullac, avait instauré l'obligation, pour les écoles, d'accueillir les enfants en cas de grève. En mai 1981, les syndicats enseignants, qui avaient puissamment aidé à la victoire de la gauche, obtinrent, comme toute première décision du nouveau ministre, l'annulation de cette mesure, c'est-à-dire le droit d'infliger aux parents l'improvisation d'une garde. De même les organisations syndicales défendent-elles bec et ongles les structures monolithiques, centralisées, bureaucratiques, qui ont démontré leur inefficacité en matière de fonctionnement des services, mais leur redoutable efficacité lorsqu'on les suspend. La décentralisation de la gestion, l'autonomie des établissements, la filialisation de certaines activités sont ainsi vécues comme une entreprise de division, qui affaiblit les mouvements revendicatifs. Pour faire peur, il faut rester centralisé. Toute réforme de l'État est évaluée à l'aune de ce seul critère : la préservation de la capacité de nuisance. Dès lors qu'elle paraît la réduire, elle se heurte à la résistance syndicale.

Dans cette logique, l'instauration du service minimum est un *casus belli*, car il réduit les dommages infligés au public. L'opinion en est consciente qui, dans son immense majorité, serait favorable à cette mesure. Difficile pour les syndicats de défendre en tant que telle cette faculté de nuire aux usagers. Ils en appellent donc aux grandes valeurs pour masquer leurs petits intérêts. Toute réglementation du droit de grève équivaut à sa suppression pure et simple : service minimum = démocratie en danger… Voilà qui n'est guère convaincant. Tous les droits sont réglementés afin que leur exercice ne nuise pas à autrui. Qu'il s'agisse du droit de propriété, du droit d'expression, du droit de circuler, la loi fixe toujours des garde-fous. Quel est donc ce principe mystérieux qui, au contraire, légitimerait la nuisance à autrui ?

Au reste, les discussions théoriques sont de peu d'intérêt, il suffit de regarder les faits. Un peu partout dans l'Union européenne, les pays limitent l'usage de la grève dans les services publics. De l'Italie aux Pays-Bas, de l'Allemagne au Portugal et des pays scandinaves à l'Espagne, chacun accommode le service minimum à sa façon. Dira-t-on que ces sociétés sont moins démocratiques que la nôtre ? Les agents de l'État y sont-ils particulièrement maltraités ? L'expérience confirme le bon sens : ce n'est pas le droit de grève qui est en cause, c'est le pouvoir de nuisance sur la collectivité.

À cette double évidence, tout le monde pourrait se rendre si l'idéologie ne venait pas brouiller les cartes. Mais le service minimum est présenté comme une « régression sociale », une « revanche du capitalisme oppresseur sur la juste cause des travailleurs », la brèche qui emportera « toutes les défenses des salariés », etc. Et ça marche ! Les Marseillais privés de transports en commun, les voyageurs abandonnés dans les aéroports, les automobilistes bloqués par un barrage routier rongent leur frein sans oser briser le tabou. Mieux vaut être otage des travailleurs que complice des exploiteurs !

Ce conditionnement idéologique est l'indispensable couverture du « Toujours plus ! ». Il permet de surmonter toutes les contradictions. Peu importe que les usagers des services publics soient moins bien lotis que leurs agents, que les revendications soient sans rapport avec les dommages provoqués, que l'exemple étranger prouve l'absurdité de notre système. Peu importe même que les Français soient conscients de tout cela, la solidarité avec les travailleurs en lutte ne se discute pas. Ainsi le « Toujours plus ! » finit-il par créer un conditionnement de type totalitaire. À la base, le déni de réalité, qui ancre la pensée collective dans le schéma idéologique ; à l'arrivée, l'obligation pour chacun de choisir entre le mensonge de connivence et l'exclusion sociale.

Le droit à la colère

Mais toute corporation ne dispose pas d'un outil de travail susceptible de devenir une arme. Les contrôleurs du ciel n'ont qu'à se croiser les bras pour paralyser le transport aérien, les routiers, eux, ne gênent que leur entreprise lorsqu'ils cessent le travail. Ils se mettent à égalité avec les services publics en lançant des « opérations escargot », ou bien en bloquant les raffineries. L'habitude en est si bien prise que, à la veille d'un mouvement de routiers, la presse décrit la mise en place de ces actions comme une préparation de la « grève ».

Quant aux travailleurs indépendants, ils n'ont aucune arme à leur disposition. Artisans, agriculteurs, commerçants, petits patrons brandissent leurs bulletins de vote comme seule menace, et c'est bien peu. Ils se sont donc inventé un droit à la colère qui autorise à s'affranchir des limites légales. Toutes les violences, séquestrations, blocus, déprédations, sabotages ou destructions entrent dans l'arsenal revendicatif. L'excès

même des débordements démontre la légitimité du
mécontentement. Plus je casse et plus j'ai raison.
Lorsque des vignerons en colère viennent incendier
des stations d'aiguillage ferroviaire, ils créent une nuisance plus grande en bloquant des dizaines de trains
qu'en échangeant des horions avec des policiers. Dis-
moi ta nuisance, je te dirai ta valeur. On n'en sort pas.
Le droit à la colère, tout comme le droit de grève, se
trouve idéologiquement placé au-dessus des lois.

Le monde agricole a été pionnier en ce domaine.
Frappés de surproduction chronique, les paysans, qui
ne pouvaient plus «affamer» les villes, ont perdu leur
force de nuisance traditionnelle. Pour faire pression sur
le gouvernement, ils se sont alors organisés en «milices
revendicatives» toujours susceptibles de troubler
l'ordre public. En l'absence d'un moyen de pression
comparable à la grève, le risque de «débordements»
devient une menace avec laquelle les autorités doivent
toujours compter.

L'embrasement des banlieues, à l'automne 2005, a
davantage étonné par l'absence de revendications que
par la volonté de nuire. À se demander si les jeunes
casseurs incendiaires n'avaient pas, mieux que les
sociologues, compris la logique de notre société. Tout
au long de cette fin d'année 2005, l'agglomération de
Marseille a subi, du fait des grèves de la SNCM, du
port et des transports en commun, des dégâts bien
supérieurs à quelques voitures et bâtiments incendiés.
Les grévistes s'en sont pris à la population mar-
seillaise, au tissu économique. Ils ont acculé des PME
au dépôt de bilan, des travailleurs au chômage, infligé
les pires brimades aux Marseillais. Pour être moins
spectaculaires, moins symboliques que ceux des cités
en flammes, les dommages étaient tout aussi réels.
Mais les «travailleurs en lutte» pouvaient dérouler
un argumentaire tout prêt, tandis que les «sauva-

geons », cédant à la rage, étaient incapables de verba-
liser leurs gestes. En France, le discours fait toute la
différence.

Se faire craindre pour se faire entendre

Pourquoi s'en offusquer ? Notre système économique se fonde sur l'égoïsme et fait de l'enrichissement individuel le moteur de la richesse collective. Le
marché gère des rapports de force, pas des relations
altruistes. Il en va de même entre l'État et les corporations. Les rapports sont essentiellement conflic-
tuels et intéressés.

Les groupes socioprofessionnels n'ont en charge
aucune valeur fondamentale, ils ne sont pas des
mouvements caritatifs, ils ne poursuivent d'objectifs
qu'égoïstes et il n'y a rien à redire à cela. Telles les
entreprises concurrentielles, ils cherchent à maximiser
leurs gains. Mais ils ne se battent pas sur un marché
concurrentiel, ils se battent contre l'État, autant dire
contre la collectivité. Cette conflictualité souffre d'un
manque de légitimité. C'est pourquoi toute revendication catégorielle doit être présentée au nom de l'intérêt général. Les policiers ont besoin de meilleurs
salaires pour « assurer la protection des Français », les
chercheurs, d'un statut fonctionnarisé pour « dynamiser la science nationale », les aiguilleurs du ciel, d'une
intégration des primes pour « renforcer la sécurité
aérienne », les cheminots, d'une retraite à 50 ans pour
que « les trains arrivent à l'heure », les paysans, d'une
PAC bétonnée pour « sauver la campagne française »,
les intermittents, d'un régime unique au monde pour
que « vive la culture ». Le but est toujours le même :
prendre l'opinion à témoin, se la concilier et mettre les
pouvoirs publics en porte-à-faux.

Du « Toujours plus ! »... au « Plus encore ! » 149

Les gouvernants sont condamnés à céder aux uns et à résister aux autres. Selon quels critères ? Ne rêvons pas, ils doivent en toute priorité maintenir la paix sociale et satisfaire leur électorat. Voilà pourquoi chaque revendication est jugée en fonction de la menace qu'elle fait planer. Celui-ci peut paralyser le pays, et celui-là, une petite usine, celui-ci peut jeter cent mille manifestants dans les rues, et celui-là, trois mille, celui-ci peut déplacer cinq cent mille voix, et celui-là, dix mille. Les plus malheureux doivent la médiocrité de leur condition à la faiblesse de leurs armes. Pour un gouvernement, il ne serait pas courageux, mais suicidaire de se laisser guider par la justice sociale.

À ce jeu, les responsables politiques dépensent plus qu'ils ne devraient pour aggraver (et non pas réduire !) les injustices sociales. Mais, surtout, ils voient chaque jour s'effriter leur autorité à mesure que la défense des intérêts particuliers usurpe le masque de l'intérêt général.

Vingt-cinq ans de « Plus encore ! »

Notre société a été structurée par ce système. Au cœur des institutions publiques s'est formé ce réseau de forteresses soudées autour de leurs avantages acquis et de leur pouvoir de nuisance. Un monde qui, par sa diversité, défie toute classification. Certains groupements comptent leurs membres par dizaines – ce ne sont pas les moins bien lotis –, d'autres, par centaines de milliers. Certains appartiennent au monde des notables, et d'autres, au monde des employés, certains occupent le devant de la scène revendicative, d'autres se cachent derrière le rideau. Les uns sont au cœur de grands services publics, les autres sont des producteurs individuels. C'est le monde des organisés par opposition à celui des inorganisés, ceux qui se trouvent en dehors des grandes entreprises et des corporations. Quant aux outils de pression, ils sont divers, à l'égal des avantages qu'ils permettent d'obtenir.

La distinction que je faisais dans *Toujours plus !* entre haute et basse privilégiatures me paraît toujours pertinente. Les grands corps, les trésoriers payeurs généraux, les professions à statut n'étalent pas leur puissance dans la rue au hasard des manifestations. Ils agissent dans l'entre-soi des intrigues de couloirs et usent plus souvent de la complicité que de la menace, de l'influence que de la revendication. Ils sont peu nombreux, gagnent beaucoup et font de la discrétion le rempart de leurs privilèges.

Les grandes corporations (grandes par le nombre et non par la richesse) ne peuvent jouer de ces connivences. Il leur faut transformer leur nécessité en menace, leurs outils en armes, leurs services en nuisance. Et, pour commencer, jouir d'une utilité connue et reconnue. Un groupe sans utilité ne saurait être menaçant. Tel est le cas des mères de famille âgées et, de façon plus évidente encore, celui des chômeurs. La grève, principale arme revendicative, se perd en même temps que le travail. Lors de l'hiver 1997-1998, les Français, stupéfaits, virent se développer pendant quelques semaines un éphémère mouvement des chômeurs. Surprise naturelle puisque cela ne s'était jamais produit, étonnement puisque de telles actions devraient être permanentes. Notre chômage fabrique du malheur, engendre de la colère. Mais c'étaient des salariés statutaires et garantis, par ailleurs militants politico-syndicaux, que l'on retrouvait en tête de ces mouvements. Rien de plus naturel : les chômeurs ne sont pas seulement exclus du travail, mais aussi de la revendication. Ils subissent la malédiction de l'inutilité. Lorsque la société n'a plus besoin de vous, vous ne pouvez plus rien contre elle.

L'inutilité est inoffensive, mais toute utilité ne confère pas un pouvoir de nuisance. Voyez, par exemple, les écrivains. Individuellement, ils peuvent transformer leur plume en épée, parfois redoutable, mais, collectivement, leur fonction ne crée pas la moindre menace. Imagine-t-on une grève des écrivains ? Imagine-t-on les auteurs s'agitant à l'image des intermittents ? Ces grands solitaires sont incapables de la moindre action corporatiste. Très logiquement, ils sont, en compagnie des gangsters et des prostituées, les seuls Français à ne disposer d'aucune retraite complémentaire. Utile, sans doute, menaçante certainement pas, la république des lettres ne sera jamais payée que de mots.

Les mieux placés tiennent un point stratégique en position de monopole. Ce sont les grands services publics (transport, énergie, etc.). Le droit de grève, entre leurs mains, vaut pouvoir de blocus, mais ils sont handicapés par leur nombre : l'énormité du multiplicateur freine les gains en salaires. Une prime que l'on distribue à des centaines de milliers de personnes ne sera jamais très copieuse. Ils visent donc des droits supplémentaires qui coûtent beaucoup plus cher au pays.

En ce début des années 1980, la France découvrait que les bons vents de la croissance qui l'avaient poussée pendant les Trente Glorieuses étaient retombés, que la prospérité, la croissance et le plein-emploi n'étaient plus assurés. Le «Toujours plus !» traduisait cette inquiétude. Chaque catégorie se retournait vers l'État pour obtenir la sécurité des droits acquis et des rentes de situation. Or ce système, figé sur ses droits acquis, n'est jamais au repos. Sitôt le mécanisme du «Toujours plus !» satisfait s'enclenche la dynamique du « Plus encore ! ». Les pouvoirs publics, confrontés à de nouveaux groupes, à de nouvelles revendications, ont été dépassés par ces pressions qui, toujours, trouvaient les relais politiques et médiatiques nécessaires. Cette fuite en avant dans le chacun pour soi portait en elle le désastre financier auquel elle a conduit.

En dénonçant cette perversion, je m'étais plu à imaginer que l'incroyable succès du livre en faciliterait la correction. Avec vingt-cinq ans de recul, je constate qu'il n'a pas fait office de mise en garde, mais de mode d'emploi. J'avais cru proscrire, je ne faisais que prescrire. Cette grille de lecture a donc conservé toute sa pertinence dans la France de 2006. En un quart de siècle, le système s'est généralisé. Les inégalités qu'il engendre se sont accrues, les coûts qu'il génère ont explosé. L'État n'est plus à même d'y résister.

CHAPITRE 5

Le peuple fonctionnaire

Le scanner de *Toujours plus !* superposait deux images de la société française. L'une, bien connue, était celle des inégalités monétaires, l'autre, inédite, celle des inégalités non monétaires. La première s'organisait à la verticale en une seule dimension, sur l'échelle des revenus et des patrimoines : les pauvres en bas, les riches en haut et tous les autres peuplant les étages intermédiaires. La seconde s'étalait sur deux dimensions, occupant un vaste territoire sans autoriser un classement aussi simple. Entre la multiplicité des groupes et des avantages, nulle classification n'était possible.

Cette répartition de la population française faisait ainsi apparaître les gagnants sur le plan monétaire, les gagnants sur le plan non monétaire, les doubles gagnants et aussi les doubles perdants : ceux qui s'entassaient sur les derniers échelons de la fortune sans bénéficier du moindre avantage en compensation. Heureux encore lorsque cette impécuniosité ne s'accompagnait pas de toutes les misères qui sont le lot ordinaire des plus pauvres !

Cette vision de la France, vieille d'un quart de siècle, est-elle toujours d'actualité ? Si j'en crois le jugement d'anciens lecteurs, cela ne fait aucun doute. Les réactions vont toujours dans le même sens : le « Plus encore ! » est un sentiment général.

Car, au fil des vingt-cinq dernières années, le rapport de force a basculé en faveur des assaillants. Les gouvernements ne parviennent plus à contenir les assauts et, comme ces rois impuissants qui payaient l'ennemi pour éviter la bataille, ils doivent acheter un armistice, sonner la retraite, ou régaler leur clientèle. Le succès des uns aiguisant l'appétit des autres, ils multiplient les demandes à mesure qu'ils les satisfont. Un de rassasié, dix d'affamés ! Mais le contribuable, même pressuré jusqu'au dernier pépin, ne peut supporter le coût exorbitant de ces perpétuelles concessions. C'est donc le crédit qui paye la paix sociale. La dette est la fille naturelle du système.

Emportée par l'irrésistible montée des intérêts catégoriels, mais aussi transformée et déformée par toutes les contraintes du néocapitalisme et de la mondialisation, la société française s'est modifiée en profondeur. Le paysage de 2006 ne correspond plus du tout à celui de 1982. D'une part, le secteur public a perdu son homogénéité, d'autre part, des catégories nouvelles ont fait leur apparition. Les jeunes, les travailleurs âgés, les retraités ne sont plus seulement des classes d'âge, ce sont des groupes sociaux à part entière qui partagent une même condition, pour le meilleur ou pour le pire. Je n'aurai garde, bien sûr, d'oublier cette caste de super-privilégiés qui a fait son apparition tout au sommet de la hiérarchie : les grands patrons salariés.

Avec l'ancienne carte en main, observons ce nouveau paysage remodelé par les intérêts particuliers. Et, pour commencer, l'état de notre Administration immuable et déchirée.

La France recherchée et la France évitée

La fonction publique se veut un corps homogène, doté d'une architecture bureaucratique qui se divise et se subdivise en un millier de corps. Chaque agent y trouve une place indépendante des conditions particulières dans lesquelles il exerce son métier. L'unité de la République postule que les postes sont équivalents sur tout le territoire. Seuls les DOM-TOM offrent des avantages particuliers, et tout à fait disproportionnés d'ailleurs.

En 1980 déjà, cette équivalence n'était qu'un postulat administratif. Les villes étaient préférées aux banlieues, le Midi au Nord, la province au béton, etc. Les affectations s'obtenant à l'ancienneté, les novices connaissaient les rigueurs du climat, les anciens en savouraient les douceurs. Rien de choquant toutefois, dès lors que les uns et les autres exerçaient le même métier, faisaient le même travail et avaient droit aux mêmes rémunérations.

En un quart de siècle, la France recherchée et la France rejetée se sont distinguées jusqu'à former deux univers différents. Une réalité que l'Administration s'est longtemps efforcée de minimiser, voire d'oublier. Depuis novembre 2005, ce négationnisme social n'est toutefois plus possible. L'unité territoriale n'est plus qu'une fiction. Il existe bien deux France. L'une dans laquelle la jeunesse vit sa vie, et l'autre dans laquelle elle brûle les voitures et les écoles.

Ici on se promène sans crainte, de jour comme de nuit, on s'exprime en toute liberté, on salue ses voisins, on sourit aux enfants qui passent, on prend une bière en terrasse des cafés, on discute chez les commerçants, dans le bus, on échange quelques mots avec l'agent de police. Ce n'est pas le paradis, un simple espace de sociabilité. Là, au contraire, on marche le visage fermé, l'œil aux aguets, on longe des murs souillés, on évite les jeunes qui traînent, on ne parle pas aux inconnus, on s'épie, on vit dans son quartier, dans sa communauté, sans voir ce qu'il ne faut pas voir, sans dire ce qu'il ne faut pas dire, on rentre vite pour s'enfermer la nuit tombée, on s'inquiète au moindre retard. Ce n'est pas l'enfer, rien qu'un monde désocialisé.

Le service du public n'est pas le même dans l'une et l'autre France. Ici la postière accueille à son guichet des habitués qui viennent déposer leur épargne, retirer une lettre recommandée, les facteurs saluent les concierges et ne craignent que les chiens ; les policiers règlent la circulation à la sortie des écoles, saluent les citadins à l'occasion d'une enquête de voisinage ; le service des urgences n'accueille que des blessés ou des malades en crise ; les services sociaux ont « leurs » familles à problèmes dont ils connaissent l'histoire et les misères ; le conducteur de bus ouvre sa porte au passager qui lui fait signe à la station. Autant de fonctions appréciées de tous et remplies par des fonctionnaires connus et estimés.

Là au contraire, dans cette France qui se défait, le bureau de poste est transformé en forteresse, les vieilles gens apeurées utilisent leur compte postal comme un porte-monnaie, tirant cinq ou dix euros pour la journée. Les policiers patrouillent en sortant le moins possible des véhicules, en évitant certains recoins, en décryptant des attitudes, traquant le délinquant derrière le jeune en maraude, le dealer derrière le jeune au volant d'une voiture. Un métier sous tension, toujours entre l'erreur et la bavure. Aux urgences de l'hôpital, c'est toute la misère du monde qui déferle. Entre la mère qui s'affole pour son gamin fébrile, la vieille dame qui attend depuis deux heures sur son brancard, l'immigré qui tente de parler pour son ami, l'habitué qui se croit chez lui parce qu'il n'a rien à faire là, le drogué en crise, le personnel ne sait où donner de la tête, de la place, de l'attention. Les services sociaux confrontés à des identités incertaines, des histoires venues d'ailleurs, des personnes jamais en règle et des règles jamais applicables, la misère qui exige une réponse, l'analphabétisme qui empêche de la faire entendre. Un face-à-face épuisant, désespérant.

Oui, il y a bien deux France et deux fonctions publiques. Dans la première, les conditions de travail constituent un avantage de plus. Les métiers sont plutôt intéressants. Rien à voir avec l'emploi de caissière au supermarché. Et la pression concurrentielle ne se fait pas sentir. Les usagers se tiennent à distance respectueuse, la hiérarchie ne se manifeste qu'avec une sage prudence. Il fait bon travailler pour l'État... à condition d'être affecté à un «bon» service.

Car les fonctionnaires immergés dans les cités de violence connaissent les pires conditions de travail. À l'extrême, leur quotidien s'apparente aux missions humanitaires, leur imposant la confrontation avec des situations brutales, un environnement déroutant, des gens démunis, des rapports de violence. Les barrières de l'Administration sautent, les agents sont en prise directe avec nos pathologies sociales. Pour un tel travail, les garanties du statut ne sont qu'une maigre compensation. Et les jeunes les plus brillants, que la sécurité de l'emploi et l'intérêt des métiers pourraient attirer vers la fonction publique, s'en détournent pour ne pas avoir à affronter la pénibilité et l'insécurité des premiers postes.

L'école dans la tourmente

L'Éducation nationale a été frappée de plein fouet par cet éclatement de la société française. Son modèle, fierté de la République, avait été mis à mal par l'évolution des mentalités et de la famille. La politesse qui s'oublie, le respect de l'autorité qui se perd. Les élèves sont plus exigeants, moins disciplinés, moins travailleurs aussi, mais enfin, dans la plupart des 41 600 établissements qui existent en France, il est encore possible de faire ce merveilleux métier : enseigner.

En revanche, le regroupement des populations « à problèmes » dans des zones dites « sensibles » lui a été fatal. L'école y est partie à la dérive, en s'enfonçant toujours davantage dans la triste réalité de nos banlieues, sombrant dans le refus, la rage et la violence.

Celle-ci fait désormais partie du paysage scolaire. Le ministère en tient une comptabilité assez désespérante, qui recense un peu tout, de l'impolitesse à l'injure, du vol à l'agression physique, de l'outrage à la pudeur à l'usage des armes, des manifestations d'indiscipline aux actes franchement délictueux. Les auteurs sont tantôt des élèves, parfois très jeunes, tantôt des parents ou des individus venus de l'extérieur. Parmi les victimes se retrouvent confondus les élèves et les professeurs. De ce fourre-tout bureaucratique, retenons que le mal galope depuis vingt ans et qu'il tend à se concentrer dans quelques collèges, lycées professionnels, lycées d'enseignement général et technologique – guère plus de 5 % du total.

C'est là que se trouve concentrée la population scolaire désocialisée, les fameux « sauvageons » de Jean-Pierre Chevènement, qui n'attend de l'école qu'un visa pour le chômage, qui tire de cet échec un sentiment d'injustice et d'agressivité, bref, une population qui, avant de recevoir un enseignement, devrait se voir délivrer les premiers rudiments de l'éducation. Sur un tel champ de bataille, les professeurs ne peuvent exercer le métier pour lequel ils ont été (si mal) formés. Ils se voulaient pédagogues, ils se retrouvent surveillants.

Le moindre incident peut dégénérer en violence. Une réflexion, une sanction, et c'est la menace, l'agression. Par l'élève, par ses parents. Les pneus de la voiture crevés, des affaires volées. Tel est le quotidien des maîtres dans les établissements réputés «difficiles» de l'Éducation nationale.

Dans *L'Express* du 23 mars 2005, l'une de ces enseignantes livrait, brut, son témoignage. «C'est ma première année en tant que professeur titulaire et j'enseigne en Seine-Saint-Denis. Depuis la rentrée, 13 conseils de discipline ont eu lieu et plus de 1 500 incidents ont été recensés : de l'indiscipline aux insultes racistes en passant par les bagarres et les vols. Des élèves de douze ans ont subtilisé les clés d'un de leurs camarades de classe afin de cambrioler le domicile de ses parents. Les professeurs eux-mêmes se font voler leurs affaires personnelles. Mais, surtout, le personnel éducatif subit de plus en plus de menaces physiques. Une enseignante, qui a pourtant vingt ans de carrière, a été giflée. Une surveillante qui s'interposait entre deux élèves a reçu des coups violents... »

En novembre, quand les banlieues flambent, les journalistes vont solliciter les témoignages des enseignants. Ainsi, dans *Libération*[1], un professeur d'histoire-géographie au collège Claude-Debussy d'Aulnay-sous-Bois, décrit son expérience vécue au contact de cette violence. Il plante d'abord le décor : son collège est situé au cœur même des cités où flambent les voitures, 90 % des élèves sont d'origine étrangère, 44 % des jeunes sont au chômage dans le canton, les résultats scolaires y sont les plus catastrophiques de Seine-Saint-Denis. «Début février, un col-

---

1. *Libération*, 7 novembre 2005.

lègue s'est fait lyncher par une trentaine de gamins
[…]. Dans ces quartiers, la violence est un mode de
vie. Dans la cour, il y a même des jeux qui consistent
à tabasser un gamin pour son anniversaire. L'année
dernière, le principal s'est fait cracher dessus. Attendant des sanctions qu'on espérait voir tomber, il nous
a été rétorqué qu'il fallait *"parfois mettre son amour-
propre dans sa poche"* […]. Ces faits ne concernent
pourtant qu'une minorité. Mais ils menacent tout le
monde. Cette violence est, de plus en plus, entretenue
par le sentiment d'impunité […]. Aujourd'hui, la plupart des fauteurs de troubles ne risquent rien.»

Parmi les 800 000 enseignants que compte la France,
la grande majorité professe dans des établissements
paisibles et, entre traitements médiocres et vacances
prolongées, vit plutôt mieux que les jeunes en galère
et les cadres à cheveux gris hantés par la crainte du
chômage. Mais comment englober dans la même
appréciation le turbo professeur qui s'en va enseigner
deux jours en province pour se reposer cinq jours à
Paris, et la malheureuse professeur de français qui doit
se bourrer de tranquillisants pour ne pas s'effondrer
quand un voyou lui lancera en plein cours: «Dis-nous
plutôt si tu aimes faire les pipes!»

Dès les années 1970, certains enseignants, notamment
ceux du syndicat SGEN-CFDT, ont pris conscience du
drame qui couvait dans ces établissements en perdition.
De leurs réflexions et de leurs travaux sont nées, en
1981, les zones d'éducation prioritaires. Une première
réponse, pour tenter de remédier à une situation déjà
très dégradée, grâce aux classes moins nombreuses, à
des méthodes mieux adaptées et, surtout, à des primes
de sujétion et avantages de carrière dispensés aux enseignants. Mais on est encore loin du compte. D'autant que
l'Administration, plutôt que de concentrer son effort
sur les seuls établissements en perdition, en a étendu

l'application et, ce faisant, en a dilué les moyens. Deux élèves en moins par classe, c'est un changement non significatif. Mais, surtout, les règles d'affectation en vigueur ne permettent pas de mettre les professeurs les plus expérimentés face aux élèves les plus difficiles. Il faut lire, à cet égard, le dernier paragraphe de la lettre adressée par l'enseignante de Seine-Saint-Denis à *L'Express*. «Comme moi, la plupart de mes collègues sont très jeunes et ne sont pas préparés à enseigner dans ce contexte-là. Pour le moment, je veux agir. De toute façon, je dois passer au moins cinq ans ici avant d'obtenir une mutation. Mais être professeur, ce n'est pas un sacerdoce. Et j'ai peur, un jour, de n'avoir plus envie de faire ce métier.»

Les établissements «à problèmes» ne sont jamais demandés par les enseignants. Ils sont affectés aux nouveaux arrivants. Ce sont des jeunes gens, plus souvent des jeunes femmes, frais émoulus de l'université, auxquels on a tout appris sauf le métier d'enseigner, et qui sont expédiés très loin de chez eux pour être précipités dans les pires classes, les pires collèges, les pires zones. Que l'on s'étonne, après cela, d'enregistrer dans de tels établissements les taux les plus élevés d'absentéisme, d'arrêts-maladie, de dépressions, de rotation du personnel, de postes non pourvus!

En décembre 2005, Karen Montet-Toutain, professeur au lycée professionnel Louis-Blériot d'Étampes, est poignardée par un élève en pleine classe. À sa sortie d'hôpital, la jeune femme, âgée de 27 ans, décrit le climat de violence, d'agressions verbales, de menaces physiques, d'injures sexuelles qui règne dans l'établissement. Mais aussi l'absence d'écoute, d'assistance, de réponse face à ses appels à l'aide. Pourtant les deux inspecteurs généraux de l'Éducation nationale enquêtant sur l'affaire ne mettront en évidence aucun dysfonctionnement de l'institution

scolaire. Comment comprendre ? Et s'il s'agissait tout
simplement de ne pas créer de précédent ? L'immense majorité des jeunes enseignants affectés (pour
ne pas dire « assignés ») dans les établissements difficiles n'en peuvent plus et attendent leur mutation.
Ils se plaignent, mais ils savent que leurs plaintes resteront sans réponses, qu'ils devront « tirer » encore
cinq années avant d'obtenir une autre affectation. Si,
à la suite de l'affaire Montet-Toutain, les hiérarchies
s'étaient retrouvées dans l'obligation d'écouter et,
surtout, d'entendre ces plaintes, l'Administration
aurait été submergée par des demandes, motivées et
justifiées, de mutation. Comment faire ? Remplacer
ces débutants par des professeurs chevronnés, ce
serait remettre en cause l'ordre de « séniorité » qui
régente l'Éducation nationale. Impensable ! Le maintien du statu quo exige que l'on reste sourd aux
appels à l'aide des débutants.

Comment jugerait-on une entreprise qui placerait
les nouveaux arrivants sur les postes les plus exposés,
ceux qui exigent le plus d'expérience ? Les syndicats
ne manqueraient pas de dénoncer cette cruauté capitaliste.

Philippe Meirieu, une autorité reconnue en matière
de pédagogie, qui a longtemps tenu des fonctions
importantes à l'Éducation nationale, s'est interrogé
dans *L'Express* du 5 septembre 2005 : « Est-il normal
de continuer à envoyer les jeunes professeurs dans les
établissements les plus difficiles, contre leur gré et sans
leur dispenser de formation spécifique ? » Une question partout posée… et toujours sans réponse. À la
SNCF, les jeunes contrôleurs mal payés sont affectés
aux trains de banlieue, et les contrôleurs chevronnés
mieux rémunérés aux TGV. Il en va de même pour les
policiers ou les infirmières. Ce sont toujours les gens
en place qui tiennent l'Administration, ils se réservent

les postes abrités et envoient les nouveaux arrivants se confronter aux situations les plus difficiles.

Telle est donc cette fonction publique *bis* qui vit au quotidien toutes les épreuves d'une France en souffrance. Elle n'a plus grand-chose en commun avec notre Administration traditionnelle qui, elle, a pu se maintenir à l'abri de la crise qui déferlait sur le pays. Mais il était impossible d'examiner ces gros bataillons de la territoriale sans évoquer d'abord les commandos qui se battent au front.

Que les privilégiés lèvent le doigt !

« Est-ce qu'il y a quelqu'un ici qui se sent privilégié ? » Silence réprobateur de l'assemblée. La réponse allait de soi. Il n'y avait pas un seul privilégié parmi les cadres cégétistes réunis en congrès dans cet hôtel de l'est parisien. Seul, sur la tribune, je levai la main. « Je pense avoir certains privilèges, je voudrais les détailler pour qu'il n'y ait pas de malentendu. Je ne suis pas privilégié parce que mes émissions ou mes livres ont du succès et me rapportent de l'argent. Cela, c'est la concurrence, c'est le marché, c'est le contraire du privilège. En revanche, les journalistes ont certains petits passe-droits, sur le plan fiscal notamment, et j'appartiens au secteur public, qui accorde à son personnel des avantages et des garanties qu'on ne trouve pas dans le reste de la presse. »

Que faisais-je dans cette grand-messe cégétiste ? Je ne savais trop, mais ma curiosité avait été piquée. Bien que la CGT ait critiqué sans nuances les démonstrations de *Toujours plus !*, les responsables de l'encadrement m'avaient invité à leur congrès. Ils souhaitaient débattre avec le trublion qui faisait l'actualité en cette rentrée 1982. Pourquoi pas ?

Pendant tout l'après-midi, l'explication fut franche, et l'incompréhension, totale. Que les cadres en général ne se considèrent pas comme des privilégiés, c'est tout à fait naturel et, dans mon ouvrage, je ne les avais d'ailleurs pas classés dans cette catégorie. Mais les cadres syndiqués à la CGT appartiennent souvent au secteur public. Il y avait donc dans cette assemblée une majorité de salariés jouissant du statut de la fonction publique et une minorité qui devaient avoir droit aux traitements de faveur de bonnes maisons comme la Banque de France ou EDF. C'est dire que, de mon point de vue, un certain nombre de mains auraient dû se lever. Mais l'ensemble des congressistes tenaient le qualificatif de privilégié pour une insulte. En tant que salariés, ils faisaient partie des exploités et non pas des favorisés. Lorsque je mis en évidence les différences de conditions entre les uns et les autres, ils me suspectèrent de vouloir diviser les travailleurs et avancèrent leur propre explication, qui, à leurs yeux, coulait de source : en se battant pour des droits acquis, les bénéficiaires permettent aux autres d'y accéder à leur tour. Toute l'assemblée acquiesça à cette argumentation.

Je tentai bien d'expliquer que le privilège n'a rien de scandaleux en soi, qu'il est justifié lorsqu'il vient en compensation de certains inconvénients (un métier pénible, des astreintes particulières, un maigre salaire), que la diversité des conditions entre ceux qui ne reçoivent que l'argent et ceux qui ajoutent des avantages me semble une bonne chose, rien n'y fit. L'idée même que l'on puisse sortir de l'ombre ces droits divers et variés, que l'on prétende en chercher la justification faisait de moi un ennemi des travailleurs en général – et des fonctionnaires en particulier.

Ce procès m'a été fait bien souvent. Je voudrais abolir le statut de la fonction publique, interdire le droit de grève, licencier les fonctionnaires, que sais-je encore… ? Mes positions, on s'en doute, sont infiniment plus mesurées. Je ne conteste le statut de la fonction publique que dans ses dérives. La garantie de l'emploi n'interdit nullement l'efficacité de l'État, car l'Administration, à la différence de l'entreprise privée, ne subit pas les fluctuations du marché, elle ne voit pas son activité augmenter ou diminuer de façon inopinée. Il lui suffit de prévoir avec une bonne longueur d'avance ses besoins en personnel et de jouer sur la mobilité des agents, complément naturel de la sécurité de l'emploi, pour avoir toujours à sa disposition les personnels et les compétences dont elle a besoin. Ces garanties statutaires, garanties de salaire et non pas de poste, diversifient en outre la condition salariale. D'un côté l'insécurité du privé, avec des perspectives de gains plus intéressantes, de l'autre la sécurité du public, avec des astreintes d'affectations et des traitements moins alléchants. L'existence de ce double secteur enrichit la société, élargit les choix individuels, je l'ai toujours défendu, ce qui n'a pas empêché nombre de syndicalistes et d'agents de l'État de voir en moi un « ennemi des fonctionnaires ».

Ce traitement ne m'est pas particulier, c'est la réaction spontanée de ceux qui voient un complot derrière tout projet de réforme, qui reçoivent comme une menace toute information, détectent une agression dans toute critique. Ces zélateurs du service public prétendent défendre l'Administration, mais ne protègent, en fait, que sa perversion : la bureaucratie. Entre les deux, la différence est simple : l'Administration travaille au service du pays, la bureaucratie ne travaille qu'au service du pouvoir ou, lorsque celui-ci est devenu trop faible, à son propre service. Une dérive devenue une grande tradition nationale. C'est ainsi que nos services publics à la française, les meilleurs du monde dans leurs principes, coûtent de plus en plus cher et marchent de moins en moins bien.

Les traitements des fonctionnaires

Comment donc a évolué la condition des fonctionnaires depuis la publication de *Toujours plus !* ? Quelle responsabilité porte cette évolution, ou cette non-évolution, dans le désastre de nos finances publiques ? Tout au long de ces années, la réforme de l'État fut à l'ordre du jour, tout gouvernement digne de ce nom en confia la charge à l'un de ses membres. Moyennant quoi, Dominique de Villepin put annoncer en prenant ses fonctions à Matignon : « C'est l'an I de la réforme de l'État. » La formule, peu aimable pour ses prédécesseurs, est hélas ! indiscutable. Depuis vingt ans, plus on réforme et moins ça change. La fonction publique dans son ensemble s'est révélée aussi difficile à faire bouger que le ministère des Finances. Nous la retrouvons donc en 2006 telle qu'en elle-même ; nulle réforme ne l'a changée. Les fonctionnaires ont-ils tiré de cet immobilisme des avantages supplémentaires et, pour commencer, de meilleures rémunérations ?

Les salariés du public et ceux du privé ne cessent de comparer leurs feuilles de paye. Plusieurs études à ce propos paraissent chaque année, divers articles dans la presse, qui vont tantôt dans un sens, tantôt dans l'autre. Qu'en est-il vraiment ? Le rapport est-il resté le même depuis vingt ans ? A-t-il varié ? Dans quel sens ?

À des questions aussi générales, il n'est de réponses qu'approximatives. À la veille de chaque négociation salariale dans la fonction publique, les leaders syndicaux se doivent d'annoncer des « pertes faramineuses » de pouvoir d'achat – pourquoi faut-il en France qu'un syndicaliste ne puisse jamais reconnaître un gain de pouvoir d'achat ? – et le gouvernement de laisser filtrer des statistiques qui disent le contraire. Ce rituel dérisoire illustre l'incertitude que masque la précision des statistiques. Il ne suffit pas d'afficher un chiffre à l'euro près, de mettre trois décimales après la virgule pour obtenir un résultat significatif.

Confrontons d'abord les salaires moyens. Pas de doute, il est plus élevé dans le public. Différence non significative : l'énorme masse des enseignants se trouve d'un côté et les ouvriers de l'autre. Faut-il mobiliser des experts pour découvrir qu'un prof est mieux payé qu'un OS ? Suivons maintenant l'évolution du pouvoir d'achat. Elle fluctue, c'est dans sa nature, et, selon le point choisi sur la courbe, elle peut sembler monter ou descendre. Venons-en à la comparaison public-privé. Les statisticiens ont établi cette loi, guère surprenante au demeurant : les entreprises payent mieux quand les affaires vont bien, et l'Administration paraît plus généreuse quand elles vont mal. Il suffit de se placer à la bonne période pour voir le public faire la course en tête, ou bien, au contraire, le privé prendre l'avantage.

L'observation n'est donc significative que sur la longue durée. Ce que n'ignorent pas les experts de l'Insee, qui l'ont menée sur les vingt ans qui séparent 1982 de 2002. Or ils estiment que, sur l'ensemble de la période, le salaire, à monnaie constante, a progressé chaque année de 0,7 % dans le privé et de 0,6 % dans le public. Une statistique discutable, car elle place les entreprises publiques dans le secteur… privé. Mais elle nous donne une information de première importance : le pouvoir d'achat a évolué en parallèle dans les deux secteurs. Il n'y a pas eu progression d'un côté et stagnation de l'autre.

Une appréciation globale à nuancer, certes, selon les catégories. Les jeunes, par exemple, sont plus heureux et, surtout, mieux payés dans l'Administration. Cette affirmation fera hurler le facteur débutant ou l'instituteur à son premier poste. Leurs traitements, il est vrai, sont plus que modestes, mais ils valent beaucoup plus que les pseudo-stages, les contrats éphémères et les salaires de misère qu'offrent aujourd'hui les entreprises. Car la loi du marché, qui écrase les candidats à l'embauche et fait chuter les propositions des employeurs, ne joue pas sur les barèmes de la fonction publique.

Au total, la situation présente n'est pas bien différente de celle que j'avais observée en 1980. L'État-patron n'est ni plus ni moins généreux que les entreprises, mais, soumis à une plus forte pression syndicale, il est plus égalitaire. C'est dire que les emplois du bas de l'échelle, les catégories D et C de la grille, se trouvent avantagés par rapport au privé. Tant qu'à être ouvrier ou employé, mieux vaut, d'un simple point de vue financier, se trouver dans le public que dans le privé. C'est indiscutable. À l'inverse, en haut de la hiérarchie, les cadres sont moins bien payés dans l'Administration que dans les entreprises, et le décalage s'accroît en fin de carrière.

Il est vrai que les fonctionnaires disposent de moyens de pression considérables. Mais ils ne peuvent obtenir d'augmentations de salaires importantes, car elles se répercutent dans toute l'Administration. Avec un multiplicateur de 2,5 millions. Aucun budget ne pourrait supporter une telle facture. Les augmentations générales sont donc chichement comptées, seules les primes attribuées à tel ou tel corps permettent des gains appréciables.

Première constatation : en valeur relative, la situation financière des fonctionnaires n'a guère évolué au cours des vingt dernières années. Qu'en est-il de leur condition ?

Bienheureuse sécurité

En plus du traitement, l'État octroie à ses serviteurs un statut protecteur. Premier avantage : la sécurité de l'emploi. Sa valeur fluctue en fonction du chômage. Dans les années de plein-emploi, elle ne représentait pas grand-chose. Elle ne faisait que compenser une servitude, puisque l'État-patron, en contrepartie de cette garantie, promenait ses agents au gré des affectations successives. Dans ces conditions, mieux valait s'en remettre à un employeur de sa ville, qui souvent payait mieux et que l'on pourrait toujours quitter pour un autre. Les auteurs de *SNCF. La machine infernale*[1] ont ainsi constaté que le paternalisme ferroviaire n'a pas toujours réussi à retenir les cheminots. « Durant le septennat de Giscard, ces pratiques sociales ne suffisent plus à enrayer les départs. Dans les Alpes, la région lyonnaise, le personnel d'exécution migre volontiers chez Pechiney ou chez Berliet, entreprises aux traitements plus attractifs. »

Au début des années 1980, les sociétés privées au nom prestigieux mettaient encore un point d'honneur à ne pas licencier. Elles recasaient les employés en surnombre, ou bien jouaient sur la fonte naturelle des effectifs accélérée par les préretraites. Les salariés découvrirent cependant le sentiment d'inquiétude ou de précarité à cette époque. Émile Favard, qui poursuivait alors pour *L'Expansion* des études comparatives entre les deux mondes, constata un léger changement en 1981 : « C'est vrai, les entreprises publiques garantissent plutôt mieux l'emploi que les autres. » Aujourd'hui, plus aucune société privée ne

---

1. Nicolas Beau, Laurence Dequay, Marc Fressoz, *SNCF. La machine infernale*, Paris, Le Cherche Midi, 2004.

peut prétendre mettre son personnel à l'abri d'un licenciement.

Au long des années 1980, tandis que la France bascule dans le grand chômage, on verra des jeunes cacher leurs diplômes afin de pouvoir concourir à des emplois administratifs inférieurs à leur qualification. Mieux vaut devenir facteur quand on est titulaire d'une maîtrise que de prendre le risque de perdre son emploi. Le nombre des candidats augmente en flèche. On se bouscule aux portes de l'Administration.

Cet engouement pour la fonction publique ne s'est guère démenti au cours des décennies suivantes. Selon un sondage Ipsos de juin 2004, 75 % des jeunes de 15 à 30 ans aimeraient y travailler s'ils en avaient l'opportunité. C'est évidemment la recherche de la sécurité qui pousse les jeunes vers les emplois statutaires. Elle est mise en avant par 75 % des 20-24 ans.

Avec la montée du chômage, l'emploi à vie est devenu une valeur-or, et les fonctionnaires ont réalisé une belle plus-value. Leur statut ne garantit pas seulement la diversité, mais il introduit une inégalité dans la condition salariale.

L'égalité contre le mérite

L'État ne gère pas les hommes, il administre les postes. Un aveuglement élevé au rang de vertu. Ignorer les individus et les circonstances, appliquer uniformément des règles préétablies, c'est assurer la neutralité, l'impartialité du service public.

Si l'on posait la question : « Diriez-vous que tous vos professeurs étaient équivalents, diriez-vous que certains étaient meilleurs que d'autres ? », je pense que le consensus se ferait sur la deuxième proposition. De la mémoire scolaire émergent quelques enseignants, les

« bons profs », tandis que les autres se perdent dans le brouillard. Impression confirmée quand les parents jugent les professeurs de leurs enfants. Ils portent aux nues tel maître, critiquent tel autre. Fait significatif, leurs jugements se recoupent assez bien. Pour les Français, le corps enseignant n'est pas uniforme ; pour « le mammouth », au contraire, les profs sont équivalents.

Ce découplage entre la situation personnelle et le service rendu est de règle dans notre Administration. Le traitement ne rémunère pas un travail, mais un statut particulier à un corps. Il s'en trouve plus d'un millier dans la fonction publique, qui définissent les rémunérations, les carrières, les droits et les astreintes. Ce sont les concours anonymes en début de carrière, et surtout, pas le travail effectué par la suite, qui doivent distinguer les fonctionnaires. Toute autre solution fait resurgir ce monstre détesté : le mérite, et reculer cette valeur suprême : l'égalité.

C'est pourtant Maurice Thorez, le père du statut, qui déclarait, en 1945, que la notation devait exprimer « la valeur réelle et inégale des agents ». Des principes bien oubliés. La notation n'est plus qu'une farce, tout le monde avance à la queue leu leu. Chacun son tour. Toute promotion accélérée se transforme en passe-droit, toute promotion retardée, en brimade.

Derrière cette opposition de principe entre mérite et égalité se cache une lutte de pouvoir entre Administration et syndicats. Ces derniers ne sauraient être l'arbitre du mérite, car ils se doivent de traiter tous les agents sur le même pied. Seule la hiérarchie peut évaluer les performances. Le patron, c'est d'abord celui qui juge. Lui retirer ce pouvoir, c'est le désarmer. Installer la cogestion des ressources humaines entre syndicats et direction.

L'immense majorité des fonctionnaires tient à cette assurance tous risques, cette abolition de l'autorité hié-

rarchique et cet avancement à l'ancienneté. Une minorité, au contraire, ne supporte pas cet anonymat, cette
uniformisation, vécus comme une aliénation. Ce sont
les frustrés du service public, ils sont plus nombreux
qu'on ne le pense, mais ils ne peuvent aller contre la
loi du milieu et doivent, en public, soutenir l'ordre
bureaucratique.

Tous les pays qui ont modernisé leur Administration
ont rompu avec l'avancement à l'ancienneté, tous ont
introduit l'évaluation au mérite avec des progressions
de carrières individualisées. C'est vrai dans les sociétés de culture social-démocrate comme la Finlande, le
Danemark, la Suède ou les Pays-Bas, comme dans les
sociétés à dominante libérale : Canada ou Grande-Bretagne. Mais notre ordre syndicalo-bureaucratique n'a
que faire des expériences étrangères.

Les métiers du secteur public sont, en général, moins
pénibles que ceux du privé et, surtout, les conditions
de travail y sont moins contraignantes. La différence
est d'abord quantitative. Selon une enquête de l'Insee
publiée en février 2006, les salariés à temps complet
travaillent 1 650 heures dans l'année. La moyenne
étant, comme l'on sait, l'art de se noyer dans un étang
de 50 centimètres de profondeur… moyenne, il faut
regarder les différences d'une catégorie à l'autre. Effarantes ! Des entreprises aux administrations, on passe
de 1 670 heures à 1 580. Là encore des moyennes. Dans
le privé, les cadres montent à 1 870 heures (et dépassent même 2 000 heures dans l'hôtellerie-restauration),
les salariés des petites entreprises (moins de dix personnes) donnent 1 730 heures à leurs patrons, une
norme qui se retrouve dans les services aux particuliers, le commerce, la restauration ou la réparation.
Mais on peut aussi ne travailler que 1 450 heures dans
les services techniques des assurances ! À l'inverse,
l'auteur de l'étude, Magali Beffy, relève que « les bou-

langers, les pâtissiers, les conducteurs routiers, les conducteurs livreurs et les ouvriers de l'industrie cumulent travail de nuit et durée de travail plus élevée ». Une accumulation d'inconvénients qui n'est évidemment pas compensée.

Dans le public, les horaires très lourds existent aussi, en présence en tout cas, sinon en travail : 2 180 pour les médecins hospitaliers, 2 180 pour les pompiers, 2 080 pour les gendarmes. Mais ils sont l'exception, les records se trouvent plutôt de l'autre côté. À l'Éducation nationale, les agents de service ne font que 1 340 heures dans l'enseignement primaire, 1 410 dans l'enseignement secondaire. À la Sécurité sociale, les employés des services techniques sont à 1 380, les employés à 1 430. Autour de 1 450 se regroupent le personnel de l'EDF, les agents administratifs, les enseignants.

L'agent technique devra donc 300 heures de plus ou de moins selon qu'il travaille dans une très petite société ou à la Sécurité sociale. Deux mois de travail qui n'apparaissent jamais dans notre tableau de bord des inégalités.

Les conditions de travail sont difficilement quantifiables. N'en retenons ici qu'un indicateur : l'absentéisme. S'il était au plus haut quand le métier est le plus dur, il mesurerait la pénibilité du travail. En pratique, c'est tout juste l'inverse. On s'absente davantage dans les bureaux que dans les usines, chez les employés que chez les cadres : l'assiduité mesure, au premier chef, la pression exercée sur le salarié. L'Institut français de recherche sur les administrations publiques a comparé les taux dans le public et le privé. Il a dégagé un rapport de 1 à 2 d'un secteur à l'autre. La fonction publique locale est au plus haut avec 13,4 %, alors que les entreprises privées tournent autour de 5,5 %. Un record qui s'explique par « la maladie du week-end », les trois quarts des absences survenant les vendredis et lundis ! Pour l'Ifrap, cette différence entraîne un surcoût, dans la fonction publique, estimé à 5 milliards d'euros à la charge du contribuable. Absentéisme toléré, autorité hiérarchique tempérée, protection syndicale vigilante, tout cela n'a guère changé depuis 1980, et les 35 heures ont réduit le temps de travail sans en accroître les contraintes.

Lorsque je faisais l'enquête de *Toujours plus !*, les grandes entreprises privées n'étaient pas moins attractives que le service public. Le privé misait davantage sur la feuille de paye, le public préférait jouer sur les services sociaux. Au total, les situations étaient équivalentes. Le capitalisme avait fait le pari que des salariés satisfaits de leurs conditions de travail et de rémunération, attachés à leur entreprise, seraient plus productifs. Depuis lors, les grands vents de la mondialisation ont imposé des efforts supplémentaires aux salariés du secteur privé, tandis que les fonctionnaires qui ne travaillent pas dans la France difficile ont préservé leur statu quo professionnel. Là encore, les agents de l'État ont beaucoup gagné à ne rien perdre.

Toujours plus… de fonctionnaires

Les fonctionnaires français occupent une position dominante. Maîtres de l'appareil d'État, bardés de la cuirasse statutaire, armés de la grève illimitée, ils bénéficient en outre d'un privilège exorbitant et totalement injustifié : ils peuvent se présenter aux élections sans démissionner, rester agents de l'État lorsqu'ils sont élus et retrouver leur poste lorsqu'ils sont battus. C'est dire que les joutes électorales opposent des voyageurs en assurance tous risques avec garantie de retour, à des aventuriers qui brûlent leurs vaisseaux sans garantie de secours. La compétition est à ce point déséquilibrée que seuls quelques médecins, avocats ou patrons parviennent à tirer leur épingle de cette grande triche. Les salariés du privé préfèrent s'abstenir et laisser le champ libre aux fonctionnaires, qui font ainsi main basse sur la majorité des sièges au Parlement et les trois quarts des portefeuilles au gouvernement. On ne trouve nulle part ailleurs en Occident une telle emprise de la fonction publique sur le pays, un tel détournement de la démocratie par la bureaucratie.

C'est une véritable carrière *bis* que le fonctionnaire, ou assimilé comme on dit, se voit offrir dans la politique. Les hauts technocrates peuvent y satisfaire leur goût du pouvoir, les autres en apprécient les avantages matériels. Troquer, sans risque, un traitement d'enseignant contre un salaire de député ne saurait laisser indifférent.

Longtemps cette domination s'est davantage traduite dans la politique que dans la défense catégorielle. Au cours des Trente Glorieuses, l'esprit du secteur public avec sa vision planiste et volontariste a dominé en France. Ce fut l'âge d'or des technocrates. Mais les fonctionnaires n'en ont pas tirés d'avantages considérables, car il s'agissait plus d'une façon de penser que de l'habillage de conquêtes corporatistes.

Cette domination a changé de nature au tournant des années 1980. Pour revenir au pouvoir, la gauche a fait alliance avec le secteur public, notamment les syndicats enseignants. Une stratégie gagnante qui a fait du PS le parti de la classe moyenne statutaire, tandis que sa clientèle traditionnelle, ouvriers, chômeurs, pauvres, exclus, était abandonnée à la tentation des extrêmes. Un engagement avéré et avoué au nom du fameux modèle social français.

Le Parti socialiste ne pouvait alors rien refuser aux gros bataillons de la fonction publique. La démonstration caricaturale en fut donnée par Lionel Jospin qui, de Claude Allègre à Christian Sautter, sacrifia ses ministres et amis à la grogne de son électorat. Quels avantages les fonctionnaires ont-ils tirés d'une telle position de force ? Ils ne se sont pas spécialement enrichis, ils ont même perdu des avantages en matière de retraite et, pour une minorité d'entre eux, les conditions de travail se sont dramatiquement dégradées. N'auraient-ils donc rien obtenu ?

Tandis que les traitements individuels suivaient sagement la pente commune, le coût global de la fonction publique entamait une irrésistible ascension. Les traitements et pensions, qui représentaient 36 % du budget de l'État en 1994, atteignent aujourd'hui 40 % ; l'ensemble des rémunérations versées par le secteur public à ses agents absorbe 15 % du PIB, record du monde ! Comment expliquer ce décalage entre la maîtrise des rémunérations et l'envolée des coûts ? Au cours des dix dernières années, la masse salariale a augmenté de 1,3 % par an ; or, nous l'avons vu, le pouvoir d'achat des fonctionnaires ne s'est accru que de 0,6 % par an. La différence correspond à l'augmentation des effectifs : 0,6 % de plus chaque année. Ce ne sont donc pas les bulletins de salaire qui ont grevé le budget, c'est le tableau des effectifs. En une vingtaine d'années, l'accroissement aura été de 24 % dans l'ensemble du secteur public. Ainsi le « Plus encore ! » de la fonction publique n'a pas consisté à accroître les salaires, mais les effectifs. Tous les États ont fait le contraire. Une fois de plus, la France a entrepris d'avoir raison seule contre le monde entier.

Plantez des fonctionnaires,
vous récolterez des impôts !

Les effectifs véritables de la fonction publique sont si difficiles à comptabiliser que le gouvernement Jospin a créé un observatoire de l'emploi public pour tenter d'y voir un peu plus clair. Quelques fonctionnaires en plus pour compter les fonctionnaires, il fallait l'inventer, la France l'a fait… Pourquoi donc est-il si compliqué de connaître le nombre exact des personnes employées dans le secteur public ? Existe-t-il d'insolubles problèmes de nomenclature, des périmètres à ce point enchevêtrés, des paramètres si contradictoires ? Pas plus qu'ailleurs, et pas de quoi noyer un statisticien. Cette incertitude est fille de la pudeur plus que de l'ignorance.

Le secteur public cache son obésité, c'est aussi simple que ça. Il met la statistique au régime pour mincir sans maigrir. Grâce à cette tenue resserrée, le comptage officiel pouvait donner, à l'été 2005, 5 031 834 agents dans les trois fonctions publiques nationale, territoriale et hospitalière. Une exactitude qui, une fois de plus, n'est que de la poudre aux yeux. Si l'on veut que tout le monde soit présent au rassemblement, il faut convoquer les 850 000 salariés des entreprises publiques comme la Poste, la SNCF, etc., mais aussi les troupes auxiliaires de l'Administration, tous les hors-statut, les vacataires, les étrangers, et puis encore les salariés de tous les organismes, associations et autres, qui ne sont que des administration bis, style «Association pour la formation professionnelle des adultes». Ajouter le personnel des assemblées parlementaires, de la Banque de France et tant d'autres. Cela représente encore plus d'une centaine de milliers de personnes.

En complétant les listes avec tous ceux qui ont été cachés ou oubliés, on approche les 6,5 millions de salariés payés sur l'argent public. Soit 27 % de la population active, le double de ce que l'on enregistre dans les pays modernes. Une suprématie que l'on retrouve dans tous les corps et toutes les disciplines. Qu'on regarde du côté des enseignants, des policiers-gendarmes ou des agents du Trésor, c'est toujours en France que la démographie administrative est la plus soutenue. Je n'ai garde de faire dire aux comparaisons internationales plus qu'elles ne signifient. Mais, quand elles vont toutes dans le même sens, alors il faut se rendre à l'évidence : la France est suradministrée. « La France est un pays d'une incroyable fécondité : on y plante des fonctionnaires et il pousse des impôts », disaient déjà les frères Goncourt au XIXᵉ siècle.

Y a-t-il trop de fonctionnaires en France ? Question perverse, qui semble se référer à un optimum fixé on ne sait quand, on ne sait par qui, on ne sait pourquoi. Passé ce seuil fatidique, l'hyperfonctionnarite menacerait. Le problème ne se pose pas en ces termes. En un sens, il n'y aura jamais assez de fonctionnaires. Ils sont parfois qualifiés de « serviteurs de l'État », mais, non, ce sont les serviteurs des Français. Et qui donc ne souhaiterait avoir davantage de personnes à son service ? Un professeur par élève, un policier par citadin, un médecin par malade, pourquoi pas ? Parce qu'il faut les payer, et que l'État, nous l'avons vu, n'a plus d'argent. Tôt ou tard il va falloir réduire, non pas en intention mais en réalité, les dépenses publiques. Où coupera-t-on ? Dans les investissements ? Ils sont déjà à la portion congrue. Reste le gros morceau : les salaires et pensions de la fonction publique. Impossible de réduire la dépense sans y pratiquer des coupes claires. La crise financière ne nous laissera pas le choix, car le niveau actuel des effectifs correspond à un budget en déficit. Il devra être abaissé pour revenir à l'équilibre.

Pour résoudre une équation aussi difficile, il peut être bon de voir ce qui se fait ailleurs. Une curiosité qui n'est pas dans nos traditions. Les expériences des autres ne nous ont jamais beaucoup intéressés, désormais elles semblent nous être complètement indifférentes, nous avons raison contre tout le monde, pour tout le monde. Vieux réflexe de morgue nationaliste, commun à toutes les sociétés en perte de vitesse, en mal d'avenir.

Comment situer le rapport coût/efficacité de notre État ? Pour le coût, le compte est bientôt fait. Avec 45 % du PIB en prélèvements obligatoires, nous ne sommes dépassés que par les pays scandinaves et nous nous situons quatre points au-dessus de la moyenne européenne. Un surcoût qui est du même ordre que le déficit public et qui, pour l'essentiel, correspond à des frais de fonctionnement. Premier constat, donc : la France compte le plus grand nombre de fonctionnaires, et son État est l'un des plus chers du monde.

Je n'y vois pour ma part rien de choquant en soi. Il ne me déplaît pas que la dépense publique dépasse la moitié du PIB. Mais je veux en avoir pour mon argent. Si nous avons l'État le plus cher, nous devons avoir aussi la meilleure école, la meilleure police, la meilleure justice, la meilleure solidarité, bref, être exemplaires dans nos services publics et nos institutions sociales. Or regardons les faits. Sitôt que l'on procède à une comparaison internationale, la France se situe, au mieux, dans la bonne moyenne européenne.

L'OCDE a lancé une opération très lourde, le programme PISA, en matière d'éducation. Il s'agit de comparer le niveau des élèves d'un pays à l'autre. On imagine les difficultés de l'exercice, mais les études se poursuivent depuis des années, et les méthodes n'ont cessé de s'améliorer. Pour sa dernière édition, le programme PISA a examiné 275 000 jeunes de 15 ans dans

41 pays. Eh bien, les lycéens français arrivent en treizième position pour les sciences et dix-septième pour la lecture et les mathématiques. Est-ce dû à un manque de «moyens», comme le répètent les manifestants à chaque crise scolaire? Ces mêmes comparaisons internationales montrent que la France, qui dépense plus de 7 % du PIB à l'éducation, se situe au-dessus de la moyenne européenne et n'est dépassée que par les pays scandinaves, les États-Unis et le Canada. En outre, elle concentre son effort sur le secondaire, là où, précisément, le taux d'encadrement des élèves est déjà au meilleur niveau. Et comment ignorer que, depuis vingt ans, le nombre des élèves a diminué de 5 % dans le primaire et le secondaire, tandis que celui des enseignants augmentait de 12 % sans que les résultats s'en trouvent améliorés?

Il en va de même pour la sécurité, qui n'est pas meilleure chez nous, bien que nous ayons un policier ou gendarme pour 252 habitants contre 1 pour 310 en moyenne européenne. On pourrait poursuivre ainsi d'un service public à l'autre, et on trouverait toujours le coût le plus élevé, le plus grand nombre de fonctionnaires pour des résultats, disons, ordinaires. Ainsi notre Administration se distingue-t-elle des autres par son coût et ses effectifs, mais non par ses résultats. Est-ce une fatalité?

Certainement pas. De nombreux pays ont réduit leur fonction publique et ne s'en portent que mieux. Posez la question aux Canadiens, qui ont réduit de 14 % en trois ans la masse salariale de l'Administration et annoncent une suppression de 14 % des postes cette année, aux Suédois qui ont fait passer en dix ans le nombre de leurs fonctionnaires de 400 000 à 230 000, posez-la aux Irlandais, aux Australiens, aux Finlandais qui ont fait de même. Comme par hasard, ces pays qui se trouvaient en grande difficulté jouissent aujourd'hui d'une belle santé économique, et les majorités qui ont mené ces réformes ont retrouvé la faveur des électeurs. Tous les pays les uns après les autres s'engagent dans cette voie. La Grande-Bretagne a prévu une diminution des effectifs de 20 %, le Portugal, de 11 %. La France seule demeure convaincue que toute suppression de poste dégrade le service public. Une ruineuse exception française.

CHAPITRE 6

Jamais moins !

Les corporations du secteur public ont donc focalisé leurs revendications sur les effectifs. Pour quelle raison ? Est-on plus heureux parce qu'on est plus nombreux ? Allez donc expliquer cela aux chauffeurs de taxi qui se battent depuis cinquante ans pour que leur nombre n'augmente pas ! Qu'ont les fonctionnaires à gagner dans cette affaire ?

La sécurité de l'emploi leur est acquise, les fortes augmentations de salaire leur seraient refusées, il ne leur reste plus qu'à se prémunir contre le changement. Or celui-ci est toujours menaçant si l'on prétend réduire ou même maintenir les effectifs. Seule leur augmentation peut assurer la tranquillité. La revendication est, donc, à la fois défensive et offensive. Elle conduit à refuser toute diminution (Jamais moins !) et à exiger des augmentations (Toujours plus !). La combinaison des deux pèse son bon million de fonctionnaires supplémentaires en vingt-cinq ans, le coup de grâce pour les finances publiques.

Faisons l'hypothèse heureuse que les recrutements effectués depuis vingt ans étaient nécessaires – et même indispensables. L'Administration en serait-elle quitte pour autant ? Certainement pas. Avant de recruter, elle doit s'assurer qu'elle ne peut pas trouver chez elle les agents dont elle a besoin. C'est ainsi que l'on procède dans le secteur privé, où l'on privilégie toujours les solutions «en interne». Mais il n'est rien de plus étranger au secteur public.

À la différence d'une entreprise qui court après son marché, l'État devra toujours assurer l'administration, rendre la justice, maintenir l'ordre, protéger le pays, instruire la jeunesse, etc. La pérennité de ses fonctions défie le temps. Pourquoi diable supprimer des postes alors que les missions, elles, sont toujours les mêmes ? Les syndicats voient dans toute réduction des effectifs une réduction du service rendu au public. Voilà le piège. L'entreprise vit dans le postulat que l'on peut toujours faire mieux à moins cher avec moins de monde et le prouve chaque année en augmentant sa productivité. L'Administration, elle, vit sur le postulat inverse, et nul ne semble s'en étonner. Elle ne peut imaginer de remplir ses tâches avec moins de monde, et comme celles-ci changent, il lui en faut toujours davantage.

Au cours des deux derniers siècles, la géographie a bouleversé le visage de la France. Les campagnes se vidaient tandis que les banlieues débordaient, des cités historiques se recroquevillaient sur leur passé et des petites villes devenaient de grands centres urbains, des régions entières perdaient leurs activités traditionnelles quand des pôles industriels se créaient au milieu de nulle part. Comment faire coïncider la carte administrative et ce monde en transformation sans redistribuer les fonctionnaires, voire fermer certaines unités pour en ouvrir d'autres ? Et comment s'étonner que cette carte soit toujours en retard sur la distribution du territoire ? Qu'il s'agisse des circonscriptions territoriales, des établissements scolaires, des juridictions, des services fiscaux, des équipements hospitaliers, des forces de sécurité, les services sont toujours débordés dans la France nouvelle, désœuvrés dans la France ancienne. Plus il y a de problèmes, moins il y a de fonctionnaires et réciproquement. 1 policier pour 113 habitants à Paris et 1 pour 510 en grande banlieue, les chiffres parlent d'eux-mêmes.

Les missions et les besoins ne sont pas moins changeants, et toujours dans les deux sens. Notre armée est sollicitée pour des engagements extérieurs et souvent lointains, mais elle n'a plus à défendre le pays contre la menace soviétique ; l'Éducation nationale subit le flot montant des étudiants dans le supérieur, mais le flux des élèves diminue dans le primaire et le secondaire ; le ministère de l'Emploi a dû prendre en charge les gros bataillons des chômeurs, mais le ministère de l'Agriculture gère une population de moins en moins nombreuse ; la protection de l'environnement est devenue une mission essentielle, mais celle des douanes s'est réduite avec la création de l'Union européenne (sans parler du ministère des Anciens Combattants qui, pour compenser les effets néfastes d'une paix trop prolongée, ne cesse d'élargir le cercle des ayants droit qui attestent son importance).

Quant aux gains de productivité, ils sont très variables d'un secteur à l'autre. L'ordinateur gère au mieux les feuilles de paye, les fiches d'état civil et les déclarations de revenus, mais une infirmière ne peut toujours pas tenir la main de trois malades en même temps.

Le modèle d'un État immuable remplissant toujours les mêmes fonctions, doté des mêmes moyens, est donc une pure illusion. La permanence étatique doit s'affirmer dans le changement et non pas dans l'immobilisme.

Or la fonction publique déteste le mouvement en général et, tout particulièrement, les suppressions de postes. Les fonctionnaires, à cet égard, ne sont pas différents des autres Français : quand ils sont bien, ils n'ont pas envie de changer. Arrivés à mi-carrière dans le poste convoité, ils souhaitent continuer à faire le même travail, au même endroit, en appliquant les mêmes méthodes et, si possible, en bénéficiant d'une promotion intéressante en cours de carrière. Je parle, on l'a compris, de la première fonction publique, celle de la France qui va bien ; pour les fonctionnaires qui sont plongés dans la seconde, celle de la France à la dérive, ils ne demandent et n'attendent que leur mutation.

La fécondité galopante de l'Administration

Ce conservatisme est de bon aloi. L'Administration n'a pas à suivre une logique de rentabilité ni à concentrer tous ses services dans les grands centres urbains. Pour s'opposer à la désertification, elle doit maintenir un certain maillage du territoire. Mais la France ne peut pas non plus se figer dans le vieil ordre des populations éparpillées quand sonne l'heure des concentrations urbaines. Certaines fermetures sont légitimes, d'autres ne le sont pas. Tout doit se décider au cas par cas, au coup par coup. Un pragmatisme qui heurte le dogmatisme corporatiste.

L'opposition n'est pas moins vive pour les suppressions fonctionnelles que géographiques. Admettre qu'un service a fait son temps et qu'il doit être fortement réduit, voire disparaître en totalité, est inconcevable – et surtout irréalisable. La démonstration en fut apportée en 1986 lorsque Edouard Balladur, ministre des Finances, chargea deux inspecteurs des finances, messieurs Belin et Gisserot, de lui proposer les mesures propres à alléger les structures administratives. Les *missi dominici* examinèrent 65 organismes proches des administrations centrales. Ils proposèrent d'en supprimer 39. Que pensez-vous qu'il arrivât ? Le rapport ne fut jamais publié et lesdits organismes ont survécu sans douleur à leur inutilité.

La situation n'a fait qu'empirer depuis lors, car les «créationnistes» ont pris le pouvoir. Non pas ces illuminés qui opposent la création biblique à la théorie de l'évolution, mais les gouvernants qui ont fait de la création institutionnelle la panacée. Notre vie politique est scandée par les annonces. Celles-ci ne peuvent se réduire à de bonnes paroles, elles doivent être chargées de «mesures concrètes». La plus simple de toutes, c'est la création. L'habitude s'était prise de créer à tout bout de champ des «commissions» chargées d'établir des «rapports», ça ne mangeait pas de pain. Mais le public se lasse des meilleures recettes. Pour le contenter, il a fallu lui présenter à tout le moins un nouveau-né. La créativité administrative est donc entrée dans une phase de fécondité galopante. Ne cherchez pas la liste des innombrables «observatoires» (un nom de baptême très à la mode), «agences», «conseils» ou «conseils supérieurs», «comités» ou «hauts comités» qui ont vu le jour au cours des vingt dernières années. Elle remplirait des bottins. Le gouvernement serait ainsi entouré d'une galaxie de 750 organismes chargés de le conseiller !

Il s'agit, dans chaque cas, d'organismes dotés d'un personnel permanent, de bureaux à Paris et, si possible, en province, qui, pour rien au monde, ne se laisseraient biffer d'un trait de plume. Le seul service qui n'ait jamais été créé, c'est le «comité de la hache», dont la mission serait de supprimer tous les autres.

Car la priorité de tout bureau, la règle d'or de la bureaucratie, c'est de persévérer dans son être. À la moindre menace, la plus somnolente des administrations déploie une activité fébrile pour démontrer son efficacité et se découvrir de nouvelles activités.

Ainsi du service de la redevance de l'audiovisuel, chargé de collecter depuis des décennies une taxe qui n'a plus aucune raison d'être. Inventée dans les années 1950 pour financer une télévision que personne ne regardait, la redevance aurait dû disparaître à la fin des années 1960 lorsque la grande majorité des Français étaient devenus téléspectateurs. L'audiovisuel adulte était un service public comme les autres, dont le financement devait logiquement revenir au Trésor public. Il suffisait à l'État, pour assurer son rôle, d'augmenter le taux de tel ou tel impôt pour recueillir les quelque deux milliards et demi d'euros nécessaires. Ainsi la collecte ne coûterait plus rien et la fraude trouverait moins de raisons de s'épanouir. Ce serait deux cents millions d'euros économisés chaque année par la collectivité. Mais tous les arguments ont été avancés pour justifier cette survivance, le lobby de l'audiovisuel a fait feu de tout bois pour défendre SA redevance. En réalité, il y a belle lurette que la réforme aurait été faite, n'était la nécessité de supprimer le service collecteur et ses 1 400 postes. Tous les gouvernements ont reculé devant une telle rupture avec le sacro-saint principe du « Jamais moins ! » de fonctionnaires.

Enquêtant en 1990 sur ce cas intéressant de survie administrative, j'avais constaté que ce service ne cessait d'améliorer sa productivité, qu'il avait même mis au point des systèmes informatiques très performants. Par la suite, il se laissa emporter par son zèle et prétendit fourrer son nez dans le fichier de Canal Plus. Une vilaine curiosité condamnée par la Cnil. Mais tous ces efforts, si méritoires soient-ils, ne sauraient rendre à ce travail une utilité sociale qu'il a perdue. Le gouvernement, n'osant pas supprimer la redevance, a finalement décidé de lier sa collecte à la taxe d'habitation. Un système bâtard dont on n'a pas fini de savourer toute la complexité et qui permettra d'étaler sur un temps très long la reconversion des agents.

Les organismes en perte de légitimité parviennent toujours à s'inventer de nouvelles missions. Qui dira jamais les trésors d'inventivité déployés par le Commissariat à l'énergie atomique pour survivre à la fin des grands programmes atomiques civils et militaires ? Sa plus belle réussite en ce domaine est passée presque inaperçue, et c'est grande injustice.

Lorsque Jacques Chirac entra à l'Élysée en 1995, il crut mettre ses pas dans ceux du général de Gaulle en reprenant les essais nucléaires dans le Pacifique. Un pétard mouillé. La France dut bientôt se soumettre à la loi commune, signer le traité de non-prolifération et fermer le Centre d'expérimentations nucléaires du Pacifique. Conséquence logique de cette décision, les services qui se consacraient au mythique « perfectionnement » des armes nucléaires se trouvaient menacés. C'est alors que le CEA fit alliance avec le lobby militaire pour « vendre » au chef de l'État un projet abracadabrantesque : il s'agissait de remplacer les explosions véritables par des microexplosions en laboratoire.

Un projet véritablement gigantesque, qu'on en juge. Il nécessite la mise au point et la construction de lasers surpuissants, puis un assemblage d'une incroyable complexité pour faire converger les impulsions au milliardième de millimètre, au milliardième de seconde, afin de recréer ponctuellement le monde infernal de la fusion thermonucléaire. Mais à quoi bon faire exploser des micro-bombes H en simulation, quand on a vérifié, en grandeur réelle, le bon fonctionnement de nos engins ? C'est la question à 5,5 milliards d'euros, coût de ces simulations et de ce programme Mégajoule. La réponse va de soi : nos bombes H sont et resteront dissuasives aussi loin que puisse porter notre imagination, d'autant qu'un léger facteur d'incertitude sur leur bon fonctionnement ne diminuerait pas d'un iota leur capacité dissuasive. Qui a jamais bravé un pistolet sous prétexte qu'il est mal entretenu et pourrait s'enrayer ? Qu'à cela ne tienne ! Tous les arguments furent invoqués, de la mise au point d'armes matière-antimatière aux applications scientifiques, tous sauf le seul véritable : trouver une nouvelle raison d'être aux services qui travaillent sur nos armements nucléaires.

Les vendeurs ont été persuasifs, le président a acheté, et la machine est en cours de construction dans la région de Bordeaux. 5,5 milliards d'euros pour préserver quelques emplois. À ce prix, les fonctionnaires en charge de ce projet travaillent énormément. Pour quelle utilité ? La question n'a pas à être posée.

Jamais moins… d'emplois dans l'Administration

La productivité progresse à des rythmes de 3 à 5 % dans les activités de bureau comme la banque ou l'assurance. Elle stagne dans l'Administration. Car la modernisation doit se faire à effectifs constants selon le principe sacré : toute réduction d'effectifs porte atteinte au service public. Argument spécieux. Que les bureaux de l'état civil utilisent de vieilles machines à écrire ou qu'ils se servent d'ordinateurs branchés sur Internet, ils accomplissent toujours les mêmes tâches. Le facteur en voiture distribue dix fois plus de courrier qu'à pied. Le service postal en est-il moins bien assuré ?

La défense corporatiste n'ose afficher son refus absolu de la productivité et s'efforce de l'amalgamer avec son pendant capitaliste : la rentabilité. Recherche du profit et souci de l'argent public ne relèveraient que du seul et même principe. Évidemment condamnable.

Cet artifice faisant long feu, les avocats du «Jamais moins!» dénoncent alors le racisme anti-fonctionnaire. Toute suppression de poste doit s'interpréter comme une suspicion de fainéantise et une marque de mépris à l'encontre des fonctionnaires!

C'est ainsi que, bien à l'abri derrière les garanties statutaires, les protections syndicales, l'appartenance à un corps, les agents de l'État jouissent d'une inamovibilité de fait. La mobilité professionnelle et non pas statutaire est voisine de zéro, chaque fonctionnaire tend à devenir l'usufruitier de son emploi.

La hiérarchie, n'osant jouer sur les mutations, il ne lui reste qu'une variable : les départs en retraite. En ce domaine au moins, il doit être possible de ne pas remplacer sans trop déranger les gens en place. N'en croyez rien. Cette méthode est dénoncée à l'égal d'un licenciement pur et simple. Une suppression de poste est inacceptable quelle qu'en soit la forme. Il appartient aux fonctionnaires de définir leurs effectifs, à charge pour le contribuable de financer les feuilles de paye correspondantes! Et toute suppression de poste dans le secteur public suscite infiniment plus de compassion médiatique que les milliers de licenciements quotidiens dans le secteur privé.

Bercy découvre la modernité

Mais la bureaucratie diffère la biologie en ceci que la fossilisation n'y est pas irréversible. Ainsi du ministère des Finances. Le conflit de 2000, on s'en souvient, s'était terminé sur un recul honteux du gouvernement s'engageant à ne pas supprimer le moindre emploi dans les deux années suivantes. Six ans plus tard, où en est-on ? 2000 emplois ont effectivement été supprimés en 2004, encore 2000 en 2005, puis 2600 en

2006, un mouvement qui devrait s'amplifier en 2007. Les directions rivales, faute de fusionner, vont désormais cohabiter dans les mêmes locaux. Elles pourront ainsi offrir un guichet unique au contribuable à partir de 2008. Les frais de recouvrement ont sensiblement diminué, peut-être reparlera-t-on un jour de la retenue à la source. Eh oui ! La réforme qui n'avait pu passer par la porte s'est glissée par la fenêtre. Comment les choses se sont-elles passées ?

La corporation des Finances était sortie plus affaiblie que renforcée de sa victoire. Fait rarissime en France, l'opinion n'avait pas soutenu les grévistes. La presse unanime, à l'instar de Christian Sautter, avait stigmatisé « le conservatisme syndical ». Du coup, le gouvernement n'avait pas payé les jours de grève ! Le personnel savait qu'il avait brûlé ses cartouches, et qu'il ne pourrait être question de repartir au combat dans un proche avenir.

Toute réorganisation étant néanmoins impossible dans l'immédiat, Laurent Fabius, le successeur de Christian Sautter, décide de passer par la technique. Il en coûtera un milliard d'euros pour confronter les agents du ministère au dernier cri de l'informatisation fiscale. La modernité du matériel fait ressortir la vétusté des structures, elle oblige à repenser la façon de travailler. Mais sans la moindre réduction de poste. Les syndicats surveillent. À l'unité près.

Francis Mer apporte à Bercy une logique d'entreprise : qualité du service, clarification des procédures, rapports qualité-prix. Les esprits se sont apaisés. La raison a repris ses droits. Les agents découvrent que l'ordinateur n'est pas l'ennemi. Et l'impensable se produit. Les gains de productivité s'accompagnent de réductions d'effectifs. La réorganisation peut commencer. Chaque année une centaine de perceptions sont fermées. Un effort à relativiser : la France comptait, en 2000, 3 840 trésoreries locales contre 950 en Italie, 645 en Allemagne, 500 en Grande-Bretagne… Imagine-t-on le nombre d'années qu'il faudra attendre pour rejoindre, à ce rythme, la moyenne européenne ? D'autant que le souvenir de 2000 s'estompe. À tout moment, une fausse manœuvre peut déclencher la révolte syndicale. Dans dix ans, au mieux et si tout va bien, nous disposerons de l'administration fiscale rénovée qui aurait dû être la nôtre depuis vingt ans.

Ces combats d'arrière-garde ont-ils profité au personnel ? C'est ce que les organisations syndicales ont voulu faire croire. Mais que défendaient-elles, leur intérêt ou celui des agents ? Car la modernisation, dès lors qu'elle opère sans licenciements, présente plus d'avantages que d'inconvénients. Les salariés sont plus heureux lorsqu'ils disposent de meilleurs outils pour faire, dans de meilleures conditions, un meilleur travail. Et, s'ils pouvaient en douter, le précédent suédois serait de nature à les rasséréner. En s'appuyant sur une forte informatisation, la Suède a, en effet, réduit de 30 % le personnel des services fiscaux, mais, dans le même temps, elle a augmenté la qualification et les salaires de ses agents. Ainsi les fonctionnaires de Bercy finiront-ils par gagner une prime d'ordinateur. Bien méritée, celle-là.

Mais qui fera jamais le compte des dizaines de milliards d'euros perdus au cours des décennies d'immobilisme ? Ce genre de passif n'apparaît jamais nulle part. C'est pourtant lui qui, en s'accumulant, enfonce irrésistiblement le bateau France. Car le secteur public diffère en ceci du secteur privé, qu'ici la conservation des emplois existants oblige à en créer de nouveaux, et que là, au contraire, elle interdit ces créations.

Le mille-feuille administratif

Au cours des vingt dernières années, le nombre des étudiants, des chômeurs, des retraités, des octogénaires, des malades d'Alzheimer, des crimes et délits, des prisonniers, sans parler de la drogue, des banlieues, des immigrés, a doublé. Comment l'État aurait-il pu faire face sans recruter ? Si même l'Administration avait géré au plus juste son personnel, si elle avait réalisé tous les gains de productivité, sans doute aurait-elle augmenté ses effectifs.

La France de 2006 est plus difficile à administrer que celle de 1980, et ce serait faire un mauvais procès que de ne pas le reconnaître. La croissance démographique de la fonction publique n'est donc pas scandaleuse en soi. Si le recrutement fait suite à la modernisation, le compte est bon. Mais s'il ne sert que de substitut, alors le compteur s'emballe. C'est ainsi que la pointeuse a largement dépassé les 5 millions.

Le système, on l'a compris, est à double commande, l'une pour supprimer des emplois, l'autre pour en créer de nouveaux. Dans la pratique, les syndicats bloquent le frein, les politiques écrasent l'accélérateur et l'expansion se poursuit, irrépressible.

Si le conflit au ministère des Finances constitue un cas d'école pour le blocage du frein, la décentralisation pourrait être le cas d'école pour les coups d'accélérateur. L'opération est lancée en 1982, sous la houlette de Gaston Defferre. En politicien retors, le maire de Marseille sait parfaitement que la soustraction fait mal et que l'addition fait plaisir. Il concocte une décentralisation heureuse qui ne fâchera personne.

Ce grand remodelage aurait dû commencer par le toilettage communal. 36 000 communes en France, autant que dans le reste de l'Europe, c'est, au moins, deux fois trop. Cet éparpillement, legs d'une campagne qui ne connaissait ni moyens de transport, ni moyens de communication, a fait son temps depuis un siècle déjà. Dans un pays moderne, l'unité de base n'est plus l'ancienne paroisse, mais la structure intercommunale qui conserve la diversité des villages, mais regroupe les administrations. Mais, attention, l'esprit de clocher veille, qui n'est pas seulement une figure de rhétorique : il se manifeste sitôt que l'on remet en cause le plus petit bourg. Afin que nul ne s'en plaigne, le roué Gaston Defferre se conformera donc au « laissez-les vivre » communal.

Second objectif légitime : recomposer l'empilement hiérarchique. Communes, syndicats de communes, arrondissements, cantons, départements, nation, Europe, la France était déjà suradministrée. Avec la création de la région, le département se trouvait condamné. Il avait été dessiné à la Révolution en fonction des moyens de transport de l'époque : le cheval. Cette circonscription hippomobile devait logiquement céder la place au découpage régional, celui de l'automobile. Sacrifier le département ! Et les 4 000 conseillers généraux, et le personnel des préfectures, mais vous n'y pensez pas ! Oh, non, il n'y pensait pas, le cher Gaston. Plutôt que de supprimer une centaine de départements, il ajouta vingt-deux régions. 1 800 notables de plus dans les conseils régionaux qui chantent ses louanges. Au total, le rapport Pébereau compte 50 000 acteurs administratifs : 36 000 communes, 18 000 structures intercommunales, 100 départements et 25 régions. Heureuse France qui ne doit pas compter moins de 600 000 élus, un pour cent de la population sortie des urnes !

Les fonctionnaires des services nationaux devaient passer dans les services territoriaux, par jeux de vases communicants et sans engagements supplémentaires. En fait, l'administration centrale, qui aurait dû réduire ses effectifs, les augmenta de 40 000 agents entre 1982 et 1988. Les préfectures, qui voyaient une partie de leurs compétences transférées à la région, gagnèrent pourtant un quart de personnel en plus. Quant aux nouvelles régions, elles embauchèrent à tour de bras. Même constatation à l'étage du dessous. Faute de supprimer purement et simplement les plus petites communes, on pouvait à tout le moins regrouper les services au niveau intercommunal. Cette solution s'est d'ailleurs beaucoup développée depuis une dizaine d'années, elle aurait dû permettre des gains de productivité. La Cour des comptes, faut-il s'en étonner, a constaté le contraire. Si les dépenses de personnel de l'intercommunalité ont augmenté de 100 %, celles des communes, loin de diminuer, se sont accrues de 16 %. Au total, la fonction publique territoriale a grossi de 200 000 personnes !

Notez que les fonctionnaires s'étaient assurés d'une sorte de loi du retour en vertu de laquelle, après avoir été versés dans la territoriale, ils pourraient toujours retrouver leur emploi d'origine s'ils le désiraient. L'habitude se prit de faire jouer cette clause en fin de carrière. Mais, après tant d'années, les fauteuils et les bureaux n'étaient plus toujours disponibles. Il fallut donc aménager le droit acquis d'occuper un poste… qui n'existe plus. Ce qu'en termes non administratifs on appellerait être payé à ne rien faire. Ils furent ainsi quelques milliers à prendre une retraite de fait bien avant la retraite de droit.

La France est-elle mieux administrée grâce à ce surcroît de fonctionnaires ? Bien au contraire. Elle est encombrée, écrasée par ce mille-feuille administratif. Car, à chaque niveau, les services ont à cœur de justifier leur existence. Les procédures, les contrôles, les instances consultatives ou décisionnelles se sont multipliés. Pour distribuer les subventions, pour gérer les équipements, pour faire de la statistique, pour se mettre en valeur. La réforme n'a fait que multiplier la paperasse et les tracasseries. Plus on importune l'administré, plus cela coûte au contribuable. Et réciproquement.

Les recrutements effectués correspondaient bien souvent à des besoins réels, mais c'est en amont, dans l'absence de restructuration, que les plus graves dérapages ont eu lieu. Les dérapages de l'immobilisme, en quelque sorte.

Car le recrutement se pose en alternative à la réforme. La revendication d'embauches supplémentaires devient alors le plus sûr rempart contre le changement.

L'usager contre le contribuable

La dynamique de la société ne cesse de défier l'immobilisme de son Administration. L'afflux de ces nouvelles populations – jeunes, vieux, chômeurs, délinquants – impose une autre façon de travailler et/ou des moyens supplémentaires. Et si l'on ne change rien, il faut bien du personnel en plus. Le système syndicalo-bureaucratique a donc fait de l'insuffisance des budgets et des effectifs la cause unique de tous les maux, et de leur accroissement, l'universel remède. Une philosophie prêchée à l'opinion afin de l'imposer aux gouvernements.

Le succès n'était pas assuré. Dans les pays anglo-saxons, le recrutement de fonctionnaires est toujours impopulaire. Pourquoi est-ce le contraire en France ? Parce que le rapport entre l'administré et le contribuable n'est pas le même. Les deux personnages coexistent en chaque citoyen. Le premier veut davantage de gens dans les services publics, à son service, le second veut des impôts moins lourds. En pays de tradition libérale, le poids du contribuable est prépondérant. En France, c'est l'inverse. Ici la société est dominée par la vigilance critique des contribuables, et là par l'attente résignée des imposables. C'est dans ce climat très favorable que la fonction publique plaide sa cause.

Que l'on manque de fonctionnaires, c'est une évidence martelée par les médias. Périodiquement, la presse et la télévision en proposent quelque nouvelle illustration. Ce sont des policiers qui décrivent la difficulté à assumer les tâches quotidiennes, des médecins qui attirent l'attention sur les services d'urgences surchargés, des professeurs qui ne parviennent plus à encadrer une population scolaire à l'abandon, des juges débordés par l'empilement des dossiers, des gardiens de prison accablés par la surpopulation carcérale. La conclusion va de soi : le personnel n'est pas assez nombreux. Tout fait divers est transformé en fable, qui chute sur l'inévitable moralité. L'évasion prouve le manque de gardiens ; l'incendie, le manque de pompiers ; les agressions, le manque de policiers ; les erreurs judiciaires, le manque de juges ; et l'échec scolaire, le manque de profs.

Les organisations représentatives ont la haute main sur cette information. C'est à elles que les journalistes s'adressent pour répondre aux interpellations de l'actualité, rechercher les causes des conflits. Ce sont elles qui fournissent les dossiers et les statistiques, qui proposent les interlocuteurs, suggèrent pistes d'enquêtes, lieux de tournage. La hiérarchie, qui n'est pas moins désireuse de nouvelles embauches, ne risque pas de s'opposer aux démonstrations du personnel. Au reste, quel préposé accepterait de reconnaître qu'il est mal employé et ne sert pas à grand-chose ? Imagine-t-on un policier, obligé de monter la garde devant l'immeuble d'un ancien Premier ministre, dire qu'il serait mieux occupé à protéger les gens dans les cités ?

Essayez donc de soutenir qu'il y a trop de fonctionnaires en France : vos interlocuteurs ne verront là
qu'une aimable provocation. Ils constatent tous les
jours que l'on manque de professeurs, de policiers, de
juges, d'infirmières. L'un a fait la queue pendant une
demi-heure au bureau de poste, l'autre a dû attendre
aux urgences sans être soulagé, ce troisième n'a pu
joindre des services fiscaux débordés, celui-ci voit son
dossier enlisé par un juge surchargé, et celui-là se plaint
que les professeurs absents ne soient pas remplacés
dans les classes de ses enfants. Autant de preuves tangibles que l'Administration manque de bras.

Il n'est rien de plus convaincant, car le public voit la
pénurie et jamais la pléthore. Les fonctionnaires ne
seraient en surnombre que s'ils se tournaient ostensi-
blement les pouces. Situation des plus improbables. La
bureaucratie ne laisse pas de repos à ses préposés, elle
multiplie les tâches aussi vaines qu'accablantes, géné-
rant une agitation qui semble productive, alors même
qu'elle est stérile. Voyez le ministère de l'Agriculture :
ses effectifs augmentent à mesure que diminue le
nombre de paysans. Dira-t-on que ces fonctionnaires
aux champs ne font rien ? Pas du tout. Ils doivent établir, calculer, gérer, vérifier, rectifier les trois cents
types d'aides aux agriculteurs. Et cela ne leur laisse pas
un instant de repos, ni aux bénéficiaires d'ailleurs. Si,
d'aventure, leur charge de travail était insuffisante, la
bureaucratie agricole saurait compliquer le système
pour occuper tout son monde et demander des effectifs supplémentaires.

Comment démontrer que telle vérification est
inutile, que tels renseignements sont disponibles
ailleurs, que deux administrations sont redondantes,
et trois procédures, superflues ? Le chômeur jouant la
balle de ping-pong entre ANPE, Assedic et services
de l'emploi, le retraité baladé de la CNAV à l'Agirc,

se démènent entre des préposés surmenés. Seul un spécialiste peut imaginer une simplification qui améliorerait le service en occupant moins de monde. L'administré, qui n'est pas expert en organisation, s'en tient à ce qu'il voit : les agents s'évertuent à le servir, mais ils sont débordés. Tout irait mieux s'ils étaient plus nombreux.

À la différence de la revendication salariale classique, qui n'intéresse guère le public, ce « Toujours plus ! » se veut altruiste et trouve toujours un écho favorable. Comment ne pas soutenir des fonctionnaires qui ne demandent pas à gagner plus, mais à être plus nombreux à seule fin d'assurer un meilleur service public ?

Nul accroissement des budgets, nul recrutement, si massif soit-il, ne saurait faire perdre sa crédibilité à la revendication de moyens et d'effectifs supplémentaires. Le service public à la française ne peut se vivre qu'en situation de pénurie. Les crises récurrentes qui agitent l'Éducation nationale, mouvements d'enseignants, d'étudiants ou de lycéens, se retrouvent toujours autour du même slogan : « Non à la réforme, plus de professeurs, davantage de moyens » ! Peu importe la réforme, elle est par définition mauvaise ; peu importent les vagues de recrutements et les augmentations budgétaires, elles sont de nature insuffisantes. L'énorme effort dont a bénéficié l'enseignement secondaire à partir des années 1990, les recrutements massifs, les hausses de budgets, puis la diminution du nombre des élèves à la fin de la décennie, n'ont pas fait varier d'un iota le discours revendicatif. Le nombre des élèves par classe a beau s'être réduit (ce qui ne résout évidemment en rien les problèmes posés), c'est toujours sur ce point que se focalise le débat. Ne parlons ni des programmes, ni de l'autonomie des établissements, ni de l'évaluation des enseignants, ni des règles d'affectation. Il faut payer plus, un point c'est tout. Qu'avec une moyenne de 12,2 élèves par professeur la France devance les États-Unis, le Canada, l'Allemagne, la Grande-Bretagne, la Suède et le Japon n'y change rien. La pénurie se situe au-delà des faits, c'est un postulat. On n'en fera jamais assez ! « La fonction publique a vécu jusqu'aujourd'hui en matière d'effectifs comme si elle avait un droit de tirage inépuisable sur la nation », constate le conseiller d'État Marcel Pochard[1].

La France est en passe de perdre une occasion unique de rénover son appareil d'État. 40 % des fonctionnaires vont partir en retraite entre 2002 et 2010. Depuis des années, les technocrates lorgnent sur ce tournant démographique qui permettrait à l'État de retrouver ses marges de manœuvre. En refusant de pourvoir à tous les postes libérés, il pourrait moderniser la répartition de ses agents sans imposer de traumatisantes mutations. Il pourrait aussi faire bénéficier les contribuables des gains de productivité ainsi réalisés. Plutôt que de saisir cette opportunité, les gouvernements ont déjà perdu trois années, et Dominique de Villepin, sitôt arrivé à Matignon, s'est empressé d'annoncer qu'il ne réduirait les effectifs que de 5 000, alors que l'État ne connaît pas à 10 000 près le nombre de ses agents… On annonce maintenant 20 000 fonctionnaires en moins en 2007. Lionel Jospin aussi s'était engagé à ne pas augmenter les effectifs de la fonction publique et, pour finir, les a fortement accrues.

Cette pléthore de personnel est pourtant inscrite dans le désastre de notre comptabilité nationale. C'est aujourd'hui qu'il faudrait jouer sur les départs en

---

1. Marcel Pochard, « Le dur réveil des fonctionnaires », dans Roger Fauroux et Bernard Spitz, *État d'urgence*, Paris, Robert Laffont, 2004.

retraite pour préparer l'avenir. Une expression qui n'a plus cours dans l'art de gouverner.

L'ordre syndicalo-bureaucratique

La France entière orchestre le « Plus encore ! » du secteur public. Elle soutient les habitants des cités qui dénoncent l'absence de services publics, et les élus eux-mêmes se placent volontiers en tête du cortège, écharpe tricolore en bandoulière, pour en défendre le maintien. La protestation l'emporte toujours sur l'adhésion.

Qu'une corporation, qu'un syndicat se batte pour améliorer le sort de ses membres, on ne saurait le lui reprocher. C'est sa raison d'être. Mais toutes les défenses ne sont pas équivalentes. Ni pour les intéressés, ni pour le pays. Et comme tout corporatisme, ce syndicalisme est essentiellement conservateur. Toujours plus, jamais autrement. De la sécurité de l'emploi à la moindre prime de trois francs six sous, il transforme tout en droits acquis, en situations irréversibles. Le passé est coulé dans le béton, et l'avenir, rejeté au-delà de l'horizon.

Cette stratégie unidimensionnelle, obsessionnelle, entretient la fonction publique dans une mentalité d'assiégée. Les syndicalistes ne cessent de dénoncer des complots, des mauvais coups et des agressions. À les entendre, les serviteurs de l'État se trouveraient tous les jours cloués au pilori de la presse, traités de fainéants, d'incapables, de parasites. Pour moi qui lis la plupart des journaux et des magazines, je n'ai jamais rien vu de tel. En revanche, je ne compte plus les articles et reportages à la gloire des pompiers, des policiers, de préférence les policières, des militaires, des infirmières, des enseignants, un peu moins des rondsde-cuir, je dois le reconnaître. Et cela me semble excellent. Les critiques se limitent à évoquer le conservatisme ou le corporatisme des syndicats, ce qui est excessif à leurs yeux, mais pas totalement injustifié, on en conviendra.

Quant aux Français, ils jugent avec une grande bienveillance leurs services publics. Dans un sondage CSA de 2000 (mais je doute que l'opinion ait beaucoup évolué), 61 % des Français estimaient que «les agents des services publics font preuve de dévouement», 59 % qu'ils «assurent correctement leurs missions», ce qui ne les empêchait pas de savoir à 76 % que ces services publics «sont mal gérés et coûtent trop cher» et à 62 % que les agents «bénéficient d'avantages excessifs par rapport aux autres salariés». Ce qui est fort bien vu. La rouspétance de l'administré est peu de chose comparée à l'exigence du client si familière aux citoyens canadiens, allemands ou américains. Au reste, le courant libéral qui rêve de réduire l'empire public à son donjon est ultra-minoritaire dans l'opinion.

Tel est le paradoxe : les Français vivent dans le culte du service public, et le service public… dans la crainte des Français. Dans les années 1980, un ministre de la Fonction publique, Jean Le Garrec, décida que les préposés au contact du public devraient porter un badge à leur nom. Rien n'est plus naturel que de se présenter à ses interlocuteurs. Dans les bonnes entreprises, l'employé donne toujours son nom et ne s'en porte pas plus mal. Pourtant chacun sait qu'un client insatisfait peut être plus agressif qu'un administré en quête d'informations. Il n'empêche ! Le personnel unanime se rebella contre la décision du ministre. Il lui semblait impossible d'affronter un public présumé hostile en laissant tomber le masque protecteur de l'anonymat. Toute la fonction publique se hérisse à l'idée que le jugement des usagers puisse, sous quelque forme que ce soit, être pris en considération.

Un tel décalage entre la bienveillance des Français et la méfiance des fonctionnaires n'a rien de naturel. C'est le produit de l'histoire, relayé par nos institutions sociales. Du XIXe siècle, nous avons hérité d'un syndicalisme de conflit, fort bien adapté aux grandes batailles du capitalisme, mais totalement décalé face aux arrangements du secteur public. Le discours est radical, voire révolutionnaire, mais la pratique est réformiste, voire conservatrice. L'organisation se veut en rupture avec un système dont elle assure la gestion, les leaders rêvent d'un grand mouvement social alors que leurs adhérents ne demandent que des services. C'est pourquoi la schizophrénie menace.

Les organisations syndicales de tradition révolutionnaire ont, pour prospérer, besoin d'un climat conflictuel, il leur faut un ennemi, pas un partenaire. Comment s'accommoder d'un gouvernement débonnaire ? Elles entretiennent donc cette paranoïa, ponctuée de proclamations guerrières, de dénonciations grandiloquentes, de ruptures théâtrales, de sombres avertissements et de menaces – toujours des menaces. Il n'en faut pas moins pour mobiliser des adhérents-consommateurs, qui, dans un climat apaisé, déserteraient les batailles revendicatives.

Cette cité assiégée redoute son cheval de Troie. Elle en connaît déjà le nom : il s'appelle « Réforme ». Sitôt qu'il s'approche, le peuple doit se précipiter aux remparts. Grâce à cette vigilance, l'Éducation nationale a repoussé tous les assauts. Nos ministres n'auraient-ils jamais imaginé que des sottises ? Faudra-t-il maintenir à tout jamais ces collèges qui rejettent chaque année 160 000 jeunes sans la moindre formation, ces journées de travail épuisantes et ces vacances interminables, ce baccalauréat monstrueux qui ne sert qu'à

exclure les 20 % d'élèves qui le ratent, qui coûte une
fortune avec ses 73 épreuves facultatives du bac général et ces 65 filières du bac pro, ce libre accès à l'université qui reporte l'élimination à la fin du premier
cycle, cette gratuité du supérieur qui fait payer par le
peuple les études des enfants de la bourgeoisie, cette
gestion normalisatrice et anonyme qui décourage les
meilleurs professeurs, cette pseudo-égalité des établissements qui est contournée depuis trente ans par
les professeurs-parents d'élèves, cette condamnation
de l'apprentissage comme seule alternative à l'échec
scolaire pour des centaines de milliers de jeunes ?...
Oui, doit-on vraiment continuer dans cette voie ?

Le label « réforme » ne suffit certes pas à faire de
tout changement un progrès. La marchandise, celle-là
comme toute autre, doit être jugée, jaugée, soupesée
avant d'être achetée... ou refusée. Mais, en l'espèce, le
rejet n'est pas de circonstance, il est de principe. Tout
projet réformateur suscite la crispation, la méfiance,
l'hostilité. Comme si le statu quo représentait une
indépassable perfection. Une perfection virtuelle,
faute de moyens suffisants. L'éternelle revendication
quantitative vient alors se greffer sur cet immobilisme.

Cette folie conduit à ne plus rendre d'arbitrage
qu'en fonction du pouvoir de nuisance, vieille histoire. À l'Éducation nationale, le monde du secondaire
paraissant plus dangereux que celui du supérieur, c'est
celui-là qui a reçu les plus fortes augmentations alors
même que les effectifs scolaires diminuaient. La
France est ainsi devenue le seul pays au monde où un
élève du secondaire coûte plus cher qu'un étudiant du
supérieur !

Ruineux pour la France, éprouvant pour les usagers,
cet ordre syndicalo-bureaucratique est-il le meilleur
pour les fonctionnaires ? Rien n'est moins sûr. Prenons
ses deux piliers : le recrutement national et l'affecta-

tion à l'ancienneté. Les syndicats s'y accrochent bec et ongles au nom de la justice et de l'égalité réunies. Or un recrutement effectué à l'échelle nationale va nécessairement projeter les jeunes fonctionnaires aux six coins de l'Hexagone, à des centaines de kilomètres de chez eux. À l'Éducation nationale, le primaire, moins prestigieux, remporte pourtant plus de succès auprès des jeunes parce qu'il assure un premier poste dans le département alors que, traditionnellement, le professeur peut se retrouver à des centaines de kilomètres de chez lui. Le recrutement régional permet d'éviter cette rupture brutale avec le milieu familial. Pourtant ces mêmes organisations, que l'on a vues s'opposer à des déménagements de quelques kilomètres, ont toujours soutenu le recrutement national et les déportations qu'il induit.

Dans l'ordre syndicalo-bureaucratique, on le sait, les affectations dépendent, pour l'essentiel, de l'ancienneté dans le service. Une impartialité de façade puisque cette liste d'attente crée une véritable discrimination à l'égard des novices. Nous l'avons vu pour l'Éducation nationale, il en va de même dans les autres services. Lorsque les banlieues se sont embrasées en novembre 2005, les policiers chargés de maintenir l'ordre étaient des fonctionnaires en tout début de carrière ; les policiers chevronnés, eux, se trouvaient dans les quartiers paisibles. On constate dans tous les corps cette souffrance des jeunes recrues et son cortège de dépressions. Là encore, la position syndicale est déterminée par les rapports de pouvoir. La loi de l'ancienneté soustrait les carrières à l'influence de la hiérarchie et réduit à néant toute politique du personnel. Elle renforce la cogestion Administration-syndicats.

Il n'y a donc nulle solidarité, nulle fraternité au principe de cet ordre syndicalo-bureaucratique. Les nouveaux arrivants subissent la loi des plus forts, des plus nombreux, bref des gens en place.

Le système administratif contre l'individu

La France est fille de l'État, une paternité qu'elle ne saurait renier. Elle s'est construite autour de services publics puissants qui prennent en charge la justice et la solidarité. Les Français ne sauraient plus se passer de ce «modèle français», et c'est fort bien ainsi.

Mais c'est une chose de soutenir l'État dans ses missions, et une autre de l'approuver dans son action. Une distinction que les avocats du statu quo récusent. À leurs yeux, toute critique, de fond ou de détail, remet en cause les principes mêmes. Un amalgame qui prétend imposer à tous un silence respectueux. La ficelle est grosse comme une corde à grimper, mais elle est toujours en usage. Elle permet de lier dans le même bouquet la France et le centralisme stérilisateur, l'élitisme arrogant, l'irresponsabilité bureaucratique, le corporatisme triomphant, l'individualisme satisfait. Bref, de garantir le modèle par les défauts qu'on lui reconnaît.

Quant au syndicalisme à la française, paralysé par ses divisions et les surenchères, il soutient l'ordre bureaucratique aussi fermement qu'il s'oppose au système capitaliste. Coupable recherche du profit d'un côté, louable expression du service public de l'autre, l'entreprise serait-elle l'enfer du travailleur, et l'Administration, son paradis? Une certaine gauche syndicale n'est pas loin de le penser. Pourtant ce modèle administratif n'est pas une invention républicaine, il n'est pas né non plus de la Résistance, c'est un legs de l'Empire. D'où vient alors que ce vestige de la France napoléonienne puisse se présenter comme un modèle d'avant-garde sociale ? D'où vient surtout qu'il conserve ce prestige alors qu'il se fonde, tout de même, sur le mépris du fonctionnaire ?

Car notre Administration, héritière en cela de Napoléon, ne tient pas ses serviteurs en très grande estime et doute même de leur compétence, lorsqu'elle ne suspecte pas leur malhonnêteté. Elle les confine dans l'application du règlement, leur interdit toute marge d'appréciation, dédouble les fonctions et multiplie les contrôles. On n'est jamais trop méfiant avec ces gens-là !

La machine administrative est, dans son principe même, inhumaine. Elle ne voit dans chaque employé qu'un rouage anonyme et interchangeable qui prend les décisions prévues, met en œuvre les recettes préfabriquées. L'individu, voilà l'ennemi ; l'initiative, le danger. Les fonctionnaires, à l'exception des hauts technocrates, ne sont pas là pour penser, mais pour exécuter. Ils doivent être prévisibles dans toutes leurs actions, dans toutes leurs décisions. Ainsi l'État peut-il présenter le même visage à travers ses millions de salariés. Prodigieuse entreprise de clonage professionnel qui place derrière chaque guichet le même robot qui répondra sans gêne : « Je le sais, c'est idiot. Mais c'est le règlement, et je suis là pour l'appliquer. »

Les Français ont expérimenté tous les régimes politiques. Ce vagabondage institutionnel est compensé par le sédentarisme administratif. La fonction publique aura traversé les empires, les monarchies et les républiques avec l'indifférence d'un porte-avions coupant une régate. Ainsi la machine de pouvoir impériale s'est-elle mise au service de la République sans rien changer à son organisation. Seules les justifications ont été modifiées. La dictature du règlement n'est plus la servante de l'absolutisme, mais la garantie du citoyen ; l'uniformisation et l'anonymat ne sont plus fruits de la discipline, mais de l'égalité.

Le modèle d'origine était tenu par l'autorité, et même l'autoritarisme hiérarchique. Le supérieur commandait à son subordonné comme l'officier au soldat. Mais, à la différence de la troupe, la fonction publique s'est vu bientôt reconnaître le droit syndical, le droit de grève et, pour couronner le tout, le statut de 1945. Le rapport de force a basculé en faveur du personnel au détriment de la hiérarchie. Que faire de cette victoire ? Les organisations représentatives ne pouvaient, tels les syndicats des dockers, prendre en direct la gestion des salariés. Elles n'en avaient pas la vocation et se trouvaient divisées. Faute d'exercer le pouvoir hiérarchique, il ne restait qu'à le détruire. Une révolution de bureau a remplacé l'ordre autoritaire par l'ordre bureaucratique sans rien changer aux apparences. Les institutions sont toujours les mêmes, mais elles ont été vidées de leur sens. La discipline, les notations, les gratifications et les sanctions sont aussi théoriques que la démocratie et les élections dans les sociétés communistes. La politique du personnel devient une politique de l'impersonnel, qui fonctionne en pilotage automatique. Syndicats et direction observent, bras croisés, le robot qui déplace les pions et remplit les cases, qui administre les postes et préfabrique les carrières.

Ce système bureaucratique est maintenant à bout de souffle. La bureaucratie se meurt, vive l'Administration. La nouvelle, celle qui miserait sur l'homme et non sur le règlement.

Le pari de la responsabilité

Réformer l'État, c'est comme arrêter de fumer. Il n'est rien de plus facile à décider et rien de plus difficile à réussir. Les gouvernements jouent sur ce chantier comme les enfants sur la plage, chacun construit son château de sable, que les successeurs remplaceront par un autre, tout aussi éphémère. Peu importe. Ce qui compte, c'est l'annonce, ce n'est pas le résultat.

Face à cette agitation, la citadelle administrative s'impose avec la force de l'existence. Deux siècles qu'elle résiste aux vagues réformatrices, qu'elle s'ancre toujours davantage dans son schéma bureaucratique. Les Français n'ont jamais connu d'autre organisation que celle-là et ne peuvent imaginer de changements que périphériques.

En 1989, Michel Rocard, qui, à l'époque, cohabitait avec François Mitterrand, m'avait confié la présidence d'une commission « Efficacité de l'État ». Une appellation qui évitait les vilains mots de « réforme » ou de « productivité », mais c'est bien ce dont il était question. Je venais de publier un livre fort critique sur le système social français, notamment dans la fonction publique. Or les commissions du Plan réunissent des hauts fonctionnaires, des personnalités qualifiées et les représentants syndicaux. Je me retrouvais donc face à des syndicalistes dont j'avais fortement contesté l'action. La rencontre pouvait être délicate, mais rien ne vaut une mauvaise réputation pour éviter les fâcheuses déceptions. De fait, tous les participants sont convenus que la commission a bien travaillé et, surtout, dans un climat d'échange extrêmement riche.

Nous n'étions pas en négociation, mais en dialogue, ce qui est tout différent. Plutôt que de parler d'un camp à l'autre et marquer nos différences, nous pouvions rechercher nos dénominateurs communs. Quelles valeurs, quelles notions permettraient de surmonter les antagonismes traditionnels ? Il m'apparut que la responsabilité pouvait être le passage secret entre l'ancien et le moderne.

L'ordre bureaucratique ne lui laisse aucune place. Il exige des fonctionnaires une stricte observance. C'est vrai de la dépense qui doit se conformer en tous points à l'affectation budgétaire, c'est vrai de la décision qui doit s'en tenir strictement aux normes réglementaires, c'est vrai du commandement qui ne doit jamais distinguer ni le mérite ni l'insuffisance. En retour, l'agent ne craint pas la sanction et n'espère pas la reconnaissance. À condition, bien sûr, de ne prendre aucune initiative personnelle.

Or, le quotidien de l'Administration, ce n'est pas le travail à la chaîne, c'est la confrontation de la règle générale et du cas particulier. Il appelle des réponses sur mesure et pas des solutions préfabriquées. Encore faut-il que le fonctionnaire dispose d'une marge de manœuvre suffisante pour inventer la formule la mieux adaptée. Un simple exécutant ne le peut pas. Mais comment reconnaître à l'Administration une telle liberté sans tomber dans l'arbitraire ? La solution, tout le monde la connaît, c'est la responsabilité. Elle seule permet de concilier l'autonomie de décision et la garantie du citoyen.

Mais il se trouve que cette notion de responsabilité est la plus étrangère qui soit à l'Administration. L'ordre bureaucratique persuade le fonctionnaire qu'il n'est rien de si dangereux que l'initiative individuelle, qu'elle attire les sanctions et jamais les gratifications, que l'irresponsabilité seule confère une assurance tous risques. Et cela est vrai du haut au bas de la hiérarchie. Chacun doit s'enfermer dans une application stricte et aveugle du règlement. Ce refus de la responsabilité est ancré au plus profond de la

conscience administrative : un fonctionnaire n'a pas à
rendre compte de son travail.

J'en prendrai un exemple qui a beaucoup fait parler ces derniers temps : la justice. Elle repose tout
entière sur la prise de décision. Impossible de s'en
remettre à des solutions préfabriquées, le magistrat est
l'inventeur, le créateur de ses actes, il ne peut jamais
se contenter de reproduire un schéma préétabli. C'est,
par essence, un exercice de responsabilité. Or notre
organisation judiciaire a imposé l'idée que l'irresponsabilité du magistrat est la garantie de son indépendance. Les procédures de mises en cause sont
rarissimes et ne sanctionnent que des fautes de la plus
extrême gravité. Le magistrat tranche le sort d'un
accusé sans imaginer qu'il pourrait avoir à s'en expliquer par la suite. La cinquantaine de juges impliqués
dans l'affaire d'Outreau n'ayant commis ni délits, ni
manquement à la discipline, n'avaient normalement
aucun compte à rendre et devaient poursuivre leur
carrière le plus naturellement du monde. Une irresponsabilité que l'opinion, bouleversée par un tel
drame, ne pouvait admettre. Les pouvoirs exécutif et
législatif ont été contraints de réagir.

La réponse a été recherchée une fois de plus dans
une réforme de la procédure. Et chacun de proposer
la suppression du juge d'instruction, le dédoublement
des magistrats, la multiplication des recours, les nouvelles garanties pour les justiciables… Seules quelques
voix isolées ont posé la question cruciale : celle de la
responsabilité.

Peut-on douter que le comportement du corps judiciaire aurait été tout différent si chaque intervenant
avait su que, le cas échéant, il aurait à répondre de ses
décisions ? Que, à l'inverse, le déroulement de l'affaire
aurait été le même, en dépit de toutes les garanties pro-
cédurales, dès lors que ces hommes et ces femmes

n'étaient pas engagés par les suites de leurs actions ? Certes, tout magistrat connaît des drames de conscience au moment d'incarcérer ou de laisser en liberté un prévenu, de mettre en examen ou de prononcer un non-lieu, mais cette délibération intérieure ne peut suffire face à de telles décisions.

En ce sens, l'audition du juge Burgaud, si traumatisante pour le corps judiciaire, aura peut-être des effets bénéfiques. Elle a imposé dans les esprits l'idée qu'un juge peut, le cas échéant, répondre de ses actes. Si chaque magistrat était désormais pénétré par le sentiment de sa responsabilité, non pas seulement morale mais bien professionnelle, les innocents d'Outreau n'auraient pas souffert pour rien. Mais ce message trop simple risque de n'être pas entendu. La justice aura droit à une réforme de plus, qui chamboulera toute la procédure plutôt que de poser en principe la responsabilité des juges. Elle s'en retrouvera plus lente, plus lourde, plus compliquée, mais certainement pas plus humaine.

D'où vient que le fonctionnaire, collectivement plus qu'individuellement, ressente comme une menace et une agression l'obligation de rendre compte ? N'est-ce pas la règle générale dans le monde moderne ? Tels les automobilistes sur la route, chacun peut mettre en cause la responsabilité des autres et risque de voir la sienne mise en cause par les autres. Ce mutuel engagement n'est pas un facteur de méfiance mais de confiance. Qui donc se ferait opérer par un chirurgien qui n'aurait pas à répondre de ses fautes ? Chacun doit savoir qu'il peut être gratifié ou sanctionné selon ses mérites ou ses insuffisances.

Une Administration moderne repose sur la confiance et pas sur la défiance, sur le courage, non sur la peur. Elle reconnaît à tous les fonctionnaires, à tous les niveaux, une capacité de décision. Sur des objectifs précis, dans un cadre défini, avec une marge de manœuvre suffisante. Cette aventure, la France peut la tenter, car elle dispose d'une fonction publique sur-qualifiée, recrutée sur concours, à la compétence reconnue et à l'intégrité incontestée.

Le statut, dès lors qu'il est conçu comme le filet qui rattrape le trapéziste et non pas comme l'armure qui paralyse le chevalier, doit favoriser cet engagement individuel, cet enrichissement des tâches. Et, parce qu'il ne faudrait tout de même pas l'oublier, l'amélioration des services rendus aux administrés.

À l'issue de ses travaux, notre commission avait remis un rapport intitulé «Le pari de la responsabilité», qui incitait à revoir tous les rouages de l'État pour y insuffler, à tous les niveaux, l'esprit de responsabilité individuelle. Cette approche n'avait soulevé aucune tempête syndicale, bien au contraire. Je me souviens qu'à cette époque, le croisant dans un restaurant, Marc Blondel vint à moi, tout sourire, en me disant : «Alors, vous êtes réconcilié avec le service public?» Manifestement, ce qui se passait à la commission «Efficacité de l'État» n'était pas perçu comme une manœuvre anti-fonctionnaire. Quant au chef du gouvernement, il accueillait avec faveur nos travaux et j'en retrouvai des échos dans ses propos. La responsabilité allait-elle réveiller le corps engourdi de la fonction publique?

La règle du jeu ne le permettait pas puisqu'une réforme de l'État, par définition, ne survit pas au gouvernement qui l'a initiée. Celle-ci fut donc, avant toute application, remplacée par la suivante, qui, elle-même… et ainsi de suite. J'avais retiré de cette expérience le sentiment d'un superbe gâchis. J'étais convaincu que cette notion de responsabilité était en quelque sorte la pierre angulaire de toute réforme de l'État, que la crainte des fonctionnaires, y compris de leurs organisations syndicales, pouvait être surmontée, et pourtant cette tentative n'avait débouché sur rien. Qui donc pourrait reprendre le flambeau ?

Nous avons maintenant la réponse. Ce sont Alain Lambert et Didier Migaud, qui, par des voies entièrement différentes, ont réussi à faire pénétrer l'esprit de responsabilité dans le grand corps de l'État. La LOLF, nous l'avons vu, repose tout entière sur ce principe. L'Administration n'a plus pour but d'appliquer le règlement et de consommer les crédits, elle doit atteindre des objectifs. À chaque niveau, sur chaque programme, un responsable devient maître de la gestion et comptable des résultats. Le service public découvre la notion de manageur, doté du pouvoir de prendre des décisions et contraint de rendre des comptes. Longue vie à la LOLF ! Elle définit le cadre d'une Administration rénovée. Il reste à le remplir.

CHAPITRE 7

Les forteresses du «Toujours plus!»

Au jeu du «Toujours plus!», la force naît de la cohésion plus que du nombre, et les divisions gagnent plus que les grandes armées. C'est pourquoi j'avais braqué le projecteur sur les plus belles privilégiatures, les clubs aristocratiques des professions à statut et des grands corps, les places fortes des sociétés publiques et parapubliques. Cette lumière crue dissipa l'ombre propice au partage du butin, et les corporations durent assumer leurs avantages à livre ouvert. Après *Toujours plus!,* la France savait qu'il faisait mieux vivre à la Banque de France qu'au ministère des Finances, dans les Caisses d'épargne que dans les banques, à l'EDF que dans l'industrie, qu'il valait mieux conduire des trains et des métros que des camions et des autobus.

La dynamique du «Toujours plus!» est essentiellement conservatrice, elle pousse à l'accroissement des avantages acquis, mais redoute le changement qui risquerait de les remettre en cause. Or le monde a beaucoup changé depuis vingt ans. Comment ces grands paquebots du corporatisme ont-ils traversé ces années troublées?

La privilégiature du Palais-Royal

La Banque de France mérite assurément quatre étoiles au palmarès des privilégiatures pour les salariés. On y trouve absolument tout ce qu'ils peuvent espérer. Les meilleurs salaires du privé et la meilleure protection du public, tous les avantages de l'un et l'autre systèmes, plus les avantages maison, selon la règle toujours vérifiée du cumul. Une telle privilégiature doit vivre à l'écart des regards indiscrets. À l'époque, j'avais demandé que le bilan social me soit communiqué. Mais, exigence des partenaires sociaux, ce document devait rester confidentiel ! La caverne d'Ali Baba ne se visite pas. Sage précaution. Que peut-on y découvrir ?

Le tiroir des salaires est à double fond. Offertes aux regards, des rémunérations confortables mais sans plus. Plus discrètes, les primes et indemnités. Pour commencer, les quatre compléments versés automatiquement à tout le monde : l'allocation spéciale mensuelle, la prime annuelle de bilan, la prime annuelle de productivité et le complément annuel uniforme, au total 40 % de salaire en plus. Puis viennent les suppléments familiaux, comme cela se pratique dans la fonction publique à une nuance près : ils sont supérieurs de 900 % pour un enfant, de 242 % pour deux enfants, de 139 % pour le troisième. S'ajoutent les allocations de logement, en moyenne 1 570 euros par personne et par an. Une prestation à vocation sociale… dont bénéficie 40 % du personnel. Suit une ribambelle de primes et indemnités. La Cour des comptes en a relevé près d'une centaine, qui vont de la prime d'empilage de l'or à la prime du bicentenaire, en passant par la prime de casse-croûte couplée à une indemnité de repas, la prime du passage à l'euro, l'indemnité d'usine électrique, etc. Bref, on fait prime de tout bois.

Les salaires n'augmentent guère, ce serait trop voyant, ce sont les compléments qui poussent les rémunérations à la hausse. De 1999 à 2001, les indemnités ont crû de 43 %. À qualification équivalente, l'employé de la Banque gagne nettement plus que le fonctionnaire, plus même que l'employé de banque. Seuls les cadres en milieu de carrière font moins bien que leurs collègues du privé, mais ils ne sont pas soumis aux mêmes exigences de productivité. La Banque de France échappe à cette pression concurrentielle, ce qui n'empêche pas son personnel d'être intéressé aux bénéfices. On gagne toujours sur les deux tableaux. Ainsi, le droit d'alerte, qui permet aux syndicats d'intervenir lorsque la situation de l'entreprise se dégrade, est récupéré à la Banque pour entraver les réformes prévues par la direction.

Rémunérations du privé, mais sécurité du public… et mieux encore. Ce n'est pas le salaire qui est garanti, mais son augmentation grâce à la carrière minimum assurée à tous. Ce n'est pas l'emploi que l'on garde, mais le poste. Un employé ne peut être déplacé sans son accord. « L'emploi à durée indéterminée a été érigé en emploi à vie et les contraintes ont été renforcées par l'inamovibilité et la spécialisation. Ces dispositions statutaires très protectrices, que vient amplifier la pratique, sont exorbitantes du droit du travail aussi bien que du statut général des fonctionnaires », constate la Cour des comptes. Et que se passe-t-il lorsque, par extraordinaire, une réorganisation fait apparaître l'inutilité d'un poste ? Le titulaire reste en place pour un « travail réduit ».

Quelle entreprise est la plus généreuse en matière de services sociaux ? EDF, avec son mirifique comité d'entreprise ? Tout le monde le croit, mais non, la Banque de France fait beaucoup mieux. Elle ne consacre pas moins de 14,5 % de la masse salariale aux

activités socioculturelles, soit un pactole de 93 millions
d'euros en 2002. Nulle part le paternalisme n'a été
poussé aussi loin. Sports, loisirs, culture, voyages, coopératives d'achat, le salarié trouve tout, véritablement
tout, dans sa bonne maison. La Cour des comptes s'est
livrée à un savoureux jeu de massacre en visitant les
restaurants d'entreprise, toujours plus chers que la restauration privée, les centres de vacances surdimen-
sionnés, les coopératives en déficit et le reste.

   Tout cela pour un travail que l'on peut difficilement
qualifier de pénible. Ce n'est pas ici que l'on affronte
les jeunes en révolte des cités ou la concurrence mondialisée face à la porte ouverte du licenciement. Un travail paisible donc, et qui se mesure au compte-gouttes.
«En matière de RTT, on avait vingt-cinq ans d'avance
sur tout le monde», reconnaît à demi-mot un représentant du personnel. La loi avait prévu une durée de travail annuelle de 1 600 heures par an. La Banque, mère
accommodante, ne demande à ses enfants qu'entre
1 512 et 1 580 heures. Cela ne l'a pas empêchée de grap-
piller primes et jours de congés supplémentaires à la
santé des 35 heures.

   Une cathédrale d'avantages et, flèche sur le clocher,
une retraite en or massif. À première vue, le régime
est comparable à celui de la fonction publique, mais
il s'agit d'un «régime spécial» qui n'a pas subi la
réforme Fillon. La durée de cotisation est toujours de
37,5 années (et non pas de 40), l'indexation opère sur
les salaires (et non pas sur les prix), le départ à 60 ans
peut être anticipé sans décote. Comme à l'EDF, à la
SNCF et ailleurs, il est vrai. Mais la comparaison s'arrête là, la Banque l'emporte haut la main en matière
de pensions et de cotisations.

   Les pensions tout d'abord. Elles atteignent le plus
souvent 75 à 78 % du dernier salaire. Par comparaison,
celle d'un contrôleur des impôts ne dépasse par 60 %,

et celle d'un cadre dans le privé se traîne en dessous de 50 % (calculé sur vingt-cinq années). Mais l'employé de la Banque pourrait aussi bien se retrouver perdant puisque les primes représentent 40 % et plus de sa rémunération. Qu'on se rassure, il bénéficie d'un régime complémentaire joliment qualifié de «bénévolence», qui augmente sa pension réglementaire de 13 %, à quoi vient encore s'ajouter une allocation spéciale de 21 %. À l'arrivée, le retraité de la Banque de France touche en moyenne 25 000 euros, le double de ce que verse le régime général.

Une très belle pension pour de très faibles cotisations puisque les prélèvements portent sur le salaire, pas sur les primes et indemnités. Ces compléments de retraite ne correspondent donc à aucun versement, c'est un cadeau pur et simple de l'entreprise. Une «bénévolence» qui n'a aucune base légale, mais c'est ainsi.

Ce régime est bien le plus spécial de tous puisqu'il ne fonctionne pas selon le principe de la répartition, mais de la capitalisation. Les cotisations abondent un fonds financier, qui verse les pensions. Les retraités américains ou britanniques connaissent bien les risques attachés à ce système dont les résultats sont fonction du marché. Rien de tel ici, la Banque sert d'assurance tous risques et apporte les compléments nécessaires. En 2005, elle a versé 150 millions d'euros.

L'association de salubrité publique «Sauvegarde des retraites» a mis son nez dans ce système compliqué. Les résultats sont effarants. Les cotisations des salariés ne représentent que 8,4 % des sommes versées aux retraités ! Un régime incroyablement privilégié, payé par le contribuable et... par les autres retraités. Telle est en effet la découverte stupéfiante de l'association. Il existe un système compliqué de péréquation entre les différentes caisses au sein du régime général

afin que celles qui subissent un déséquilibre démographique soient aidées par les autres. La Banque de
France invoque ce dispositif pour puiser dans la caisse
des retraités ordinaires : 4 millions d'euros en 2003,
et l'on sait déjà que le tribut versé par le tiers-état
retraité aux privilégiés va augmenter dans les années à
venir ! Quant au régime lui-même, il n'est évidemment
pas provisionné. Et il reste 6,5 milliards d'euros à trouver pour faire face aux années à venir… Qui paiera ?

La Banque de la France

Une telle privilégiature suppose une situation de
monopole, un pouvoir faible et une position stratégique. De fait, une grève est susceptible de perturber
l'ensemble du système monétaire et bancaire du pays
et l'on ne détient pas de tels avantages sans les défendre
avec la plus grande détermination. Tout au long des
années 1950-70, le personnel a conquis un à un ces
avantages non pas de haute lutte, mais en multipliant
les petits conflits avec des gouvernements qui auront
toujours préféré céder aux revendications qu'affronter l'étranglement financier du pays. La tension s'accroît dans les années 1980 face aux risques de remise
en cause. En 1987, il faut même envoyer les CRS en
pleine nuit pour libérer un sous-gouverneur retenu par
des grévistes !

Quant aux directions, elles vivent traditionnellement
en connivence avec le personnel. Car les privilèges se
répartissent du haut au bas de la hiérarchie. Un simple
exemple : les logements de fonction. La Banque dispose d'un gigantesque parc immobilier. À Paris, ce
sont des appartements somptueux donnant sur le
Palais-Royal, des immeubles cossus ; en province, des
hôtels particuliers, classés monuments historiques. Au

total, 124 immeubles, situés pour l'essentiel dans les beaux quartiers de Paris, qu'occupent, en contrepartie de loyers défiant toute concurrence, 900 salariés et 280 particuliers triés sur le volet. Quant aux anciens gouverneurs, certains jouissent leur vie durant de l'appartement avec vue sur le Palais-Royal qu'ils occupaient lorsqu'ils étaient en activité.

Notre banque centrale se singularise par sa taille même. 17 000 employés au temps de sa splendeur, 14 000 encore aujourd'hui. Seule l'Allemagne aura connu une telle abondance, mais elle est engagée aujourd'hui dans une très forte cure d'amaigrissement. L'Italie se contentait alors de 8 700 employés, l'Espagne, de 3 150, quant à la Banque d'Angleterre, elle n'occupait que 2 660 personnes, et celle du Canada, 1 700. Ne faisons pas dire aux comparaisons plus que ce qu'elles disent. Anglais et Canadiens ne font pas le même travail avec dix fois moins de monde, c'est évident. La Banque de France dispose d'un personnel plus important parce qu'elle fait plus de choses, c'est même son obsession : en faire toujours plus afin de se protéger. Ce que la Cour des comptes appelle « effectuer ses missions en fonction des effectifs disponibles au lieu d'adapter ses effectifs au contenu des missions ».

Une banque centrale gère traditionnellement la monnaie nationale : l'impression des billets, leur mise en circulation, leur vérification, le recyclage. Elle supervise le système bancaire, lui fournit les billets nécessaires, assure le refinancement, la compensation des chèques, etc. Elle est aussi le banquier de l'État. Elle détient les réserves d'or et de devises, tient les comptes du Trésor, établit la balance des paiements, assure des avances de trésorerie, défend la monnaie nationale, fixe les taux d'intérêt, intervient sur le marché des changes. Cela, c'est le métier de base. La

Banque de France l'a toujours exercé sans en abandonner une miette. Pour ce qui concerne la fabrication
des billets, elle est la seule banque centrale à vouloir
tout faire par elle-même, y compris la fabrication du
papier. Pour le recyclage des billets et la traque de la
fausse monnaie, tout doit passer par elle également,
même si le travail a déjà été fait dans le réseau bancaire. En Grande-Bretagne, ces tâches sont déléguées
aux banques et aux convoyeurs de fonds, et le pays ne
s'en trouve pas plus mal.

Par ailleurs, notre banque centrale joue traditionnellement à la banque de dépôt en gérant 80 000
comptes de particuliers, avec comme plus fidèles
clients… ses propres agents. Une gestion dont le coût
est sans commune mesure avec celui qui est pratiqué
par les banques commerciales.

Chargée de centraliser les défauts de paiement, la
Banque a étendu son action à la prévention. Elle a
constitué un gigantesque maillage de tout le tissu
industriel afin d'établir une « cote de crédit » des PME,
le Fiben, qui peut doublonner avec des organismes privés. Travail le plus exhaustif possible puisqu'elle
observe les entreprises à partir de 0,75 million d'euros
de chiffre d'affaires. On pourrait penser que les banquiers locaux seraient parfaitement à même d'évaluer
ces très petites entreprises. Mais non, les trois quarts
des moyens de ce réseau sont consacrés à cet objectif.

La Banque se veut encore le grand observatoire
économique du pays. Elle mène des enquêtes de
conjoncture, notamment sur le fameux moral des
patrons, qui justifient l'existence d'un réseau national
et des bureaux d'analyse parisiens. Elle multiplie les
études locales, sans jamais en évaluer l'impact ou l'utilité. Sans doute redoute-t-elle de découvrir qu'elle fait
double emploi avec l'Insee, ou bien encore avec tels
organismes internationaux comme l'OCDE, quand ce

n'est pas avec des sociétés privées ? Ces confrontations permettraient surtout de connaître enfin le vrai coût BdF pour mener à bien ce type d'opérations. Une information dont on dispose pour l'établissement de la balance des paiements, puisque la Banque et l'Insee font ponctuellement le même travail, chacun de son côté. Un absurde doublon, donc, mais qui autorise une comparaison fort éclairante : le calcul fait à la Banque de France revient de 40 à 50 % plus cher que celui effectué par l'Insee. Car la règle est constante : à tâches similaires (qu'il s'agisse d'imprimer des billets, de les recycler ou de faire des études), c'est toujours la Banque qui emploie le plus de monde et dont les prestations reviennent le plus cher.

Au secours des surendettés

Réformer la Banque de France, c'est indispensable, tout le monde le sait ; mais c'est tout simplement infaisable, tout le monde en est convaincu. Les épreuves de force ont toujours tourné à l'avantage du personnel, l'institution paraît aussi figée qu'un monument historique. Pourtant, elle va être trahie par son plus fidèle allié : la monnaie. Dans les années 1970, le chèque a pris la relève des billets. La Banque en assure encore le contrôle. Dans les années 1980, c'est le paiement électronique qui s'impose. Munis de leur carte de crédit, les Français dépendent moins des billets. Et cela, au moment même où le rôle de la Banque nationale va se réduire au profit de la Banque centrale européenne. Un rôle diminué, une menace réduite, la réforme va pouvoir s'engager.

Une privilégiature menacée par les changements du monde se découvre de nouvelles raisons d'être. La Banque y est parvenue en développant ses activités économiques, elle s'est même lancée (sans grand succès) dans le service aux entreprises. Des activités nouvelles qui ne sont pas, néanmoins, à la mesure de ses sureffectifs. Fort heureusement, elle a réussi en 1989 une magistrale OPA sur le surendettement. A priori, le personnel était peu préparé à recevoir les ménages tombés dans le piège du crédit. Les nombreux services qui vivent au contact du public paraissaient mieux à même de prendre en charge cette mission. Mais il y avait ces effectifs excédentaires, et leur trouver du travail, c'était se dispenser de les réduire. C'est ainsi que la Banque est devenue la tutrice des surendettés, une activité qui occupe aujourd'hui 1 400 agents et nécessite le maintien de bureaux sur tout le territoire. Au total, la moitié du personnel se consacre à des fonctions étrangères aux métiers traditionnellement attachés à une banque centrale. Autant d'emplois sauvés.

Dans les bureaux, la productivité est difficile à mesurer. Dans une usine, c'est plus facile. À l'imprimerie de Chamalières, les coûts de fabrication sont connus, ceux de l'étranger aussi. Ils sont dans un rapport de 1 à 3 par rapport à ceux que l'on connaît en Grande-Bretagne, de 1 à 2 dans les autres pays. Il faut donc s'équiper de machines plus productives, qui feront apparaître plus cruellement encore les sureffectifs. Mais la Banque n'a bientôt plus le choix, et ce sont ses activités industrielles qui vont subir la première vague de restructuration. Deux plans sociaux successifs réduisent le personnel de 40 %. Ils ont été négociés au prix fort : 115 000 euros par départ. Mais la restructuration n'est pas achevée. L'imprimerie partait de si loin que les coûts salariaux sont encore supérieurs de 40 % à ceux du privé, et la productivité est inférieure de 40 %. Or, depuis l'introduction de la monnaie unique, la Banque centrale européenne est disposée à faire jouer pleinement la concurrence. Il faudra encore sacrément maigrir si l'on veut devenir compétitif.

Chamalières n'était qu'un hors-d'œuvre ; le plat de résistance, au sens propre et figuré, c'est le réseau des 211 succursales. Aucun pays n'atteint une telle densité, il faudrait, au minimum, le réduire de moitié. Dans les années 1990, le gouverneur, Jean-Claude Trichet, propose un premier plan de fermetures. Les syndicats savent qu'ils peuvent compter sur les élus locaux, qui, toutes tendances politiques confondues, défendent, avec la même fermeté, « leur » banque comme « leur » hôpital, « leur » gare ou « leur » lycée. Ils les alertent donc, et voilà les maires qui protestent, les députés qui se mobilisent, les conseillers généraux qui interviennent et les conseillers municipaux qui défilent. Le gouvernement, une fois de plus, apaise le conflit au prix d'un recul stratégique.

L'héritage napoléonien est-il définitivement irréformable ? On aurait pu le craindre, mais les résistances sont affaiblies, et le cours de l'histoire est irrépressible. La mise en place de la monnaie unique et la création de la Banque centrale européenne ont décidément changé la donne. Partout, en Europe, les banques centrales ont mené à bien leur restructuration. Avec beaucoup de retard et une très sage lenteur, la Banque de France va commencer la sienne.

À partir de 2003, Jean-Claude Trichet (puis son successeur Christian Noyer) lance une grande réforme. Les absurdes comptes aux particuliers sont abandonnés, le parc immobilier est appelé à être vendu, et, pour ce qui concerne le réseau, on planifie le grand dépoussiérage. L'objectif est audacieux : une succursale unique par département. Il implique 115 fermetures, avec une réduction d'effectifs de 2 500 personnes. À réaliser avant la fin 2006. Une restructuration d'autant plus difficile à conduire que les départs en retraite seront peu nombreux et que les licenciements secs sont exclus. Cette seule annonce aurait dû mettre la maison en grève et le personnel dans la rue. Mais les temps ont changé, et les salariés le savent. En outre, la direction évite l'épreuve de force et mise sur la concertation et les ressources d'un plan social généreux. Elle s'efforce aussi d'apaiser les élus locaux. Et l'incroyable se produit : les succursales sont fermées, les agents acceptent des mutations ou des départs volontaires. Le calendrier devrait être tenu.

Reste l'épreuve de vérité : la réforme du régime de retraite. Telle qu'elle a été proposée en 2005, elle remet à plat tout le système. Et d'abord en faisant appliquer à la Banque de France les nouvelles règles de la fonction publique : 40 ans de cotisation pour une pension à taux plein. Elle étend les cotisations à tous les éléments de la rémunération. C'en est fini de la bénévolence. Mais elle maintient cependant le système de la capitalisation, à charge pour la Banque de provisionner les 6,5 milliards manquant pour assurer le financement à terme. On imagine l'explosion que provoqueraient de telles propositions à EDF ou à la SNCF ! Comme le reconnaît avec une lucidité attristée un syndicaliste qui connaît par cœur les règles du jeu : « Nous n'avons pas les mêmes moyens de pression que les cheminots et les électriciens. » En guise de protestation, le personnel s'est mis en grève le 1er décembre 2005. Le mouvement a été très suivi, mais, à ce stade, on bloque le pays ou rien. Les « banquedefrançais » sont résignés, ils savent que leurs privilèges étaient disproportionnés par rapport à leur pouvoir de nuisance. La réforme passera.

Au terme de cette restructuration, la Banque de France ne sera pas devenue un modèle d'efficacité. Elle sera toujours la banque centrale qui occupe le plus de monde et dont les fonctions sont le plus diversifiées. Ses agents bénéficieront toujours d'une des meilleures privilégiatures, mais elle aura tout de même cessé d'être cette anomalie dans le paysage corporatiste français. Pour préserver la totalité de ses acquis, il ne lui aurait pas seulement fallu disposer de moyens de pression supérieurs, il lui aurait aussi fallu une image forte. L'employé de banque n'a pas sa place dans notre mythologie sociale, et, du coup, la Banque de France ne saurait être le catalyseur d'un grand mouvement de protestation. Un atout idéologique dont bénéficient les grandes forteresses du « Toujours plus ! ».

Le paternalisme ferroviaire

Entre 1993 et 2006, les effectifs de la Banque de France se sont donc réduits de 27 % ; ceux de la SNCF, au cours de la même période, de 12 %. Un rythme deux fois moindre. Les compressions de personnel ne sont certes pas une fin en soi. À côté des secteurs en récession, il en est d'autres qui sont en expansion, et il y faut des moyens nouveaux. Dans quelle catégorie se situe l'activité ferroviaire ? Pour le savoir, il suffit de faire la comparaison avec les pays voisins. Au cours des dix dernières années, le nombre des cheminots a baissé de 65 % en Allemagne, de 50 % en Italie, de 45 % en Grande-Bretagne et de 40 % en Espagne. La France, comme tous les pays, doit donc gérer une réduction massive d'effectifs, mais au sein d'un secteur non moins corporatisé que la Banque de France. Résultat : au cours de la dernière décennie, le nombre des cheminots n'a diminué que de 172 000 à 162 000, soit 6 % de moins.

Le monde du rail est partout en recul, et cela ne tient pas seulement aux gains de productivité : c'est la place du transport ferroviaire lui-même qui se réduit. Ce repli s'accompagne d'une formidable modernisation, symbolisée par cette flèche du progrès : le TGV. C'est tout le paradoxe d'une technique déchirée entre l'ancien et le moderne, les vieilles lignes que l'on ferme et les nouveaux trains qui défient l'avion. La France se distingue, une fois de plus, par son goût des extrêmes. Elle bat des records de vitesse sur les rails et des records de lenteur dans l'adaptation de ses effectifs. Au cœur de ce déchirement, une corporation qui a fait la gloire de l'ère industrielle : les cheminots.

Les Français sont fiers de leurs chemins de fer, et ils ont bien raison. Une fierté rétrospective pour le formidable réseau qui a irrigué le pays, une fierté prospective pour les lignes à grande vitesse qui se situent à la pointe du progrès. Le monde du rail n'est pas moins attaché à sa splendeur passée qu'à ses réussites présentes, un double titre de gloire qui finit par coûter fort cher au pays.

Bien entendu, le transport ferroviaire doit être subventionné, en France comme dans les autres pays. Mais à quelle hauteur ? La SNCF affiche 22 milliards de chiffre d'affaires avec des résultats faiblement positifs, entre 50 et 500 millions selon les années. On pourrait donc croire que les recettes équilibrent à peu près les dépenses. En réalité, elles n'amortissent même pas la moitié du coût d'exploitation, le solde provient de subventions diverses pudiquement amalgamées dans le chiffre d'affaires. En 2004, le chemin de fer a bénéficié, en chiffres ronds, de 300 millions d'euros de compensations tarifaires, 3 milliards au titre des obligations de service public, 2,2 milliards pour les investissements, 2,8 pour les infrastructures et le désendettement et 3 milliards pour les retraites. Soit, au total, 11,5 milliards d'euros, dont l'essentiel a été versé à la

SNCF. Le «bénéfice» a donc un sens très particulier dans la comptabilité ferroviaire.

Le chemin de fer est déficitaire, il est aussi lourdement endetté. L'État lui ayant laissé le soin de financer les infrastructures, notamment le TGV, la SNCF ployait traditionnellement sous le poids d'une dette faramineuse. Mais, en 1997, pour se plier aux normes européennes, la France a dû distinguer les rails et les trains. Les premiers ont alors été pris en charge par une nouvelle société, Réseau ferré de France (RFF), les seconds restant l'apanage de la SNCF, qui est devenue simple locataire du réseau et versant un péage à RFF. La nouvelle société n'a pas seulement hérité des infrastructures, elle a repris à son compte un passif de 26 milliards d'euros. Du coup, la SNCF a vu sa dette ramenée à 7 milliards tandis que les 9 milliards restants allaient se nicher dans un compte spécial. Mais on ne fait pas disparaître un passif par la seule grâce de l'éparpillement. L'endettement du système ferroviaire a plus que doublé depuis 1990 et dépasse aujourd'hui les 40 milliards d'euros.

Les rémunérations seraient-elles excessives ? Certainement pas. La SNCF n'est pas la Banque de France, elle paye correctement, sans plus. Avec 2 242 euros par mois en 2002, le salaire moyen de ses agents se situe plutôt en dessous de la moyenne nationale en brut ; il est vrai qu'ils se rattrapent sur le net, grâce à des cotisations moins élevées. Même les «seigneurs» que sont les conducteurs du TGV n'atteignent que 3 400 euros en fin de carrière. On ne va pas à la SNCF pour la feuille de paye, c'est clair. Mais il y a les avantages en nature.

Le paternalisme maison est une très ancienne tradition, une nécessité même. Les contraintes de sécurité imposaient en effet une discipline très stricte, que la dispersion du personnel rendait difficile à appliquer.

Pour contrôler ce personnel qu'elles devaient tout à la fois former et fidéliser, les compagnies ferroviaires du XIXᵉ siècle l'ont pris entièrement en charge : l'aménagement des cités autour de coopératives, de centres de loisirs, de dispensaires, a fait naître une société d'autant plus soudée qu'elle tendait à devenir héréditaire. On était cheminot de père en fils. La Compagnie tutélaire assurait le quotidien, protégeait les travailleurs et leur famille ; les cheminots, en contrepartie, respectaient une discipline quasi militaire, une certaine éthique et une évidente fierté. À la Libération, la SNCF a repris à son compte et fécondé ce paternalisme ferroviaire.

Cinquante ans plus tard, le monde a changé, les mentalités aussi. L'individualisme contemporain s'accommode mal du phalanstère ferroviaire. « Aujourd'hui, le paternalisme est perçu comme un carcan, constate le sociologue Philippe Charrier. Les cheminots expriment le désir de "s'émanciper", autrement dit de ne plus être dépendants de l'entreprise lorsqu'ils ne travaillent pas (en terme de logements, de loisirs, etc.). Les œuvres sociales périclitent, les coopératives ferment, les associations se vident de leurs adhérents[1]. » Bref, les œuvres sociales, toujours généreuses, ont perdu beaucoup de leurs attraits. Le temps de travail (parmi les plus faibles de la fonction publique) et les voyages à tarifs réduits pour la famille sont certes toujours appréciés, mais deux institutions soudent désormais le statut du cheminot : le régime de santé et la retraite.

La Caisse de prévoyance, créée en 1939, assure aux cheminots une couverture maladie sans égale. Elle chapeaute un réseau de cabinets médicaux, de centres

---

1. Philippe Charrier, *Sociologie des imaginaires professionnels, le cas des cheminots*, Paris, Éditions Zagros, 2004.

régionaux et d'établissements agréés qui font appel aux meilleurs spécialistes. Tout y est gratuit, soins dentaires compris.

Quant au régime de retraite, il représente le plus bel acquis de la profession. Le personnel sédentaire peut partir à 55 ans avec une pension égale à 75 % du dernier traitement indexée sur les salaires. Quant aux roulants, ils quittent le travail dès 50 ans – après vingt-cinq années de service. Ce régime, qui paraît aujourd'hui exorbitant, remonte à 1909 et fut obtenu à l'issue d'un long conflit. Plutôt que de conclure la paix sur des augmentations de salaires, les patrons des compagnies privées avaient jugé plus intéressant de céder sur les retraites parce que celles-ci avaient le mérite d'attacher le cheminot à sa locomotive. Le coût ne paraissait en outre pas trop élevé, car les conducteurs qui s'étaient épuisés à dompter «la bête humaine» avaient peu de chances de devenir sexagénaires. Aujourd'hui, les cheminots conduisent des locomotives électriques et vivent quatre-vingts ans, comme les autres Français. La retraite peut s'étendre sur un temps plus long que la vie active. En outre, les effectifs ont fortement diminué, et l'on compte deux fois plus de cheminots en retraite qu'en activité. Le régime est donc totalement déséquilibré. C'est ainsi que les cotisations collectées en 2003 n'ont représenté que 38 % des pensions versées, et que l'État a dû payer la différence, soit 2,8 milliards d'euros.

Ainsi la conquête sociale de 1909 est-elle devenue un privilège exorbitant et impossible à financer. Le routier qui supporte les mêmes servitudes de transport, dont les horaires sont beaucoup plus contraignants, qui touche un salaire moins élevé, qui ignore la providence SNCF et travaille de dix à quinze ans de plus que le cheminot pour toucher une moindre pension est beaucoup plus mal loti. Au nom de quelle justice ? Si encore ce bonus était prélevé sur les profits d'une entreprise capitaliste ! Mais non, ce sont les contribuables, le routier par exemple, qui doivent payer la différence. Où est l'équité ?

La légende du rail

Le chemin de fer a régné sur la société industrielle de 1850 à 1950. C'est lui, on l'oublie trop souvent, qui a apporté aux hommes la liberté de se déplacer. Dans les années 1930, à sa période de plus grande extension, le réseau atteint jusqu'à 42 500 kilomètres. Avec ses 512 000 cheminots, la France vit alors dans le culte ferroviaire.

Le monde du rail porte la mémoire de cette épopée. Les anciens n'aiment rien tant que les vieilles locos, à vapeur bien sûr. Des associations se sont créées ici ou là pour faire rouler de vieux tacots sur des parcours touristiques. Les Français, toutes générations confondues, adorent ça. Bref, le train bénéficie d'un formidable capital de sympathie, hommage mérité aux services rendus. Une sympathie mêlée de nostalgie aussi, car la France a bien changé depuis la guerre.

Les Français accomplissent aujourd'hui 84 % de leurs déplacements en voiture – et seulement 9 % en train. Sans compter que, pour les plus longues distances, l'avion concurrence les grandes lignes. Dès 1949, la SNCF nationalisée a entrepris de réduire le nombre de cheminots. Sans licenciements, par fonte naturelle des effectifs. La retraite précoce facilite le mouvement. En 1950, il y a encore 446 000 cheminots ; dix ans plus tard, ils ne sont plus que 360 000 – et la diminution se poursuit, inexorable, au rythme de 5 000 par an jusqu'en 1996. Une réduction qui correspond à des gains de productivité, la fin des gardes-barrières aux passages à niveau, mais aussi à la fermeture des dessertes les moins fréquentées : 8 500 kilomètres de lignes secondaires disparaissent entre 1967 et 1981. Dans le même temps, le lancement du TGV affirme la modernité du train et rassure les cheminots.

Cette évolution du chemin de fer ne fut pas le fruit d'une quelconque logique capitaliste, elle a été induite par le progrès technique, tout simplement. Parallèlement, sur les mers, la vapeur a remplacé la voile, puis a perdu le transport des voyageurs au profit de l'avion et s'est recentrée sur le fret et les croisières. Dans la société du XXIe siècle, le train ne saurait prétendre conserver la place monopolistique qui fut la sienne au XIXe siècle.

De quoi est faite, aujourd'hui, l'activité de la SNCF ? Elle se divise en quatre grands secteurs : le réseau des grandes lignes, généralement à grande vitesse, au départ de Paris ; les trains de banlieue dans la région parisienne ; les TER qui, sur fond de maillage en toile d'araignée, jouent les transversales ; et le fret. De l'un à l'autre, les situations sont entièrement différentes. Certains secteurs se développent, d'autres se maintiennent, d'autres enfin régressent. Dans une optique libérale, l'ajustement doit s'opérer en vertu d'un seul critère : la rentabilité. Toute ligne, tout service qui n'équilibre pas les recettes et les dépenses doit disparaître. À ce compte, il ne resterait pas grand-chose de la SNCF. Elle se trouve, en effet, déficitaire dans la plupart de ses activités, y compris les plus indispensables comme les transports en région parisienne. Peut-on imaginer de remettre en cause le RER ? La rentabilité ne saurait être le seul critère de décision.

Un État doit assurer un service public de transport et prendre notamment en charge le chemin de fer. Les subventions n'ont rien de choquant en soi, pourvu qu'elles s'inscrivent dans une politique globale, qu'elles aient des objectifs précis, et que les résultats soient contrôlés. Mais cette rigueur n'a jamais eu droit de cité. C'est ainsi que le chemin de fer français croule sous 40 milliards d'euros de dettes et se précipite à très grande vitesse dans la catastrophe financière puisque, aux dires de la Cour des comptes : « L'endettement global du système ferroviaire augmentera inévitablement dans l'avenir. »

Le vertige ferroviaire

Comment justifier les arbitrages politiques qui ont conduit à une telle impasse financière ? Car les choix, on veut toujours l'oublier, sont le fruit d'arbitrages de la puissance publique. Les crédits accordés au chemin de fer sont autant de moyens qui n'iront pas à la recherche, à l'Éducation nationale ou à l'aide sociale. Quelle est donc leur utilité ?

Prenons le fret. Cette activité, qui n'est en rien de service public, décline irrémédiablement. En 1960, le train s'octroyait en valeur 60 % du transport de marchandises en France, il n'en assure plus que 5 % aujourd'hui. Essentiellement les matières pondéreuses. Est-ce une nécessité du progrès ? Oui et non. Entre 1970 et 2000, le fret ferroviaire a diminué de 12 % dans l'Union européenne. Mais il reste très important dans des pays aussi divers que les États-Unis, l'Allemagne ou la Suisse. De fait, tout le monde souhaiterait voir moins de camions sur nos autoroutes et plus de trains de marchandises sur nos voies ferrées. Pourquoi cette singularité française ? L'historien du chemin de fer, Clive Lamming, explique que tout a basculé au lendemain de la Première Guerre mondiale, lorsque l'armée américaine est repartie en laissant derrière elle 90 000 camions. Le transport routier, disposant d'un énorme

parc gratuit, a connu alors un essor rapide. Les cheminots crièrent à la concurrence déloyale. L'État payait
les routes quand la SNCF payait les voies. Sans doute,
mais il comblait aussi les déficits du rail. Et rien n'a
changé depuis que la dette a été transférée à RFF. Le
fret de la SNCF s'est mis à perdre quelque 400 millions
d'euros par an, ou, pour dire les choses autrement, il a
bénéficié de 400 millions de subventions – ou bien
encore, il a cassé les prix en facturant son transport
25 % en dessous du coût réel.

Pourquoi le transport se déporte-t-il néanmoins du
rail vers la route ? Parce que, depuis des années, la
SNCF s'obstine à faire rouler des trains de voyageurs
vides plutôt que de s'appliquer à remplir ses trains de
marchandises. Il y a les lourdeurs techniques, c'est vrai,
mais aussi les pesanteurs d'une bureaucratie corpora-
tisée. Comment se fait-il que, avec tous les aléas de la
circulation, les camions respectent mieux que les trains
les délais de livraison ? Pour connaître la réponse, il
faudrait observer une société concurrente. Mais, par
définition, il n'y en a pas. Ou, du moins, pas encore.
Restent les comparaisons internationales : elles révèlent des écarts de coûts et de compétitivité qui atteignent parfois 50 %. Toutes les enquêtes le prouvent, ce
secteur est déliquescent. La productivité des hommes
et du matériel est catastrophique. Tout est si mal organisé que les conducteurs ne roulent en moyenne que
deux heures et demie par jour !

Jean-Claude Gayssot, alors ministre des Transports,
avait lancé en 1997 un plan visant à doubler le trafic
d'ici à 2010. Près de deux milliards d'euros ont été
investis dans le renouvellement du matériel. Neuf ans
plus tard, la situation s'est améliorée, mais le déficit
subsiste. Et la tentative, intéressante dans son principe,
de transporter les camions sur les trains, le ferroutage,
n'est toujours pas concluante en dépit d'énormes

investissements. En 2004, Bruxelles a autorisé un nouveau plan de relance, mais l'a conditionné à l'ouverture à la concurrence dès l'année suivante. Notre
société nationale a donc perdu son monopole sur le
trafic marchandise. C'est l'épreuve de vérité. Ou bien
elle réussira en l'espace de deux ou trois ans une
modernisation qu'elle n'a pu mener à bien en deux ou
trois décennies, ou bien elle se fera dévorer par la
dizaine de concurrents qui se lancent déjà sur le
marché. Pendant ce temps, Géodis, filiale de la SNCF
premier transporteur routier de France, fait rouler
14 000 camions, réalise un chiffre d'affaires double de
celui du fret ferroviaire et génère des profits...

Et les lignes secondaires ? Elles assurent un service
public, cela ne fait aucun doute. Mais ce service pourrait être satisfait par des autocars, cela aussi ne fait
aucun doute. Le choix entre l'un et l'autre dépend du
trafic. Le train convient aux gros débits, le car aux
petits. La meilleure solution devrait être recherchée au
cas par cas, sans idée préconçue, en substituant la route
au train lorsque les passagers sont trop rares. Mais, en
France, on n'ouvre pas une ligne par autobus sans obtenir une autorisation que surveille de très près la SNCF.
Une seule liaison régulière d'importance relie Aix-en-
Provence à Nice. Elle se trouve en concurrence avec la
liaison ferroviaire. Et dégage des bénéfices... Une
exception à ne pas renouveler si l'on veut éviter de
mettre en danger le monopole.

Les régions, devenues maîtresses de leur destin ferroviaire, ont tout misé, à partir de 1997, sur le train.
Des investissements colossaux. Elles ont dépensé
quelque 3,7 milliards d'euros pour la rénovation du
matériel. Les voyageurs sont plus nombreux à emprunter ces trains flambant neufs (8,5 % de mieux en 2005),
c'est vrai, mais les TER modernisés restent très lourdement déficitaires.

Certains TER ou trains Corail ne transportent que quelques dizaines de personnes, sur de très courtes distances. Mais la SNCF ne fournit pas les décomptes ligne à ligne. Le Limousin, une région pauvre, s'est lancé sans retenue dans le culte ferroviaire. Il consacre 27 % de son budget à subventionner ses TER qui transportent quotidiennement 3 000 à 4 000 voyageurs. Désormais, ce mode de transport dévore 20 % des budgets régionaux. Pour quels résultats ? Aucune étude sérieuse ne permet de démontrer que le choix du rail était bien, dans tous les cas, le plus judicieux.

À l'autre extrême, voici le TGV. Une carte superbement jouée par la SNCF. En tant qu'utilisateur, je ne cesserai jamais d'en chanter les louanges et de pester chaque fois que je prends un train ordinaire. Je voudrais des TGV sur toutes les lignes. Justement, la France ne cesse d'en étendre le réseau, je devrais me réjouir, mais tout cela est-il bien raisonnable ?

Quand je prends l'Eurostar, je ne doute pas qu'il s'agisse du meilleur moyen de transport pour me rendre à Londres. J'admire le tunnel, je suis fier d'une telle réalisation. Si j'avais fait le mauvais choix de placer mes économies en actions d'Eurotunnel, j'en jugerais tout différemment. Encore s'agit-il d'une liaison essentielle qui, en tout état de cause, devait être réalisée. Mais il faut se méfier de ces projets prestigieux qui font rêver tout le monde, le gouvernement qui les annonce, celui qui les inaugure, le passager qui en profite, et dont on dissimule le coût véritable dans la confusion fiscale. Or le TGV a été emporté par son succès, bien au-delà du raisonnable.

Son domaine d'excellence, c'est le parcours de trois heures entre de très importantes métropoles. Paris-Lyon, voici l'exemple parfait, l'utilité maximale, la rentabilité assurée. Mais le tour est vite fait des liaisons qui répondent aussi parfaitement au cahier des charges. Avec 1 540 kilomètres de lignes TGV, nous avons équipé les meilleures. Restent les autres. Celles qui les prolongent et font gagner à grands frais une demi-heure, celles qui empruntent des parcours insuffisamment fréquentés. L'aventure du TGV est ainsi entrée dans les terres de la non-rentabilité et, demain, de la non-utilité. Et l'on se prépare à franchir les Alpes pour lier Lyon à Turin, les Pyrénées pour joindre Montpellier à Barcelone ! Des projets grandioses, pharaoniques, cautionnées par des études complaisantes, celles-là mêmes qui promettaient à l'Eurostar 12 millions de voyageurs quand il n'en compte que 6 millions. La France ne peut décidément se déprendre de sa passion ferroviaire qui, en l'occurrence, flatte aussi notre orgueil national.

Résumons tout cela. La SNCF emploie plusieurs dizaines de milliers d'agents en trop. Elle entretient les transports régionaux loin de toute rationalité économique, elle ne parvient pas à moderniser son activité de fret et se lance dans la construction de lignes à grande vitesse qui seront autant de gouffres financiers. Qui plus est, les investissements initiés au cours des dernières années engagent l'avenir à très long terme et condamnent la France à payer un énorme tribut au rail quand le réseau est si mal en point que sa remise en état ne coûterait pas moins de 1,5 milliard d'euros par an !

Le train de gauche et la voiture de droite

La force de frappe corporatiste des cheminots est considérable, c'est un fait, mais, à elle seule, elle n'aurait jamais pu imposer cette ruineuse stratégie. Les facteurs institutionnels, politiques et idéologiques ont pesé très lourd dans ces choix.

« Dans l'esprit des cheminots, l'entreprise appartient à ses agents [1] », constatent au terme de leur enquête Nicolas Beau, Laurence Dequay et Marc Fressoz. L'appropriation ne fait pas de doute, mais elle exclut l'idée même d'entreprise. Seul un monopole administratif peut être au service de son personnel. La forteresse corporatiste vit dans la hantise de la privatisation et se mobilise en permanence contre ses deux fourriers : la concurrence et l'entreprise. Les promesses et les engagements ne peuvent dissiper ce cauchemar : on en veut aux cheminots, on veut les livrer au capitalisme. L'état d'alerte est permanent.

Les pressions venues de la Commission européenne sont ressenties comme autant de menaces. Une crainte infondée, dans la mesure où les autorités européennes entendent maintenir et développer le trafic ferroviaire. Un choix politique que dénonce d'ailleurs chaque jour le lobby automobile. Mais l'Europe pousse à la modernisation, à la rationalisation, à la concurrence, et c'est cela qui n'est pas supporté. Combien de temps la France pourra-t-elle résister ?

Ce monopole doit à tout prix s'arc-bouter sur son monolithisme administratif. Une absurdité sur le plan de l'efficacité, mais une garantie contre la privatisation. Si longtemps que la SNCF restera cette administration bureaucratisée, sans organisation fonctionnelle, privée de comptabilité analytique, elle sera inassimilable par le capitalisme. Toute évolution vers une structure d'entreprise fait donc resurgir la menace. Depuis plus de dix ans, les directions successives ambitionnent pourtant de restructurer la maison autour de ses activités et non plus de son personnel. Faire de la gestion et pas seulement de l'administration.

---

1. Nicolas Beau, Laurence Dequay, Marc Fressoz, *op. cit.*

En 2001, Louis Gallois lance son projet «Cap client» qui réorganise la SNCF autour de trois branches : le transport des voyageurs, le transport des marchandises et la gestion des voies. Une division qui spécialise le personnel, distingue les centres de profit… ou de déficit, permet d'instaurer l'intéressement des cadres. C'est aussitôt la grève. Lionel Jospin, comme à son habitude, impose la marche arrière. Le projet est alors mis en veilleuse. Mais la restructuration à partir des activités, indispensable à une gestion moderne, se poursuit irrésistiblement. Pour la plus grande inquiétude des syndicats. Autre menace : la filialisation.

Elle a fait la preuve de son efficacité avec www.voyages-sncf.com, un incroyable succès. La société, filiale à 100 % de la SNCF, a été lancée en 2000 comme guichet SNCF sur Internet. L'activité nouvelle aurait pu aussi bien être confiée à un service de la maison, mais la direction a choisi de miser sur l'externalisation. Les pionniers ne sont pas des cheminots, ils agissent comme une start-up, libérés des contraintes bureaucratiques. En cinq ans, le site est arrivé en deuxième place dans le domaine de l'e-commerce et il génère un chiffre d'affaires supérieur à un milliard d'euros ! Un tiers des billets de train pourraient être vendus par ce biais dans les prochaines années. Un développement fulgurant qui conduit à réduire le nombre des guichetiers en gare. La réussite a pris par surprise les syndicats, qui regardent, ébahis, cette fenêtre ouverte sur l'avenir.

En 2004, la SNCF récidive avec iDTGV, une filiale de droit privé qui vend les billets de TGV à prix cassés sur Internet. Là encore le succès est immédiat, mais les réactions sont beaucoup plus vives. Lorsque la CGT lance la grève en novembre 2005, elle exige la réintégration de ce trublion dans le service «Voyageurs» de la SNCF. La direction sacrifie la coupable autonomie d'iDTGV sur l'autel de la reprise du travail.

Les cheminots sont depuis lors sur le pied de guerre pour que rien ne change et que, surtout, cesse la réduction des effectifs. Ce conservatisme corporatiste trouve un relais puissant dans la classe politique. Les Français aiment les trains, les hommes politiques leur en donnent. C'est vrai au niveau régional comme au niveau national. Le lancement d'une ligne de TGV est infiniment plus spectaculaire, plus populaire que celui d'une autoroute. Et les élus de tous bords n'hésitent pas à harceler le gouvernement pour bénéficier d'une liaison directe ou d'un prolongement de ligne. Et, comme nous avons fait le choix de la dépense publique, l'impérialisme ferroviaire ne connaît pas de limite.

Dans les pays voisins, le chemin de fer est un service technique ; en France, c'est un choix idéologique. Le train est à gauche, et la bagnole, à droite. C'est stupide, mais c'est ainsi. D'un côté le collectif, le public, la syndicalisation, les avantages sociaux ; de l'autre l'individuel, le privé, le chacun-pour-soi et la concurrence ouverte. Une représentation confortée par la grande tradition sociale du monde cheminot. Les luttes du début du XXe siècle, la reconnaissance syndicale dès 1920, le statut du travailleur. Enfin, et surtout, la SNCF est un bastion cégétiste, un territoire stratégique du PC.

Jusqu'aux années 1980, la SNCF vit sa mutation sans drame majeur. La tradition cheminote tient la maison, les effectifs diminuent par fonte naturelle, les petites lignes se ferment, puis le TGV prend la relève. Les trains français sont des modèles de ponctualité et le trafic n'est pas perturbé par des grèves à répétition. Tout change avec l'arrivée de la gauche, qui, en l'occurrence, se traduit par la nomination d'un ministre communiste, Charles Fiterman, aux Transports. Le PCF est ancré dans ses bastions ouvriers du XIXe siècle :

les mines, la sidérurgie, le chemin de fer. Or ils subissent partout une régression, ce que le Parti ne peut admettre. La mission de Fiterman est claire : il faut inverser la tendance. Le ministre endigue alors la réduction des effectifs et, tout au contraire, procède à des engagements massifs. La preuve est faite : la décroissance n'a rien d'inéluctable, elle est le choix des politiques capitalistes en faveur de l'automobile. Mais, avec le retour de la droite au pouvoir, la décrue reprend. Les cheminots sont désormais sur le qui-vive. Dès la fin 1986, ils engagent l'épreuve de force, bloquent le pays en plein hiver et font reculer le gouvernement de Jacques Chirac. Ils prennent simultanément la mesure des nuisances que leur inflige le pouvoir (qui leur impose la modernisation) et de leur propre pouvoir de nuisance (l'arme fatale, qui leur permet de s'opposer à toutes les réformes). Dans le nouveau climat économique, ils redoutent la privatisation, craignent pour leur statut.

Mais 1986 n'était encore que la répétition générale ; l'affrontement éclate en novembre 1995. La remise en cause du système de retraite des cheminots par Alain Juppé est ressentie comme un *casus belli*. Ils se lancent alors tête baissée dans la bataille et découvrent avec joie que la population tout entière est derrière eux. Cette victoire aura fondé une nouvelle conscience de leur force et de la justesse de leur cause. Désormais, ils ne céderont plus sur rien.

D'autant qu'à partir de 1997 s'ouvre pour eux une période d'euphorie qui donne un élan nouveau à l'illusion ferroviaire. Lionel Jospin confie en effet à l'ancien cheminot Jean-Claude Gayssot la tutelle de la SNCF. Pour le chemin de fer, c'est l'heure de la revanche. L'assurance qu'il conservera son organisation traditionnelle, ses acquis sociaux, et retrouvera sa place dans la société. Sans rien changer. Le fret, les

TER, les TGV, tout repart à la hausse. Gayssot se fera une gloire d'avoir engagé 40 000 cheminots ! Des choix idéologiques qui hypothèquent lourdement l'avenir.

À son départ, en dépit des promesses aventurées et des milliards dépensés, la SNCF se retrouve plus que jamais surdimensionnée par rapport à ses missions et inadaptée au monde moderne. Mais, du coup, les cheminots doivent passer une fois de plus de l'illusion à la réalité. Les réductions d'effectifs reprennent, les difficultés financières s'aggravent, Bruxelles s'impatiente. La singularité ferroviaire, qui fut si longtemps à l'avant-garde du progrès, est de plus en plus perçue comme une anomalie, un anachronisme.

La grève à tout faire

La communauté du rail soudée autour de sa mission ferroviaire, sûre d'elle-même et de son rôle dans la société, a vécu. Lui a succédé une corporation refermée sur elle-même, incertaine de son avenir, crispée sur ses acquis. Dans un monde menaçant et hostile, ce n'est plus l'utilité qui rassure, c'est le pouvoir de nuisance.

Un ou deux préavis par jour, des centaines de millions d'euros perdus, des milliers de voyageurs qui vivent sous la menace constante des voies désertées et des quais bondés, telle est l'image dévoyée du service public, le mépris absolu d'une conquête sociale essentielle : le droit de grève. La conflictualité, naturelle dans toute entreprise, ne peut plus passer par le dialogue et la négociation. Si encore cette raideur était motivée par des événements graves, comme ces agressions à répétition que subissent les agents sur certaines lignes de banlieue ! Mais non, n'importe quel point de friction peut servir de détonateur. Un aménagement des horaires, une insatisfaction sur les aires de repos, une réorganisation des services ou l'utilisation des tarifs réduits en première classe, tout est prétexte à conflit. Car il s'agit le plus souvent de prétextes, que l'on cherche à masquer aux yeux du public en parlant de «défense du service public» et de «lutte contre la privatisation rampante». Ce qui ne trompe personne, bien sûr. Désormais on arrête le travail d'abord, on discute ensuite. Une pathologie collective entretenue par les surenchères syndicales. Chaque organisation lance ses propres mots d'ordre pour se faire valoir, pour compter ses troupes, pour mettre les autres syndicats en porte-à-faux. C'est la grève du n'importe quoi, dans laquelle le public n'a aucune part.

Philippe Charrier s'est immergé dans le monde cheminot pendant la grande grève de 1995[1]. Une enquête qui n'est pas exempte d'une certaine empathie. Il n'est pas question de juger, de critiquer, de dénoncer, simplement de voir, d'observer, de comprendre. Le résultat est effarant. Tout se joue à l'intérieur d'un monde clos. Impossible de deviner à travers les propos qu'il note et les comportements qu'il décrit, la galère de millions de Français privés de train. La grève est vécue comme un événement naturel, plutôt heureux, et qui ressoude la collectivité. Tout se termine par un repas convivial pris en présence des familles. Un agent de conduite lâche spontanément : «Maintenant, franchement, j'en ai un super souvenir… Je sentais qu'il y avait une force et ça faisait plaisir. Tous ensemble et réunis.»

Si l'on observait une telle conflictualité dans une entreprise capitaliste, alors que la direction pressure

---

1. Philippe Charrier, *op. cit.*

les salariés pour augmenter les profits, rien ne semblerait plus naturel. Mais nous sommes dans le secteur public. Les actionnaires de la SNCF, ce sont les Français, pas des financiers. Peu importe et, je dirais même, au contraire. Dans une entreprise privée, la séquestration des cadres, la hargne contre les non-grévistes sont autant de réactions de désespoir face à des licenciements massifs, des fermetures d'usine. À la SNCF, il n'y a jamais de tels enjeux, pourtant on assiste à ce type de débordements.

Il ne s'agit pas là de comportements individuels mais collectifs. Les mêmes contrôleurs qui cessent le travail au moindre prétexte seront prévenants et attentifs avec les voyageurs le lendemain. Les mêmes équipes iront réparer les voies dans le froid glacial, les mêmes conducteurs aux commandes du TGV assureront une sécurité sans faille aux passagers. C'est le dédoublement de la personnalité, propre à tous les phénomènes corporatistes. Un surmoi collectif étouffe les réactions individuelles, un surmoi qui, à la SNCF, est entré depuis une vingtaine d'années dans une phase pathologique.

Quel gâchis ! Au lendemain de la guerre, le transport ferroviaire se trouvait dans les meilleures conditions pour effectuer sa mutation. Il n'était pas, comme la marine à voile, condamné à disparaître, mais à se moderniser. Avec la perspective exaltante de la grande vitesse, la perspective ô combien désolante du recentrage et de la forte réduction des effectifs. Par chance, le secteur relevait tout entier du public. C'est dire que le changement n'y serait pas mené au pas de charge sous la trique libérale. La retraite précoce permettrait de négocier cette transformation sans drame. Certes, elle coûterait cher au contribuable, mais si, pour ce prix, on obtenait une modernisation tranquille, le prix à payer devrait être regardé comme acceptable dans son principe. Et nous disposerions aujourd'hui d'un système ferroviaire efficace, adapté au monde moderne, centré sur ses fonctions spécifiques, subventionné par la collectivité pour assurer des fonctions de service public. Les effectifs auraient diminué. Et alors ? Personne n'aurait été licencié pour autant. Des activités auraient été transférées, des dépenses inutiles auraient été évitées. L'addition serait infiniment moins lourde pour la collectivité, les voyageurs seraient mieux servis, et les cheminots, plus heureux ! Ils fonderaient leur force sur leur utilité et non pas sur leur capacité de nuisance. C'est dans le travail et non dans la grève qu'ils éprouveraient ce sentiment de fierté et de solidarité. Mais non, il a fallu que l'idéologie vienne brouiller le jeu.

Au total, les Français devront supporter le coût d'un plan social disproportionné, d'investissements démesurés et, pour cette double charge, ils devront subir les humeurs d'une corporation déboussolée.

Les dividendes du métropolitain

La véritable privilégiature du rail, ce n'est pas la SNCF, mais la RATP. À la SNCF, toutes les interruptions de trafic ne portent pas la même menace. On a même vu des cheminots grévistes sur les lignes de TER les moins fréquentées aller bloquer… des routes pour appuyer leur mouvement. En revanche, une perturbation dans le RER inflige toujours les pires tracas à la population. Succès garanti. Les Ratépistes détiennent un véritable droit d'étranglement sur la population parisienne.

Une force revendicative sans pareille et une fonction sociale sans rivale. Paris vit au rythme de ses transports en commun, une dépendance que le refus de l'automobile par la municipalité parisienne ne fera que renforcer. Quant à la contrainte concurrentielle, elle reste très hypothétique. Une directive européenne a bien prévu qu'à partir de 2007 les procédures des appels d'offres devraient s'imposer dans les transports urbains. Mais il n'y a là vraiment pas de quoi faire cauchemarder un syndicaliste. Ici, on ne vit pas sur la défensive comme à la SNCF.

Autre avantage, la concentration. Une seule activité : le transport urbain une seule région : celle de Paris ; et un personnel ni trop nombreux comme à l'Éducation nationale, ni trop réduit comme à la Banque de France : 43 500 personnes, juste ce qu'il faut pour mener des actions d'envergure et toucher des avantages substantiels. D'autant que la maison n'est pas trop prestigieuse et que la cuisine interne n'attire pas les curieux.

La grève tend à devenir une pratique socialisée, preuve de sa totale efficacité. La direction se targue d'avoir mis en place des procédures d'alerte sociale, le respect des préavis, l'information du public et même le « service garanti » de 50 % des rames. Une modération toujours mise en danger par les surenchères syndicales, mais, enfin, le Ratépiste ferait plutôt figure de gréviste responsable par rapport à ces « tout fous » de cheminots. Cette maîtrise de la conflictualité n'a rien de miraculeux. À la SNCF, la direction, c'est-à-dire le gouvernement, résiste et engage volontiers le conflit ; à la RATP, au cours des dernières années, l'habitude s'est prise de céder avant.

Les rémunérations sont bonnes, de 20 % supérieures à celles du privé, et ont été améliorées avec l'équivalent d'un treizième mois en 2005. Les contraintes professionnelles sont des plus variables. Les uns jouissent d'un emploi paisible dans les bureaux ou le métro, les autres subissent le stress de la circulation parisienne ;

quant au personnel du RER ou de certains autobus de banlieue, il vit sous la menace permanente des incivilités ou des agressions. Que des primes compensent ces contraintes n'est donc que justice. Mais la RATP ne fonctionne pas ainsi. Tout repose sur les droits acquis et le statut. Les conducteurs de métro sont mieux traités que les conducteurs de bus, bien que leur métier soit aujourd'hui moins pénible. Un legs du passé. Leur profession, héritière de la double tradition des mineurs et des cheminots, est plus glorieuse que celle des chauffeurs, modestes successeurs des cochers et postillons. Quant aux postes exposés à la clientèle difficile des banlieues, ils reviennent bien sûr aux plus jeunes.

Le temps de travail a été superbement négocié en 2003 : 121 jours de repos par an (129 en cas de travail nocturne) avec des semaines qui dépassent rarement les 30 heures. Des congés qui valent bien ceux de l'Éducation nationale, mais, cela, on ne le sait pas. Du coup, les effectifs se sont accrus de 10 % au cours des dernières années pour assurer un trafic qui n'augmente que très lentement.

Le Ratépiste bénéficie, en outre, d'un système de santé qui le prend entièrement en charge. Les accords passés en 2003 ont prévu une cotisation obligatoire à la mutuelle. Charge immédiatement compensée par une augmentation de salaire équivalente. Passons sur les services sociaux financés à hauteur de 3 % de la masse salariale, les facilités de logement, et venons-en au plus beau fleuron de ce palmarès : la retraite.

Le Ratépiste est un des plus jeunes retraités de France : 54 ans et trois mois en moyenne. Les sédentaires doivent attendre jusqu'à 60 ans, les actifs, ceux qui travaillent à la maintenance, partent à 55 ans, les roulants s'en vont à 50 ans. Question naïve : quel est le pourcentage des « sédentaires » ? 15 % seulement ! Un système de bonifications permet de compenser les années sans cotisations, environ cinq années par agent.

La pension, calculée sur le traitement des six derniers mois, assure un revenu de 75 %, avec, nouvel avantage, l'équivalent d'un treizième mois. Elle est naturellement indexée sur les salaires et non sur les prix.

Les modalités du régime ont dû être révisées pour respecter les normes européennes. Dans le maintien des droits acquis, comme il se doit. Traditionnellement, les cotisations n'étaient que de 7,85 % du salaire de base contre 10,35 % dans le privé, et ne représentaient que 13 % des sommes réparties. Elles vont passer à 11,90 %. Une hausse compensée par une augmentation équivalente des salaires. Restait à trouver le moyen de les financer.

La réforme prévoit, une fois de plus, l'adossement au régime général de la CNAV. D'ordinaire l'entreprise publique verse, en «contrepartie», une soulte fort bienvenue dans le budget général. Impossible pour la RATP, dont la situation financière ne permet pas de dégager une telle somme. C'est donc l'État qui versera la soulte de 700 millions de francs, qui est loin de compenser les charges supplémentaires pour le régime général. Une fois de plus, les retraités ordinaires devront payer pour les retraités privilégiés.

Car la RATP n'est pas une entreprise comme les autres. Elle est structurellement déficitaire, ce qui n'a rien de choquant s'agissant d'un service public. Sur un budget de 4,3 milliards d'euros, les ressources commerciales ne représentent que 1,5 milliard. Tout le reste provient de concours et subventions divers. Système très compliqué, à l'image de l'usine à gaz montée pour financer les retraites.

Un régime si généreux et qui ne compte que 1,2 actif pour un retraité a évidemment des besoins de financement énormes. D'ores et déjà, l'État doit verser 450 millions d'euros par an pour combler le trou.

Une contribution qui atteindra 1 milliard dans quinze ans. Pour la financer, on n'a rien trouvé de mieux qu'un prélèvement sur la TIPP, la taxe sur les carburants ! Une taxe affectée à la pérennité des privilèges !

L'association «Sauvegarde des retraites», qui a longuement analysé le dispositif, conclut : «Les employés de la RATP travaillent 7,5 ans de moins que les salariés du privé, leurs cotisations "vieillesse" sont inférieures de 40 % à celles du privé et, pourtant, leurs pensions sont supérieures de 65 %.»

Que les transports en commun parisiens soient pris en charge par le service public, qu'ils n'obéissent pas à la stricte logique commerciale, que la collectivité paye pour assurer à tous des possibilités de déplacement, parfait. Mais que la menace d'un blocus parisien transforme cette mutualisation du transport en une douillette privilégiature, tel est le miracle opéré par le «Toujours plus !» qui trouve ici un terrain de manœuvre à sa convenance.

Une privilégiature de naissance

Mon premier est l'entreprise préférée des Français, mon second «un scandale français», et mon troisième la bête noire de Bruxelles. Mon tout tient en trois lettres : EDF.

EDF est donc l'entreprise préférée des Français. Et ils le disent dans les sondages. Non sans raisons, d'ailleurs. Notre service public de l'électricité est reconnu comme le meilleur au monde. Il repose sur un pari gagnant : celui du nucléaire ; sur un pari gagné : celui de construire et d'exploiter un parc de 58 réacteurs nucléaires ; et, enfin, sur une organisation qui assure un approvisionnement bon marché et jamais défaillant. Qui dit mieux ?

Mais EDF est aussi un scandale français. Ce fut d'ailleurs, en 2004, le titre d'un livre à succès[1], un titre qui n'avait rien d'outrancier. L'accaparement de la rente électrique par la syndicratie cégétiste est inadmissible et, par conséquent, admise. Depuis cinquante ans, la privilégiature EDF résiste à toutes les attaques.

La bête noire de Bruxelles, enfin. La Commission européenne s'est vouée à l'économie de marché et à ses trois composantes : la privatisation, le respect de la concurrence et la déréglementation. Après avoir libéralisé le transport aérien et les télécommunications, elle s'est attaquée aux monopoles publics de l'électricité. Elle les aime défaillants, à bout de souffle, mûrs pour le grand saut, et ne décoléra pas lorsqu'elle a découvert en EDF son anti-modèle. La réussite de l'électricien français fut ressentie à Bruxelles comme une provocation, la plus irritante de toutes les « exceptions françaises ».

J'avais décrit dans *Toujours plus !* une corporation électrique au pouvoir de nuisance mégatonnique – mais également à l'utilité sans pareille. Au total, une inexpugnable forteresse. Mais, en cette fin de siècle, ce n'est plus de Paris, c'est de Bruxelles que viennent les décisions, et EDF doit mettre ses pendules à l'heure européenne. Le conservatisme corporatiste pourra-t-il supporter ce changement d'époque ? Grand merci, ça va très bien pour lui.

EDF n'est pas devenu une privilégiature dans les luttes, elle l'était de naissance. Lors de sa création en 1946, un ministre communiste, Marcel Paul, la couvre de ses bienfaits. Son personnel est doté d'un statut bien plus riche que celui de la fonction publique, qui, en bonne logique du « Toujours plus ! », n'a fait ensuite

---

1. Laurence de Charrette et Marie-Christine Tabet, *EDF un scandale français*, Paris, Robert Laffont, 2004.

que croître et embellir. L'emploi à vie s'y combine avec de bonnes rémunérations, un feu d'artifice de primes, un plan d'épargne d'entreprise généreux, le courant électrique à prix symbolique. Mais ici encore les plats de résistance ont pour nom : retraite, santé, œuvres. Pour la retraite, c'est le confort douillet des régimes spéciaux (se reporter au chapitre RATP). Seule pénalité par rapport au Ratépiste : l'électricien travaille jusqu'à 55 ans et 5 mois. Un an de plus ! Passons sur la santé, gratuite à tous les étages, et venons-en à l'essentiel : les œuvres sociales.

Le comité d'entreprise, nul ne l'ignore plus, reçoit une dotation de 400 millions d'euros par an. Le cadeau remonte à la Libération. La loi de nationalisation des industries électriques et gazières prévoyant, en effet, un prélèvement annuel de 1 % pour indemniser les anciens propriétaires, les communistes exigèrent que, par symétrie, on versât 1 % au personnel. Le 1 % des ex-actionnaires se calculant sur le chiffre d'affaires, celui du comité d'entreprise fut calculé de même – et non pas, donc, sur la masse salariale. La différence était déjà appréciable en 1946, elle devint considérable par la suite. Non seulement, le chiffre d'affaires n'a cessé de croître, mais, en outre, EDF s'est tournée vers des techniques qui emploient très peu de personnel : l'hydroélectrique et le nucléaire. Aujourd'hui, le 1 % du chiffre d'affaires est ainsi quatre fois plus élevé que le 1 % de la masse salariale. Et voilà pourquoi les services sociaux offerts par les industries électrique et gazière représentent, pour chaque agent, près de 4 000 euros par an, net d'impôt !

La forteresse cégétiste

D'emblée, ce pactole tombe sous la coupe d'une

CGT qui emporte plus de 80 % des voix lors des premières élections professionnelles. Une domination qui ne s'est jamais démentie depuis lors, et qui fait de la Caisse centrale des activités sociales, la CCAS, avec ses 4 000 salariés et un budget d'achats de 220 000 millions, le champ clos de la Confédération. Autant dire celui du Parti communiste français. Une telle aisance financière aux mains d'un pouvoir monolithique, opaque et à l'abri de tout contrôle dégénère inévitablement. Tout le monde savait pourtant qu'il se passait de drôles de choses à la CCAS, on avait même une idée assez précise de la situation, mais il n'était pas question d'y aller voir de trop près. L'entreprise repose sur un pacte, une sorte de Yalta, qui assure la paix sociale. La direction avait la charge de la gestion industrielle, la CGT celle du comité d'entreprise, et chacun était maître chez soi. La classe politique n'allait pas dénoncer le scandale au risque d'en soulever d'autres ! Après tout, la CCAS était au Parti communiste ce que la mairie de Paris était au RPR. En tirant trop sur la ficelle, on risquait de détricoter tout le financement des partis. Quant aux gouvernements, ils étaient tenus en respect par la clôture électrifiée qui entourait le comité d'entreprise. Attention danger ! Risque de coupures ! La place forte était inébranlable, si ce n'est de l'intérieur.

La CCAS est gérée de façon scandaleuse, même la CGT a fini par s'en rendre compte. En 2001, elle croit avoir trouvé l'oiseau rare pour sauvegarder ne serait-ce que les apparences. Songez donc, un électricien, polytechnicien et cégétiste, la caution idéale ! Le nouveau directeur, Jean-Claude Laroche, est effaré par ce qu'il découvre : les arrangements, les passe-droits, le favoritisme, les petites combines. Une désorganisation générale visant à ponctionner l'opulente CCAC au profit de ses parrains. Laroche s'imagine avoir été missionné pour remettre de l'ordre dans la maison. Une erreur vite dissipée. Ses projets de réforme seront tous refusés par le conseil d'administration. C'est le conflit, la révocation. Jean-Claude Laroche n'aura tenu qu'une année.

Mais il n'est pas homme à rentrer dans le rang. Il prend le personnel à témoin de son différend, dénonce les emplois fictifs, les surfacturations, les dépenses indues. Les syndicats minoritaires sortent alors de leur passivité, des plaintes sont déposées, la Cour des comptes décide de lancer une inspection, la justice est saisie, le juge Jean-Marie d'Huy perquisitionne le siège social de la CCAS… Et l'affaire suit aujourd'hui son cours. Sans doute permettra-t-elle de réduire les abus les plus criants. Rien qu'un accident de parcours pour la CGT. Ni l'existence de la forteresse, ni sa dotation royale, ni la domination cégétiste ne seront remises en cause. La Confédération n'a vraiment aucun souci à se faire.

Un monopole performant

Avec la coupure du courant, les électriciens disposent d'une arme revendicative surpuissante, trop puissante même. EDF est astreinte à un service minimum, et les coupures, lorsqu'il s'en produit, sont aménagées en concertation entre direction et syndicats. On ne joue pas avec l'électricité ! En novembre 1969, des grévistes particulièrement remontés déclenchèrent des coupures sauvages. Le résultat ne se fit pas attendre : le public, furieux, descendit dans la rue, des bureaux d'EDF furent saccagés. La CGT s'empressa de retirer son appel à la grève. Les électriciens avaient découvert jusqu'où ils pouvaient aller « trop loin ». La coupure est ainsi devenue une arme de dissuasion plus que d'emploi réel. Les grévistes ne touchent plus au disjoncteur que pour mener des opérations ponctuelles, spectaculaires et non pénalisantes pour le public.

Le personnel d'EDF fait son travail, et le fait bien, dans un secteur en croissance continue. Les prestations sont de qualité. Les prix se comparent avantageusement à ceux de l'étranger. Le coût de tous les avantages, des sureffectifs, plus les retraites, est masqué par la rente nucléaire. Le parc de centrales, largement amorti, assure les meilleures conditions de production. La corporation récupère au passage une bonne part de cet «avantage compétitif». Les spécialistes parlent de «captation de la rente du monopole par les opérateurs».

La France, avec EDF, n'était donc confrontée qu'à un banal problème de corporatisme : la situation faite aux électriciens, actifs ou retraités, pesait trop lourdement sur la collectivité. Il fallait ramener la privilégiature électrifiée aux meilleurs niveaux du droit commun – et pas davantage. Un ajustement qui ne se ferait pas sans de rudes affrontements.

C'est alors que les doctrinaires de Bruxelles décident de prendre en charge notre bonheur électrique. La condamnation des monopoles corporatistes publics est juste, la préférence pour la concurrence est saine. Sans eux, notre administration monolithique des PTT, nos compagnies aériennes nationales n'auraient pas bougé. Ils entendent donc mettre l'électricité à l'heure du libéralisme : privatisation, déréglementation, concurrence. En 1996, la Commission, par la directive 96/92, décide l'instauration du «marché intérieur de l'électricité», avec pour objectif final «une clientèle entièrement éligible». Qu'est-ce à dire ? Que chacun d'entre nous, anonyme abonné au gaz et à l'électricité, aura le choix entre plusieurs fournisseurs, français ou étrangers. N'est-ce pas ainsi que nous pratiquons tous les jours au supermarché, où nous arbitrons nos achats entre des marques concurrentes ? Pourquoi donc subir la loi d'un monopole pour la fourniture de gaz et d'électricité ? Le raisonnement est impeccable, si longtemps que l'on oublie les spécificités de l'électricité. Et elles ne sont pas minces.

L'électricité rétive au marché

À la différence des autres marchandises, l'électricité ne se stocke pas. Elle se consomme à flux tendu sur un réseau intégré, de la production à la consommation. Cette dernière variant sans cesse, la première doit varier de même. À chaque instant, une sous-capacité locale peut se répercuter dans le réseau. Provoquer la panne géante. Seul un parc surdimensionné garantit les approvisionnements. Or les investissements sont à très long terme, dix ou vingt ans. Difficile à faire prendre en considération par un capitalisme qui, de plus en plus, pilote à court terme. Et quelle est la rentabilité des installations marginales qui n'interviennent qu'à l'occasion des pics de consommation ? Comment faire arbitrer des choix aussi difficiles à partir de « bourses électriques » censées établir le cours du kilowatt ?

Si les spécificités du marché électrique sont fortes en amont, elles ne le sont pas moins en aval. La grosse usine d'aluminium dont la consommation est prévisible et continue doit-elle contribuer à financer les surcapacités liées aux utilisateurs domestiques ? Elle est branchée directement sur la centrale, elle n'a que faire du réseau qui porte le courant au fin fond des campagnes. En outre, la consommation électrique est la moins élastique qui soit. L'automobiliste se sert moins de sa voiture lorsque le prix du super augmente, mais l'abonné ne va pas vivre dans le noir, renoncer à faire la cuisine, à se chauffer, au prétexte que les tarifs électriques ont été relevés.

À l'évidence, les spécificités de l'électricité sont incompatibles avec les mécanismes habituels du marché. La puissance publique ne peut donc se contenter de «laisser faire», il lui faut contrôler, réguler. La libéralisation de l'électricité ne sera possible que sur un marché administré.

La preuve par défaut en fut apportée par la Californie. État pionnier en la matière, elle avait libéralisé l'électricité dès 1996. Quelques années plus tard, elle subit des pannes géantes, des coupures à répétition. En 2003, l'État le plus riche du monde découvrit ainsi qu'il ne disposait pas des capacités électrogènes suffisantes pour satisfaire ses besoins. Les pouvoirs publics durent prendre les choses en main et se faire, à contre-emploi idéologique, marchands d'électricité. La faute en incombe-t-elle aux compagnies privées ou aux décisions politiques ? Peu importe. «On a appris en Californie que les risques de crise portés par les marchés électriques concurrentiels pouvaient conduire à des dommages plus grands que ceux du monopole traditionnel[1]», constate Jean-Michel Glachant.

Aujourd'hui, je l'ai rappelé, le réseau électrique d'EDF est intégré, de la production à la consommation. La libéralisation prévoit de séparer la gestion du transport et de la distribution, des autres activités de l'entreprise. EDF a donc créé en son sein «Réseau de transport électrique», RTE, qui prend en charge le réseau. En poussant cette logique à son terme, nous pourrions avoir un interlocuteur pour nous raccorder,

---

1. Jean-Michel Glachant, « La crise californienne », dans *Les Risques de régulation*, sous la direction de Marie-Anne Frison-Roche, Paris, Presses de Sciences-Po et Dalloz, 2005.

pour réparer nos installations, et un autre pour nous facturer notre consommation. Une complication absurde que l'on pourra sans doute nous épargner en laissant les fournisseurs s'entendre avec le gestionnaire de telle sorte que nous n'ayons qu'un seul correspondant pour le branchement et la facturation.

Il faudra encore mettre en place toutes les interconnections européanisées sur lesquelles interviendront des fournisseurs en concurrence, des bourses d'électricité pour fixer les prix : tout cela sera très difficile techniquement et coûtera fort cher. Pour quel bénéfice ? Faire baisser les prix ? Les expériences étrangères ne sont concluantes ni dans un sens, ni dans l'autre.

Pour les gros utilisateurs industriels, la mise en concurrence, qui est en vigueur depuis 2004, est essentielle. Mais que signifie-t-elle pour les usagers ordinaires ? L'expérience des pays qui ont été les pionniers dans cette voie prouve que le public la fait très peu jouer. Il s'en tient à son fournisseur habituel.

Voilà donc la France, si souvent emprisonnée dans l'idéologie de gauche, emportée par l'idéologie de droite qui la contraint à libéraliser son industrie électrique à marche forcée, sans qu'on ait prévu les étapes d'évaluation nécessaires, les possibilités de retour en arrière. Si encore c'était l'occasion, au passage, de corriger les excès du corporatisme liés au monopole électrique ! Mais non, c'est tout le contraire qui se passe. Pour expérimenter les aléas de la libéralisation, nous avons renforcé et conforté les inconvénients du monopole.

Une libéralisation au prix fort

François Roussely prend la présidence de l'EDF en 1998 à la veille d'échéances difficiles. L'ouverture du marché électrique à la concurrence doit se décider l'année suivante. Il serait urgent de se concilier la CGT qui, précisément, est fâchée. Elle a refusé, en 1997, l'accord des 35 heures qui innovait avec un système de 32 heures payées 35. Ce régime était proposé pour trois ans aux agents qui le souhaitaient et devait être imposé aux 5 000 agents que l'entreprise avait prévu d'embaucher. Les syndicats minoritaires ont signé ; la CGT, elle, a refusé et porté l'affaire devant les tribunaux. La cour d'appel de Paris rend son arrêt en septembre 1998 : l'accord est déclaré illégal. Mais, entre-temps, 19 000 agents ont opté pour le nouveau régime auquel sont soumis les nouveaux engagés. Un beau sac d'embrouilles. La CGT a, certes, gagné, mais de nombreux salariés favorables à cet accord comprennent mal son intransigeance. Elle perdra des voix aux élections professionnelles suivantes.

Les instructions gouvernementales sont formelles : il faut recoller les morceaux avec le syndicat majoritaire. Un accord est donc trouvé au début 1999. 35 heures à salaire maintenu et 32 heures pour les volontaires avec une réduction symbolique de… 3 %. Bref, c'est les 32 heures pour tous. L'électricien, qui était déjà l'un des salariés les mieux traités de France, devient aussi celui qui travaille le moins longtemps. On ne donne qu'aux riches ! Pour compenser cette générosité, l'État apportera une aide annuelle de 5 000 francs par an et par agent. EDF, qui avait réduit ses effectifs en quinze ans de 153 000 à 139 000, les augmente à nouveau. En dépit des aides publiques, la masse salariale grossit de 500 millions d'euros dans les deux années qui suivent. Le personnel est gagnant, abonnés et contribuables sont perdants. L'accord est une victoire pour la CGT, qui signe des deux mains. Il scelle l'alliance avec le gouvernement à la veille de la grande métamorphose.

La priorité de François Roussely, c'est l'aventure internationale, rendue indispensable par la perte du monopole. Sous sa direction, EDF se lance dans une politique d'acquisition à tout-va, achète, pour le meilleur ou pour le pire, tout ce qui se présente sur le marché. En 2003, la moitié du chiffre d'affaires est réalisée par les filiales étrangères, mais le bilan affiche un endettement record. Quant à la croissance externe, elle a été financée grâce aux provisions constituées pour faire face au démantèlement des centrales et au traitement des déchets. En France même, c'est l'ouverture du capital qui devient la grande préoccupation. Comment faire accepter au personnel ce sacrilège, ce *casus belli* ? Pour les gouvernements, il n'est pas question de passer en force. La privatisation partielle ne doit apporter que des avantages aux électriciens.

Pour ouvrir son capital, EDF doit d'abord en disposer d'un. L'établissement public va se transformer en société anonyme. En 2003, le ministre des Finances, Francis Mer, entend profiter de cette réforme pour ramener l'entreprise au droit commun sur le plan social. Le projet est prêt, soumis au Conseil d'État, lorsqu'arrive le sauveur : Nicolas Sarkozy. Le nouveau locataire de Bercy s'empresse de pérenniser le statut des électriciens dans la loi en préparation. C'est promis, juré, écrit et voté, les électriciens présents, passés et futurs ne seront jamais des salariés comme les autres. Ils auront toujours droit à leur 1 %, leurs factures allégées, leurs retraites…

Les retraites, justement. À l'heure de la libéralisation, elles deviennent un vrai casse-tête. Transformée en société anonyme, EDF devrait les provisionner puisqu'elle doit les payer. Mais c'est 60 milliards d'euros qui alourdiraient le passif. De quoi faire couler le bilan et mettre la société en faillite. Les technocrates vont alors construire une usine à gaz, bénie par Bruxelles, pour la débarrasser de ce fardeau. La retraite de base sera prise en charge par le régime général, moyennant la fameuse soulte de 7 milliards d'euros. Une compensation notoirement insuffisante. Il faudra encore ponctionner le fonds de solidarité-vieillesse. Les retraités ordinaires paieront pour les privilégiés ! Reste le financement des «droits spécifiques» des électriciens. Cette retraite sur mesure ne sera plus payée par EDF, mais par un organisme *ad hoc*, la Caisse nationale des industries électriques et gazières, CNIEG, financée par une taxe nouvelle. Non pas sur la consommation des particuliers, mais sur les redevances que perçoit Réseau de transport électrique pour l'utilisation de ses lignes. Cela revient au même, mais c'est moins voyant. En résumé, les abonnés et les retraités paieront !

Le nouveau système a été négocié avec la CGT. Ses avantages sont tels que, d'après les sondages internes, les deux tiers des agents y sont favorables. Les dissensions internes à la centrale conduisent néanmoins à l'organisation d'un référendum parmi le personnel. Le résultat paraissait acquis. C'était sans compter avec la logique du «Toujours plus ! ». La formule, rappelons-le, avait été lancée pour la première fois par le syndicaliste américain Samuel Gompers. Celui-ci venait de signer un accord très favorable pour ses adhérents et s'entendit demander par le patron s'il était satisfait. «Satisfait ? Jamais de la vie. Je veux toujours plus ! » répondit-il. Peu importe ce que l'on obtient, il ne faut jamais en être satisfait. Ce fut donc précisément la réponse du personnel d'EDF, qui, en janvier 2004, repoussa le nouveau système de retraites par 53,4 % de votes contre. Un vote purement consultatif, qui n'entrave pas le processus législatif.

La CGT se fit bientôt déborder par son extrême gauche. Des grèves éclatèrent ici et là contre le changement de statut. Le lundi 8 juin 2004, quelques dizaines d'agents qui occupaient le poste de très haute tension de Cap-Ampère, en Seine-Saint-Denis, abaissèrent les manettes du disjoncteur qui alimentait la gare Saint-Lazare. Des centaines de milliers de voyageurs restèrent à quai. Une telle démonstration de nuisance méritait récompense. Nicolas Sarkozy parraina la refonte de la grille des salaires qui entraînait des augmentations de 6 à 8 % ! Mais l'EDF ne bronchera pas en novembre 2004 lorsque l'Assemblée la transformera en société anonyme.

Ultime faveur pour les électriciens : ils sont exonérés de la CSPE. Comme le consommateur peut l'apprendre en lisant attentivement sa facture, il s'agit d'une taxe biscornue créée en 2003 pour financer l'électricité fournie par les énergies alternatives et les dégrèvements en faveur des « clients démunis ». Eh bien ! les agents d'EDF, qui payent 90 % de moins que les clients ordinaires, sont dispensés du prélèvement écolo-social. Au jeu du « Toujours plus ! », les gagnants ne cèdent rien, même pas la pièce pour les pauvres !

Si la libéralisation totale et absolue du marché est une aventure hasardeuse aux justifications plus idéologiques que pratiques, l'ouverture du capital, en revanche, était indispensable. EDF ne pouvait pas (et ne devait pas) rester un établissement public fonctionnant en vase clos, coupé du monde extérieur, et, pas davantage, devenir une société anonyme avec l'État pour unique actionnaire. Il lui fallait s'ouvrir et, pour commencer, à ses propres serviteurs. Autant les privilèges accordés ici et là sont contestables et même exorbitants, autant l'entrée du personnel dans le capital est salutaire. Décote de 20 % sur les actions, abondement par l'entreprise, actions gratuites, facilités de paiement, les conditions offertes étaient classiques s'agissant d'opérations de ce type. Elles ont séduit

130 000 électriciens (actifs ou retraités) sur 224 000. Mais le personnel ne détient aujourd'hui que près de 2 % du capital de la société, un taux qui reste décevant. Dans les banques, il dépasse souvent 5 % ; à Air France, il atteint 15 %. Les électriciens ont encore de la marge pour s'approprier leur entreprise.

Le succès de l'opération a été assuré par le grand public, plus que par les investisseurs institutionnels. Car les analystes financiers, on s'en doute, n'ont guère apprécié le laxisme des dernières années. Désormais, c'est le marché qui juge la gestion et, sans gains de productivité, le cours, dit-on, chutera inévitablement. Dès 2005, Pierre Gadonneix, le nouveau président, fixe le cap, à l'opposé du précédent. C'est « Altitude 7500 », une rude ascension. 5 000 suppressions de postes, 1,5 milliard de réduction sur les charges de personnel, 7,5 milliards d'économie globale sur trois ans. De quoi réjouir l'actionnaire (de fait, l'action part à la hausse) et inquiéter le salarié qui cohabitent désormais chez les trois quarts des électriciens.

La libéralisation du marché électrique ne présente finalement qu'un seul avantage sérieux : permettre à la collectivité de récupérer sa juste part dans les gains de productivité, éviter de payer une rente de situation au monopole. Un avantage pour beaucoup d'inconvénients et des gains fort incertains. EDF, stimulée par la concurrence, deviendra plus productive, c'est probable. Mais, pour ce maigre résultat, il aura fallu pérenniser et alourdir le tribut payé par la collectivité à la menace électrique. Pourtant il y a mieux à faire, pour une privilégiature, beaucoup mieux que de se crisper sur ses droits acquis.

Au bonheur de l'Écureuil

Une pension de retraite supérieure au dernier salaire ! C'est un des multiples avantages que j'avais découverts en explorant la plus cossue de toutes les privilégiatures : les Caisses d'épargne. Les Écureuils, comme les agents de la Banque de France, disposaient d'une retraite maison, fondée sur la capitalisation. Un régime qui permettait, soit de partir de bonne heure dans d'excellentes conditions, soit de rester plus tard jusqu'à dépasser les 100 % du dernier traitement.

Un tel avantage en suppose beaucoup d'autres. L'emploi à vie, l'avancement automatique, les salaires généreux, les primes sous tous prétextes, le crédit maison, les congés prolongés, le temps de travail raccourci : la panoplie complète du privilégiaturiste.

Les Écureuils étaient-ils des professionnels hors pair, dont le travail exigeait la plus haute compétence ? C'était tout juste le contraire. Ils étaient recrutés fort jeunes avec des qualifications sommaires, mais bien suffisantes pour un travail qui consistait à collecter l'épargne populaire. Car ils n'avaient guère que cela à faire : tenir les comptes sur livret des petits épargnants. L'argent ainsi recueilli était ensuite transféré à la Caisse des dépôts et consignations, qui se chargeait de le gérer. Ils n'étaient donc pas des banquiers, mais seulement des caissiers. Ce qui n'empêchait pas leurs salaires d'être de moitié supérieurs à ceux des employés de banque. Comment peut-on se construire si douillette privilégiature ?

Les Caisses d'épargne sont tout droit sorties du XIXᵉ siècle. À la différence des banques, elles répondaient à une vocation sociale et non pas commerciale. Leurs fondateurs, grands bourgeois philanthropes de la Restauration, entendaient inculquer au peuple les vertus de l'épargne. Ils avaient donc conçu ce système de caisses, où les petits épargnants déposeraient leurs économies, lesquelles bénéficieraient d'un intérêt mais seraient exonérées de tout impôt. Ce qui est devenu la marque de fabrique du fameux livret A. Les Caisses en auraient le monopole, qu'elles partageraient avec la Poste, ce qui leur donnerait l'avantage d'une clientèle captive et le handicap d'une ultraspécialisation. Car, pour prix de cette exclusivité, elles furent interdites d'activités bancaires et durent attendre les années 1970 pour recevoir l'habilitation à ouvrir des comptes-chèques et accorder des prêts immobiliers.

Les Caisses prélevèrent quelque 1 % des dépôts pour assurer leur fonctionnement. Une rétribution généreuse, qui leur assura une belle aisance financière. C'est ainsi que, au fil des décennies, elles se constituèrent un riche patrimoine, dont on ignorait le propriétaire puisqu'elles étaient dépourvues de personnalité juridique et ne pouvaient, par conséquent, rien posséder. Il s'agissait de « biens de mainmorte », comme on dit, des biens qui n'appartiennent à personne.

À partir des années 1950, le personnel se syndicalise et entreprend de récupérer à son profit cette rente de situation. Il dispose d'un réel pouvoir de nuisance dans la mesure où la clientèle populaire utilise les Caisses comme banque et risque de se retrouver à court d'argent lors des conflits. Quant aux notables locaux qui les surveillent (de très loin), ils n'ont aucune envie de croiser le fer avec les syndicats. Le travail est à ce point routinier que les revendications deviennent la grande affaire des Écureuils.

L'institution se trouve prise en main par les syndicats, qui n'hésitent pas à mener des actions très dures pour conforter les privilèges des agents et, surtout, leur propre pouvoir. Les leaders syndicaux deviennent alors progressivement les vrais maîtres des

Caisses, ils imposent une sorte d'autogestion syndicalo-corporatiste. Et de fait, la privilégiature qui
s'était construite à l'abri des regards indiscrets avait
fort mal supporté la publicité que je lui avais faite
dans *Toujours plus !*. J'y voyais, pour ma part, une institution sclérosée, un héritage du passé, rétif à toute
forme de modernité. Vingt-cinq ans plus tard, où en
sommes-nous ?

Un réveil en fanfare

En mars 2006, les Caisses d'épargne annoncent leur
mariage avec les Banques populaires pour créer le
deuxième groupe bancaire français. Une fois de plus,
Charles Milhaud, le flamboyant patron de l'Écureuil,
crée l'événement. C'est devenu, chez lui, une habitude.
En 2004, il avait fait du groupe Caisses d'épargne une
banque universelle et le troisième réseau français, derrière le Crédit agricole et BNP-Paribas : 4 700 agences
en France, 55 000 agents dans le monde, 26 millions de
clients. La nouvelle banque s'impose dans tous les secteurs, pour tous les services, toutes les clientèles. De la
banque des collectivités locales à la banque d'affaires,
de la petite épargne aux plus gros patrimoines, de l'assurance au logement social, de la banque immobilière
au capital-risque, on trouve tout, absolument tout chez
l'Écureuil. La gestion du livret A, qui accaparait les
trois quarts de l'activité au début des années 1980,
n'en représente plus que 10 %. Les Caisses d'épargne
se sont métamorphosées en une banque moderne,
innovante, internationale qui gagne de l'argent. Les
bénéfices sont passés en moins de dix ans de 1,9 milliard de francs à 1,9 milliard d'euros.
    La vieille dame indigne bouscule le monde ban-
caire par ses initiatives. En 2005, elle s'est mis à dos

les banquiers de la place en décidant de rémunérer les comptes courants, elle s'est aussi fait réprimander pour sa gestion aventureuse des risques. Charles Milhaud n'en a cure, il prépare l'introduction du groupe en Bourse. Et soudain, changement de programme : voilà qu'il recompose le paysage bancaire par la création de cet énorme pôle mutualiste, né de l'union avec les Banques populaires. Une initiative qui prend de court son actionnaire de référence, la prestigieuse Caisse des dépôts, et qui déclenche une véritable tempête. La campagne est lancée et quelle qu'en soit l'issue, elle atteste le dynamisme, certains disent même l'impérialisme, des toutes renaissantes Caisses d'épargne. Comment l'institution bureaucratisée, poussiéreuse, sclérosée des années 1970 a-t-elle pu devenir, en une vingtaine d'années, ce nouveau champion de la compétition bancaire ?

Cette renaissance n'a pas été décrétée du sommet, elle est partie de la base. Au reste, il n'existe guère de « sommet » dans la nébuleuse des années 1980. Les 500 caisses locales, ankylosées dans la monoculture du livret A, somnolent chacune de son côté. Un présent sans avenir : la part de l'épargne défiscalisée ne cesse de se réduire dans le patrimoine financier des ménages. Elle n'est plus alors que de 18 % et l'on annonce qu'elle passera sous la barre des 10, puis des 5 % dans les années qui viendront. En outre, ce déclin a pour corollaire la montée en puissance des nouveaux produits bancaires. Une concurrence que les guichets de l'épargne détaxée vivent au quotidien : ils sont enserrés par les réseaux de plus en plus denses, de plus en plus dynamiques des grandes banques de dépôt. L'évidence s'impose : si l'Écureuil ne se fait pas banquier, il finira par disparaître.

Justement, une loi de 1983 reconnaît aux Caisses d'épargne le caractère d'établissements de crédit, mais sans but lucratif. Une chance à saisir. Encore faut-il avoir la taille critique, les compétences nécessaires, et n'être pas écrasé par le statut dérogatoire du personnel. Tout au long des années 1980, les Caisses locales vont ainsi fusionner à petite vitesse, passant de 464 à 186. Mais elles sont toujours trop petites, trop fragiles pour affronter le marché bancaire.

Le big-bang se produit en 1991. Les responsables locaux savent qu'ils n'ont plus le choix. La survie impose le passage du local au régional. En un an, le nombre des caisses est divisé par 5 : on passe ainsi de 186 à 30. Dans le même temps, la loi crée un début de réseau bancaire autour d'une banque centrale. La grande mutation commence.

Tout au long des années 1990, les Caisses régionales, qui couvrent leurs frais de fonctionnement avec les seuls bénéfices du livret A, s'attachent à devenir de véritables banques. Elles engagent des agents plus jeunes, qualifiés, qui se sont formés dans les meilleurs établissements bancaires. La clientèle se voit offrir une palette de services élargie et, tout naturellement, elle utilise sa Caisse d'épargne comme une banque.

Les Caisses sont devenues des banques régionales, il faut maintenant accéder à la dimension nationale. En 1998, Lionel Jospin confie le dossier au député de la Sarthe, Raymond Douyère, qui, au terme d'une enquête remarquable, conclut que les Caisses ont vocation à devenir une banque comme les autres.

L'attention du député est tout de suite attirée par la très faible rentabilité des Caisses en tant qu'acteur bancaire. Il en pointe les deux causes : un statut *sui generis* hérité de son histoire : « […] un établissement privé à but non lucratif n'ayant ni actionnaire, ni sociétaire dont les fonds propres s'accroissent d'une année sur l'autre par la mise en réserve de l'intégralité de leurs résultats », mais aussi le fameux statut du personnel.

Sur le premier point, le député préconise un statut de banque mutualiste, à l'image du Crédit agricole ou du Crédit mutuel. Une solution qui est retenue par Dominique Strauss-Kahn dans la loi de 1999. Le groupe Caisses d'épargne devient alors un établissement bancaire à part entière et à but lucratif. Il se voit reconnaître la propriété de ses fonds propres, qui deviennent son capital. Reste à se doter d'un actionnariat. Pour cela, les Caisses entreprennent de transformer leurs clients, ainsi que leur personnel, en sociétaires. Des parts sociales sont proposées à la vente, pour quelque 2,5 milliards d'euros. Une somme rondelette, qui sera récupérée par l'État afin d'alimenter le fonds de solidarité-vieillesse, garant du paiement des retraites. Un actionnariat dispersé, mais aussi stabilisé autour d'un actionnaire de référence : la Caisse des dépôts, qui détient plus du tiers du capital.

Retournement de l'histoire : les Caisses d'épargne découvrent le pouvoir fort qui leur a fait défaut depuis leurs origines. En effet, le système mutualiste confère une autorité sans pareille à la direction, qui voit le poids du capital dispersé entre les sociétaires et non pas concentré entre les mains de quelques gros actionnaires.

À la tête se trouve la Caisse nationale, qui garde la haute main sur les caisses régionales dont elle nomme les directeurs. L'ensemble est tenu par un véritable patron, pur produit de la maison, et pourtant personnalité hors du commun : Charles Milhaud. Mais il conserve la souplesse d'une structure très décentralisée. Dans les années qui suivent, le groupe se lance dans une politique active d'acquisition ou de partenariat pour étendre à l'ensemble des activités bancaires le champ de ses compétences. Ainsi naîtra, en 2004, la Banque universelle, qui affiche aujourd'hui ses ambi-

tions jusqu'à déranger et irriter le monde bien policé
de la banque. La loi de 1999 avait donc réglé de belle
façon le problème institutionnel. Restait une énorme
hypothèque : la question sociale.

Des retraites cristallisées

Raymond Douyère avait souligné au crayon rouge
le handicap que constituait pour les Caisses d'épargne
le statut du personnel. Les salaires y étaient de 20 à
30 % supérieurs à ceux du secteur bancaire. Résultat :
les frais de personnel pesaient à hauteur de 50 % sur
les résultats du groupe, à comparer aux 35 % qu'en-
registraient le Crédit agricole, le Crédit mutuel ou les
Banques populaires. Ce déséquilibre interdisait tout
développement externe, dans la mesure où les avantages maison devraient s'étendre aux nouvelles acqui-
sitions. En 1996, les Caisses avaient ainsi renoncé à
acheter le CIC, dont les résultats auraient été détério-
rés par cette ruineuse contagion.

C'est que la loi de 1983 avait évité d'aborder la
question sociale, se contentant de prévoir que les partenaires sociaux devraient renégocier les accords salariaux. Mais les Caisses se sont contentées d'aligner les
nouveaux arrivants sur les normes bancaires. Résultat : les emplois du passé (de type administratif) étaient
surpayés par rapport aux nouveaux postes commerciaux. C'est donc tout le statut du personnel qui devait
être remis aux normes communes, depuis le niveau des
rémunérations jusqu'au régime de retraite. Mission
impossible à l'EDF, mission accomplie aux Caisses
d'épargne.

« La loi des 35 heures nous a bien aidés », avouent
en souriant les artisans de ce chef-d'œuvre d'ingénie-
rie sociale. Pour les Caisses qui les pratiquaient depuis

des années, c'est un non-événement. Pour les banques concurrentes, c'est un alourdissement des frais. L'écart de compétitivité se réduit.

Les accords passés au niveau local sont dénoncés et renégociés selon les normes du secteur bancaire. C'en est fini du système de rémunération «administratif» à l'ancienneté. Désormais, c'est la part variable individualisée qui fait la différence entre les uns et les autres – c'est elle aussi qui motive les agents.

La mutation se sera heurtée à bien des résistances. Et là encore, l'alibi idéologique aura masqué le conservatisme le plus pur. La modernisation trahit les valeurs des Caisses d'épargne, dit-on ici et là, elle livre la maison à la loi du profit. Quoi qu'il en soit, les conflits se règlent au niveau régional et, en dépit de leur âpreté, n'apparaissent que comme des combats d'arrière-garde. Car le changement n'est pas seulement une manœuvre de survie, il est porteur d'un projet qui entraîne le personnel. Et, de fait, les Écureuils ont bien changé depuis les années 1980. Les nouveaux venus ne se reconnaissaient déjà plus dans la nostalgie des Caisses à l'ancienne. C'est alors que le régime spécial de retraite a fait office de plan social. Il a permis une liquidation de la pension à partir de 55 ans pour les hommes, et 50 ans pour les femmes, dès lors que l'on avait trente ans d'ancienneté. Nombreux furent les quinquagénaires, recrutés très jeunes, et à bas niveau de qualification, qui, plutôt que travailler dans une entreprise qui ne leur convenait plus, se laissèrent séduire par la perspective d'une confortable retraite. La politique des départs, aussi dynamique que celle des recrutements, aura complètement modifié le profil de l'Écureuil. Il n'en fallait pas moins pour pouvoir s'attaquer au régime de retraite.

Les Caisses d'épargne disposaient traditionnellement de leur propre caisse, la CGRPCE, qui ajoutait ses prestations à celles du régime général. En raison des recrutements massifs, on comptait, en 1997, 35 000 cotisants pour 5 700 retraités. Une situation de rêve, mais qui n'était pas appelée à durer. À terme, le régime n'était pas viable, comme l'a constaté Raymond Douyère : « […] Les cotisations ne couvriront plus les prestations versées dans un délai de 8 à 12 ans et, les réserves ayant été intégralement consommées, le régime pourrait être, sauf recrutements massifs et réguliers, en cessation de paiement entre 2015 et 2020. »

Un régime certifié non viable, voilà qui n'a jamais fait reculer un cheminot ou un Ratépiste. Mais les Écureuils, eux, admirent que leurs droits n'étaient acquis qu'au regard du passé, mais pas pour l'avenir. Ce fut le sens de la réforme de 2003, la fameuse « cristallisation ». Tous les droits à la retraite acquis par les agents furent en effet « cristallisés », autrement dit figés et garantis dans l'état où ils se trouvaient à la date de la réforme. Et, à compter du 1er janvier 2006, c'est le régime de droit commun qui s'appliquera aux Caisses d'épargne. Les charges de « cristallisation » auront été provisionnées dans les comptes. Au bilan et non pas hors bilan.

Les Écureuils replets et frileux des vieilles Caisses sont devenus des banquiers dynamiques. Ils ont renoncé à des privilèges et gagné un avenir. Et pourquoi ne pas considérer que le regain des Caisses d'épargne, tout comme la saga de Renault, montre la voie à une société toujours convaincue qu'elle a plus à perdre qu'à gagner au changement ?

En vingt-cinq ans, les forteresses du « Toujours plus ! » auront donc connu des destins fort différents. D'une histoire à l'autre, nous avons vu s'esquisser le bon usage des privilèges. Aux Caisses d'épargne, à la Banque de France, les retraites précoces ont permis de gérer sans drame le changement. La même chose s'est d'ailleurs produite dans l'industrie automobile, chez Renault comme chez Peugeot, où de généreuses pré-retraites ont accompagné les restructurations en réduisant fortement les effectifs sans qu'il soit besoin de recourir aux licenciements. Dans le transport aérien, dans les télécommunications, la modernisation de structures dépassées a pu être réussie.

À la SNCF, à l'EDF ou à la RATP, c'est le mauvais usage qui a prévalu. Or, la démographie ne connaît pas les droits acquis, elle obligera tôt ou tard à rogner les retraites de tous les Français. Dans un monde de retraités voués à la prolétarisation, les seigneurs de l'électricité, du rail ou du métro feront chaque jour davantage figure de caste privilégiée. Une caste qui fera sans vergogne payer ses pensions par plus pauvre qu'elle.

CHAPITRE 8

Le palmarès de l'insécurité

En une vingtaine d'années, l'économie mondiale a basculé dans l'insécurité généralisée et la concurrence mondialisée. La politique de nos gouvernements, de droite ou de gauche, n'est pas en cause. La rupture est venue de l'extérieur. Les pouvoirs nationaux ne sont plus que les spectateurs de ces bouleversements planétaires, et leurs interventions maladroites n'ont fait, le plus souvent, qu'aggraver le malaise.

Tandis que le secteur public, protégé et menaçant, renforçait ses troupes et confortait ses privilèges, le secteur privé était emporté par la déferlante planétaire du libéralisme. Au terme de ces évolutions contraires, l'administration ordinaire offre toujours le même service, confort variable selon le corps et le grade, tandis que les entreprises se sont transformées en hôtels du libre-échange, essorage garanti. Entre l'immobilisme du modèle national et la foire d'empoigne du capitalisme financier, l'écart a cessé d'être de degré. Il y a trente ans, les paysages différaient, mais la nature était la même. Aujourd'hui, ils renvoient à deux mondes différents : les jardins à la française d'un côté, la jungle tropicale de l'autre.

Hors du statut, point de salut !

Dans *Toujours plus !*, j'avais fait la comparaison entre les employés de banque et les agents de la RATP d'un côté, le personnel de nettoiement de l'autre. Les uns et les autres travaillent dans les mêmes locaux, mais à des heures différentes. Les premiers bénéficiaient d'un statut très protecteur, de multiples avantages, tandis que les seconds devaient se contenter de leur salaire. Réduire ce genre d'inégalité à des écarts de rémunération tient évidemment de l'imposture. Mais la précarité, la pénibilité, la déconsidération ne peuvent rien contre le dogme officiel : il n'est d'inégalités que monétaires. Les avantages sont des grâces du Ciel qui échappent aux calculs humains.

Dans la vie quotidienne, chacun reste chez soi, les fonctionnaires dans les bureaux, les ouvriers dans les usines, ce qui évite d'intrigantes comparaisons. Entre ceux qui ne peuvent pas voir et ceux qui ne veulent pas voir, l'apartheid social ne choque personne. Il existe pourtant des espaces de cohabitation entre le monde de la sécurité et celui de la précarité.

Lorsque le service public bute sur des situations floues, incertaines, transitoires, changeantes, il compense son excès de rigidité par la flexibilité sans limites d'une main-d'œuvre non protégée. L'Éducation nationale a ses vacataires ; l'Assistance publique, ses étrangers ; le ministère de l'Intérieur, ses contractuels, etc. 850 000 supplétifs au total. Précaires et statutaires se côtoient, remplissent les mêmes fonctions et, comme l'on imagine, les plus mal payés sont aussi les plus mal traités. Le « Toujours plus ! » fonctionne sur l'accumulation et non sur la compassion. Travailleurs de première zone à vocation statutaire, travailleurs de seconde zone à vocation prolétarienne, on n'a plus affaire à une simple différence, mais à une hiérarchie.

Cet éclatement de la condition salariale se vit au quotidien dans l'audiovisuel, où des émissions tout à fait comparables sont réalisées tantôt par des équipes du public et tantôt par des équipes du privé. Le travail est exactement le même, il exige les mêmes compétences pour le même résultat. Mais, dans un cas, les salariés jouissent de la sécurité, dans l'autre, ils courent le cachet, la pige, le contrat, sans jamais savoir de quoi leur lendemain sera fait. Les conditions de travail varient en conséquence. Pour les statutaires, elles sont codifiées, détaillées dans les conventions collectives et accords d'entreprises, dont les syndicats imposent le respect scrupuleux ; pour les précaires, elles varient en fonction des devis. Ici une équipe de trois, et là un journaliste reporter d'images seul ; ici des récupérations respectées au jour et à l'heure, et là les journées de tournage qui s'enchaînent ; ici chaque chose prend le temps qu'il faut, là tout se fait en même temps, ici la productivité est ce qu'elle est et là ce qu'elle doit être, ici enfin le salarié n'a rien à craindre et là il doit se méfier de tout.

En un quart de siècle, cette extrême flexibilité ou totale précarité, comme on voudra, s'est étendue à toute l'économie. Elle ne laisse aux plus jeunes et aux plus âgés que le choix entre l'insécurité et le chômage. Hors du statut, point de salut !

Chômage : c'est bien pire

Que nos finances partent à vau-l'eau, ce n'est guère surprenant puisque nous avons toujours célébré la dépense et ignoré les déficits ; en revanche, aucun gouvernement, jamais, n'a relativisé le fléau du chômage, aucun ne lui a trouvé des vertus ignorées. Tout au contraire, chacun a proclamé sa volonté de le combattre. Et c'est ainsi, en prétendant mener cette guerre sans merci, que nos politiques ont transformé en trente ans une société de plein-emploi en une société de chômage de masse et d'exclusion.

Mois après mois tombent les chiffres, salués comme des victoires dès lors que l'on s'éloigne des seuils fatidiques : 10 %, 2,5 millions. Mais la récession démographique et la multiplication des emplois aidés améliorent la statistique plus qu'elles ne réduisent la maladie. Et les chiffres sont loin de refléter la situation réelle. Le pourcentage, toujours mis en avant, n'a de sens qu'en fonction de la population concernée. Or le secteur public ne connaît pas le chômage. Le taux réel devrait se calculer sur les seuls salariés du privé. Il atteindrait alors 17 %. D'autre part, la rigueur des nomenclatures conduit à pratiquer des coupes claires dans le monde de la précarité. Entre les jeunes sans travail qui n'ont d'existence nulle part, les chômeurs en fin de droits qui disparaissent des listes, le décompte officiel laisse probablement filer un million et demi de personnes. Jacques Attali et Vincent Champain, se livrant à un décompte scrupuleux de tous ceux qui ne jouissent pas d'un véritable emploi et pourtant ne figurent pas dans nos statistiques, avancent un total de 4,6 millions de personnes[1]. Ainsi le pourcentage réel est-il beaucoup plus proche de 20 % que de 10 % de la population concernée.

Mais ce mythique pourcentage masque l'essentiel : le drame humain. Celui-ci n'est pas lié à la perte ou à la recherche d'un emploi, mais à sa durée. Je connais des professionnels confirmés qui travaillent en indé-

---

1. Jacques Attali et Vincent Champain, « Changer de paradigme pour supprimer le chômage » dans les *Études de la Fondation Jean-Jaurès*, n° 15, déc. 2005.

pendants et doivent constamment changer d'employeurs. Ils jouissent d'une autorité et d'une notoriété qui leur permettent d'enchaîner les contrats à durée déterminée, parfois même très courte, et maîtrisent ainsi leurs passages sur le marché du travail. Si toute la main-d'œuvre bénéficiait d'une telle faculté, le taux de chômage serait élevé, mais les souffrances qu'il provoque réduites.

Ces salariés nomades et heureux de l'être ne représentent qu'une infime minorité des actifs. Pour tous les autres, la recherche d'un emploi est, au minimum, une épreuve et, bien souvent, un drame. La différence tient à la durée. Lorsque les mois passent sans la moindre ouverture, lorsque la première puis la deuxième année ne laissent entrevoir aucun espoir, alors le chômage devient véritablement assassin.

Le fléau se mesure d'abord à la durée moyenne. En France, elle atteint dix-sept mois, deux fois plus que la moyenne pour les pays du G 8, et excède les deux ans dans 21 % des cas. Un chiffre sous-évalué, nous le savons. Chez nous, 41,2 % des demandeurs d'emploi ont dépassé l'année contre 32 % en moyenne européenne. Notre chômage est donc d'exclusion et non pas de transition, et quelles que soient les tourmentes que connaît le monde, ce n'est pas une fatalité. Au Canada, aux États-Unis ou en Grande-Bretagne, la recherche d'un emploi ne dure en moyenne que quelques mois. Dans les pays scandinaves, il faut y consacrer un peu plus de temps, mais la prise en charge, pendant cette période, est efficace. Dans ces conditions, la confrontation personnelle au marché du travail peut être un passage obligé au cours d'une carrière, une brève étape entre deux jobs, mais, chez nous, il s'apparente à une relégation dans un camp de réfugiés où croupissent des exclus qui ont perdu tout espoir professionnel et survivent grâce à l'assistance. Quatre millions d'exclus, telle est la réalité humaine que masquent les statistiques. Mais on s'habitue à tout, à ces mendiants du travail comme aux mendiants qui demandent la pièce au feu rouge.

Un décalage effarant entre les objectifs annoncés, les efforts déployés et les résultats constatés. Nul pays au monde n'a lancé autant de plans, pris autant de mesures, dépensé autant d'argent pour faire reculer le chômage. Nos dépenses publiques pour l'emploi atteignent 3 % du PIB, c'est autant que l'Allemagne, mais trois fois plus que la Grande-Bretagne. Impossible de prétendre que nos gouvernants n'ont rien fait. Peut-être même faudrait-il se demander s'ils n'en ont pas trop fait. N'ont-ils pas prétendu trouver dans l'action politique une réponse que celle-ci n'était pas à même de fournir ? Lorsque Dominique de Villepin, prenant ses fonctions à Matignon, annonce comme une nouveauté qu'il fera de cet objectif la priorité de son gouvernement, il prêterait à sourire si nous avions encore le cœur à rire, car tous ses prédécesseurs ont dit exactement la même chose. François Mitterrand constatait, il y a plus de dix ans déjà, que, en ce domaine, « on a tout essayé et tout a échoué », formule complétée avec une lucide férocité par Nicolas Baverez : « On a essayé tout ce qui ne marche pas. »

Aucun génie de l'anti-France n'a organisé un tel désastre. C'est en se payant de mots que les gouvernements successifs ont fait tant de mal. Une fois de plus, ils se sont laissé emprisonner dans ces schémas idéologiques qui nous interdisent de regarder le monde tel qu'il est, et font de l'obstination dans l'erreur un label de vertu. Or les stratégies mises en œuvre jusqu'à présent, si elles se sont révélées totalement inefficaces, n'en sont pas moins des drogues dangereuses qui ont ajouté les maladies iatrogènes au mal qu'elles ne guérissaient pas. Depuis un quart de siècle, la France réussit ainsi ce miracle de n'être pas transformée par l'action politique, mais par des effets pervers et dommages collatéraux qui échappent à toute volonté. Mais, avant de remonter aux causes, il faut voir les conséquences, c'est-à-dire poursuivre cet état des lieux d'une France plongée dans la tourmente de l'insécurité.

Le péché de jeunesse

Avoir un job ou pas, le conserver ou le perdre, c'est le premier souci, avant même le niveau de rémunération. Aujourd'hui bien plus qu'hier, l'inégalité n'existe qu'en fonction de ces deux repères, pauvreté-richesse en abscisse, précarité-sécurité en ordonnée. Le binôme est indispensable pour situer chacun dans un camp ou dans l'autre. Pourtant les experts de l'inégalité n'ont toujours pas intégré dans leurs indicateurs les différences entre l'emploi à vie et l'emploi à la journée. Ils mettent au point de subtils modèles mathématiques pour saisir à l'euro près les écarts entre Français, mais ils ne peuvent admettre de faire entrer dans leurs équations la sécurité de l'emploi. Il est vrai qu'ils relèvent de la fonction publique et répugnent à mettre leur statut dans la balance. N'ayant pas de ces scrupules, je mobiliserai l'un et l'autre termes de l'inégalité pour explorer cette France de l'insécurité.

L'égalité française n'existe que sur le fronton des mairies, partout ailleurs règne l'inégalité. Pour en donner une image exacte, il faudrait prendre en considération des dizaines de facteurs : sexe, nationalité, conditions de résidence, milieu social, niveau d'instruction, origine des parents, etc. Je me contenterai ici du critère générationnel, sans jamais oublier qu'il en est bien d'autres.

Quels sont donc les grands perdants du binôme argent-sécurité ? La réponse ne fait aucun doute : ce sont les jeunes. Depuis une dizaine d'années, le sociologue Louis Chauvel a établi de façon minutieuse autant que rigoureuse l'injustice faite aux nouvelles générations, et notamment dans son implacable réquisitoire : *Le Destin des générations*[1]. Le taux de chômage qui les frappe est, de loin, le plus élevé. Entre 15 et 24 ans, il atteint 24 % pour les filles et 21,6 % pour les garçons (soit plus du double de la moyenne nationale). 500 000 jeunes au chômage, sans compter tous les étudiants au rabais parqués dans les universités. Une honte !

Des statistiques qui donnent une image très déformée de la réalité en distinguant salariés et chômeurs. En réalité, les jeunes vont passer des années dans des situations intermédiaires de la plus extrême précarité. Entre les deux tiers et les trois quarts des propositions qu'ils reçoivent sont limitées, conditionnelles, dérogatoires, temporaires. Au mieux un «petit boulot» dans un emploi saisonnier qui ne laisse pas un instant de répit, plus vraisemblablement un stage pour jouer les utilités contre un tiers de SMIC. Un quart des moins de 25 ans reste sur le carreau et recherche désespérément l'un ou l'autre de ces emplois pour jeunes auxquels tout ministre se doit d'associer son nom. La gauche a joué les offusquées face au contrat première embauche (CPE), comme si elle avait des contrats bétonnés à offrir. Nous n'en sommes plus là.

Certes, ils ne sont pas tous ainsi maltraités, certains le sont beaucoup plus que d'autres. Les filles plus que les garçons, les immigrés plus que les «locaux», les sans-diplômes plus que les diplômés. Et encore…

---

1. Louis Chauvel, *Le Destin des générations*, Paris, PUF, 1998.

Même le parchemin ne protège plus. Trois ans après leur entrée dans la vie active, 18 % des bacheliers n'ont toujours pas de travail. Sans doute ne leur avait-on pas dit que le bac pour tous n'est qu'un bac pour rien. Une précarité qui n'a cessé de s'aggraver au cours des dernières années.

Les stages en entreprise, excellents dans le principe, ne débouchent que sur un retour à la case départ. Après quelques mois à jouer au salarié, il faut tout recommencer. Les CV lancés par dizaines. Bouteilles à la mer, sans espoir de retour. Même pas un entretien, même pas une réponse. Et toujours pas de salaire. Seuls les élèves des grandes écoles ou titulaires des diplômes les mieux cotés échappaient à ce jeu de massacre. Depuis quelques années, c'est fini. Eux aussi sont renvoyés comme une bille de flipper d'un stage au suivant. Certaines sociétés prestigieuses en viennent à prévoir des postes permanents pour stagiaires. Après deux ou trois mois de formation, le jeune diplômé n'est que trop heureux de se voir confier des tâches précises, de ne plus se contenter de jouer les utilités, de se rendre utile. Heureux aussi d'avoir un stage qui se prolonge sur six mois et plus, de donner satisfaction. Certes, il n'est pas payé, mais il garde l'espoir d'un engagement stable. Naïves illusions, car il sera remercié et remplacé. Comme son prédécesseur, comme son successeur. L'entreprise peut ainsi s'offrir de façon permanente et gratuite des collaborateurs de haut niveau, motivés par l'espoir d'une embauche et qu'elle ne rémunère pas (ou fort peu). Quant aux jeunes diplômés, ils vont enchaîner quatre, cinq, six stages, travailler avec ardeur, et arriver ainsi à la trentaine. Sans avoir touché leur premier salaire.

Et pourtant les études ne sont pas inutiles. Les risques de ne rien trouver sont trois fois plus élevés pour ceux qui n'ont aucun diplôme. Mais la hiérarchie n'est pas la même sur le marché du travail et à l'Éducation nationale. Certains CAP ou BEP industriels donnent 77 % de chances de décrocher un vrai job, un pourcentage très supérieur à ce qu'autorisent à espérer les titres universitaires classiques et qu'on ne retrouve qu'au sortir des grandes écoles. Mieux vaut avoir son CAP de plâtrier ou de cuisinier qu'accumuler les diplômes de sciences humaines. Mieux vaut surtout être passé par une bonne filière d'apprentissage. On atteint alors le 100 %. Mais cette voie royale pour l'emploi a toujours été dédaignée, voire combattue, par le corps enseignant. Une opposition qui s'est manifestée, toujours aussi virulente, lorsque, au plus fort des émeutes de novembre 2005, Dominique de Villepin a décidé de permettre l'entrée en apprentissage dès l'âge de 14 ans pour les enfants manifestement inadaptés au milieu scolaire. Les syndicats d'enseignants auraient pu demander certaines garanties, exiger que les élèves qui abandonnent si tôt l'école disposent d'un crédit-formation pour reprendre des études plus tard dans leur vie, etc. Impossible, car le refus était idéologique. Cette mesure signifiait, à leurs yeux, l'abandon des élèves en difficulté, signe d'une régression sociale aggravée au détriment des plus défavorisés.

Cette opposition est tout à la fois d'ordre pédagogique, corporatiste et idéologique. Pédagogique : le corps enseignant n'imagine pas que la transmission du savoir puisse se faire par un autre canal que l'institution scolaire. Corporatiste : les syndicats voient dans l'apprentissage une amputation de leur territoire, la formation de la jeunesse. Idéologique : le patron-exploiteur capitaliste est la dernière personne à qui confier les très jeunes adolescents. L'institution scolaire seule peut enseigner les métiers dont l'économie a besoin. Et voilà comment, depuis vingt ans, les lycées professionnels sont à la dérive tandis que les filières de l'apprentissage battent le rappel pour trouver des candidats. Certes, l'apprentissage est tout sauf une recette miracle, et bien des patrons ne l'apprécient qu'en raison de la main-d'œuvre sous-payée qu'il leur fournit, mais c'est encore la «moins pire» des solutions pour les jeunes à la dérive. Hélas! l'Éducation nationale préfère créer un appel d'air vers les filières qui conduisent au chômage.

Être jeune dans la France d'aujourd'hui, c'est vivre le comble de l'insécurité, de la précarité, avec toute la dévalorisation qui accompagne ces situations indécises, incertaines, instables. L'impossibilité d'accéder au moindre crédit à l'âge précisément où on en a le plus grand besoin. Que de rebuffades, d'humiliations, avant de s'en sortir! Cette jeunesse qui triomphe dans les médias, dans la pub, dans le discours public est ostracisée, précarisée, servilisée dans la vie réelle. Jeunisme stupide et arrogant d'un côté, ostracisme impitoyable et relégation de l'autre.

À ces conditions déplorables de non-travail s'ajoutent des rémunérations de misère. La démonstration n'est plus à faire pour les années de stages et les petits boulots payés avec des cerises. Du coup, l'autonomie financière et le logement indépendant sont des rêves qu'on poursuit longtemps. À 25 ans, un Français sur cinq n'a ni travail, ni logement. Il faut dépendre, dépendre de tout, des parents, des multiples organismes d'aide, toujours débordés. Mais la dévalorisation poursuit son œuvre après l'entrée dans la vie active.

Que l'on soit dans le public ou le privé, l'ancienneté impose toujours sa loi et pèse chez nous beaucoup plus lourd qu'ailleurs. Les rémunérations s'améliorent logiquement avec l'âge. Dans quelles proportions? En 1975, les salaires des quinquagénaires étaient en moyenne supérieurs de 15 % à ceux des trentenaires. Aujourd'hui, l'écart atteint 40 %. En 1977, les 30 à

34 ans gagnaient 1,5 % de moins que la moyenne des salariés. En 2000, ils étaient 10 % en dessous. En fait, c'est toute l'évolution salariale qui a changé. Dans les années 1970, les jeunes atteignaient le maximum de leur rémunération dès 35 ans. Ils restaient sensiblement au même niveau pour le reste de leur carrière. Aujourd'hui on monte tout doucement, mais on n'en finit pas de grimper. Et ce sont les quinquagénaires qui empochent la mise à dix points au-dessus de leurs prédécesseurs. Eux encore qui concentrent le pouvoir. En France, on ne décide pas avant quarante ans.

Les revenus des 25-29 ans ont chuté en francs constants de 87 000 en 1979 à 80 000 en 1996, et la dégringolade s'est ensuite poursuivie. En 2001, les trentenaires ne dépassent guère 20 000 euros de revenus annuels alors que les quinquagénaires sont à 32 000 euros. Parmi les moins de trente ans, on comptait 4 % de pauvres en 1970, on dépasse aujourd'hui la moyenne nationale, fixée à 6 % ou 12 % selon le mode de calcul. La conclusion est sans appel : dans la France du XXIe siècle, les jeunes forment la nouvelle classe pauvre, tant sur le plan matériel que de la sécurité. Un résultat qui donne sa pleine mesure quand on le compare avec ce qui se passe à l'étranger.

Le taux de chômage qui, chez nous, frappe les jeunes est deux fois plus élevé qu'en Allemagne ou en Grande-Bretagne, et nettement supérieur à la moyenne européenne. Et pourtant, les études universitaires se poursuivent plus tard en France. Autant d'étudiants prolongés, autant de chômeurs en moins. Mais à quoi bon ces années de fac qui ne réduisent le chômage que dans les statistiques et pas dans la réalité ?

Dira-t-on que la France se désintéresse de ses jeunes chômeurs, qu'elle ne fait aucun effort en leur faveur ? C'est tout juste le contraire. Nous dépensons plus de 6 milliards d'euros par an, soit deux fois plus que la Grande-Bretagne et quatre fois plus que l'Allemagne, pour leur trouver du travail. Et que dire de l'activisme gouvernemental ? Des dizaines de dispositifs, dont beaucoup sont mis au rancart avant même d'avoir été expérimentés. Les administrations elles-mêmes ne s'y retrouvent plus. Bien souvent, le nouveau ministre annonce son contrat miracle avant même que le contrat, tout aussi miraculeux, de son prédécesseur soit entré en application. Le gouvernement Jospin avait usé et abusé de ces pis-aller qui font basculer dans une fonction publique au rabais les jeunes auxquels l'économie n'offre pas de place. En 2002, la droite a prétendu rompre avec cette pratique. Mais la pénurie d'emplois n'a fait que s'aggraver et le gouvernement Villepin a renoué, sans trop le dire, avec cette méthode. L'embellie enregistrée au second semestre 2005 s'explique pour une large part par la multiplication des emplois à la charge de l'État. La société française n'est toujours pas en état d'accueillir la jeunesse.

La cause est entendue : en ce début de XXIᵉ siècle, la jeunesse est perdante sur les deux plans de la sécurité et des revenus. Dans la pure logique du « Toujours plus ! ». Si les uns accumulent les droits et les garanties, il faut bien que d'autres supportent les servitudes et la précarité. En menant mon enquête au début des années 1980, j'avais montré que la France avait distribué le prolétariat ouvrier dans ce rôle. Au XXIᵉ siècle, ce sont les 15-30 ans qui sont corvéables à merci.

La génération 1970, celle des gens en place, n'a jamais payé ses enfants que de mots et d'assistance. Elle tient le discours démagogique des parents soixante-huitards qui reconnaissent à la jeunesse tout ce qu'elle n'a pas : la sagesse, la pertinence, le désintéressement, mais lui dénie ce qui lui revient : l'accueil dans la société et le partage des places. Elle pratique la charité publique en distribuant les milliards promis au hasard des annonces ministérielles, la charité privée en mobilisant l'aide de la famille, sans laquelle on ne peut plus atteindre la trentaine. Mais cet activisme ne vise jamais qu'à calmer nos chers petits afin qu'ils se tiennent tranquilles dans le rôle qui leur est assigné : être les paratonnerres de l'insécurité, les amortisseurs de crise, les soutiers des privilégiatures. Bref, il s'agit avant tout pour eux d'assurer le confort des parents. La génération 1970 est celle des droits acquis, elle a réduit aux acquêts la communauté avec ses enfants… et, comme elle est plus soucieuse de se protéger que de conquérir, elle n'a pas acquis grand-chose. Tout lui appartient, rien à partager.

Le 26 mars 2006, au cœur des manifestations anti-CPE, les lecteurs du *Monde* exprimaient dans la chronique du médiateur, Robert Solé, les troubles de la génération prédatrice face à la révolte des jeunes. Un fonctionnaire sexagénaire : « Nous avons signé des chèques en blanc sur votre avenir en endettant notre pays. Égoïstement, nous avons défendu nos statuts sans rien faire pour vous. » ; un ancien dirigeant d'entreprise : « [Les enfants] ne nous admirent plus, ils nous plaignent, nous méprisent […]. Ils préparent la guerre des générations, au cours de laquelle ils refuseront de payer pour nous. » ; enfin, un ancien étudiant de 68 : « Nos retraites enviables, c'est les jeunes qui vont les payer. Nos futurs soins médicaux qui vont durer plus longtemps qu'avant : c'est les jeunes qui vont les payer. Nos avantages sociaux obtenus par la dette : c'est les jeunes qui vont les rembourser. Nos avantages professionnels, c'est les jeunes qui les payent par le chômage et la précarité. »

C'est dans ce même journal qu'à la veille des premières manifestations, Louis Chauvel rappelait : « Depuis vingt ans, les jeunes ont servi de variable

d'ajustement [...]. La France les a sacrifiés pour
conserver un modèle social qui profite essentiellement
aux baby-boomers [...]. Elle n'a pas voulu mettre en
place une intégration par l'apprentissage et a préféré
les retenir hors du monde du travail dans un système
universitaire à bon marché[1]. »

Comment regarder dans les yeux cette jeunesse
dont nous avons volé l'avenir ? Qui supportera demain
le poids des « ajustements sévères » annoncés par les
prévisionnistes ? La génération en place, ou en retraite,
s'efforcera une fois de plus de faire payer la suivante.
C'est alors que les émeutes de novembre 2005 feront
figure d'aimables répétitions.

Le bon job

La France se gagne à l'ancienneté. Les jeunes se tra-
cassent, les adultes se décarcassent et les seniors se
prélassent. À chaque âge sa condition, avec des revenus qui augmentent assez régulièrement d'une décennie sur l'autre. Entre 30 et 50 ans, le niveau de vie
s'accroît de moitié. La tranche des 30-60 ans n'est donc
pas mal lotie sur le plan monétaire, mais elle est acca-
blée de charges avec l'éducation des enfants et l'entretien des jeunes, l'achat du logement et, bien
souvent, la prise en charge de grands-parents en mauvais état de santé. Le niveau de vie est donc plus faible
que ne le laisse penser le pouvoir d'achat.

En contrepartie de ces rémunérations, il faut travailler dur, très dur même. Car la société française est
ainsi faite que le travail est devenu un privilège. Celui
des rois de la sécurité dans le secteur protégé ou celui

---

1. « La France a sacrifié les jeunes depuis vingt ans », entretien
avec Louis Chauvel, *Le Monde*, 7 mars 2006.

des rois de la rentabilité dans le secteur exposé. Ce sont, en fait, les deux tiers de la population en âge de travailler qui font tourner le pays, le troisième tiers se trouvant condamné à l'oisiveté au titre du chômage ou de la retraite. Par compensation, la productivité horaire est exceptionnellement élevée en France. Jusqu'à l'épuisement, jusqu'à l'écœurement.

Pour la sécurité, les choses s'arrangent avec la trentaine. La plupart des Français ont fini par décrocher le job après lequel ils couraient depuis leur vingtième année. Le taux de chômage descend en dessous de 8 %. Et, lorsque l'on perd son emploi avant 40 ans, on possède encore de bonnes chances d'en trouver un autre. En France, les employés sont solidement accrochés à leur job, et le licenciement reste plus compliqué qu'à l'étranger. En moyenne, ils conservent la même place pendant onze années, contre huit en Grande-Bretagne et sept aux États-Unis. « Des études montrent que, si l'on est en poste depuis plus de deux ans, on y restera beaucoup plus longtemps qu'il y a vingt ans », constate Olivier Marchand, de l'Insee [1]. Mais, une fois de plus, la sécurité des uns fait l'insécurité des autres : « Les emplois de moins de deux ans sont plus instables qu'auparavant. » Conclusion : « Les inégalités face au risque de chômage se creusent. » Mais cette période faste ne dure pas jusqu'à la retraite. « Pour ceux qui sont bien protégés, surtout dans les grandes entreprises, le seul risque, c'est le licenciement, surtout vers 45 ou 50 ans, qui devient très pénalisant. » Pénalisant, c'est bien peu de le dire. Si les entreprises larguent si volontiers les quinquagénaires, ce n'est pas pour en engager d'autres. Un emploi de perdu, aucun de retrouvé. Même le cadre n'est pas assuré d'une fin

1. « Un marché du travail décomposé », par Francine Aizicovici, *Le Monde*, 4 octobre 2005.

de carrière honorable. Il suffit d'un faux pas pour se retrouver Rmiste à la veille de la retraite.

Les chômeurs aux cheveux gris

Voici la grande peur des quinquas, le pendant de la galère vécue par les ados. Peu à peu, insidieusement, à mesure que l'on se trouve commandé par plus jeune que soi, que l'on vous refuse les stages de perfectionnement, que l'on entend rappeler sa longue présence dans la maison, sa rémunération élevée, la menace se précise. À mille signes, mille allusions, le cinquantenaire découvre la nouvelle loi qui le régit désormais : « Premier dégagé. Dernier engagé ! » Car le marché du travail ne supporte pas les rides. Pour les 30 à 50 ans, le chômage ne dépasse deux ans que dans 20 % des cas ; pour la tranche 50-60, c'est dans 41 % des cas.

En prenant de l'âge, le travailleur doit être payé plus cher alors qu'il est présumé moins productif. Double absurdité. Plus jeune signifie donc plus rentable. Le principe paraît à ce point évident qu'il n'est plus nécessaire de le vérifier. Un CV qui porte une date de naissance antérieure à 1955 va directement à la corbeille. Nous ne sommes pas les seuls à mettre les quinquagénaires au rancart, mais nous forçons nettement la dose. En Suède, 69 % des 55-64 ans sont encore au travail ; en Grande-Bretagne, 55 % ; en France, 37 % seulement. Dans cette tranche d'âge, il faut être travailleur ou retraité, surtout pas chômeur. Les malchanceux qui ont raté le saut survivent des années avec les minima sociaux avant de s'échouer aux rivages de la retraite.

Ce rejet du travailleur « âgé » est une constante de notre société. Il s'est manifesté dès la fin des années 1970, quand il a fallu choisir dans les entreprises ceux qui seraient éliminés et ceux qui seraient engagés. Les gouvernants ont vite compris que les travailleurs « âgés » composaient une catégorie assez faible, sans grand pouvoir de nuisance.

Dans les années 1980, j'avais consacré une émission aux chômeurs « âgés ». J'avais confronté une dizaine d'entre eux à une brochette de syndicalistes, de patrons ou de hauts fonctionnaires. En un premier temps, les représentants de la CGT puis de FO avaient condamné l'ostracisme patronal vis-à-vis des cheveux gris. Les chômeurs laissés-pour-compte avaient vigoureusement soutenu leurs représentants. Puis j'avais soulevé le problème du secteur public, de toutes ces entreprises, SNCF, EDF et autres, qui recrutent des milliers d'agents chaque année à l'exclusion réglementaire des plus de 30 ans. Était-il juste que ces emplois soient interdits aux chômeurs âgés, était-il tolérable que cette exclusion soit écrite noir sur blanc dans les règlements intérieurs ? Ces traditions sont si bien établies que les chômeurs ne les avaient même pas remarquées. Ils se plaignaient des employeurs privés qui rechignaient à les embaucher, mais pas des employeurs publics qui s'étaient mis en position de ne jamais le faire. En prenant conscience de cette discrimination, ils se retournèrent tout naturellement vers les représentants syndicaux. Qu'attendaient-ils pour dynamiter cette discrimination scandaleuse, pour imposer que les demandeurs d'emploi soient traités sur le même pied, quel que soit leur âge ?

Les gros bataillons du secteur public sont très attachés à cet engagement juvénile qui favorise l'avancement à l'ancienneté. Il ne peut donc être question pour les grandes confédérations de revenir sur cette clause. Leurs représentants lancèrent des mises en garde sur le danger de voir les travailleurs se diviser sur cette question, ce qui eut le don d'exaspérer leurs interlocuteurs. L'exercice, il est vrai, n'était pas facile. Les chômeurs en colère se croyaient représentés et défendus par les syndicats. Ils découvraient que leurs intérêts ne pesaient pas lourd face aux exigences des travailleurs statutaires.

Les chômeurs de 20 ans inquiètent, ils peuvent « mal tourner », « faire des bêtises ». Une jeunesse oisive est toujours dangereuse, on sait cela. En revanche, des hommes et des femmes d'âge mûr sont totalement inoffensifs. Ils se terrent dans leur coin, rongés de vergogne, s'enfonçant chaque jour un peu plus dans la misère et le désespoir. Pas de quoi inquiéter nos dirigeants politiques, patronaux ou syndicaux. Il aura donc fallu attendre ces derniers mois pour qu'enfin la société s'interroge sur l'emploi des seniors. Encore ne s'agit-il que de réduire le gouffre des retraites bien plus que d'aider les chômeurs âgés. Car l'oisiveté peut être la pire ou la meilleure chose du monde selon qu'elle prend la forme du chômage ou de la retraite. C'est ainsi que les sexagénaires sont devenus, en contrebande, la tranche d'âge la plus favorisée de la société française...

Heureux comme un senior

Dans mon enquête de 1980, je ne m'étais guère attaché à la condition des retraités. La question me paraissait secondaire. Les « vieux » étaient manifestement moins maltraités qu'avant, pour le reste, ils se débattaient avec les heurs et malheurs d'une fin de vie. Un âge plutôt pitoyable, mais ce n'était pas à proprement parler mon sujet. Un quart de siècle plus tard, la situation a changé du tout au tout. Les seniors sont les gagnants du système.

Premier avantage : l'allongement de la vie humaine. Quatre-vingts ans d'espérance de vie à la naissance pour un Français, quinze ans de gagnés en cinquante ans. Plutôt que d'allongement de la vie, c'est du recul de la vieillesse dont il faudrait parler. Sur tous les plans – physique, psychologique, comportemental –, le sexagénaire est un quinquagénaire prolongé et nullement un octogénaire annoncé. Ainsi, la tranche des sexagénaires, qui était autrefois celle des « vieux », est devenue celle des seniors, rattachée aux générations plus jeunes par son état personnel et aux générations suivantes par son statut social.

Car l'habitude s'est maintenue de quitter la vie active la soixantaine venue, voire promise. C'est ainsi qu'insensiblement les vieux aux retraites courtes sont devenus des jeunes aux retraites longues, tandis que la chute de la natalité faisait s'éclaircir les rangs des payeurs. À contretemps, notre génération s'est octroyé un repos bien mal gagné.

Avancer les départs en retraite alors que tous les pays s'interrogeaient sur la nécessité de les reculer, c'était déjà une superbe « exception française ». Mais pourquoi s'arrêter en si bon chemin ? La retraite à 60 ans fut encore anticipée par le système des préretraites. Mesures d'exception prises à l'origine pour accompagner une sidérurgie lorraine sinistrée, elles devinrent la solution passe-partout, la solution de facilité pour réduire sans douleur les effectifs. À ce jeu, la cessation d'activité intervient dès 58 ans. Seul le tiers des sexagénaires est aujourd'hui encore au travail à cet âge, un record du monde ruineux pour les finances publiques.

Oublions donc la notion de « vieux » et retenons celle de « seniors » pour désigner ces retraités de 58 à 75 ans, ce sont eux, en tout cas, qui composent la catégorie de Français la plus heureuse, la mieux lotie.

La vie commence à soixante ans

Le retraité aborde les terres de la sécurité absolue. Il ne connaît plus les angoisses du travailleur, il ne craint ni les observations, ni les mutations, ni le licenciement, il n'a plus à se vendre sur le marché du travail, plus à chercher-mendier un emploi, plus à essuyer des refus comme autant de rebuffades. Maigre ou généreuse, sa pension lui sera payée sa vie durant. Le retraité vit dans la sérénité… si longtemps qu'il reste jeune, c'est-à-dire pour quinze ou vingt années.

Jusqu'aux années 1980, la plupart des vieux formaient la grande masse des «économiquement faibles», de ceux qui vivaient en dessous du seuil de pauvreté. Le grand rattrapage s'effectue sous le septennat de Giscard. Grâce à une augmentation des retraites beaucoup plus rapide que celle des salaires, le pourcentage des pauvres diminue spectaculairement. Au cours des années 1970, il passe de 25 à 12 % chez les 60-69 ans, de 36 % à 13 % chez les 70-79 ans, de 43 % à 20 % chez les octogénaires. Dans les vingt années suivantes, ce pourcentage va se réduire régulièrement jusqu'à rejoindre la moyenne nationale. Les pensions ne sont certes pas dorées sur tranche pour tous, et 700 000 retraités sont toujours au minimum vieillesse. Il n'empêche que la pauvreté, qui était la règle, est devenue l'exception. À noter que, dans le même temps, le pourcentage des ménages pauvres doublait chez les moins de 30 ans.

Après avoir échappé à l'hospice des indigents, les retraités se sont donc rapprochés de la moyenne nationale – qu'ils ont rejointe en 1984 avant de la dépasser. Selon les enquêtes sur les revenus fiscaux de 2001, les Français disposaient en moyenne de 16 540 euros par an alors que les sexagénaires touchaient 16 800 euros (en moyenne également). Un résultat qui peut surprendre, car le passage à la retraite correspond à une perte de revenus, chacun sait cela. Il est même courant aujourd'hui pour des cadres de toucher des pensions inférieures de moitié à leur dernier salaire. L'appauvrissement est indiscutable. Mais la comparaison opère avec le revenu moyen, plus faible que les rémunérations en fin de carrière. En outre, les seniors ont accumulé plus de patrimoine que le reste de la population. Les trois quarts d'entre eux sont propriétaires immobiliers, des propriétaires qui ont fini de rembourser leurs emprunts, contrairement aux plus jeunes, qui, lorsqu'ils ont acheté leur logement, continuent à payer de lourdes échéances. Ajoutons les revenus du patrimoine, plus élevés, et les successions, puisqu'il faut approcher la soixantaine pour hériter d'aïeux octo ou nonagénaires.

Cette situation est absolument unique au monde et dans l'histoire contemporaine. Si l'on compare avec nos voisins, la France arrive en tête en consacrant 12 % de son PIB aux pensions. Si l'on remonte dans le passé, c'est la première fois depuis l'Ancien Régime que les gains et la fortune des inactifs dépassent ceux des actifs. Et l'écart serait encore bien plus important si l'on opposait la situation financière des trentenaires à celle des sexagénaires. Une anomalie compensée dans le cadre familial. Hier les enfants aidaient leurs vieux parents. Aujourd'hui, c'est l'inverse.

La plupart des retraités contesteront cette présentation. Non sans raison. Une fois de plus, la statistique fait disparaître la différence entre les privilégiés et les non-privilégiés. L'observateur étranger Timothy B. Smith n'a pas de ces pudeurs. Il rétablit donc la vérité de notre solidarité intergénérationnelle : « Les 30 % de la population affiliés au secteur public et aux régimes spéciaux consomment environ 60 % du total des frais annuels de retraite. [...] Les 70 % restant de la population à la retraite, affiliés à la caisse principale des travailleurs du secteur privé, ne représentent que 40 % des dépenses de retraite[1]. » N'oublions jamais que dans la catégorie gagnante, les uns décrochent le gros lot et les autres les lots de consolation.

La société qui les rejette en tant que producteurs, qui les ringardise en tant que référence, a parfaitement identifié leur nouvelle condition économique. Ils constituent, avec les très jeunes enfants, les nouveaux consommateurs. C'est à ce titre, et à ce titre seulement, qu'ils intéressent les générations au travail. La seule difficulté étant d'atteindre ce marché sans jamais le viser, car ces retraités ne veulent surtout pas être reconnus en tant que tels. Des actifs qui ne travaillent pas : autrefois, on appelait cela des rentiers. Aujourd'hui, on dit des retraités.

Les seniors se sont préparé ce statut en or pendant qu'ils détenaient le pouvoir. Avec beaucoup de pudeur ! En avançant l'âge de la retraite, en favorisant les pré-retraites, en multipliant les faveurs pour les retraités, les gouvernants n'avouent jamais qu'ils servent leur génération au détriment de la suivante. Ils usent et abusent de tous les alibis idéologiques pour habiller une politique de vieux en politique de jeunes, pour donner à croire que les moins de 30 ans profiteront des faveurs accordées aux sexagénaires. Autrement dit, ces mêmes dirigeants qui ignorent la démographie quand elle dicte des mesures impopulaires la suivent aveuglément dans leur démarche politicienne. Or toutes les projections montrent que le vote retraité pèsera de plus en plus lourd à l'avenir. Voilà comment les seniors vivent leur âge d'or en étant l'une des rares catégories à se porter mieux dans une société qui va de plus en plus mal.

---

1. Timothy B. Smith, *La France injuste. 1975-2006 : pourquoi le modèle social français ne fonctionne plus*, Paris, Autrement, 2006.

Mais ce temps béni ne durera pas. Le flot des papys et des mamys qui s'engouffre sur ces terres promises de la retraite est beaucoup trop important pour bénéficier longtemps d'une manne aussi généreuse. Les pensions promises ne seront pas payées, les faux vieux redeviendront de vrais pauvres – ou de faux travailleurs. Mais demain est un autre jour. Aujourd'hui, il n'est bonne France que pour les seniors.

Une exception sans potion magique

Georges Pompidou pensait que la France ne supporterait pas 500 000 chômeurs. Erreur totale ! Les sans-travail ont beau être vingt fois plus nombreux que les 150 000 électriciens, ils sont infiniment moins dangereux. Cette population, par essence inorganisée et inorganisable, ne peut pas retourner ses outils contre la collectivité, elle ne possède aucun pouvoir de nuisance. Il suffit de lui assurer un minimum de subsistance pour qu'elle reste inoffensive. Une assistance coûteuse, mais tout paraît bon marché à ceux qui vivent à crédit sur le dos de leurs héritiers. La France s'est donc accommodée du chômage, elle en a fait un amortisseur de la crise au service des mieux organisés. Fonctionnaires protégés dans leurs citadelles françaises, salariés exposés aux affrontements du capitalisme, chômeurs abandonnés sans espoir, jeunes en galère, seniors en croisière, comment analyser un tel tableau ?

On voit au premier coup d'œil que les Français les plus touchés (chômeurs, jeunes et travailleurs âgés) représentent les catégories les moins menaçantes. À l'inverse, les statutaires, les plus dangereux, ont été aussi les mieux défendus. Les salariés du privé ont été protégés jusqu'à ce que le tsunami libéral ébranle leurs défenses. Quant aux seniors, ils touchent les dividendes de leur pouvoir.

Certains voudraient faire du libéralisme à tout-va et de la mondialisation la seule explication, l'universelle justification. C'est un peu court. L'ouragan a dévasté tous les pays. Je dis «dévasté» en pensant aux sociétés européennes, je n'utiliserais pas ce verbe si j'étais Chinois ou Indien. Car ce système, tous les matins dénoncés par nos altermondialistes, est aussi le seul qui ait réussi, en si peu de temps, à sortir de la misère des hommes par dizaines de millions. En payant le prix fort, sans doute, mais on cherche encore la recette du développement à prix cassés.

Au cours de ces décennies, les Français ont joué, en toute inconscience, au village gaulois d'Astérix. Dans la série d'Uderzo et Goscinny, le monde entier est submergé par la *pax romana*, tous les habitants en adoptent les règles et le mode de vie – ce qui est tout à fait conforme à la réalité historique –; seuls nos bons Gaulois bagarreurs refusent cette romanisation. Remplacez l'empire romain par le libéralisme mondialisé, le village gaulois par la France, le schéma est le même. C'est toujours le refus de principe, opposé à l'ordre universel.

Malheureusement Panoramix ne nous a pas donné la recette de la potion magique pour repousser le nouvel ordre économique mondial. Plus nous le condamnons dans les mots, et plus il s'impose dans les faits. C'est ainsi que la France a été remodelée par un ordre extérieur que nous prétendons récuser, remodelée par les dommages collatéraux et par les effets pervers de politiques qui n'ont jamais atteint les objectifs qu'elles prétendaient fixer.

CHAPITRE 9

La France réactionnaire

Tandis que la France du « Toujours plus ! » se fossilisait dans le statu quo, la France de l'entreprise était emportée vers le grand large. C'est le grand découplage entre la société et son système économique. Le général de Gaulle disait que « la politique de la France ne se fait pas à la corbeille ». Réponse du berger à la bergère : « La politique de la France ne fait pas le CAC 40. » Hier la Bourse évoluait au rythme des événements politiques. Aujourd'hui une victoire de la gauche a moins d'influence sur les cours qu'une note d'information d'un analyste financier de 25 ans. Nos multinationales ont délibérément opté pour la dimension mondiale et n'accordent qu'une attention distraite à la province française. Les gouvernants décrètent et gesticulent, accablant les PME et faisant fuir les « GME », Grandes et Multinationales Entreprises.

Les Français ont un problème avec le capitalisme. Il s'agit bien d'une « exception française ». En 2006, GlobalScan a posé la même question dans une vingtaine de pays pour le compte de l'Université du Maryland : « Le système de libre entreprise et de l'économie de marché est-il le meilleur pour l'avenir ? » Arrivent en tête... les Chinois avec 74 % de réponses favorables devant les Américains, 71 %. Les Européens répondent par l'affirmative, à 67 % chez les Britanniques et à 59 % en Italie. Même les Argentins approuvent à 42 %. Seuls les Français ne sont pas d'accord : 36 % de réponses positives contre 50 % de réponses négatives.

Il s'agit moins, d'ailleurs, d'une condamnation doctrinale que de l'expression d'une sensibilité populaire. Les Français détestent l'inégalité et l'insécurité. Manque de chance, elles sont l'une et l'autre les déesses tutélaires du capitalisme. Ce système vit de l'inégalité, comme le sport, de la compétition. Il puise son énergie dans l'enrichissement patronal et s'étiole dans l'égalitarisme. Mais la République, nous le savons, s'est vouée à l'égalité.

Le capitalisme est couplé au libéralisme, qui capte l'énergie de l'insécurité comme la voile du vent. La concurrence généralisée « tous contre tous » et « chacun pour soi » entretient l'incertitude du lendemain. Voilà encore ce que les Français ne peuvent supporter. Ce mouvement perpétuel ne leur inspire pas l'espoir de gagner plus, mais la crainte de tout perdre.

Bref, les Français sont égalitaristes autant que « sécuritaristes », à mille lieues de la mentalité américaine, qui fait du risque et de la réussite, pesée en dollars, une valeur fondamentale attachée à la personne humaine. Malheureusement, ce n'est plus la France, mais l'Amérique qui se veut patrie des droits de l'homme et qui impose à tous son Far West d'inégalités et d'insécurité.

Le capitalisme à la française

La France est capitaliste et les Français ne le sont pas. Comment est-ce possible ? La réponse a été fournie par Jacques Lesourne, technocrate de haut vol et ancien directeur du *Monde* : « La France, a-t-il écrit, c'est une URSS qui a réussi[1]. » La formule saisit son modèle tel que la vague libérale l'a révélé. Notre pays a édifié un modèle original, mi-empirique mi-idéologique, qui n'est ni le capitalisme libéral, ni la social-démocratie, mais une curieuse chimère dont le corps et le cerveau n'appartiennent pas à la même espèce.

Sur le plan des idées, l'économie de marché n'est qu'un état de fait. On s'en sert parce que ça marche. Sans plus. Elle n'accède pas à la dignité d'une philosophie de l'existence, d'un projet collectif, d'une culture humaniste. Ce statut est réservé à la république, à la démocratie, à la nation ou au socialisme.

Sur le plan pratique, la société française des Trente Glorieuses n'est que très modérément capitaliste et libérale. Elle est peu ouverte sur le monde, et l'État détient tous les leviers de commande. Il contrôle les prix, les échanges, les salaires. Il a pris en main la reconstruction puis la modernisation du pays. Il joue au Meccano avec les entreprises, car ce capitalisme se développe sans capitalistes. Ce sont les grandes institutions : banques, compagnies d'assurances et autres organismes publics ou parapublics, les investisseurs institutionnels, les «zinzins», comme on dit alors, qui sont les maîtres du jeu sur le plan financier. «C'est un capitalisme sans capitaux, encastré dans l'État, dirigé par des élites publiques cooptées, régulé à distance par des actionnaires transparents et administrés par des conseils de complaisance[2]», résume Élie Cohen. Les réussites individuelles et les grandes fortunes ne s'affichent pas. Les Français n'ont pas le sentiment que le capitalisme domine leur société, il n'en est qu'un

1. Jacques Lesourne, *Le Modèle français*, Paris, Odile Jacob, 1998.
2. Élie Cohen, *Le Nouvel Âge du capitalisme*, Paris, Fayard, 2005.

acteur au même titre que les syndicats ou l'Administration. En outre, l'augmentation générale du pouvoir d'achat apaise les sentiments égalitaristes. Quant au libéralisme, il ne fait guère sentir ses effets. La toute neuve Sécurité sociale prend en charge les aléas de la vie. Les fonctionnaires ont gagné une sécurité de type soviétique, et les salariés sont assurés de trouver un travail dans ce monde de plein-emploi.

Ce modèle de référence convient au tempérament français et, en dépit de ses hypocrisies et de ses non-dits, possède d'indiscutables vertus. Il cimente la nation, c'est tout à la fois sa force et sa faiblesse. Sa force, si longtemps qu'une forte croissance tempère les antagonismes. Sa faiblesse, dès lors qu'il doit s'adapter pour affronter le ralentissement de la croissance et, surtout, la mondialisation du capitalisme.

En ce début des années 1980, Margaret Thatcher puis Ronald Reagan ont déclenché la grande révolution. Le capitalisme libéral va tout emporter sur son passage, imposant la nouvelle dimension économique : la mondialisation. La rupture avec le capitalisme ne sera pas celle qu'espérait la gauche des années 1980. Elle n'est pas socialiste mais libérale, pas révolutionnaire mais réactionnaire. Après s'être développée aux États-Unis, elle gagne le monde entier dans la décennie 1980.

L'idée que le capitalisme fasse son retour depuis l'Amérique peut surprendre, on ne savait pas qu'il était si affaibli. Eh bien si, il n'était plus que l'ombre de lui-même, il contrôlait encore les outils de production, mais ses prérogatives n'excédaient pas ce droit patrimonial.

Le renouveau capitaliste

À la fin des années 1960, l'économiste John Kenneth Galbraith avait créé un véritable choc en montrant que les grandes sociétés américaines avaient cessé d'être capitalistes. Dans son livre de référence, *Le Nouvel État industriel*[1], ce professeur de Harvard, connu pour ses vues anticonformistes, démontrait que les actionnaires de l'entreprise avaient été dépouillés de leur pouvoir. Les managers salariés avaient constitué des «technostructures», lesquelles, dès lors qu'elles versaient des dividendes, n'avaient de comptes à rendre à personne. Les propriétaires étaient traités comme des créanciers, et les gestionnaires se prenaient pour les patrons !

Cette dissolution du pouvoir capitaliste était la conséquence inéluctable de son éparpillement. En lieu et place du milliardaire patron-propriétaire-créateur-gestionnaire se trouvaient des millions d'épargnants qui achetaient des actions ou confiaient leurs économies aux banques. Celles-ci assuraient la trésorerie des entreprises sans en contrôler la gestion. Dans la pyramide du pouvoir capitaliste, les managers salariés occupaient le sommet, le personnel, le milieu, et les actionnaires, la base, sans entretenir de liens directs avec l'entreprise.

Cette évolution se retrouvait, peu ou prou, dans tous les pays industriels. En France, elle se combinait avec la consanguinité des familles possédantes, la complicité des grands corps, l'omniprésence de l'État et une certaine forme de paternalisme social. Une grande entreprise à la française était chapeautée par un conseil d'administration fantoche, sorte de club

---

1. John Kenneth Galbraith, *Le Nouvel État industriel*, Paris, Gallimard, 1968.

aux chaises tournantes où les mêmes personnages occupaient tantôt le fauteuil présidentiel et tantôt les sièges d'administrateurs. Bref, on était entre soi, et le PDG restait maître du jeu. Les assemblées générales des actionnaires étaient autant d'occasions de grand-messes fort peu représentatives, où l'on ne faisait qu'enregistrer et approuver. Les véritables négociations se déroulaient dans les comités d'entreprise avec les représentants du personnel, avec les délégués syndicaux, dans les relations avec l'État, les banques, les fournisseurs ou les clients. Ce modèle était réellement français, il correspondait à notre histoire, il ne nous était pas imposé de l'extérieur. Michel Albert a baptisé « capitalisme rhénan[1] » ce type d'économie, qui prospérait en Allemagne et dans d'autres pays européens. Mais il faut désormais en parler au passé. Comme l'auteur lui-même l'a constaté, c'est désormais le modèle néo-américain qui s'est partout imposé.

Ce capital atomisé se regroupe tout au long des années 1970-80. Il constitue d'énormes fonds d'investissements, fonds de pension, fonds spéculatifs, qui rassemblent une puissance financière colossale. Un seul d'entre eux, le fond Calpers, qui gère les retraites de fonctionnaires californiens, pèse 150 milliards de dollars. Aujourd'hui, ces fonds d'investissement disposent de 10 000 milliards de dollars et le capitalisme restructuré représente 40 % de la capitalisation boursière mondiale. Une puissance financière qui dépasse celle des États, d'autant qu'elle jouit d'une totale liberté de manœuvre. Car ces colosses ne passent plus par l'intermédiaire des banques, ils vont directement placer

---

1. Michel Albert, *Capitalisme contre capitalisme*, Paris, Seuil, 1991.

leurs billes dans les affaires qu'ils jugent les plus profitables.

Les gestionnaires de ces fonds s'invitent au capital des grandes entreprises, et les managers découvrent des actionnaires bien différents de ces petits porteurs si discrets, de ces compagnies d'assurances si fidèles, des «zinzins» si accommodants. Les nouveaux venus sont des financiers pugnaces à la recherche d'un profit maximum, qui arrivent en position de force et qui entendent peser sur la gestion. Ils remettent en cause cette technostructure qui dédaigne ses actionnaires et imposent progressivement une gouvernance fondée sur une nouvelle hiérarchie du pouvoir. Au sommet les actionnaires propriétaires, en second rang le management à sa botte, et relégué à la base : le personnel. La bonne gouvernance consiste à faire passer le profit avant toute autre considération.

À ce capital restructuré, le nouveau libéralisme donne une impulsion irrésistible. Dérégulation, désintermédiatisation, déréglementation, libre-échange, le reaganisme et le thatchérisme abattent toutes les règles, toutes les frontières, toutes les limites, et donnent naissance au grand marché planétaire. Les milliards franchissent les océans à la vitesse de la lumière ; les hommes, les marchandises et les capitaux abolissent les distances et les frontières. Les différences de coûts salariaux ou de charges fiscales créent une véritable météorologie mondiale, avec des courants irrésistibles qui emportent les richesses des zones de haute pression vers les zones de basse pression. Rien ni personne ne peut les retenir, le chantage à la délocalisation est permanent. La concurrence, généralisée.

Dans la gestion financière, la spéculation prend le pas sur l'investissement. Les fonds spéculatifs doivent assurer la plus forte rentabilité, tout comme les grandes surfaces doivent vendre le moins cher possible. Car les possédants, grands ou petits, font jouer la concurrence en vrais consommateurs. Ici on joue les prix bas et là les profits élevés. Seuls quelques investisseurs au long cours assurent encore la stabilité aux entreprises, mais les plus dynamiques, les plus incisifs imposent une insécurité totale, une infidélité de principe.

Un libéralisme qui mondialise le marché, un capitalisme qui redonne la primauté à la finance et, pour couronner le tout, la disparition de l'URSS et la conversion de la Chine, qui livrent le monde à ce capitalisme libéral rénové. Aussi universelle que le foot, la nouvelle religion impose partout le culte du profit et la domination de la finance. L'ordre nouveau dispose de sa plus fidèle alliée, l'insécurité. Du patron qui craint pour son entreprise au salarié qui risque de perdre son job, chacun en ressent la morsure.

Le capital l'emporte sur le travail

Le financier n'a pas supplanté le salarié en raison d'une utilité supérieure : voilà bien le paradoxe. Les nouveaux maîtres n'apportent ni conseils, ni fidélité, ni sécurité, rien que des contraintes supplémentaires qui rendent la vie des entreprises plus difficile et leur avenir moins assuré. Le principe est toujours le même, mieux vaut se faire craindre que se faire aimer. La plus grande menace impose sa loi, qu'il s'agisse de celle que font valoir les corporations face à la collectivité ou de celle que fait peser la finance face à l'entreprise.

La force de ce capital errant, c'est de n'être pas lié à la société dans laquelle il s'investit. Contrairement au personnel et au management, il peut à tout moment reprendre ses plaques et aller jouer sur une autre table. Les managers n'ont guère le choix : si le cours de

Bourse baisse, ils se font virer, et s'il monte, leurs stock-options se transforment en tickets gagnants. Ils se mettent donc aux ordres des grands actionnaires internationaux, anticipent leurs jugements, tremblent devant leurs menaces et vont les courtiser plusieurs fois pas an.

Les salariés, au contraire, dépendent entièrement de leur entreprise. La grève ne pèse pas lourd face aux sanctions du marché, et le chantage à la démission n'est d'aucun poids face au chantage à la délocalisation. La finance n'a pas réduit l'utilité du travail, elle a imposé un pouvoir de nuisance supérieur. Une autre version du « Toujours plus ! ».

Le capital financier a pris le pouvoir afin d'imposer les lois du profit. Premièrement : l'entreprise a pour seule vocation d'enrichir ses propriétaires, ce qu'on appelle pudiquement « créer de la valeur pour l'actionnaire ». Elle n'a pas à se soucier de considérations locales, écologiques ou sociales, elle doit privilégier la rémunération du capital et non pas celle du travail. Deuxièmement : l'objectif n'est pas de faire des bénéfices, mais de les augmenter, pas de maintenir le cours de Bourse, mais de le faire grimper. Dans les plus belles années de la bulle Internet, les financiers donnaient de la cravache sur les directions pour obtenir un retour sur investissement de 15 %. Jamais moins, pourquoi pas plus ?

Troisième point : cette rentabilité s'apprécie aujourd'hui et maintenant, pas dans le futur. La finance ne veut prendre aucun risque, elle évalue sur six mois, pas davantage. La gestion doit se penser dans cet horizon extraordinairement limité, un horizon qui finit par l'asphyxier. L'entreprise, elle, vit dans la durée. Elle doit toujours privilégier l'avenir en misant sur l'investissement, qui réduit les profits du jour pour assurer ceux du lendemain. Mais cette loi de l'entrepreneur n'est pas celle du financier. Pour ce dernier, seul compte le rendement à court terme. Peu importe que cette cupidité se révèle destructrice par la suite. L'actionnaire ne sera plus là lorsque le surpâturage aura stérilisé la prairie.

Cette révolution s'est étendue à l'horizontale dans toutes les grandes sociétés investies par le capital financier. Puis elle s'est répercutée à la verticale de la multinationale jusqu'à la moindre PME. Et finalement, c'est toute l'économie qui s'est mise à l'heure du «Toujours plus !» de profits.

Les salariés, qui ont eu le dessous dans l'affrontement avec le capital, font les frais de cette victoire. «Une moitié de la hausse des profits, selon nos études, provient de la déformation du partage des revenus en faveur du capital et au détriment du travail [1]», estime Patrick Artus. C'est dire que l'autre moitié correspond à des gains de productivité, des gains qui ont été réalisés par les salariés, non par les actionnaires.

L'hyperrentabilité suppose l'hyperproductivité, qui exige tout à la fois des rémunérations plus basses et des rendements les plus élevés. Les travailleurs risquent de renâcler, qu'importe ! Le système a troqué la carotte pour le bâton. La précarité et l'insécurité se chargeront de les mettre au pas. Car l'espoir des «relations humaines» a vécu. Les employés n'ont aucune raison de donner le meilleur d'eux-mêmes pour le seul profit de propriétaires mal-aimés, et les entreprises n'ont aucune chance de s'attacher un personnel qu'à tout moment elles sont susceptibles d'abandonner pour un autre plus rentable. La révolution du capitalisme mondialisé portait en elle le rejet du travail, elle nous a fait passer du cadre «toujours prêt» des années 1980 au cadre «ras-le-bol» des années 2000.

---

1. Patrick Artus et Marie-Paule Virard, *Le capitalisme est en train de s'autodétruire*, Paris, La Découverte, 2005.

L'État perd la main

L'État est le grand absent de cette affaire. Le renouveau libéral s'est imposé à lui, comme le renouveau capitaliste aux salariés. Avec les mêmes conséquences : il a perdu son pouvoir sur l'économie comme le personnel a perdu son influence dans l'entreprise. Le capitalisme financier l'a désarmé et, pour cela, il lui a suffi d'abattre les frontières.

Le pouvoir étatique est, par nature, territorial, il ne s'exerce que sur un pays déterminé, à travers des lois nationales. Il est donc conçu pour un monde sédentaire et s'applique mal aux nomades. L'économie, parce qu'elle était située et même ancrée dans l'espace, tombait naturellement sous son autorité. Les frontières étaient économiques autant que politiques. Les gouvernements imposaient leur loi aux entreprises comme aux citoyens, aux échanges de marchandises comme aux échanges de capitaux. Le monde était une mosaïque d'économies nationales intercommunicantes. Chacun était maître chez soi.

Ce libéralisme tempéré a été abattu par la combinaison du capitalisme financier, du progrès technique et du libre-échange. L'implantation géographique n'est plus une nécessité mais un choix. Les distances sont abolies, les localisations, révisables : voici venu le temps des entreprises vagabondes. Le pouvoir politique, depuis des décennies déjà, était mis au défi par les grandes multinationales. Avec l'abolition des frontières, il a perdu la main.

La souveraineté des États tient à leur monopole. Le libéralisme mondialisé les met en concurrence. Les entreprises les jugent, les jaugent et se donnent aux mieux-disants. Les gouvernements ne sont plus des maîtres dictant leur loi, mais des boutiquiers faisant la retape pour attirer et retenir la clientèle. Depuis le petit possédant avec son million d'euros jusqu'à la multinationale géante, chacun compare les conditions faites par les uns et les autres : régime fiscal, lois sociales, code du travail, tout est soupesé. Et les micro ou mégacapitalistes n'éprouvent pas plus de remords à préférer l'étranger que le consommateur à choisir les articles d'importation. Le patriotisme perd beaucoup de ses couleurs en passant du politique à l'économique. « La mondialisation nie l'État-nation[1] », constate Jean Peyrelevade.

L'art de gouverner ne s'est pas dissous, mais il est devenu plus difficile à pratiquer. Le patriotisme économique, pour n'être pas seulement un slogan, exige autant d'intelligence que de réalisme. À l'abri des frontières, les dirigeants tenaient leurs pays comme de puissants paquebots, fixant le cap, lançant les moteurs à plein régime et traçant le chemin tout droit sur l'océan. Les voici désormais aux commandes de grands voiliers. La navigation n'est plus la même. Il ne suffit plus de viser un objectif pour l'atteindre : encore faut-il trouver la bonne route en composant avec les vents et les courants, en subissant les caprices de la météo, tantôt les dépressions et tantôt les tempêtes. À l'heure du libéralisme mondialisé, le volontarisme idéologique est le plus sûr moyen de se faire déporter par les courants et de se fracasser sur les récifs.

Face au nouvel ordre économique

Cette « révolution » capitaliste est aussi une restauration. Nous voici revenus au XIXe siècle, à l'origine de la révolution industrielle ! Les premières entreprises

---

1. Jean Peyrelevade, *Le Capitalisme total*, Paris, Seuil, 2005.

devaient assurer la fortune du patron-roi, tout à la fois
créateur, propriétaire et manager. Face à lui, le travailleur proposait une marchandise comme les autres,
son travail, dont la valeur jouait comme variable
d'ajustement. Il fallait l'abaisser, valeur absolue ou
relative, si l'on voulait, maintenir les profits à la hausse.
On ne parlait pas alors de «conditions de travail», le
travail se faisait sans conditions. Il se trouvait toujours
des remplaçants éventuels pour prendre la place des
mécontents. Les taux de profits étaient énormes, et
l'enrichissement était très rapide.

Ce «nouvel-ancien» ordre économique se rencontre
dans le monde entier. Mais c'est en France qu'il suscite les plus vives réactions : un choc culturel et pas
seulement économique. Comment se déterminer vis-
à-vis d'un système qui possède tous les défauts plus
un, celui d'être le seul possible ?

Chaque pays s'efforce, tant bien que mal, de tirer
son épingle d'un jeu devenu très délicat. La Chine
ou l'Inde y puisent un dynamisme sans précédent, la
France, elle, s'est figée dans une attitude de refus
contrastant avec celle de ses grandes entreprises. Face
à l'évolution du monde, elle est devenue réactionnaire.
Une réaction face à une régression peut être progressiste. Encore faut-il mener le combat sur le bon terrain. La remise en cause de ce libéralisme mondialisé
et dévastateur ne peut se faire qu'à une échelle internationale. Mais une nation isolée ne peut infléchir
une organisation planétaire. Seul un continent regroupé
est à la mesure d'une telle action. L'Union européenne
avait vocation à tenir ce rôle. Une chance qui a été
gâchée. La coalition du non a fait croire que le libéralisme mondialisé reculerait dès lors que la France
rejetterait la Constitution européenne. On voit ce qu'il
en est : le refus français lui a donné les clés de l'Europe. Quand pourra-t-on parler à nouveau d'harmo-

nisation sociale et fiscale, de protection communautaire, contre les débordements du libre-échangisme ? Si même la social-démocratie était demain majoritaire dans l'Union, elle ne disposerait pas des institutions nécessaires pour conduire de telles actions.

Combattre ce néocapitalisme libéral au niveau international n'empêche pas de s'y adapter sur le plan intérieur. Par malheur, la réaction française est encore plus désastreuse sur le plan intérieur que sur le plan extérieur.

À l'heure du libéralisme mondialisé, nous n'imaginons toujours de réponse qu'étatique. C'est par la loi, le règlement, la fiscalité que nous prétendons contenir son imperium. Autant charger sabre au clair contre des batteries de mitrailleuses ! Mais nous n'avons toujours pas fait la différence entre les citoyens-contribuables ordinaires et les agents du capitalisme financier. Toujours pas admis que les sociétés transnationales, dont le capital, le personnel et les marchés sont pour la plus large part étrangers, ne se soumettent pas aux diktats politiques. Elles ne font mine de s'incliner que le temps de retirer leurs investissements.

L'État n'a plus vocation à jouer seul les contre-pouvoirs. Ce rôle revient tout autant aux syndicats. Encore faudrait-il qu'ils existent. En Allemagne ou dans les pays scandinaves, lorsque la quasi-totalité du personnel d'une entreprise est regroupée dans une même organisation, lorsque celle-ci défend les salariés sans prétendre refaire le monde, alors un véritable dialogue peut s'instaurer entre la direction et les travailleurs. Un dialogue et un rapport de force. En France, nous en sommes loin. Le pouvoir syndical, surpuissant dans le secteur public, est quasiment absent du secteur privé. Nous sommes donc très mal armés pour contenir les nouvelles exigences patronales et, surtout, actionnariales. En dépit des condamnations rageuses et impuissantes, notre pays est ainsi devenu un espace ouvert au nouvel ordre mondial

Aujourd'hui, et dans l'horizon du prévisible, le temps de l'alternative est passé. La nouvelle économie de marché n'est plus une option politique, mais une donnée incontournable. Or nous avons oublié que, si l'on choisit ses solutions, on ne choisit pas ses problèmes.

Mais notre façon de réprouver le capitalisme libéral est plus morale qu'économique. Elle interdit d'entrer dans sa logique et d'en utiliser ses mécanismes. De créer, par exemple, nos propres puissances financières pour ne pas laisser le champ libre aux fonds étrangers. Pour cela nous aurions dû, comme les Américains et les Britanniques, développer nos fonds de pension. Non pas pour remplacer notre système de répartition, mais pour le compléter. Ces capitaux français investis dans nos grandes entreprises auraient pu les protéger des irruptions étrangères plus ou moins amicales. Mais ce serait composer avec l'ennemi. Pas question de compromettre l'argent des travailleurs dans les fiefs du grand capital ! Ce sont donc les fonds étrangers, essentiellement américains, qui ont fait main basse sur les plus beaux fleurons de notre économie. Dans les pays voisins, ils sont restés très minoritaires ; en France ils détiennent la majorité du capital des entreprises du CAC 40. Ainsi, par préjugés anticapitalistes, les salariés français travaillent le plus dur pour le moindre salaire afin de verser le maximum de profit aux retraités californiens et autres spéculateurs internationaux.

Cette résistance culturelle interdit de connaître précisément les mécanismes, les avantages et les dangers d'un système économique qui semble toujours n'exister qu'en contrebande. Plutôt que d'en chercher le mode d'emploi afin d'en recueillir les avantages et d'en éviter les inconvénients, nous misons sur un volontarisme naïf et sommes finalement le jouet des événements que nous prétendons diriger.

C'est ainsi que la politique de la France a dérapé au tournant des années 1980. Se réclamant d'un « Toujours plus ! » de protection, contrainte de céder au « Toujours plus ! » de profit, elle a joué simultanément du frein et de l'accélérateur, toujours à contretemps. Elle n'a tiré aucune solidarité du modèle français, aucun dynamisme du modèle libéral, elle n'a fait que cumuler les défauts de l'un et l'autre, pour, au total, nous laisser un pays ruiné et une société défigurée.

Le nouveau partage de la richesse

La majorité socialiste de mai 1981 arrive au pouvoir en déclarant la guerre aux inégalités. Elle ne fait à peu près aucune distinction entre celles qui enrichissent le pays et celles qui l'appauvrissent, elle ne les perçoit que sous leur forme monétaire, bref, elle professe un égalitarisme assez sommaire. Dans l'immédiat, les socialistes ne font de différence qu'entre les revenus du travail, de nature respectable, et ceux du capital, frappés d'une illégitimité congénitale. Peu importe ce que l'on pense d'un tel programme : ce qui nous intéresse ici, c'est son efficacité. La gauche a exercé le pouvoir pendant de nombreuses années, a-t-elle été capable de l'appliquer ?

Si l'on compare les niveaux de vie des 10 % les plus riches et des 10 % les plus pauvres dans la société française, le rapport qui s'établissait à 4,8 en 1970 s'était réduit à 3,2 en 2001. La réduction est sensible : la politique de la gauche aurait donc produit les effets escomptés ? Pas vraiment. Car la plus forte réduction s'est produite au cours de la décennie 1970, où l'on est passé de 4,8 à 3,6. Depuis lors, on tourne autour de 3,4.

Les inégalités se sont réduites sous Giscard, puis se sont maintenues sous Mitterrand et Chirac.

La gauche prétendait réduire l'écart entre riches et pauvres et, en outre, améliorer la rémunération du travail. C'est même la clé de voûte du programme. Les entreprises rassemblent des capitalistes et des travailleurs, elles produisent de la richesse, comment se répartit cette valeur ajoutée entre les premiers et les seconds ? Selon que la balance penche d'un côté ou de l'autre, on se trouve dans le capitalisme dur ou le capitalisme tempéré. Sous le septennat de Giscard, les rémunérations progressent, bien que l'économie subisse la récession consécutive au premier choc pétrolier. Qui paye la différence ? C'est le capital, dont la part diminue de dix points. En 1982, les entreprises se trouvent au bord de l'asphyxie financière. L'économie française est en péril. Très courageusement, Jacques Delors décide de renverser la vapeur. Afin de casser l'inflation, il supprime l'indexation des salaires sur les prix. Mais la France qui s'est ouverte sur le monde subit de plein fouet la révolution libérale. Le réajustement tourne à la dégringolade. Les salariés perdront en une décennie les dix points qu'ils avaient gagnés dans les années 1970. Entre 1982 et 1998, leur part chute de 73 % à 63 %. Car, entre-temps, la finance internationale a imposé sa loi. En faveur du capital, au détriment du travail. C'est la grande rupture.

Ce sont donc les possédants qui ont été les gagnants. Or la répartition du patrimoine est, de nature, plus inégalitaire que celle des revenus. Les socialistes ont eu beau créer l'impôt sur la fortune, alourdir l'impôt sur le revenu, ils n'ont pu s'opposer aux nouvelles règles du partage économique.

Reprises en main par la finance, les grandes entreprises du CAC 40 sont devenues des championnes du profit. En 2004, elles totalisaient 66,6 milliards d'euros

de bénéfices, record battu en 2005 : 84 milliards. Les
dividendes versés se sont accrus de 30 %. La même
année, l'économie française n'a progressé que de
1,5 %, mais ces multinationales génèrent 70 % de leur
chiffre d'affaires à l'étranger. Précisons encore que ces
groupes n'ont pas créé d'emplois en France. Au total,
la part des profits dans le revenu national qui représentait 10 % au début des années 1980 est montée à
14 % aujourd'hui.

Des chiffres qui demandent, bien sûr, à être interprétés. Ce n'est pas l'ensemble de l'économie qui
fait florès, c'est le capitalisme financier. Le nombre
des faillites, lui, est plutôt en augmentation. Car les
grosses entreprises ne réalisent pas seulement ces
superprofits sur le dos de leurs employés, elles s'enrichissent encore davantage en pressurant les PME
qui, à un titre ou à un autre, dépendent d'elles. Partout, les fournisseurs et sous-traitants doivent réduire
leurs coûts – les coûts salariaux en premier lieu. Tandis que les vedettes du CAC 40 sont de plus en plus
profitables, les PME le sont de moins en moins et
leur taux de marge est au plus bas niveau depuis
deux ans. Or nous basculons là dans une économie
qui n'a plus de française que le nom. Ces grands
groupes réalisent 80 % de leurs profits à l'étranger
mais reversent la moitié de leurs dividendes, soit une
vingtaine de milliards d'euros, à leurs actionnaires
internationaux. Malheureusement, au jeu du capitalisme financier, les Français sont bien moins possédants que possédés.

Cette explosion des bénéfices contraste avec la stagnation des rémunérations. Au cours des dernières
années, la progression des dividendes a été dix fois
plus rapide que celle des salaires. Un écart qui n'est
pas seulement scandaleux sur le plan social, mais
catastrophique sur le plan économique. Le sous-paie-

ment systématique des travailleurs réduit la demande et freine l'activité.

Car des milliards de profits n'ont pas du tout le même effet que des milliards versés en salaires. Ils vont, au mieux, enrichir des actionnaires souvent aisés qui épargnent plus qu'ils ne consomment, ou servir à racheter les actions de l'entreprise afin de protéger les PDG. En 2004, la flambée du pétrole aidant, le groupe Total a dégagé un profit record de 12 milliards d'euros. Or, comme l'année précédente, il en a consacré 3 à racheter ses propres actions pour soutenir son cours en Bourse et protéger sa direction. Un véritable détournement de la richesse créée par l'entreprise, une stérilisation aussi, mais qui n'est pas encore sanctionnée parmi les abus de biens sociaux.

Les milliards indispensables pour dynamiser l'économie ne gisent pas dans les déficits publics, mais dans ces profits abusifs. N'a-t-on pas entendu le Premier ministre Jean-Pierre Raffarin souhaiter publiquement que «les fruits de la croissance soient dans notre pays très largement partagés»? Un vœu pieux. Car ces grandes multinationales déploient la majorité de leurs activités et de leur personnel en dehors de l'Hexagone. Les investisseurs étrangers exigent la meilleure part du gâteau et se retireraient si les salariés étaient mieux servis qu'eux-mêmes.

Tel est le nouveau partage de la richesse qui s'est imposé depuis les années 1980. Cela donne, pour 2005, une augmentation d'un tiers des dividendes versés et de 2,3 % des salaires. Face à une telle situation, la solution que dicte l'idéologie, c'est d'augmenter massivement l'impôt sur le bénéfice des sociétés: que la collectivité récupère les deux tiers ou les trois quarts de ces superprofits et qu'elle les redistribue! Malheureusement nous sommes tenus de taxer les entreprises au même niveau que les pays voisins, faute de quoi elles iront s'installer au-delà de nos frontières. Tout le monde sait que, de gré ou de force, il nous faudra uniformiser notre fiscalité et que nos 35 % devront s'aligner sur les 30 % pratiqués par la Grande-Bretagne (et non pas sur les 38 % de l'Allemagne). Le socialiste Rodriguez Zapatero a annoncé la couleur : il fera passer, dans les années à venir, l'imposition des sociétés installées en Espagne de son niveau actuel de 35 à 30 %. Angela Merkel fera de même. Et cela, alors que les grandes multinationales ont mille échappatoires à leur disposition pour ne supporter au total qu'une taxation bien inférieure.

Plutôt que de réduire les actionnaires à la portion congrue, mieux vaut inviter les salariés au festin. Il est mille façons d'associer capital et travail : actionnariat, intéressement, participation, fonds de placement, fonds de pension, etc. Autant de solutions regardées comme le fruit de la collaboration de classe par nos ayatollahs de l'anticapitalisme. Le syndicalisme français répugne à ce genre d'accords et n'en fera jamais un thème de revendication. Les gouvernements, de leur côté, ne sont guère intéressés par ces thèmes peu populaires. Mieux vaut maintenir la séparation entre les mondes antagonistes du capital et du travail. Au risque de voir les inégalités s'aggraver et les capitalistes s'en aller.

Plaquer sur la réalité une grille de lecture moralisatrice, refuser de prendre en considération des mécanismes proclamés pervers, subir les événements contraires plutôt que les retourner à notre avantage, tel est le secret, jalousement préservé, de nos échecs à répétition.

L'imposture du droit à l'emploi

Les Français peinent à entrer dans la logique capitaliste, et plus que le partage des richesses, c'est le statut du travail qui fait problème. À leurs yeux, l'économie a pour vocation de créer des richesses et des emplois. Or le capitalisme se fixe un objectif tout différent : dégager du profit. Un objectif qu'il peut même atteindre sans production et sans travailleurs, rien qu'en jouant sur les prix à l'achat et à la revente. Cela s'appelle l'intermédiation, voire la spéculation, et cela peut rapporter gros. Un investisseur n'a pas vocation à devenir employeur, il n'engage des salariés qu'à seule fin de dégager des bénéfices. Le travail est un coût qui, comme tous les autres, doit être réduit. Et le maladroit qui s'en désintéresse se fait chiper ses marchés par ses concurrents.

Eh oui ! le capitalisme libéral fait de l'emploi un sous-produit de l'économie et, loin de se battre pour occuper le plus de monde possible, il s'efforce d'accroître sa productivité, c'est-à-dire de réduire son personnel. Par bonheur, la dynamique capitaliste est aussi censée entraîner un accroissement de la production, qui rendra nécessaire une augmentation des effectifs. C'est ainsi que, en luttant contre le travail, il a été possible depuis deux siècles d'employer de plus en plus de monde.

La population, parce qu'elle se compose d'employés plus que d'employeurs, est choquée par une telle conception et, surtout, par de tels mécanismes. Que l'économie réalise des profits alors qu'elle crée des emplois, même un Français peut s'en accommoder ; qu'elle accumule les profits en réduisant les emplois, voilà ce qui heurte le sens commun.

Imagine-t-on la santé, la sécurité, la justice, l'éducation réduites à de simples affaires privées ? Or, le travail est, au même titre, un besoin essentiel de la personne humaine. Il doit être pris en main par l'État, cela tombe sous le sens. Que la puissance publique ajoute à ses multiples fonctions celle de fournir à chacun son emploi ne serait jamais qu'un pas de plus. Mais ce petit ruisseau que l'on franchit s'appelle le Rubicon. Il sépare deux mondes, l'économie de marché et l'économie planifiée ; changer de rive, c'est passer dans un régime de type communiste. Les prolégomènes sont admirables, et les résultats, détestables. La population ne fait plus la queue devant les ANPE, c'est vrai, mais elle attend des heures devant les magasins, sous l'aimable surveillance de la police politique. Car la société qui prétend fournir l'emploi n'est plus capable de garantir ni la liberté ni la prospérité. L'économie planifiée a toutes les qualités et un seul défaut, c'est qu'elle n'a aucune chance de marcher ; l'économie de marché a tous les défauts et une qualité, c'est qu'elle peut marcher. Par bonheur, elle se décline en plusieurs versions.

Que le capitalisme soit tempéré ou radical, il suppose toujours la liberté pour le patron d'embaucher et de licencier, l'obligation pour le salarié de chercher et de trouver un emploi. Cette insécurité est ressentie comme un défaut du système, alors qu'elle en constitue l'esprit même. Toute sa dynamique, sa capacité de régulation reposent sur ces myriades d'initiatives, d'efforts et d'épreuves individuels. Un marché du travail réduit à un bureau qui distribue les affectations n'a pas plus de sens qu'une bicyclette qui dispenserait de pédaler pour tenir en équilibre et avancer. Tous les peuples, au sortir du communisme, ont été traumatisés en découvrant le marché du travail. Dès 1957, j'avais été surpris par les réactions d'un certain couple d'ouvriers hongrois. Tous deux s'étaient réfugiés en France après avoir combattu l'Armée rouge à Budapest, les armes à la main. Spontanément, ils avaient cherché ce fameux bureau des affectations pour les travailleurs et, ne l'ayant pas trouvé, ils avaient dû se mettre en quête d'un emploi. Ils s'en indignaient, car, à leurs yeux, c'était à l'Administration et pas à eux de faire ça. À l'époque, leur réaction m'avait paru incompréhensible.

Mais chercher du travail implique aussi que l'on puisse en trouver, que la recherche soit brève et fructueuse. C'est ce que nous avons connu dans les décennies 1950-70. Aujourd'hui, la machine est déréglée. Si l'on veut parvenir à la réparer, il faut bien comprendre « comment ça marche » et « pourquoi ça ne marche pas ».

Le droit de travailler a été insensiblement transformé en un droit à l'emploi. C'est le malentendu de base. Dérive générale : tous les droits de faire se transforment en droits à recevoir. Les Français ressentent l'emploi comme un dû. Il serait normal de se voir proposer un emploi, il est anormal d'avoir à le chercher, il devient inadmissible de ne pas le trouver.

Comment dire au chômeur que l'emploi n'est pas un droit, au fonctionnaire que la sécurité est un privilège ? Les Américains peuvent entendre ce langage cru du libéralisme, la sensibilité française ne le supporte pas. Cette retenue serait une preuve de civilisation si elle ne visait qu'à ménager les susceptibilités ; elle devient une marque de régression lorsqu'elle ne vise qu'à nier les réalités.

Ne pas s'interroger, c'est accepter la préférence nationale pour le chômage. Si l'insécurité individuelle est le moteur même qui produit la richesse collective, alors il faut en reconnaître le caractère inévitable et en répartir équitablement le fardeau. Si elle n'est qu'une perversion, alors il faut la combattre pied à pied jusqu'à la faire disparaître de nos sociétés. « Pour débloquer le système, chacun doit accepter pour soi-même davantage d'aléas », estime un sage en la matière, Jean-Marc Le Gall, directeur d'études à Entreprises et Personnel.

La sécurité n'a pas du tout le même statut selon qu'on l'envisage de l'un ou l'autre point de vue. Être exonéré de l'impôt, c'est un privilège ; être en bonne santé n'est rien que normal. Nul ne propose de répartir les microbes dans la population afin que nous soyons tous égaux face à la maladie.

Pour les salariés de la fonction publique, cela ne fait aucun doute : ce n'est pas la sécurité de l'emploi qui est un privilège, c'est le chômage qui est un scandale. Malheureusement, une économie de marché sans chômage et une économie planifiée sans pénurie sont aussi improbables qu'un match de football à une seule équipe. Au reste, ces articles ne figurent plus au catalogue d'aucun pays et d'aucun parti.

Il nous faut accepter le système dans lequel nous vivons, afin, précisément, de l'adapter à notre façon. Depuis un siècle, la France tourne autour du pot sans se résoudre à devenir ce qu'elle a toutes les raisons d'être : une société libérale sur le plan économique, pilotée dans une optique sociale et non pas capitaliste.

Les pays qui dominent mieux que nous appelons ce nouveau capitalisme mondialisé ne se contentent pas de l'anathématiser tous les matins, d'en diaboliser la logique et d'en refuser l'usage. Ils cherchent à en tirer le meilleur. Celui qui permet de transformer la trilogie économiste : « Liberté, inégalités, insécurité », en une trilogie humaniste : « Liberté, justice, solidarité ».

Les profits du licenciement

L'entreprise n'a donc pas pour vocation de créer des emplois, mais de réaliser des profits. Cette logique semble un défi au bon sens. Comment admettre qu'il faille sacrifier les salariés à la rentabilité et favoriser les patrons dans l'espoir, toujours incertain, de donner du travail à tous ? Ce billard à trois bandes s'explique dans les cours d'économie, mais ne résiste pas à l'expérience vécue du chômage. Et voilà que, avec le nouveau capitalisme libéral, ce n'est plus la rentabilité, mais l'augmentation du profit qui a la priorité sur l'emploi !

La question fut brutalement posée en septembre 1999, lorsque Édouard Michelin, présentant les comptes de l'entreprise, annonça des bénéfices en hausse de 20 % et des plans pour réduire les effectifs de 10 %. Le jeune héritier parlait d'or. Il se conformait aux nouveaux principes de gestion. Mais les Français en sont toujours au capitalisme de papa, celui qui gardait son personnel si longtemps que les comptes étaient à l'équilibre et qui ne licenciait qu'en dernier recours, généralement trop tard. Voici que, en vertu de la nouvelle logique, les compressions de personnel ne sont pas justifiées par la nécessité de sauver l'entreprise, mais par l'exigence d'accroître les bénéfices. L'opinion s'indigne et, comme toujours, interpelle le pouvoir : « Que fait le gouvernement ? ». Et le peuple de gauche d'osciller entre colère et désespoir lorsque Lionel Jospin explique à la télévision que le Premier ministre n'a pas le pouvoir de régenter les entreprises… La France, en plein désarroi, découvre la nouvelle logique capitaliste de l'emploi.

En janvier 2001, un autre champion du capitalisme français, Danone, annonce la fermeture de deux biscuiteries, avec des centaines de suppressions d'emplois à la clé. Pour les Français qui ont tous croqué des Petits Lu dans leur enfance, c'est un pan du patrimoine industriel qui s'effondre. Ils s'y résigneraient peut-être si l'entreprise croulait sous les déficits. Quand il y a le feu dans la maison, on sacrifie les meubles. Mais ils découvrent que Danone engrange de plantureux bénéfices. Les salariés reçoivent leur lettre de licenciement, et les actionnaires, leurs dividendes : colère et indignation !

L'extrême gauche et certains syndicats exigent alors une nouvelle loi qui interdirait aux entreprises bénéficiaires de réduire leur personnel. Une proposition assurée du plus large soutien populaire. Les médias, portés par l'émotion, n'accordent aucune attention au plan social proposé par Danone. Or celui-ci va très au-delà des indemnités légales et prévoit une réelle prise en charge des salariés. Il ne s'agit pas de vaines promesses : trois ans plus tard, 90 % des 816 salariés ont pu être recasés.

Les Lu auraient préféré conserver leur emploi, c'est évident. Mais, quitte à partir, mieux vaut le service Danone que la caisse d'une PME en difficultés. Une différence qui tient à la bonne santé de notre champion national du yogourt. Si l'entreprise s'était retrouvée en panne de trésorerie, sur le point de déposer le bilan, elle aurait proposé le minimum légal et rien de plus. Les licenciements de la dernière heure sont toujours les plus durs.

D'un point de vue économique, les compressions d'effectifs font partie de la vie des entreprises, elles doivent intervenir le plus tôt possible et s'accompagner de solides compensations ; d'un point de vue idéologique, au contraire, le licenciement est une scandaleuse agression contre les salariés et ne peut être toléré qu'en toute dernière extrémité. Aux pires conditions sociales.

Mais pourquoi donc Danone, entreprise bénéficiaire, avait-elle besoin de fermer ses biscuiteries ? À cause de la concurrence mondialisée. Le pôle biscuit affichait une faible rentabilité, qui fragilisait le groupe. Or les prédateurs rôdent : grandes firmes concurrentes ou investisseurs internationaux, qui n'attendent qu'une occasion pour lancer l'OPA. Faute d'une telle opération, le groupe risquait, à terme, de passer sous contrôle étranger. Les nouveaux propriétaires ne se seraient pas infligé le coût d'un tel accompagnement social. Qu'il ait ou pas « la fibre sociale », le manager ne peut se permettre de sacrifier les profits pour garder le personnel.

La confirmation en a été brutalement apportée en septembre 2005 lorsque Hewlett Packard a annoncé la suppression de 1 240 postes dans l'Hexagone. Pour le coup, c'était bien la finance qui dictait sa loi. Le chiffre d'affaires était en hausse, les bénéfices s'étaient accrus de 40 %. Les caisses étaient pleines, et le groupe rachetait massivement ses propres actions afin de défendre son cours de Bourse. Quant aux dirigeants, ils réalisaient des gains substantiels avec leurs stock-options. Aucune urgence économique ne semblait justifier ces coupes claires dans les effectifs. Mais la direction californienne devait à tout prix accroître les bénéfices en employant moins de monde payé moins cher. Elle a donc lancé une grande restructuration de ses activités européennes pour ne retenir que les secteurs les plus rentables. La France, un des points forts de la société, fut la plus durement frappée. Au cours de la manifestation unitaire du 4 octobre 2005, un ingénieur de HP exprimait parfaitement l'incompréhension et l'indignation ressenties face à ces nouvelles lois du capitalisme : « Quand une boîte n'arrive plus à payer les salaires, c'est normal qu'elle ferme ; mais quand elle continue à faire des bénéfices et qu'elle vire ses salariés, juste pour verser plus de fric à ses actionnaires, c'est une honte pour la société tout entière[1]. »

Les marchés, eux, ont salué ces restructurations saignantes par une envolée du cours de Bourse de 20 %. Si les directions décidaient de faire machine arrière, la chute serait du même ordre. Il ne reste plus qu'à limiter la casse, à négocier une réduction des licenciements de 1 240 à 940 contre une remise en cause des 35 heures, bête noire de la direction américaine. Et lorsqu'en fin d'année Mark Hurd, le nouveau patron du groupe, présenta des résultats spectaculaires, l'analyste financier Toni Sacconaghi, du cabinet Sanford Bernstein, en tira les enseignements : « Ce sont les suppressions d'emplois qui ont permis la progression du bénéfice, et ce alors même que les prix des machines continuent de baisser[2]. » Grand merci ! Les salariés licenciés avaient déjà compris.

ISF : l'incitation à sortir de France

Le capitalisme libéral est tout sauf une civilisation. Il propose des moyens et se soucie peu des finalités. Il ne sait pas où il va et peut même aller dans le mur lorsqu'il enrichit les riches en oubliant les pauvres. C'est au politique qu'il revient logiquement de se préoccuper des valeurs. À lui d'utiliser l'économie pour ce qu'elle est, un système qui produit les richesses, de donner du sens et de dégager des finalités. Un schéma théorique bien difficile à mettre en œuvre dans la réalité. Comment gérer la contradiction entre les valeurs

---

1. Perrine Cherchève et Anna Topaloff, « La révolte triste », *Marianne*, 8 octobre 2005.
2. *La Tribune*, 18 novembre 2005.

morales et des mécanismes économiques qui, à l'évidence, les violent ou, du moins, les ignorent ? Faut-il laisser le marché suivre sa logique et intervenir en amont et en aval pour en corriger les aspects les plus choquants, faut-il intervenir à l'intérieur même du système pour lui imposer une « morale » qui n'est pas la sienne ? La France est toujours tentée par la deuxième solution. Elle ne se satisfait pas de moraliser le capitalisme, elle voudrait un capitalisme moral. Ce faisant, elle en fausse les règles du jeu, sans le moindre bénéfice sur le plan social.

Question emblématique entre toutes, celle de l'ISF. Pour les Français, il est « moral » que les « grandes fortunes » supportent un impôt spécial. Force extraordinaire de la vision idéologique : 85 % des Français sont favorables à ce grand symbole de l'égalité républicaine. Un jugement qui n'exclut d'ailleurs pas la lucidité : 54 % savent que cet impôt détourne les investissements de la France. Qu'importe ! Il est « immoral » que des possédants quittent la France pour profiter d'une fiscalité moins lourde. Immoral que les étrangers évitent la France pour ne pas payer cette taxe.

Si l'on s'en tient aux faits, dégagés de toute appréciation morale, les effets pervers se révèlent catastrophiques. D'un côté, cette imposition « frappe les millionnaires et exonère les milliardaires », comme le constate un orfèvre en la matière, Dominique Strauss-Kahn ; de l'autre, elle entretient un flux continu d'émigration fiscale vers la Suisse, la Belgique ou d'autres pays moins astreignants. C'est autant de milliards qui s'en vont et qui ne généreront plus aucun impôt en France, ni impôt sur le revenu, ni CSG, ni CRDS, ni taxes foncières, etc. Autant de ressources qui feront défaut pour financer une politique sociale. Cette fuite de la matière imposable représente à elle seule une perte de recettes qui dépasse de loin les deux milliards et demi d'euros prélevés sur les maladroits qui n'ont pas su échapper à l'impôt... Qui plus est, cette taxe idéologique est si mal ficelée qu'elle incite les propriétaires de PME, voire d'entreprises de taille plus importante, à se débarrasser de leurs affaires et à emporter à l'étranger le fruit de la vente. Les économistes Christian Saint-Étienne et Jacques Le Cacheux, étudiant la concurrence fiscale, constatent : « Les propriétaires de telles entreprises en forte croissance ont intérêt à les vendre – le plus souvent à des investisseurs étrangers – plutôt qu'à les développer, en raison de l'ISF et de la fiscalité sur les dividendes. En effet, lorsque le seuil d'imposition à l'ISF est atteint […], sa rentabilité après impôts devient insuffisante pour l'actionnaire[1]. » Il ne s'agit pas d'une élaboration théorique, mais d'un constat. C'est autant de perdu pour le fisc, pour l'économie et pour l'emploi.

Il n'est que deux moyens de stopper cette hémorragie. Soit interdire purement et simplement l'exil fiscal et les cessions d'entreprises, soit réformer cette imposition afin qu'elle devienne acceptable pour les assujettis. Comme on ne voit pas que l'on puisse faire tomber un rideau de fer sur nos frontières, il ne reste qu'à réformer l'ISF.

Pour nos censeurs du vice et de la vertu, il est hors de question de composer avec des perversions comme la concurrence fiscale internationale et le calcul égoïste des possédants. Le blocage est tel que l'État s'interdit même de connaître l'ampleur des dégâts. Aucune évaluation sérieuse n'a été faite des pertes en capitaux liées à cette imposition. Nos hommes politiques sont convaincus que toute remise en cause de cet impôt

---

1. Christian Saint-Étienne, Jacques Le Cacheux, *Croissance équitable et concurrence fiscale. Rapport du Conseil d'analyse économique*, Paris, La Documentaion française, 2005.

emblématique ruinerait leur carrière. Mieux vaut commettre une erreur économique qu'une «faute morale».

Tous nos voisins ont compris les nouvelles règles du jeu. La plupart, de l'Allemagne aux Pays-Bas, y ont renoncé, et les rares qui, telle l'Espagne, maintiennent ce genre de taxe prennent le plus grand soin d'éviter de pérenniser une imposition confiscatoire. Car la concurrence fiscale est une réalité partout admise : les États ajustent leurs impôts pour retenir les capitaux et, si possible, en attirer de l'extérieur. Et tout le monde, riches comme pauvres, y gagne.

Les Français seuls s'obstinent à ignorer la fuite du capital et ses conséquences désastreuses. Et puis, un jour, ils ont découvert que le dernier palace parisien à battre pavillon tricolore passait à l'étranger. Le groupe Taittinger, propriétaire du Crillon, avait été racheté par des investisseurs internationaux. Plusieurs membres de la famille possédante ne cachèrent pas que les inconvénients liés à l'ISF étaient à l'origine de cette décision de vendre. L'affaire relança le débat. Aux derniers sondages, les deux tiers des Français seraient favorables à une réforme. C'est encore insuffisant pour oser défier ce symbole national.

Le gouvernement s'est contenté d'en corriger le caractère par trop confiscatoire en fixant le «bouclier fiscal» à 60 %, ou par trop antiéconomique en accordant une exonération de 75 % aux actionnaires fidèles mais aussi, et cela est beaucoup plus discutable, aux dirigeants d'entreprise. Des mesures aussitôt dénoncées comme autant de cadeaux faits aux plus riches.

De combien de dizaines, de centaines de milliards la France devra-t-elle encore s'appauvrir avant qu'elle ne mette notre fiscalité à l'heure de la concurrence internationale ? Mais, à l'inverse, sommes-nous condamnés à aligner notre fiscalité et nos salaires sur les pays qui pratiquent les tarifs les plus bas ? Certainement pas.

Car la France possède ces fameux «atouts» qui la rendent beaucoup plus attirante que les offres au rabais des plus pauvres. Elle est plus douée que n'importe quel autre pays pour résister au dumping social et fiscal. La preuve en a été administrée lorsque l'Europe s'est ouverte à des nations en retard dans leur développement, comme l'Espagne, le Portugal, l'Irlande. Les protectionnistes avaient annoncé que ces économies allaient nous entraîner vers le bas. Eh bien, nous connaissons maintenant la réponse : c'est nous qui les avons entraînées vers le haut.

Pourtant la leçon n'a pas été retenue, nous persistons à voir dans l'ouverture des frontières un risque de régression sociale et de perversion morale.

Ainsi nous opposerions-nous au capitalisme mondialisé en raison d'une exigence éthique supérieure. N'est-ce pas estimable ? Mais, avant de nous autocongratuler, il peut être utile de confronter cette vision édifiante avec celle d'un observateur extérieur. L'universitaire canadien Timothy B. Smith a longuement étudié le mal français de ces trente dernières années. Son diagnostic est implacable : «Vus de l'extérieur, les problèmes paraissent évidents et les solutions sautent aux yeux.» Et voici l'évidence : «En France, la raison principale du chômage, de la pauvreté et des inégalités découle de politiques d'État problématiques et du système même mis en place au nom de la solidarité. [...] Le langage de la solidarité a été confisqué par "ceux du dedans" – cette frange de la population qui a un emploi stable et qui s'oppose aux réformes susceptibles de faire une place à "ceux du dehors"[1].»

Un double langage, un double jeu qui a fait de la justice sociale notre idéal et de l'exclusion notre réalité.

---

1. Timothy B. Smith, *op. cit.*

CHAPITRE 10

Chômage : on a tout essayé

Dans tous les pays, l'opinion voit plus le chômage à travers ses conséquences qu'à travers ses causes. Elle le vit comme un drame et exige des mesures immédiates et des résultats tangibles. Peu importe que l'amélioration ne soit que passagère : une politique est jugée dans l'immédiat, sur ses effets instantanés, et non sur ses perspectives à moyen terme.

Cette pression de l'opinion s'exerce sur tous les gouvernants, mais, en France, elle prend un tour de terrorisme moral. Car la vision idéologique dominante fait du patron le « mauvais », du salarié le « bon », et du chômeur la « victime ». La suite se devine aisément. Tout ce qui va dans le sens de l'employeur est suspect, tout ce qui défend l'employé est juste, tout ce qui contraint le chômeur est injuste.

La gauche se trouve toujours à contre-emploi lorsqu'elle s'écarte de ce schéma moralisateur, et la droite ne se réclame qu'avec la plus grande prudence d'une approche réaliste, si contraire à la sensibilité nationale. Ainsi, au hasard des programmes électoraux et des crises sociales, cédant à l'idéologie dominante et aux catégories menaçantes, nos gouvernants ont-ils bricolé cette lutte contre le chômage, qui, pour première caractéristique, aggrave toujours le mal qu'elle prétend combattre. Car diaboliser le chômage n'est qu'une habile

Plus encore !

façon de s'en accommoder, de rejeter sur les plus faibles le fardeau de l'insécurité.

Dans ces conditions très incertaines, la France a utilisé quatre leviers pour combattre le chômage : les garanties pour les salariés, le recrutement des fonctionnaires, la réduction du travail, l'allégement des charges patronales.

Voilà donc l'arsenal anti-chômage de la France, celui qui a si parfaitement échoué. Il dissimule la démagogie sous des prétentions intellectuelles, le corporatisme sous un habillage idéologique, c'est la préférence nationale pour le chômage, qui, sous couvert de beaux sentiments, sanctuarise les plus forts et choisit les plus faibles comme variable d'ajustement.

Cette approche est purement symptomatique, elle ne connaît que les effets sans jamais remonter aux causes. C'est ainsi qu'avec nos quatre remèdes miracles nous avons essayé « tout ce qui ne marche pas ».

Halte aux licenciements !

Avant de créer de nouveaux emplois, il faudrait préserver ceux qui existent. L'immense majorité de la population, celle qui dispose d'un emploi, partage cette conviction, cette évidence. Lorsqu'au milieu des années 1970 elle découvre le chômage, elle attend du pouvoir politique qu'il s'oppose aux réductions de personnel. Avec Jacques Chirac, elle n'a pas à attendre bien longtemps. Le Premier ministre de Valéry Giscard d'Estaing soumet dès janvier 1975 tout licenciement économique à une autorisation administrative préalable. La mesure est populaire, paraît de bon sens, mais révèle bien vite son inefficacité totale – et ses effets pervers.

Dans les années qui suivent, le nombre des chômeurs augmente et celui des emplois décline. La gauche, victorieuse en 1981, conserve cet héritage chiraquien. Par la suite, l'auteur de cette mesure retrouve dans l'opposition toute sa lucidité. Invité en 1984 de l'émission « L'Enjeu », Jacques Chirac se lance dans une charge furieuse contre cette disposition « absurde » qui retire aux chefs d'entreprise la maîtrise de leurs effectifs et ne permet pas de les adapter aux réalités du marché. Emmanuel de la Taille, Alain Weiller et moi l'avons écouté bouche bée, avant de lui rappeler qu'il était l'inventeur de cette « absurdité ». Ce qui n'ébranla qu'un très bref instant l'aplomb chiraquien.

Sous l'emprise de l'autorisation préalable, le secteur privé perdit 500 000 emplois au cours de la période 1980-1986. C'est alors que, redevenu Premier ministre, le même Jacques Chirac supprima cette mesure. La courbe s'infléchit et, dans les dix-huit mois suivants, la diminution fit place à une augmentation.

L'insécurité est également détestable au salarié et à l'employeur. Mais chacun la voit de sa fenêtre. L'un craint d'être licencié, et l'autre, de ne pouvoir licencier. Et plus les protections augmentent, plus elles sont contournées. Les patrons multiplient les CDD, les stages, les missions d'intérim, le temps partiel, ils recourent à la sous-traitance, à l'externalisation, voire aux délocalisations. Ainsi l'emploi précaire progresse-t-il en raison même des obstacles qu'on prétend lui opposer. La France, qui empile les dispositifs depuis trente ans, n'a jamais connu une législation plus protectrice et une main-d'œuvre si mal protégée. Aujourd'hui, 70 % des recrutements se font sur des contrats temporaires. Une offre essentiellement réservée aux jeunes ; car 85 % des salariés bénéficient encore de contrats à durée indéterminée.

Le système, qui ne peut se passer de flexibilité, récupère ainsi sur la main-d'œuvre la plus fragile les rigidités qu'il doit consentir sur les salariés en place. C'est le constat d'Éric Maurin, sociologue à l'École des hautes études en sciences sociales : « Le taux d'emplois précaires est à peu près similaire en France et aux États-Unis. Alors qu'en France cette précarité touche presque exclusivement les jeunes, les femmes, les moins qualifiés, elle est beaucoup plus également distribuée aux États-Unis, où même les plus qualifiés peuvent connaître un temps de précarité[1]. » Défendre les organisés, reporter les contraintes sur les faibles, tel est le socle du modèle français.

Les entrepreneurs peuvent se rabattre sur le travail précaire, ils peuvent aussi réduire leur activité. Visitant récemment un très grand et très prestigieux chantier, je m'étonnais de ne voir personne au travail un vendredi après-midi. J'étais d'autant plus surpris que les délais s'annonçaient difficiles à tenir. Les responsables m'expliquèrent alors que, avec les 35 heures, ils devaient accepter des temps morts pour satisfaire aux RTT. Mais les entreprises ne pourraient-elles engager du personnel supplémentaire pour assurer la continuité d'un tel chantier ? Je découvris qu'elles préféraient payer des pénalités de retard que renforcer les équipes au risque de se retrouver en sureffectif par la suite.

Histoire banale, cent fois répétée. L'économie forme un système complexe dans lequel tout rétro-agit sur tout. En l'occurrence, la porte de sortie commande la porte d'entrée. Malheureusement, ils sont trop peu nombreux, et les emplois nouveaux, les seuls susceptibles de faire reculer le chômage, sont, par nature, pré-

---

1. Éric Maurin, « La véritable idéologie française, c'est l'élitisme républicain », *Le Monde*, 4 octobre 2005.

caires. L'employeur n'est pas différent du salarié, lui aussi déteste l'incertitude. S'il connaît d'emblée les coûts et les délais d'un licenciement, il fera ses comptes. S'il risque d'être piégé par des formalités administratives, par des contentieux interminables (le quart des licenciements se termine aux prud'hommes), il préférera s'abstenir. Ce sont moins les indemnisations que les incertitudes qui bloquent la création d'emploi – et qui condamnent les jeunes au chômage.

Au reste, il suffit de regarder autour de nous pour en avoir la démonstration. Oublions les États-Unis et autres sociétés qui ont résolument opté pour le libéralisme. Les pays scandinaves, eux aussi, se sont convertis à la totale flexibilité de l'emploi pour faire baisser leurs taux de chômage. Avec succès. Les patrons, qui ont toute liberté de licencier, n'hésitent pas à embaucher. Dira-t-on que ce sont des sociétés par trop différentes des nôtres ? Allons voir plus au sud.

L'Espagne, dont le taux de chômage dépassait les 20 % dans les années 1980, est parvenue en 2005 à passer sous la barre des 10 %. Un miracle ? Certainement pas. Elle a donné sa chance simultanément à l'économique et au social. La croissance se maintient depuis dix ans à un point et demi au-dessus de la moyenne européenne. Elle est tirée par une frénésie de consommation qui entretient une petite fièvre inflationniste et, surtout, creuse le déficit du commerce extérieur. À terme, c'est intenable. Mais les Espagnols ont fait en sorte que cette croissance soit créatrice d'emplois : un million en 2005 ! Pour cela, ils ont ouvert le marché du travail. Ces nouveaux débouchés se trouvent dans le BTP et les services : restauration, hôtellerie, commerce. Secteurs, précisément, où les employeurs français ont tant de mal à embaucher. Certes, les patrons espagnols ne proposent que du travail précaire et peu payé, mais

ils en proposent. Les salaires tournent autour de
1 000 euros et les jeunes se baptisent eux-mêmes les
«mille-euristes». Pas glorieux! Mais, d'un côté comme
de l'autre des Pyrénées, l'emploi stable pour tous
les chômeurs est hors de portée. Ne reste que la possibilité de passer d'un job à l'autre jusqu'à ce qu'on par-
vienne à se caser. C'est insuffisant, mais bien préférable
à l'exclusion qui se pratique sur le marché français.

Autre exemple : l'Italie. Un désastre économique.
Croissance au point mort, déficits incontrôlables, dette
vertigineuse. Tout va mal, sauf l'emploi. Au cours des
trois dernières années, le taux de chômage a piqué du
nez pour s'établir à 7,5 %. Ce qu'en France nous appel-
lerions le retour au plein-emploi! Comment expliquer
cette baisse du chômage sans croissance? Pour Patrick
Artus, c'est la flexibilité qui a relancé la machine à
créer des emplois. «En 2002, les Italiens ont mis en
place un dispositif de contrats flexibles qui permettent
à l'employeur de licencier plus facilement. Ils ont ainsi
créé 1,5 million d'emplois[1].» Une fois de plus, la
preuve est faite : l'essentiel n'est pas que les salariés
conservent leur place, mais que les entreprises créent
plus d'emplois qu'elles n'en détruisent. Si cette condition est remplie, les licenciements deviennent secondaires ; si longtemps qu'elle ne l'est pas, aucune mesure
ne sert à quoi que ce soit.

Depuis trente ans, tous les pays sont confrontés au
chômage. Ils ont tout essayé. Nous avons donc à notre
disposition une quantité impressionnante d'expériences. Le temps des querelles d'écoles et des spécu-
lations théoriques est passé : il suffit de regarder autour
de nous ce qui marche et ce qui ne marche pas. Jamais,
nulle part, les freins juridiques au licenciement n'ont

1. Patrick Artus, « Donner du travail aux jeunes des banlieues,
c'est possible », *Capital*, décembre 2005.

fait reculer le chômage, partout ils n'ont fait que l'aggraver. Nous n'avons le choix qu'entre un travail sans garanties et un chômage sans espoir.

L'expérience de ces dernières décennies le prouve : le marché du travail doit être géré en dynamique, pas en statique, en regardant vers l'avant et non vers l'arrière. Des patrons qui ne peuvent ajuster leurs effectifs à la baisse ne les ajustent pas non plus à la hausse. Le poids de telles évidences peut-il ébranler nos certitudes idéologico-moralisatrices ? Certainement pas, et la crise du printemps 2006 provoquée par le CPE nous l'a rappelé. Celle-ci frappe tout d'abord par le décalage entre le motif et les réactions. Rien de comparable avec le mouvement protestataire de 1995. Alain Juppé s'était alors lancé dans une réforme audacieuse de notre système social. L'opposition, qu'on l'approuve ou qu'on la condamne, était à la mesure de l'enjeu. Le dispositif proposé par Dominique de Villepin n'était jamais qu'un contrat de plus, venant s'ajouter aux dizaines d'autres qui avaient été proposés par ses prédécesseurs. Il ne méritait à lui seul ni cet excès d'honneur ni cet excès d'indignité. Il ne fut donc qu'un prétexte pour manifester un sentiment beaucoup plus général.

En quoi le CPE était-il si scandaleux aux yeux des jeunes manifestants et des syndicats ? En ceci qu'il prenait acte de la précarité. Il reconnaissait l'incertitude qui s'attache à toute création d'emploi. Il déculpabilisait le licenciement qui ne traduisait plus une faute de l'employeur mais une nécessité de l'économie. C'était donc attaquer de front nos schémas idéologiques, pactiser avec le mal. Car la rupture du contrat de travail est condamnable en soi et doit être combattue par la loi au même titre que la consommation d'héroïne. Vu sous cet angle, le CPE ou tout autre dispositif similaire devient synonyme de régression sociale. On ne s'est donc pas étonné de voir les fonctionnaires et leurs syndicats, pour qui la sécurité de l'emploi est un droit naturel et jamais un privilège, venir apporter un soutien massif aux étudiants et lycéens… en feignant d'ignorer à quel point les protections dont ils jouissent et qu'ils défendent aggravent la précarité que subissent les jeunes.

Depuis des années déjà nos voisins ont compris la nouvelle règle du jeu : ce ne sont pas les emplois qu'il faut protéger, mais les travailleurs. En économie capitaliste, les emplois doivent disparaître et apparaître en permanence. Si l'on bloque ce processus, on bloque la machine. Le devoir de la société, c'est de prendre en charge les hommes pour qu'ils puissent passer avec le moins de dommage possible de l'emploi qui disparaît à celui qui se crée. Voilà ce que nous n'avons jamais su faire.

Les emplois qui disparaissent et les emplois qui apparaissent

Cette priorité donnée à l'économique sur le social est toujours jugée inhumaine par nous, l'expérience prouve pourtant que le système se pilote bien ainsi. J'en prendrai deux exemples. Le premier, c'est l'emploi des travailleurs âgés. À partir des années 1980, ceux-ci deviennent prioritaires sur les listes de licenciements. Dans la pure logique française, on invente un dispositif juridique pour les protéger, c'est la « contribution Delalande », créée en 1987. Les entreprises qui se séparent d'un quinquagénaire devront verser à l'Unedic une contribution supplémentaire allant d'un mois à un an de salaire. Bref, on pénalise le licenciement des travailleurs âgés.

Que pensez-vous qu'il arrivât ? Les employeurs gardèrent leurs vieux serviteurs, c'est vrai. Mais ils cessèrent de recruter à partir de 45 ans, par crainte de tomber sous le coup de cette mesure quelques années plus tard. De ce fait, les chômeurs aux cheveux gris eurent encore plus de mal à se recaser. Tous les pays qui avaient mis en œuvre ou envisagé de tels dispositifs les ont abandonnés. Aujourd'hui, l'emploi des seniors est à l'ordre du jour, et la contribution Delalande doit être supprimée.

Second exemple : l'agriculture. Au lendemain de la guerre, les paysans constituaient le tiers de la population active. Un demi-siècle plus tard, ils n'en représentent plus que 1 %. Entre les deux, un formidable mouvement d'exode rural. Pendant des années, il a disparu une ferme en France toutes les heures. Certes, les agriculteurs n'ont pas été licenciés, ils ont dû tout simplement quitter la terre. Humainement, cela revient au même. Pour épargner aux paysans cette épreuve, il aurait fallu fermer nos frontières et imposer des prix agricoles élevés. Revenir au protectionnisme traditionnel dont avait « bénéficié » l'agriculture française pendant un siècle. Les gouvernements ont fait tout juste le contraire, et la déferlante libérale a poussé, parfois à l'excès, le productivisme agricole, avec sa conséquence inévitable : les pertes d'emplois. Mais cette France des années 1950-70 qui abandonnait les paysans à leur triste sort était celle aussi de l'expansion à tout-va. Les travailleurs qui devaient quitter leur campagne trouvaient à la ville des entreprises qui leur ouvraient les portes. Ils subirent le traumatisme du déracinement, mais ne connurent pas le drame du chômage. Si la France de la Libération était restée celle de Vichy, attachée à « la terre qui ne ment pas », que seraient devenus les fils d'agriculteurs ?

La France ne s'est pas enfoncée dans le chômage parce qu'elle a cessé de protéger les salariés, mais, au contraire, parce qu'elle ne les a pas protégés. Elle n'a sécurisé que les emplois. C'est ainsi qu'elle a cessé d'en créer.

Depuis 1990, tous les pays industriels ont allégé leur législation sociale. La France, seule, a fait le contraire. Ainsi le social qui devait accompagner l'économie n'a-t-il cessé de le freiner, et notre chômage n'a pas été de transition mais d'exclusion. Les États-Unis qui débauchent-embauchent avec la facilité d'une porte battante de saloon ont, au total, engagé de plus en plus de monde et fait régresser le chômage, tandis que nous ne savions que le faire progresser. Un modèle qui n'est pas à reproduire, mais des leçons qu'on ne peut ignorer.

Le public ne voit pas les choses ainsi, car le licenciement est réel, et le recrutement, virtuel. Chacun peut constater qu'un salarié conserve son poste ou bien, au contraire, le perd, mais comment appréhender l'emploi qui n'est pas créé ? En outre, le premier concerne les salariés en place, la grande masse de la population, le second, les chômeurs et les jeunes, rien que des minorités. Le poids électoral n'est pas le même. Priorité a donc été donnée aux stratégies défensives sur les stratégies offensives. Le droit du travail a été mobilisé pour faire barrage au fléau. Au reste, ce ne sont pas les drames du chômage qui provoquent les secousses sociales en France, ce sont les mesures gouvernementales, notamment les nouveaux contrats de travail. Le débat se déporte alors du plan économique au plan juridique.

La France, qui, depuis trente ans, joue la carte des protections réglementaires, n'a cessé de bureaucratiser son économie. Dans son rapport de 2005, la Banque mondiale a classé 155 pays en fonction de leur «environnement légal». Parlons clair, il s'agit de comparer les législations sur des critères typiquement anglo-saxons. On ne s'étonnera pas de voir la Nouvelle-Zélande, Singapour et les États-Unis arriver en tête. Mais on peut s'inquiéter que la France n'arrive qu'en 44e position. Premier reproche : la réglementation du travail. Qu'importe, dira-t-on, que les ultra-libéraux n'apprécient pas notre modèle ! Sans doute, et notre code du travail n'a pas à s'américaniser. Mais il ne faut pas non plus se cacher la réalité. Ce jugement recoupe des études émanant d'autres organismes comme l'OCDE, le World Economic Fund ou l'Institute for Management Development de Lausanne, il reflète une façon de voir commune au capitalisme mondial, c'est-à-dire aux investisseurs internationaux. Et il ne pointe pas seulement toutes les garanties offertes contre les licenciements, mais quantité d'autres pesanteurs et complications bureaucratiques. Or les dix premiers de ces classements connaissent des taux de chômage inférieurs de moitié au nôtre. Pouvons-nous l'ignorer ? Notons encore que certains pays scandinaves sont fort bien cotés sur ce palmarès, en dépit de leurs législations sociales et de leur fiscalité écrasante. Bref, c'est bien un excès de bureaucratisation qui se trouve condamné et, sans détruire de fond en comble notre droit du travail, il serait temps de nous interroger.

Quand la France fait la chasse aux services

Le nouveau capitalisme ne joue pas le jeu de l'emploi, c'est le moins que l'on puisse dire. Pour réduire les coûts, il a trouvé sa recette miracle : les délocalisations. Ne doivent rester dans les pays à hauts salaires que les tâches intransportables. Toutes les usines sont menacées, mais également les activités de service qui, avec les moyens modernes de communication, peuvent s'exercer à des milliers de kilomètres de distance.

Les affaires Michelin, Lu ou Hewlett Packard ont montré que l'augmentation des profits impose une compression sans fin des effectifs. Elles ont aussi prouvé qu'il ne s'agit pas d'un choix pour les managers. C'est la nouvelle «loi d'airain du capital», dont nous sommes loin de percevoir toute la perversité. Car la chasse à l'emploi ne se limite pas à ces opérations spectaculaires qui mobilisent les médias. Elle sévit partout sous des formes insidieuses qui passent inaperçues.

Chacun de nous en a fait l'expérience au cours de ces dernières années avec sa banque. Traditionnellement, il suffisait de composer un numéro de téléphone pour joindre l'employé en charge de son compte, celui avec lequel nous avions noué des liens de confiance. En quelques phrases, on obtenait l'explication attendue, le conseil personnalisé dont on avait besoin. Et puis un jour, nous sommes tombés sur un standard téléphonique qui nous a bousculé et exaspéré avec ses «Tapez 1», «Tapez étoile» «Tapez les quatre chiffres de votre compte», etc. À condition de ne pas se tromper dans ce labyrinthe téléphonique, vous entrez alors en communication avec un correspondant inconnu qui vous accueille avec des formules toutes faites. Vous n'avez plus accès à monsieur ou madame X, qui, pour vous, incarnait la banque, mais à une plateforme d'agents travaillant en batterie. Que s'est-il passé ?

Nos institutions financières, qui accumulent des profits importants mais toujours jugés insuffisants, ont estimé que les employés avaient mieux à faire que de perdre leur temps avec les clients. Elles ont donc lâché leurs *cost-killers*, qui ont coupé les lignes d'accès direct aux employés, ne laissant apparaître qu'un numéro de standard automatisé avec la plateforme téléphonique pour interlocuteur. Tout pour dissuader le client d'importuner sa banque. D'autant qu'Internet peut fort bien assurer l'interface bancaire. Il faut se faire dissuasifs sur les contacts humains et incitatifs sur les contacts électroniques. Les calculs sont formels : le nouveau système permettra de réduire le personnel et sera beaucoup plus rentable.

Les syndicats parlent volontiers des «mauvais coups» du patronat. L'image est parfois abusive, en l'occurrence elle serait assez justifiée. En effet, la banque ne connaît pas la même concurrence que l'industrie. Dans ce dernier secteur, la sanction est immédiate : si ses produits ne sont pas au meilleur marché, ils seront chassés des rayons. Il ne reste qu'à délocaliser pour retrouver la compétitivité. Rien de tel avec l'activité bancaire. À supposer que les agences de Paris facturent leurs services dix fois plus cher que les agences de Pékin, croit-on que les clients retireront leur argent des premières pour les confier aux secondes ? Les emplois supprimés ne sont en rien menacés par le dumping social, il s'agit simplement d'accroître les profits. Or ce travail est qualifié, riche de contenu humain ; les jeunes recherchent précisément ce type d'emplois. Trop cher ! Le «Toujours plus !» du profit les envoie donc à l'ANPE et nous condamne à un monde inhumain de robots et de chômeurs.

Par bonheur, ce scénario a buté sur un obstacle infranchissable. Non pas l'opposition des syndicats, hélas ! trop faibles, mais celle de la clientèle. Les gens veulent une banque proche, humaine, personnalisée, et pas un système automatisé, si performant soit-il. Ils trouvent très commode la carte de paiement, les automates distributeurs de billets, voire, pour certains, une consultation à distance de leur compte, mais ils tiennent par-dessus tout à connaître celui qui s'occupe de leur argent. Nos banquiers ont fini par s'apercevoir

que la « relation client » est essentielle dans leur
métier. Ils ont donc fait machine arrière et, après avoir
envisagé de réduire le nombre de leurs agences, veulent au contraire densifier leur réseau. Et voici qu'ils
envisagent maintenant de recruter des milliers de
cadres supplémentaires dans l'avenir ! Ce n'est pas
faute d'avoir voulu les supprimer, mais le client est roi
et, en l'occurrence, un fort bon roi.

Ailleurs, les services de renseignement indispensables à la clientèle sont, de plus en plus, affermés à un
personnel corvéable à merci, bon marché, standardisé
et travaillant en batterie. L'interlocuteur, situé à des
milliers de kilomètres, ne connaît rien du client et de
ses spécificités et ne peut lui fournir qu'une réponse
stéréotypée.

La chasse à l'emploi est lancée dans tous les secteurs. Dans la grande distribution, même la caissière
qui débite les emplettes à la chaîne est jugée trop coûteuse. Certains imaginent déjà pour l'avenir un éti-
quetage électronique par cartes à puces RFID, lisible
à distance. Les articles seraient identifiés à la volée
sans même qu'il soit nécessaire de les sortir du chariot. Vive l'usine à vendre automatisée ! Servez-vous
sur les rayons, poussez le chariot sous le portique,
introduisez votre carte. Vous aurez même droit au
message enregistré : « Les magasins XXX vous remer-
cient de votre visite et vous souhaitent une agréable
journée. »

Des emplois parfaitement rentables se trouvent
chaque jour détruits à seule fin de pousser à la hausse
le cours de Bourse. Jusqu'à ce que les Français ne disposent plus du pouvoir d'achat suffisant pour faire
tourner l'économie. Pourtant les gouvernements ne
sont pas condamnés au laisser-faire, ils peuvent faciliter la création d'emplois dans les services. Mais, plutôt
que de chercher avec des syndicats réalistes une

parade efficace, nous imposons les 35 heures, un pousse-au-crime pour les destructeurs d'emplois.

Améliorer la productivité en réduisant les effectifs, c'est une loi générale de l'économie. L'organisation du travail tend donc à s'uniformiser dans le monde industriel. Pourtant, là encore, la France se singularise. Nous nous sommes habitués à ne trouver qu'un veilleur de nuit en rentrant à l'hôtel, à devoir nous servir nous-mêmes à la pompe, à ne pouvoir nous faire livrer à domicile, à guetter en vain le taxi, à n'avoir personne pour garder les enfants, pour s'occuper de nos grands-parents, à voir le serveur du restaurant gérer dix tables en même temps, etc. On n'est plus servi ! C'est la vie moderne. Objection votre honneur, c'est la vie française. Plusieurs études concordantes publiées depuis une dizaine d'années prouvent que le personnel est beaucoup plus nombreux à l'étranger. Nulle part, cette austérité du service n'a été poussée aussi loin.

En 1997, l'économiste Thomas Piketty avait fait sensation en comparant les services en France et aux États-Unis. En 1970, les deux pays avaient le même ratio d'emplois par habitant ; vingt-cinq ans plus tard nous en avions un quart en moins. Mais ceci explique-t-il cela ? Le coût du travail non qualifié est de 40 % plus élevé de ce côté-ci de l'Atlantique. Piketty pointait deux secteurs dans lesquels la différence était particulièrement nette : la restauration et l'hôtellerie. L'emploi était de 60 % inférieur en France dans le premier cas, et de 130 % dans le second. En 2004, Pierre Cahuc et Michèle Debonneuil ont refait ces études pour le compte du Conseil d'analyse économique. Les conclusions sont toujours les mêmes : le taux d'emploi varie du simple au double entre la France et les États-Unis dans l'hôtellerie, la restauration et le commerce de détail. Sans parler des « emplois aux particuliers » :

un gisement largement exploité par les Américains, laissé en jachère par les Français.

Une différence d'autant plus significative qu'elle se confirme lorsque la comparaison est faite avec d'autres pays. Trop de monde dans les administrations, pas assez dans les services, c'est comme cela qu'on fait chavirer la barque. Pourquoi l'économie française a-t-elle tant de mal à créer les emplois dont elle a besoin, pourquoi se donne-t-elle tant de mal pour ne pas en créer ?

Plutôt que d'être obnubilés par les délocalisations auxquelles nous ne pouvons pas grand-chose, nous ferions mieux de nous interroger sur cette stérilité de l'économie française. Mais nous gardons l'œil rivé sur la porte des licenciements, jamais sur celle des engagements.

Et comment font les pays qui parviennent à contenir le chômage face à ce capitalisme profitomaniaque ? Leurs gouvernements, qu'ils se situent à droite ou à gauche, ont admis que ce sont les entreprises qui créent les emplois et qu'elles ne se laissent pas dicter leur loi. Mais cette liberté n'est pas nécessairement celle du laisser-faire libéral. L'État reste maître de l'environnement fiscal et social. Il peut faire en sorte que les arbitrages favorables au capital ne pénalisent pas systématiquement l'emploi. Il peut fixer des indemnités substantielles, prévisibles, et qui ne débouchent pas systématiquement sur un contentieux. Encore faut-il admettre la règle d'or : pas de création d'emplois sans liberté de les supprimer.

Le contrat de travail, la loi ou le règlement n'offrent qu'une protection temporaire au personnel en place, illusoire aux demandeurs d'emploi. Nos barrières juridiques n'ont pas plus d'efficacité qu'une palissade face à la montée des eaux. La seule garantie des travailleurs, c'est la bonne santé des entreprises, une garantie non suffisante mais nécessaire. Quant à l'État, il ne protège ceux qui ont un travail qu'aux dépens de ceux qui en cherchent un. Dans le secteur public comme dans le secteur privé.

Un fonctionnaire de plus, un chômeur de moins

Deuxième levier français : les emplois publics. Si les entreprises ne créent pas suffisamment d'emplois, l'Administration y suppléera et fera reculer d'autant le chômage. Sur ce plan encore, nous l'avons vu, la France n'a pas eu l'erreur prudente. C'est par régiments entiers qu'elle a recruté les fonctionnaires tout au long de ces années. À quoi bon s'en priver, puisqu'il n'est rien de plus aisé ! Aussi facile qu'autrefois faire tourner la planche à billets pour s'assurer du financement nécessaire. Et, quand l'Administration n'engage pas de fonctionnaires statutaires, elle embauche des jeunes à titre temporaire. Les statistiques du chômage en seront allégées d'autant. L'effet est immédiat, indiscutable. La recette est si efficace que même la droite, après avoir condamné cette pratique sous le gouvernement Raffarin, y est revenue sous le gouvernement Villepin, s'assurant des bonnes statistiques correspondantes. Mais, tandis que nous usions de cet expédient si commode, nos voisins, eux, s'efforçaient de faire maigrir leur fonction publique.

Depuis vingt-cinq ans, la gauche fait semblant de croire qu'une embauche a le même sens dans le secteur public que dans le secteur privé, qu'elle contribue également à réduire le chômage. En vertu de ce principe, elle aurait dû transformer tous les chômeurs en fonctionnaires, assurant ainsi le retour du plein-emploi. Pourquoi donc la fonction publique ne pourrait-elle embaucher deux millions et demie de personnes en plus ? Est-ce le besoin qui fait défaut ? Certainement pas. On trouverait aisément à occuper ces troupes supplémentaires au service de la population.

La raison est évidente : les emplois privés payent les emplois publics. Eh oui ! L'activité marchande fournit les ressources nécessaires pour financer l'État. C'est la règle de base. Il ne s'agit en aucune façon d'un mécénat philanthropique, mais d'une simple nécessité. Car une économie moderne a tout autant besoin d'écoles, de police, de tribunaux et de services publics que d'usines, de bureaux et de machines. Les deux mondes sont complémentaires. Les emplois rentables du privé financent les emplois non rentables, mais non moins utiles, du public. Dans les années 1960, le CNPF n'a eu de cesse d'obtenir un effort du gouvernement en faveur de l'éducation, car il manquait de personnel qualifié pour soutenir une expansion très vigoureuse.

Ce n'est donc pas l'État qui finance l'industrie, c'est le contraire. S'il a la main trop lourde, les entreprises se trouvent freinées dans leur développement par les taxes et les cotisations ; si, à l'inverse, il manque de ressources, c'est l'insuffisance des services publics qui fait obstacle à la croissance. En choisissant de multiplier les postes de fonctionnaires plutôt que d'accroître la productivité administrative, nous avons alourdi le secteur public... qui a freiné la croissance du secteur productif. Ainsi la France a-t-elle créé beaucoup plus d'emplois publics que les autres pays, mais aussi beaucoup moins d'emplois privés. Les deux phénomènes sont couplés.

La recette française : travailler moins

Troisième solution à la française : le partage du travail. « Travailler moins pour travailler tous », c'est véritablement l'originalité française dans la politique anti-chômage. En un quart de siècle, nous avons décliné ce remède miracle sous toutes ses formes : retarder l'entrée dans la vie active, réduire la durée hebdomadaire du travail, allonger les congés annuels, avancer l'âge de la retraite. Un traitement de choc qui nous a fait gagner la palme du non-travail, d'autant que les autres pays faisaient exactement le contraire au même moment. Le nombre d'heures travaillées par habitant a ainsi diminué de 25 % entre 1970 et 2002. Dans le même temps, il ne diminuait que de 3 % en moyenne dans les pays de l'OCDE et augmentait même de 17 % aux États-Unis, de 15 % au Canada. En ce qui concerne la durée hebdomadaire du travail, notre loi des 35 heures reste sans égale au monde. N'y revenons pas. Nous sommes encore les champions des vacances : 39 jours contre 27 en Allemagne, 23 en Grande-Bretagne, 21 au Canada et 12 aux États-Unis. Au total, le Français travaille 1 450 heures par an contre 1 565 pour un Suédois, 1 675 pour un Britannique, 1 800 pour un Espagnol, un Américain ou un Japonais. Autrement dit, le Français se repose deux mois de plus que les Américains ou les Japonais. Nous travaillons moins d'heures dans l'année et moins d'années dans notre existence. Le début de la vie professionnelle intervient beaucoup plus tôt à l'étranger. Les jeunes n'ont qu'un taux d'activité de 30 % en France contre 53 % en Allemagne et 70 % en Grande-Bretagne. La conséquence de la prolongation des études, simple cache-misère qui améliore les statistiques du chômage plus que la réalité de l'emploi.

À l'autre bout de la vie, la fin de carrière tend à intervenir avant la soixantaine. Les dispositifs de pré-retraite auraient coûté en dix ans 122 milliards d'euros à la collectivité ! De ce fait, le taux d'activité des 55-64 ans n'est que de 37 % chez nous contre 43 % en moyenne européenne. À force de rogner la population au travail par tous les bouts, elle ne représente plus que 41,5 % de la population totale. Record du monde, cela va sans dire.

Pourquoi s'est-on lancé dans cette aventure ? Pourquoi l'échec a-t-il dépassé toutes nos espérances ? Voilà ce qu'il faut comprendre.

Le partage du travail tel qu'il fut pensé à l'origine, notamment dans les milieux de la CFDT, partait d'un sentiment fondé : la rupture de solidarité qu'introduit le chômage. Lorsque les affaires vont mal, l'ensemble du personnel en fait les frais. Stagnation des salaires, fin des heures supplémentaires, chômage technique, nul n'est épargné. Et puis arrivent les licenciements, qui brisent cette mutualisation des inconvénients. Une minorité est frappée, une majorité est protégée. C'est insupportable. En réduisant pour tous les heures et les salaires, il devait être possible de répartir l'effort sans mettre l'entreprise en danger. Économiquement, les deux solutions étaient équivalentes. Socialement, elles étaient fort différentes. C'était la préférence donnée à la solidarité sur l'exclusion.

Les Allemands ont à plusieurs reprises pratiqué cette stratégie du donnant-donnant : réduction du temps de travail et des salaires d'un côté, maintien des effectifs de l'autre. Ce fut l'esprit des fameux accords Volkswagen, qui n'ont certes pas résolu les problèmes du constructeur, mais ont permis, un temps, d'éviter des licenciements. Nouvelle application à l'automne 2005, chez Siemens cette fois. 4 600 suppressions d'emplois dans les divisions déficitaires. Négociations-accord avec I.G. Metall. L'ensemble du personnel passe à 30 heures avec les réductions de salaire correspondantes, moyennant quoi la direction renonce aux licenciements et s'en tient aux départs volontaires.

Une solution intéressante mais très limitée. Elle est

purement défensive et ne joue qu'en basse conjoncture. Si le sureffectif est structurel, les réductions seront inévitables. Enfin, de tels accords ne s'improvisent pas : ils sont le fruit d'une riche expérience de la négociation sociale fondée sur une gestion transparente et participative, ils supposent une mise à contribution des dividendes autant que des salaires. Bref, tout ce que n'aime pas le nouveau capitalisme.

Mais comment imaginer de tels arrangements avec des syndicats anticapitalistes et des directions antisyndicales ? Dans ces conditions, le vrai partage du travail n'a aucune chance de prospérer en France. Qu'à cela ne tienne, le faux va connaître un succès considérable aux conséquences… dramatiques.

Dans sa première version, il s'agissait d'un effort consenti par tous au service des plus menacés : partage du travail = solidarité. Une idée généreuse, que l'idéologie va transformer en panacée. Les loisirs en plus, la solidarité en moins. À la base de cette dérive, une vision statique et malthusienne de l'économie, supposée mettre face à face une quantité déterminée de travail et de travailleurs. Le chômage prouve que la demande excède l'offre, mais on ne peut agir sur aucun des deux termes. Il ne reste qu'à réduire les portions. Si 10 % de la population active est inoccupée, « y a qu'à » réduire les horaires de 10 % pour que chacun retrouve un emploi. C'est lumineux, c'est même éblouissant, pour tout dire aveuglant. Quand on a admis cela, impossible d'y plus rien voir ni d'y comprendre quoi que ce soit.

L'oisiveté solidaire

L'économie n'est pas statique mais dynamique, elle n'est pas uniforme mais diverse, et qualitative autant

que quantitative. Enfin et surtout, l'équation n'est bou-
clée que si l'on partage le salaire en même temps que
le travail. Et c'est là que le bât blesse. En France, l'ac-
cent sera toujours mis sur le partage du travail – et
jamais sur celui du revenu. L'oisiveté solidaire, voilà
assurément le remède anti-chômage idéal.

En 1981, c'est encore la notion de solidarité qui
domine. Le gouvernement choisit de procéder à dose
homéopathique, en passant de 40 à 39 heures. À charge
pour les partenaires sociaux de trouver les compensations nécessaires. Les négociations ne donnant rien,
François Mitterrand décide que les 39 heures seront
payées 40. C'est la solidarité gratuite, l'imposture commence. La référence aux chômeurs n'est plus qu'une
clause de style pour se gorger de loisirs à leur santé.
Lorsque Pierre Mauroy avance de 65 à 60 ans l'âge de
la retraite, il ne manque pas de souligner que les
anciens vont faire cet effort pour laisser la place aux
jeunes qui recherchent un emploi. En pratique, le repos
des seniors n'adoucit en rien la galère des juniors,
quelle importance ? On ne cherche pas un remède, rien
qu'un alibi. La gauche offre des cadeaux à sa clientèle,
qui feint de les accepter comme autant de services rendus aux chômeurs.

Le comble de l'hypocrisie est atteint avec le passage
aux 35 heures. En ce milieu des années 1990, la gauche
est au plus bas. Elle a subi en 1993 une défaite en rase
campagne et s'imagine condamnée à une très longue
cure d'opposition. Surprise par la dissolution de 1997,
elle n'a pas le temps d'élaborer un programme, juste
quelques jours pour fixer ses slogans. Elle doit frapper
fort, car Jacques Chirac bat la campagne muni de son
inépuisable hotte de père Noël. Au reste, elle peut tirer
des chèques sans provision, car, aux dires des experts,
elle n'a aucune chance d'arriver au pouvoir et d'avoir
à les honorer. Va donc pour les 35 heures, un slogan

qui claque bien dans les meetings. Le précédent des 39 heures suggère aux électeurs que la contrepartie salariale ne sera pas très lourde. Le prétexte de la solidarité avec les chômeurs est maintenu. L'effort est théorique, le cadeau, réel, c'est toujours bon à prendre.

Surprise par sa victoire électorale, la gauche doit bientôt traduire ses slogans en politique. Mais à qui présenter la facture ? Les entreprises ne peuvent supporter les 35 heures payées 39, les salariés ne peuvent pas admettre les 35 heures payées 35, il ne reste plus qu'à reporter une part du fardeau sur l'État. La collectivité financera sous forme d'allégement de charges la réduction du temps de travail.

Dans les entreprises, les bénéficiaires des fameuses RTT voient leur pouvoir d'achat stagner, leurs conditions de travail se dégrader et leur temps de loisir s'allonger. De nombreux salariés, écœurés par ces nouvelles contraintes, attirées par ce nouveau repos, prennent le travail en grippe. Un changement de mentalités révélé quelques années plus tard par l'incroyable succès de *Bonjour Paresse*, le livre de Corinne Maier. Les cadres ont cessé d'être ces officiers sans peur et sans reproche de l'entreprise. Au passage, ils ont pris leurs RTT.

Dans le principe, il ne s'agissait pas d'un cadeau, mais, au contraire, d'un effort de solidarité afin de permettre des embauches supplémentaires. A priori, les agents de l'État n'entraient pas dans le dispositif et auraient dû se trouver dispensés de solidarité anti-chômage. Mais les syndicats de la fonction publique ne l'entendirent pas de cette oreille. Ils revendiquèrent pour leurs adhérents une «avancée sociale» qui, à l'évidence, n'aurait aucune contrepartie. Le masque tombait et le prétendu «partage du travail» apparut alors sous son vrai visage, celui d'un avantage accordé à ceux qui ont un emploi et, en aucune façon, un sacrifice consenti pour ceux qui n'en ont pas. Quoi qu'il en soit, l'ensemble du secteur public a donc bénéficié de cette réduction du travail et, mis à part le personnel hospitalier, ne l'a compensé par aucune contrainte supplémentaire. C'est dire que le décalage s'est encore accru entre le monde de l'économie concurrentielle et celui des administrations monopolistiques.

Les études se sont multipliées pour faire le bilan des 35 heures. Le gouvernement Jospin escomptait la création de 700 000 emplois, tous comptes refaits les experts n'en ont guère identifié que la moitié. Un bilan médiocre et en trompe l'œil. N'a-t-on pas mélangé la vraie et la fausse monnaie ? Comment être sûr que les recrutements n'auraient pas eu lieu sans les 35 heures, qu'ils n'ont pas été imputés aux RTT à seule fin de bénéficier des allégements de charges ? Mais, surtout, il faudrait tempérer ce tableau de chasse par l'évocation de tous les emplois qui ont été détruits ou n'ont pas été créés.

Dans les petites entreprises, les 35 heures ont suscité colère et découragement, le climat idéal pour ne pas embaucher. Autant d'emplois restés dans les limbes, qui ne seront jamais comptabilisés. Elles ont exacerbé la tentation de fuir le système des RTT en remplaçant l'homme par la machine, ou de chercher ailleurs des travailleurs qui seraient moins payés. Des entreprises qui maintenaient solidement l'emploi national comme les verreries-cristalleries d'Arques, Rouleau-Guichard, champion du sous-vêtement *made in France,* Kindy, le numéro 1 de la chaussette, ont précipité les délocalisations quand s'est produit le choc des 35 heures. Des emplois perdus qui ne sont pas comptabilisés au bilan. Au total, les Français auraient beaucoup plus de travail à se répartir s'ils n'avaient pas fait semblant de se le partager. Ils ont fini par s'en rendre compte. Selon un sondage CSA réalisé en 2003 pour *L'Expansion,* 67 % d'entre eux pensent que cette mesure «ne permet pas de lutter contre le chômage» et 68 % que cette grande avancée sociale «crée de nouvelles inégalités». Les 35 heures fêteront bientôt leurs dix ans d'existence, les salariés qui en ont bénéficié sans en supporter le coût devraient les plébisciter. Pourtant, en 2006, il ne se trouve qu'un Français sur deux pour soutenir cette «avancée sociale».

Martine Aubry se voulait exemplaire. Elle ne doutait pas qu'avec les 35 heures la France explorait les voies de l'avenir dans l'intérêt du monde entier. La suite lui a donné raison. Tous les pays ont tiré les enseignements de l'expérience française. Ils ont tous compris qu'il s'agissait d'une voie sans issue. Et pourtant nous n'avons pas encore évoqué son coût pour les finances publiques. Un coût d'autant plus élevé qu'il a perverti la seule solution efficace pour lutter contre le chômage : la réduction des charges.

Des patrons qui payent moins, des salariés qui gagnent autant

Pour les entreprises, ce repos supplémentaire équivalait à une forte hausse de salaires. Une hausse que, en dépit des gains de productivité, la plupart n'était pas en état de supporter et dont souffriraient en priorité les travailleurs non qualifiés. Ces RTT ont donc été compensées par des réductions de cotisation sur les bas salaires. Autant dire, comme je le suggérais, qu'elles ont été financées par l'État. La loi Aubry combinait d'ailleurs deux dispositifs : la réduction du temps de travail et la réduction des charges patronales. Cette dernière mesure était entrée dans l'arsenal français au début des années 1990.

Le taux de chômage est traditionnellement plus élevé pour les travailleurs les moins qualifiés. Ce sont toujours eux qui font les frais des gains de productivité. Ce sont eux aussi dont les salaires paraissent toujours trop élevés aux employeurs. Paradoxe, puisqu'ils sont aussi les plus mal payés. Mais les lois de la concurrence sont implacables : le coût du travail n'est jamais si pénalisant qu'au bas de l'échelle. La contradiction est totale entre l'économique et le social. Toutes les études prouvent que le SMIC est trop élevé par rapport aux normes de compétitivité et il n'est besoin d'aucune étude pour se rendre compte qu'il permet à peine de vivre. Il faudrait abaisser le coût du travail non qualifié sans réduire les salaires. La solution évidente consiste donc à diminuer, pour les plus basses rémunérations, les charges patronales, qui ont énormément augmenté dans les années 1970 et 1980. Une mesure qui se traduit nécessairement par un manque à gagner pour l'État ou les régimes sociaux, mais doit faciliter l'emploi de ces travailleurs.

Cette politique est inaugurée en 1993 par Edouard Balladur, puis reprise et amplifiée par Alain Juppé en 1995-96. Mais, déjà, elle change de sens. Jacques Chirac, nouvellement élu, a revalorisé de 5 % le SMIC. Un cadeau aussi gratifiant que pénalisant pour les moins qualifiés. Le Premier ministre compense les largesses présidentielles par une nouvelle réduction des cotisations patronales. Cela ne réduit pas le coût du travail, mais cela évite au moins de l'alourdir.

Dans la foulée des 35 heures, le gouvernement Jospin lance une nouvelle vague d'abattements. Là encore, il ne s'agit que de maintenir le niveau des rémunérations pour les employeurs. Pas de les faire baisser. La loi Aubry s'étant traduite par un éclatement du SMIC, sa réunification se fera sous le gouvernement Raffarin. En l'alignant sur les niveaux les plus élevés. Nouvelle hausse du SMIC accompagnée d'une nouvelle baisse des charges opérée par François Fillon, toujours afin d'éviter un renchérissement des plus bas salaires.

Les finances publiques ont dû supporter ces trois vagues successives. Où en est-on aujourd'hui? En 2006, les réductions de charges ont représenté un coût total de 19 milliards d'euros. Si l'on fait le décompte: 8 milliards au titre des mesures Juppé et 11 milliards pour les mesures Aubry. La facture est très lourde, combien d'emplois a-t-on obtenu pour ce prix?

Cette évaluation est un pont-aux-ânes pour statisticiens. On ne compte pas moins de quatorze études entreprises au cours des dix dernières années, avec des résultats qui s'étagent de 125 000 à 560 000! Le rapport du Conseil d'orientation pour l'emploi de 2006, portant notamment sur les réductions intervenues avant les 35 heures, conclut à l'«efficacité» de cette politique. Les allégements décidés au début des années 1990 auraient créé autour de 300 000 emplois. Des emplois qui, il faut le rappeler, profitent aux travailleurs qui ont le plus de mal à se recaser. Mais à quel prix? «Le coût brut par emploi serait d'environ 20 000 euros, soit près d'une année de SMIC.» Mais le chômeur devenu salarié coûte moins cher à la collectivité. On peut donc estimer le coût net entre 5 000 et 10 000 euros. Cela peut paraître encore bien cher, pourtant, estiment les auteurs du rapport, il s'agit «d'un des instruments les moins coûteux pour la création d'emplois durables dans le secteur marchand, et, précisent-ils, la suppression totale des allégements de cotisations patronales conduirait à détruire environ 800 000 emplois en l'espace de quelques années». Le dispositif est donc efficace, mais qu'en est-il de son utilisation couplée aux 35 heures?

Le sujet est à ce point explosif que l'addition varie par un facteur dix selon la couleur politique des experts. Si l'on en croit le rapport du Conseil d'orientation de l'emploi, la facture serait donc de 11 milliards pour 2006. Si l'on divise ce chiffre par 350 000, on obtient 30 000 euros par emploi créé. Soit plus d'une année de SMIC !

Ainsi l'économie française s'est-elle trouvée pénalisée, l'hôpital, désorganisé, et les créations naturelles d'emplois ont été réduites pour faire aux travailleurs un cadeau qu'ils n'apprécient que médiocrement et pour subventionner des emplois à hauteur du SMIC ! Qui dit pire ?

Pourtant les allégements de charges sur les bas salaires doivent figurer dans l'arsenal anti-chômage. Encore faut-il en respecter le mode d'emploi : réduire le coût du travail non qualifié. Dès lors qu'elles furent détournées à seule fin de ne pas le faire augmenter, elles perdirent l'essentiel de leur efficacité. En outre, il existe un préalable à une telle politique, c'est la suppression des freins à l'embauche que constituent les obstacles au licenciement. Si les employeurs voient dans le recrutement une menace, ils dédaigneront toutes les réductions de charges et limiteront le plus possible leur personnel.

Le système capitaliste possède sa cohérence. On peut la récuser et tenter d'instaurer l'économie planifiée, la respecter et laisser faire ou bien encore intervenir pour en améliorer le fonctionnement et corriger ses dérives. Mais alors, il faut en respecter la logique. Autrement dit, on se ruine sans grand profit à vouloir mettre de l'essence dans un moteur qui tourne tous freins serrés. Voilà pourtant ce que fait la France depuis trente ans. Car la baisse des charges participe d'une politique générale d'aide à l'emploi qui, en 2006, aura coûté 32,6 milliards d'euros aux finances publiques. Une somme colossale, qui a augmenté de 75 % au cours des dix dernières années sans avoir fait reculer le chômage de masse et d'exclusion. Faut-il verser des sommes pareilles pour un si maigre résultat ? À l'évidence, cet argent est mal dépensé, il ne produit pas les effets escomptés. Pourquoi ?

La contradiction est évidente entre la bureaucratisation croissante de notre économie, qui pousse les employeurs à réduire les salariés permanents, et la multiplication anarchique de ces « cadeaux » au patronat. On ne peut, dans le même temps, aider financièrement des entreprises et les gêner réglementairement. Depuis une trentaine d'années, les pouvoirs publics ne savent quelle prime, quelle subvention, quel dégrèvement inventer pour aider les entreprises. Les « guichets » qui distribuent ces aides se sont multipliés à l'infini, depuis le niveau européen jusqu'au niveau municipal en passant par les innombrables organismes qui interviennent à un titre ou à un autre. En 2004, l'Observatoire des aides aux petites entreprises recensait 2 550 dispositifs susceptibles de les aider ! Tout entrepreneur se double désormais d'un chasseur de primes et ses décisions sont autant influencées par les impératifs commerciaux que par les opportunités de subventions. Quant à évaluer l'efficacité de ces interventions, nul n'en est capable, comme le constatait la Cour des comptes dans son rapport de 2004. Une fois de plus, la politique consiste à distribuer l'argent public, sans être en mesure d'opérer les choix préliminaires, d'engager les réformes nécessaires et de faire les évaluations a posteriori.

Les aides aux entreprises viennent finalement compenser l'excès des réglementations, les réductions de charges servent de prothèses pour soutenir le fardeau des 35 heures. Ainsi avons-nous essayé tout ce qui ne marche pas, même et y compris ce qui devrait marcher. Et ce qui est vrai pour les entreprises l'est également pour les chômeurs.

CHAPITRE 11

Les chercheurs d'emploi

Un gouvernement qui annonce la fin des licenciements, l'allongement des congés, l'engagement des fonctionnaires, est assuré de se faire acclamer. Mais peut-on terrasser le chômage sans exiger le moindre effort ? Autant gagner les guerres en se faisant bronzer sur les plages. C'est pourtant cette médecine charlatanesque qui a prévalu en France.

En bons élèves de l'ENA, nos gouvernants savent que le chômage ne cède ni aux anathèmes ni aux placebos. Ils savent aussi qu'il doit se combattre durant des années, que la bataille doit parvenir à mobiliser toute la population contre un mal qui n'en frappe que 10 % et que le résultat n'est jamais assuré. La bonne gouvernance au prix du suicide électoral étant trop cher payée, nos hommes politiques se sont fabriqué un chômage à leur mesure, justiciable d'imprécations conjuratoires, d'appels guerriers et d'armes indolores. Inefficacité socio-économique garantie, innocuité politicienne assurée.

Le fléau, toujours dénoncé, toujours défié, sort régulièrement vainqueur de ces affrontements de carnaval. À l'évidence, on n'en vient pas à bout en n'attaquant jamais que son reflet, en n'osant pas le regarder en face. Les pays qui l'ont fait régresser l'ont d'abord reconnu pour ce qu'il est : une pathologie, certes, mais qui se

greffe sur une fonction économique essentielle, à l'image
du cancer qui transforme en prolifération le nécessaire
renouvellement des cellules. Lorsque la recherche d'emploi, avec toutes ses incertitudes et ses contraintes,
retrouve sa place dans l'économie de marché, il devient
possible d'en prévenir et d'en corriger les dérives, d'en
faire un processus constructeur et non destructeur.

La préférence française pour le chômage

La France s'est longtemps refusée à cette épreuve
de vérité. Sur le plan idéologique, elle ne voulait voir
dans le chômage qu'une tare de l'économie capitaliste.
Sur le plan économique, elle le réduisait à un schéma
d'un simplisme enfantin. Un rapport purement quantitatif entre des offres d'emplois toutes semblables et
des travailleurs interchangeables. Ces derniers n'auraient plus qu'à attendre l'emploi espéré. L'ANPE se
transforme en quai de gare un jour de grève, où les
chômeurs se morfondent comme les voyageurs guet-
tant l'arrivée d'un improbable train.

Cette stigmatisation dans les mots et cette dénégation dans les faits nous condamnent à subir tout ce que
nous prétendons combattre. Au reste, faut-il parler
d'une «condamnation» ? Ne s'agirait-il pas plutôt d'un
choix ? Nos dirigeants, qu'ils soient politiciens, syndicalistes, économistes, intellectuels ou autres, connaissent la vraie nature du chômage et ses véritables
mécanismes. C'est délibérément qu'ils les ignorent et
ne livrent jamais que des simulacres de combat. Nous
voilà au cœur de cette «préférence française pour le
chômage[1]». Elle naît d'une connivence de fait entre

1. L'expression fut forgée par Denis Olivennes en 1994, dans sa
note à la Fondation Saint-Simon.

les groupes socio-économiques les plus organisés pour faire du chômage la variable d'ajustement dans notre société. Certes, on ne se dit pas : « Nous allons laisser les jeunes au chômage », on se dit : « Il faut protéger les salariés », mais cela peut revenir au même. Le poids de l'insécurité se détourne des gens en place et retombe tout entier sur les gens en marge : les jeunes, les sous-qualifiés, les travailleurs âgés. C'est la protection du plus fort par le plus faible en termes de statuts, de générations, de qualifications. Entre la diabolisation du capitalisme qui bloque la machine à créer des emplois, la diabolisation du libéralisme qui bloque le marché du travail, la France laisse ainsi au bord de la route des millions d'individus en voie de désocialisation. Les exclus posent un problème social, jamais économique. C'est alors que l'indispensable assistance devient la prothèse d'une économie infirme. Le traitement social n'accompagne plus la guérison mais l'exclusion.

La France est ainsi devenue l'un des pires lieux où vivre pour qui entend sortir du chômage et l'un des plus confortables pour qui voudrait s'y installer. Les sans-emploi se voient offrir une indemnisation dans la bonne moyenne européenne, elle-même relayée par des revenus de substitution divers et variés. La France, de ce point de vue, n'a pas à se vanter, mais pas à rougir non plus de ses efforts en faveur des naufragés du travail.

Un satisfecit plus moral qu'économique, évidemment. Car nous nous sommes trompés de solidarité. Le chômeur n'est pas un handicapé condamné à vivre avec son mal – si tel est le cas, il doit être sorti du marché du travail et pris en charge par l'aide sociale –, c'est un individu confronté à une épreuve et qui doit la surmonter. Il a besoin d'une aide active, d'un soutien dynamique pour s'adapter aux contraintes

économiques et se construire un destin professionnel, pas seulement d'un secours pour lui éviter de
sombrer.

Mais le modèle français interdit de se conformer à
cette logique «libérale». En vertu de la représentation socio-idéologique qui est la nôtre, les chômeurs
sont enrôlés sous la bannière de la victimisation générale. La société est fautive, toujours fautive, de ne
pouvoir proposer le travail espéré. Elle doit indemniser en attendant mieux. Une indemnisation qui n'efface pas la relation victimaire, mais au contraire
l'authentifie. S'il y a compensation, c'est qu'il y a préjudice – et donc injustice.

La démonstration est imparable et, de fait, le chômeur, comme le failli d'ailleurs, ne porte pas la responsabilité de ses malheurs. Le plus souvent, il a subi
un coup du sort qui aurait pu frapper n'importe quelle
autre personne à sa place. Il suffit d'avoir vécu une
vague de licenciement dans une entreprise pour éprouver ce sentiment d'insupportable injustice vis-à-vis de
ceux qui se trouvent exclus. Mais cette compassion à
elle seule n'est pas plus efficace que l'apitoiement pour
guérir le malade. Seul le médecin qui connaît la maladie, qui maîtrise la thérapeutique, peut, au prix d'un
traitement parfois douloureux, offrir un espoir de guérison. Pour aider le chômeur, il faut d'abord regarder
la situation réelle de notre économie. Est-il assuré que
nous soyons en présence d'une simple pénurie d'emplois, que la croissance puisse à elle seule offrir à chacun le travail qu'il attend ?

La pénurie de main-d'œuvre

Deux millions et demi de chômeurs d'un côté, des
centaines de milliers d'emplois qui ne trouvent pas

preneurs de l'autre. Ce face-à-face insensé dure en France depuis des décennies. Pour toute personne de bon sens, cette pénurie de main-d'œuvre au cœur du chômage de masse est scandaleuse autant que problématique. Avant de prétendre créer des emplois, voyons à pourvoir ceux qui sont offerts; c'est la question préalable. D'autant que les nouveaux risquent, pour une large part, de rester en souffrance comme les anciens.

Dans tout pays, ce paradoxe serait au centre du débat. En France, au contraire, rien ne semble plus naturel. Inutile d'en parler. Les chômeurs ne trouvent pas de boulot, les patrons ne trouvent pas de salariés, qu'y a-t-il de choquant à cela? La seule confrontation de ces deux chiffres a longtemps été perçue comme le signe d'une sérieuse perversion sociale. Elle sous-entendait une accusation de fainéantise à l'égard des demandeurs d'emploi.

En 1992, j'avais souhaité consacrer une de mes émissions «Médiations» à ce thème. Et j'avais tout naturellement sollicité la ministre du Travail, Martine Aubry, pour en être l'invitée principale. Après quelques jours de réflexion, elle me fit savoir que le problème n'existait plus. Grâce à son action déterminée à la tête du ministère, toutes les offres d'emploi étaient désormais satisfaites en deux semaines. Seul le patronat entretenait le mythe des travailleurs qui refusent le travail. Il n'était donc pas question d'ouvrir un tel débat à la télévision. Mon émission nécessitant la présence du ministre, je dus y renoncer. Si j'avais pu la mener à bien, je ne suis pas assuré que l'audimat aurait été excellent, car les téléspectateurs n'auraient rien compris au titre que j'entendais lui donner: «la pénurie de main-d'œuvre». Comment auraient-ils pu en saisir le sens alors qu'ils n'en avaient jamais entendu parler?

Le temps des pudeurs est passé, voici venue l'heure des comptes. À combien se chiffre le nombre des emplois non pourvus ? Certains parlent de 300 000, d'autres de 500 000. Mais comment savoir puisque aucune étude sérieuse n'a jamais été conduite ? Puisque, dans plusieurs secteurs, la probabilité de trouver le bon candidat est si faible que les patrons n'explicitent même plus leurs besoins ? Une chose est certaine, cette réalité n'a rien de marginal.

La liste des secteurs en panne de recrutement ne cesse de s'allonger. Le bâtiment, la restauration, le commerce, l'artisanat, mais aussi l'ensemble des métiers de production, des services aux personnes. Qui veut encore travailler dans les abattoirs, être ouvrier agricole, aller faire la pêche industrielle, préparer le pain et les croissants aux petites heures de l'aube, évider et préparer le poisson, ramasser les ordures, se consacrer aux personnes invalides, faire la plonge, etc. ? Certaines industries, comme la plasturgie, sont véritablement sinistrées. Signe des temps nouveaux, les vocations font défaut dans certains métiers hautement qualifiés. Les jeunes désertent ainsi les carrières scientifiques, les trop longues études chirurgicales, les spécialités médicales astreignantes. On ne trouve plus d'infirmières ou d'assistants pour donner les soins aux personnes âgées.

Des pans entiers de l'économie sont bridés par le manque de personnel. Un ralentissement qui s'étend dans tout l'appareil productif. Si, par miracle, tous les emplois trouvaient preneur, des chômeurs retrouveraient leur salaire et redeviendraient des consommateurs à part entière, et l'activité se propagerait. L'enjeu en termes d'emplois est donc très supérieur aux chiffres annoncés. En réduisant ce décalage, nous passerions du chômage d'exclusion au chômage de transition.

Cette inadéquation de la demande à l'offre risque de nous faire rater l'embellie qui se profile à l'horizon.

Au cours des années passées, le marché du travail enregistrait en permanence plus d'entrées que de sorties. C'est dire qu'il fallait augmenter sans cesse le nombre des emplois disponibles si l'on voulait maintenir le taux de chômage à son niveau. Or nous devons maintenant faire face à la décrue démographique. Les papys qui s'en vont sont plus nombreux que les jeunes qui arrivent. Un désastre sur le plan des retraites, une aubaine sur le front du chômage. Depuis le temps que les politiques s'efforcent de réduire le nombre des demandeurs d'emploi, voilà qu'il est possible de l'obtenir sans maintenir les jeunes à l'université et mettre les seniors à la retraite.

Reste à satisfaire, dans la décennie à venir, les besoins de l'économie. Si la question était quantitative, nous serions bientôt tirés d'affaire. Malheureusement, le problème est d'abord qualitatif – et c'est là que tout achoppe.

Le Commissariat au Plan et la Dares se sont efforcés d'identifier les emplois qui seront nécessaires à l'économie française d'ici une dizaine d'années. Dans leur rapport, publié en décembre 2005, ils chiffrent à 7,5 millions les postes qui seront libérés par les départs en retraite. Sur le seul plan quantitatif, le compte est bon. Le taux de chômage doit très sensiblement se réduire. Mais nos experts ne se sont pas contentés de cette approche globale, ils sont allés identifier dans le détail les emplois qu'il faudra pourvoir. Et il apparaît que l'adéquation entre l'offre et la demande n'est pas près de s'améliorer. Où trouvera-t-on les 410 000 assistantes maternelles et aides à domicile, les 260 000 aides-soignantes, les 210 000 ouvriers qualifiés process, les 400 000 travailleurs du bâtiment, les 160 000 employés de maison, les 190 000 ouvriers de manutention, les 160 000 travailleurs de l'hôtellerie-restauration ? Disposera-t-on des 200 000 informaticiens dont nous aurons besoin ? Et de tous les techniciens que nous ne formons pas ? Comment faire la balance entre 80 000 infirmières en plus et autant de secrétaires en moins ? Car ce sont les professions les plus attractives qui sont aussi les moins fécondes. La fonction publique, le rêve de 75 % des jeunes, devrait perdre 100 000 emplois. Les métiers des arts et de la communication, si recherchés, n'en créeront que 180 000. Ainsi les auteurs du rapport craignent-ils que la France ne bascule dans « un scénario noir où un chômage élevé coexisterait avec des besoins de main-d'œuvre ». En matière d'emploi, le quantitatif sans le qualitatif ne résout rien.

Pour venir à bout de cette pénurie, de très sérieux experts proposent d'aller chercher la main-d'œuvre qui nous fait défaut dans l'inépuisable réservoir du chômage mondial. L'immigration, celle de demain après celle d'hier, fait figure de solution miracle et semble convenir à tout le monde, de la gauche au patronat. Mais à quel prix ferions-nous venir de l'étranger ces travailleurs que nous ne trouvons pas en France ? Pour les plus qualifiés, cela reviendrait à faire du dumping social à l'envers. Nous profiterions de notre niveau de vie plus élevé pour voler aux pays pauvres la main-d'œuvre qu'ils ont formée et qui est indispensable à leur développement. Comment des militants tiers-mondistes, qui dénoncent chaque jour le pillage des ressources naturelles du Sud par le Nord, peuvent-ils préconiser ce détournement des ressources humaines ? Ne sommes-nous pas les premiers à déplorer que tant de jeunes Français, parmi les plus brillants, choisissent de traverser l'Atlantique pour valoriser leurs diplômes aux États-Unis ? S'il s'agit, au contraire, d'une main-d'œuvre non qualifiée, n'avons-nous pas suffisamment de chômeurs sans formation sur notre sol ? Ne rêvons pas, c'est en France même que se trouvent les travailleurs qui nous manquent. Mais pourquoi ne peut-on regarder cette réalité en face ? Parce qu'elle nous oblige à remettre en question l'image victimaire que nous avons du chômeur, une image qui légitime l'ensemble de notre modèle social.

Oublions donc nos représentations idéologiques et repartons des faits. Pourquoi les emplois restent-ils en déshérence malgré la pression du chômage ? L'explication est triple : le refus, l'inadéquation et l'ignorance. Tantôt il s'agit d'emplois rebutants et sous-payés dont les chômeurs ne veulent pas, tantôt il s'agit d'emplois qui exigent des qualifications que les chômeurs ne possèdent pas, tantôt enfin d'offres qui ne parviennent jamais à leurs destinataires potentiels. Conclusion : pour faire reculer le chômage, les emplois ne suffisent pas, encore faut-il qu'ils soient acceptables et acceptés du point de vue de la pénibilité, de la paye et de la compétence, qu'ils soient aussi véritablement présentés, expliqués et pas seulement affichés.

Faire ce que l'on aime ou aimer ce que l'on fait

Notion fondamentale et scandaleuse : le refus de travail. Parlons donc de choix professionnel. D'autant que cela revient au même, tout choix impliquant par définition un ou plusieurs refus. Dans l'idéologie française, cette simple évocation suscite des réactions scandalisées. C'est faire insulte aux chômeurs que de les imaginer refusant un poste qui leur est proposé. Je pense, au contraire, que nous sommes tous des refuseurs d'emplois. Seule différence entre le chômeur et le salarié : le refus est explicite chez le premier, implicite chez le second.

Je suis un refuseur d'emploi, cela va de soi. Aurais-je admis, sous prétexte qu'on n'avait rien d'autre à m'offrir, de devenir comptable alors que je n'ai aucun

374	*Plus encore !*

goût pour la comptabilité, vendeur alors que je n'ai pas le sens du commerce ? Probablement pas. Je ne m'y serais résigné que contraint et forcé par l'absence totale de ressources ou par l'obligation qui m'en aurait été faite. Probablement par les deux. Je ne suis pas pour autant un fainéant ou un parasite, rien qu'un Français comme les autres. Ma génération n'a pas été confrontée à ce dilemme, et j'ai pu choisir la profession qui me plaît. Aujourd'hui, la majorité des Français n'a plus cette chance. Mais chacun feint de croire qu'il doit à son seul mérite d'exercer le métier qu'il aime.

Jusqu'à la Seconde Guerre mondiale, le choix individuel ne jouait pas un grand rôle dans les destins professionnels. Le fils d'ouvrier allait à l'usine, le fils d'instituteur devenait professeur, le fils de cheminot entrait dans les chemins de fer. Les destins étaient tracés. Par-ci, par-là, un jeune, plus brillant, plus déterminé, entreprenait son ascension sociale. C'était l'exception, pas la règle. Les autres prenaient ce qui se présentait, d'autant qu'il fallait bien vivre et que l'État-providence n'était pas là pour secourir les sans-emploi. L'économie proposait le travail, les hommes s'en accommodaient. Entre offre et demande, le travailleur faisait office de variable d'ajustement.

Aujourd'hui, les adolescents sont sommés de choisir un métier, une carrière et, par là même, d'en refuser un grand nombre. « Que veux-tu faire plus tard ? » Les parents se désolent lorsque leur progéniture n'est pas habitée par une vocation professionnelle. L'enseignement relaie la famille en faisant passer l'élève d'un aiguillage à l'autre. Une orientation lourde de conséquences pour l'avenir. Car la formation fixe un destin professionnel.

Rien de plus naturel : l'individualisme moderne implique, impose même le choix personnel. L'économie est alors appelée à jouer la variable d'ajustement : à elle de créer les emplois dont les Français ont envie. En quantité, mais aussi en qualité. Cela semble assez improbable et pourtant c'est ainsi qu'a fonctionné notre système pendant un siècle. Le développement emportait dans un même mouvement l'appareil productif et le monde du travail. D'un côté, l'agriculture puis l'industrie reculaient, de l'autre, les services progressaient. En face, les jeunes se détournaient des activités en régression et, grâce aux progrès de l'instruction, s'orientaient vers les nouveaux secteurs. Moins on avait besoin d'ouvriers et moins on avait de candidats pour l'usine, plus on cherchait de cadres et plus il s'en présentait. L'exigence de qualification s'élevait en même temps que le niveau de formation. Offre et demande évoluaient de conserve sur le marché du travail.

Malheureusement la mécanique s'est déréglée, la formation et les aspirations ne correspondent plus aux besoins de l'appareil productif. Michel Godet [1], expert en prospective industrielle, ne cesse de tirer le signal d'alarme. Ses études démontrent, chiffres à l'appui, que l'économie recherchera des qualifications professionnelles que nous dédaignons et pas les diplômes que nous distribuons à profusion. Les besoins les plus massifs correspondent, nous l'avons vu, à un « salariat modeste » dans les libres-services, les aides aux personnes – ce qu'on appelait jadis la « domesticité » –, les services de nettoiement, les ouvriers et les métiers manuels. Et ce n'est pas en distribuant des diplômes universitaires au rabais que l'on s'assurera des travailleurs correspondants. Ce faisant, nous précipitons les jeunes générations vers des miroirs aux alouettes tandis que nous ignorons les plus riches gisements

1. Michel Godet, *Emploi : le grand mensonge*, Paris, Fixot, 1994.

d'emplois. Mais l'Éducation nationale, mis à part les grandes écoles, craint toujours de trahir sa mission en se mettant en phase avec le marché de l'emploi. Les profs ne sont pas là pour former les futurs salariés du capitalisme.

Les formations ne correspondent donc pas aux besoins, les aspirations encore moins. Les médias, qui forgent les modèles collectifs, valorisent jusqu'à l'idolâtrie le chanteur, le comédien, le champion, le présentateur de télévision, voire le journaliste, le toubib ou le flic. Des professions qui n'offrent pas de grands débouchés. En revanche, on chercherait en vain une émission dont le héros serait un ouvrier, un artisan, une employée de maison, un comptable, un ingénieur ou un cadre supérieur. Ainsi les jeunes, sommés de choisir, se voient-ils proposer les modèles les plus irréalistes.

Tous les commentateurs ont souligné que le chômage était la première cause des émeutes de novembre 2005. Ils en ont conclu que, pour sortir la banlieue de la crise, il fallait offrir des emplois aux jeunes. Bien vu, mais un peu court. Il y a quelques années, les industriels du bâtiment avaient organisé une journée sur la grande dalle d'Argenteuil, afin de proposer les emplois dont ils disposaient. À la fin de la journée, ils durent constater qu'ils avaient fait chou blanc. Leurs propositions n'intéressaient à peu près personne. Si l'expérience avait été tentée à Neuilly-sur-Seine, le résultat n'aurait surpris personne, mais, à Argenteuil, cela semble plus étonnant. Et pourquoi donc ? Les enfants d'immigrés estiment avoir droit aux mêmes emplois que les enfants des Français que l'on ne dit plus « de souche », mais qui le sont tout de même. Aux mêmes emplois et aux mêmes refus. Ils ne veulent pas se retrouver, comme leurs parents, parqués dans les « sales boulots ». Étant entendu que tout travail salissant est devenu un sale travail. La prétention est légitime lorsqu'elle s'appuie sur une réussite scolaire, mais devient irréaliste en cas d'échec.

Cette divergence entre les formations-aspirations et les offres de l'économie ne se limite pas aux jeunes, elle s'étend à toute la main-d'œuvre et ne se corrigera pas d'elle-même. Considérons les désirs professionnels des Français, et puis imaginons la société qui leur offrirait les emplois auxquels ils aspirent. La seule qui pourrait les combler serait de type esclavagiste. En effet, tous les vœux se portent sur des métiers valorisants et laissent en déshérence des tâches humbles mais indispensables. Si chacun devait faire ce qui lui plaît, il faudrait donc s'assurer d'une main-d'œuvre contrainte et forcée pour faire le «sale boulot». C'est, dans une certaine mesure, ce que nous avons fait avec le recours massif à l'immigration. Les Français sont passés de l'usine au bureau, et les Maghrébins, habitants de seconde zone, les ont remplacés sur les chaînes de production. À terme, on reproduirait un modèle à la saoudienne dans lequel les citoyens sont dispensés des basses besognes que l'on abandonne aux immigrés.

Entre le choix qui régente l'amont et la nécessité qui s'impose en aval, les jeunes se trouvent pris en porte-à-faux. D'un côté, ils doivent choisir une orientation, se doter d'une formation, ce qui implique la possibilité de trouver l'emploi correspondant; de l'autre, cette libre détermination débouche bien souvent sur un cul-de-sac et les oblige à se retourner vers des métiers bien différents. Entre les deux, un système d'orientation d'une redoutable inefficacité. Il y a quelque part tromperie sur la marchandise. Source de rancœur et de frustrations.

Tous les parents sont confrontés à ce dilemme. Ils ont leurs idées sur les débouchés et guettent, anxieux, les vocations de leurs chers petits. Soulagement lorsque ces derniers prennent les bonnes directions, sueurs d'angoisse lorsqu'ils s'acheminent vers des filières encombrées qui conduisent à l'ANPE. Et que dire des quinquagénaires dont les formations ne sont plus reconnues et dont l'expérience est vite taxée de facteur de sclérose ?

Rémunérer la pénibilité

Rendre plus attractifs les emplois dédaignés, c'est ce qu'il faudrait faire. Or notre société a toujours procédé à l'inverse. À l'intérieur même des grandes entreprises, l'habitude s'est prise de soigner l'encadrement, d'importance stratégique, au détriment du personnel d'exécution. Dans les années 1960-70, les premières vagues d'immigration maghrébine et africaine furent délibérément organisées, notamment dans l'automobile, le bâtiment et le nettoiement, pour que le patronat puisse disposer d'une main-d'œuvre corvéable à merci. Et cela reste vrai pour tous les métiers manuels ou les offres des petites entreprises. Plus dur le boulot, plus maigre la paye. Quant aux avantages et à la considération, ils sont réservés aux emplois moins contraignants.

Il suffit de regarder les offres en souffrance dans n'importe quelle ANPE pour constater qu'elles combinent bien souvent les plus mauvais salaires avec la pénibilité et la précarité. Il ne s'agit pas d'une fatalité. Les social-démocraties, qui ne se payent pas de mots, vivent avec des écarts beaucoup plus réduits entre le haut et le bas de l'échelle des salaires, entre les métiers manuels et les activités de service. À l'inverse, il ne faut pas nourrir trop d'illusions : la mondialisation tire vers le bas les faibles rémunérations, et l'augmentation du

SMIC fait toujours peser la menace des délocalisations. Le relèvement des bas salaires qu'exigerait la justice sociale réduirait les offres des employeurs davantage qu'il ne faciliterait l'acceptation des employés. Il risque donc de se faire attendre encore longtemps.

Le gouvernement Villepin a décidé d'offrir une prime de mille euros aux jeunes qui choisissent les professions délaissées. Une première, car jusqu'à présent nous encouragions surtout les professions encombrées. Le spectacle, par exemple, rendu plus attractif encore grâce au statut très favorable des intermittents. En revanche, les pouvoirs publics n'ont jamais songé à proposer l'équivalent pour soutenir les emplois saisonniers ou temporaires dans ces secteurs beaucoup moins attirants que sont le bâtiment ou la restauration.

Le pire, dans ces métiers sacrifiés, c'est l'absence d'avenir. Commencer tout en bas de l'échelle est une chose, savoir qu'on y restera jusqu'à la retraite en est une autre. Beaucoup plus difficile à accepter. Bien des métiers, la restauration par exemple, s'apprennent sur le tas. L'apprenti fait le travail le plus rebutant pour la paye la plus mince, mais il accumule une expérience qui fera de lui un compagnon le jour venu. Un modèle qui reste une exception. Le destin normal du jeune ouvrier, c'est de finir ouvrier; du manutentionnaire, c'est de finir manutentionnaire; de l'assistante à domicile, c'est de finir…

Tracer des perspectives d'avenir pour compenser le caractère ingrat de certaines offres, ce serait un premier pas. Que chacun se voie reconnaître le droit d'améliorer ses qualifications et de progresser dans sa carrière, que les années passées à faire le travail rebutant ouvrent un crédit de formation en cours de vie, que la possibilité de retourner à l'école soit acquise à ceux qui la quittent le plus tôt, il est bien des façons de revaloriser les offres les plus basses. Encore faudrait-il le vouloir.

Les progrès dans ce domaine auront beau être substantiels, ils ne feront pas disparaître pour autant ces irréductibles inégalités. Certaines tâches sont pénibles et peu gratifiantes, d'autres riches et exaltantes, c'est un fait. Et aucune feuille de paye ne rendra le nettoiement ou le travail à la chaîne aussi attirant que le métier d'avocat ou de journaliste. On butera toujours sur ces emplois que l'on prend contraint et forcé, ces emplois que chacun d'entre nous aurait spontanément tendance à refuser.

Qu'est-ce qu'on gagne à travailler ?

Pour les libéraux doctrinaires, le marché du travail doit être autorégulé par la loi de l'offre et de la demande. Chacun est contraint de se procurer soit son travailleur, soit son travail, au prix fixé par le marché. Rémunération très élevée lorsque les compétences sont rares, très faible lorsque la main-d'œuvre est abondante. Peu importe, tout le monde est bien obligé de se caser pour vivre. Car le marché ne doit pas être faussé par l'assistance. Si l'on paye les gens pour ne pas travailler, on perturbe les mécanismes correcteurs et l'on se retrouve avec des chômeurs d'un côté, des emplois refusés de l'autre. Dans cette logique, l'indemnisation du chômeur n'est plus la conséquence mais la cause du chômage. Sa suppression, la condition première du retour au plein-emploi.

Ce libéralisme intégriste n'est plus vraiment de saison et nul ne s'en plaindra. Le consensus social exige qu'un revenu de substitution soit versé aux sans-travail. Mais le raisonnement des libéraux, inacceptable dans sa version intégriste, reste vrai : plus forte est l'indemnisation, plus grandes seront les réticences face aux emplois disponibles.

En France, les demandeurs d'emploi peuvent encore, et c'est fort heureux, rendre un arbitrage. Ils refusent donc à l'ANPE les propositions qu'ils jugent aussi rebutantes sur le plan du travail que décevantes du point de vue financier. Car le chômeur fait ses comptes. À quoi bon s'imposer les contraintes d'un job, souvent pénible, pour vivre aussi mal qu'en restant au chômage ?

Il s'agit du fameux calcul individuel, qui est à la base de l'économie de marché. N'est-ce pas ainsi que « la main invisible » est censée permettre à des milliers de choix égoïstes de converger pour fonder l'intérêt général ? Chaque Français observe, dans son expérience quotidienne, que tout le monde réagit ainsi. Comme travailleur, mais aussi comme consommateur. Jusqu'à une époque récente, il était scandaleux d'évoquer ce comportement. Cela revenait à jeter l'opprobre sur les chômeurs, à les faire passer pour des parasites. Il s'agit pourtant d'une loi économique élémentaire. Dès lors que les aides accordées aux chômeurs réduisent l'écart entre les revenus du travail et les revenus de substitution, les arbitrages se trouvent modifiés. Inutile de se voiler la face. Le retour à l'emploi doit être un retour gagnant – pas seulement une obligation morale.

En plus des indemnités de base ou du RMI, le chômeur peut bénéficier de la CMU, de la prime de Noël, d'une allocation-logement, de la gratuité des transports, de la cantine scolaire, il est exonéré de la redevance télé, de la taxe d'habitation, bénéficie d'aides sociales de sa mairie, sans compter les allocations, indemnités et coups de pouce divers versés par les administrations territoriales et qui varient en fonction de la région, du département et de la ville. Autant de revenus ou d'exonérations qui risquent d'être remis en cause lorsque l'on reprend le travail. Laquelle reprise entraîne des frais multiples : transport, restaurant, mutuelle, garde d'enfants, etc. Au total, la reprise d'activité n'améliore guère la situation et peut même la dégrader[1].

Certes, le cadre qui se voit proposer un poste à 4 000 euros par mois est toujours gagnant, mais la grande masse des chômeurs est peu qualifiée et ne peut espérer beaucoup mieux que le SMIC. C'est alors que se referme cette trappe d'inactivité dont l'intéressé n'a aucun intérêt à sortir. Quelle incitation reste-t-il lorsque le manque d'intérêt matériel se combine au manque d'intérêt professionnel ?

Cette situation n'est pas nouvelle. Dès les années 1970, lorsque le gouvernement de Jacques Chirac instaura l'indemnisation à 90 % pendant une année pour les licenciés économiques, nombre de bénéficiaires choisirent de différer leur recherche d'emploi pour profiter de l'aubaine. Un comportement rationnel en termes économiques, mais occulté par la censure morale. Dans notre système de représentation, le chômeur veut absolument travailler et s'en trouve empêché par la société. C'est oublier que la majorité de la population ne tire aucune satisfaction de son activité professionnelle. Elle a même le sentiment de « perdre sa vie à la gagner », comme le dit l'adage. Si elle a subi, de surcroît, l'injustice d'un licenciement, pourquoi donc se précipiterait-elle sur la première proposition qui lui serait faite ?

En 2001, l'opinion s'est émue de voir Marks and Spencer fermer ses magasins du boulevard Haussmann et mettre ses employés au chômage. Puis

---

1. Sandrine Trouvelot, « Quand le chômage rapporte plus que le travail », *Capital*, juin 2005.

d'autres événements ont focalisé l'attention. Dommage. Vincent Beaufils donne la conclusion de l'affaire : « Alors que 1 700 salariés de l'enseigne anglaise pouvaient bénéficier d'un reclassement aux Galeries Lafayette, seuls 200 en ont profité. Les 1 500 autres ont préféré le chômage… et la prime de licenciement[1]. » Pourquoi s'en scandaliser ? Les ex-salariés de Marks and Spencer ne sont pas différents des autres Français. Chacun d'entre nous aurait probablement rendu le même arbitrage.

Après des années de dénégations, il a bien fallu prendre en considération cet effet pervers de l'assistance. En 2001, Lionel Jospin a créé la « prime pour l'emploi » afin de valoriser l'activité. Une prime si largement attribuée qu'elle manque son objectif et ne fait guère plus que compenser la perte de « la prime de Noël » des chômeurs.

Chômeurs sous contrôle

Comment trouver le point d'équilibre entre la férule du libéralisme, qui ne laisse aucun choix, et l'assistance sociale, qui incite à attendre l'emploi désiré ? La France, prisonnière de son schéma idéologique, a longtemps mis au second plan l'exigence du retour à l'emploi. ANPE et Assedic n'exercent qu'avec les plus grandes réticences contrôles et pressions sur les chômeurs.

Seule la lutte contre les fraudes caractérisées est universellement acceptée. Il s'agit, le plus souvent, de faux dossiers ouvrant droit à de véritables indemnisations. Des officines se sont mêmes créées qui fabriquent à tour de bras ces dossiers truqués à partir d'entreprises

---

1. Vincent Beaufils, « Un crime de lèse-chômage », *Challenge*, 10 novembre 2005.

bidon pour tromper l'Administration. Une filière, découverte à Paris en 2005, avait permis de soutirer 10 millions d'euros d'indemnités au bénéfice de cinq cents « n'ayant-pas-droits ». Des escroqueries que les fonctionnaires combattent sans états d'âme, mais qui restent marginales et n'ont rien à voir avec le contrôle ordinaire. Celui-ci porte sur des personnes qui ne sont nullement délinquantes, qui « bricolent » au noir pour s'en sortir, qui sont trop déprimées pour mener une vraie recherche, qui se sont installées dans l'assistance passive, qui se sont enfermées dans un projet professionnel irréaliste, etc. Il faudrait les écouter, les conseiller, les inciter, les presser… les sanctionner. Traditionnellement, les pénalités financières fonctionnaient par tout ou rien : maintien ou suppression des indemnités. Des décisions impossibles à prendre, surtout lorsque les agents chargés de sanctionner ont si peu et si mal aidé leurs interlocuteurs. En pratique, l'aide à la recherche était aussi inefficace que la crainte d'une pénalisation en cas de refus réitéré.

Car nous sommes installés dans un système d'assistance qui rejette à l'arrière-plan la recherche active du travail. Par le chômeur comme par l'Administration. Le résultat est conforme aux attentes : pas d'assistance, pas de contrôle ; pas de conseils, pas de sanctions. « Les radiations ne se font qu'en cas d'abus caractérisé [1] », reconnaît Jean-Marie Marx, directeur général adjoint de l'ANPE. Le taux de sanctions est de 0,3 % par an en France contre 1,1 % en Allemagne, 4,3 % au Danemark et 10 % en Grande-Bretagne. Périodiquement, un gouvernement cherchant un résultat immédiat lance une campagne de vérifications. Dans la plus

---

1. « Chômeurs : contrôle minimum », *L'Express*, 13 septembre 2005 ; « Emploi : faut-il défendre le modèle français ? », *Le Nouvel Observateur*, 16 juin 2005.

grande discrétion, car le ministre ne veut surtout pas passer pour un gendarme de l'ANPE.

Lorsque Jean-Louis Borloo a entrepris de graduer les sanctions afin de les rendre plus crédibles, donc plus dissuasives, il s'est attiré les protestations attendues. François Desanti, secrétaire général de la CGT-chômeurs, s'en indigne dans *Le Monde* : « Le principe de sanctions visant à punir un chômeur qui n'accepterait pas un emploi "convenable", ajouté au rôle nouveau donné aux Assedic de décider d'une punition financière à l'encontre de son allocataire, sont exemplaires de ce qu'il ne faut pas faire. La victime se voit transformée en coupable et l'institution dont elle dépend devient juge et partie [1]. » L'éventualité d'une vérification auprès de l'administration fiscale, qui fonctionne en matière d'allocations familiales, a soulevé les mêmes tempêtes. Le chômeur est une victime, et ce serait le transformer en coupable qu'exercer des contrôles ou prononcer des sanctions. Tout est dit dans l'ordre socialement correct.

Cette indignation idéologique n'a rien à voir avec les véritables sentiments de la population. Chaque année depuis huit ans, le Credoc étudie l'attitude des Français vis-à-vis des chômeurs. Le rapport de 2005 a révélé un très net durcissement de l'opinion. La moitié des sondés estiment que tous les demandeurs d'emploi ne devraient pas être indemnisés. 72 % sont favorables à la suppression des indemnités « aux chômeurs qui, au bout d'un certain nombre de mois, refusent un emploi moins qualifié ou moins rémunéré que celui qu'ils cherchent ». 70 % pensent que « si la plupart des chômeurs le voulaient vraiment, beau-

---

6. François Desanti, « Dans les sous-sols de la République », *Le Monde*, 3 septembre 2005.

386

Plus encore !

coup pourraient retrouver un emploi ». Conséquence logique : dans un sondage TNS/Sofres de janvier 2006, 80 % des Français se disent favorables « à un contrôle plus important des chômeurs avec des sanctions pour ceux qui ne cherchent pas vraiment d'emploi », opinion partagée, et dans les mêmes proportions… par les chômeurs eux-mêmes.

Pour illustrer le décalage qui existe entre ces réactions sévères et le discours victimaire, il suffit de regarder la réalité, celle à laquelle les Français sont tous les jours confrontés. N'en prenons qu'un exemple, tel qu'il a été relaté dans *Le Monde* [1]. Le vignoble beaujolais a besoin chaque année de 40 000 saisonniers pour faire les vendanges. Faute de trouver la main-d'œuvre sur place, il la fait venir – et souvent de l'étranger. Le président du conseil général a donc lancé en 2005 l'« opération vendanges » pour inciter les Rmistes à se faire vendangeurs. Les gains pourraient se cumuler avec le RMI, des transports et des hébergements seraient prévus. L'ANPE du Rhône a même calculé que les emplois saisonniers dans le vignoble permettraient de travailler dix mois par an. Elle a donc sélectionné 5 000 demandeurs d'emploi qui semblaient avoir le profil correspondant et leur a adressé cette proposition par écrit. Il était précisé qu'en cas de non-réponse (pas de refus, de leur part), ils risquaient d'être radiés des listes. En définitive, l'ANPE a pu recruter sur cette base 700 personnes. Cette opération a déchaîné la colère des associations de chômeurs. Elle a été dénoncée comme un « STO », un « bagne », une « réquisition forcée » ! Pour l'association Agir ensemble contre le chômage, AC, « il faut

---

1. « Dans le Rhône, les Rmistes sont vivement invités à participer aux vendanges », *Le Monde*, 6 septembre 2005.

arrêter de considérer les Rmistes comme des fainéants et des oisifs qu'il s'agit de secouer ».

L'idéalisation du chômeur « victimisé » est une dangereuse absurdité qui ne trompe personne. Les Français savent parfaitement qu'on ne trouve pas son
bonheur sur les panneaux des ANPE. La plupart des
jobs proposés sont peu attrayants, mal connus et mal
payés, rien qui corresponde aux attentes des candidats. À leur place, ils seraient également tentés de
les refuser. L'insuffisance des contrôles ne fait donc
qu'étendre la suspicion à l'ensemble des chômeurs.
Une solidarité mal orientée ne peut qu'empoisonner
les rapports sociaux.

Certes, les agents des Assedic ou de l'ANPE, qui
s'efforcent tant bien que mal d'aider les chômeurs à
défendre leurs droits, à bénéficier des différentes aides
disponibles, à prendre connaissance des offres d'emplois, n'ont aucune envie de se transformer en « flics
des chômeurs ». Ils s'y refusent et ils n'ont pas tort.
Une administration réduite à la distribution des
secours n'est légitime que pour sanctionner les fraudes
caractérisées.

Aide-toi, le ciel t'aidera

Un instant, quittons la France pour aller visiter des
voisins qui ne sont pas moins que nous accablés par ce
fléau. Les pays scandinaves, après bien des hésitations,
ont repensé tout leur système de protection sociale. Ils
n'ont certes pas pour autant abandonné leur idéal
social-démocrate, ils l'ont, au contraire, sauvegardé.
Un petit pays fait, en ce domaine, figure de « modèle »,
c'est le Danemark. Il aurait, paraît-il, trouvé la meilleure
ou la moins mauvaise méthode. Qu'en est-il ? Le taux
de chômage est inférieur à 6 %, et 66 % des chômeurs

retrouvent un travail dans l'année. Plus intéressant encore, la majorité des travailleurs danois ont un sentiment de sécurité particulièrement élevé. Quant à l'économie, elle se comporte très honorablement avec une dette publique en forte réduction qui n'excède guère la moitié du PIB, un budget excédentaire, une croissance satisfaisante. Bref, on voudrait bien connaître le secret de ces Vikings.

Première surprise : le licenciement est totalement libre. Avec un préavis de quelques jours, pratiquement sans indemnités. Et les employeurs font le plus large usage de cette liberté. Ils réduisent ou accroissent les effectifs en fonction des commandes, ce qui oblige les Danois à changer fréquemment de job. Cette flexibilité totale pour les patrons entraîne une précarité absolue pour les salariés, qui, pourtant, se sentent en sécurité.

L'explication, c'est évidemment le filet social protecteur. Tout licencié est assuré d'une première année d'indemnisation à 90 % pour les basses rémunérations, à des taux beaucoup moins élevés pour les cadres. Par la suite, il connaîtra trois années supplémentaires, dites d'activation. Au total, quatre années d'assurées. Cela coûte très cher à la collectivité. Mais la France dépense tout autant avec une efficacité bien moindre.

Les chômeurs se trouvent pris en charge par une collectivité généreuse mais exigeante. Ils ont à leur disposition des ANPE très performantes qui leur proposent des formations, les conseillent dans leurs démarches, les orientent dans leurs recherches. Pendant la première année, ils mènent leur barque comme ils l'entendent. Passé ce délai, ils sont soumis à des pressions qui vont croissant. Les services proposent et, en fait, imposent des formations, des stages. Ils disposent pour cela de moyens considérables. Les dépenses consacrées à la formation des chômeurs sont trois fois plus élevées chez eux que chez nous. L'offre est donc sérieuse, et ne saurait être dédaignée. Ceux qui refusent de se soumettre à ces injonctions voient leurs indemnités fortement diminuées. Quant aux emplois offerts, ils ne peuvent être refusés que dans des conditions très restreintes. Notons que les faibles écarts de salaires facilitent l'acceptation. Celui qui ne remplit pas ses devoirs perd ses droits. La solidarité danoise sait aussi être inflexible au service de la flexibilité.

Le système se fonde sur un esprit civique et un consensus social que nous pouvons difficilement imaginer. Qui ferait même ricaner certains. Imaginez que ces niais de Danois condamnent à 85 % la fraude aux allocations-chômage ! Nous autres, Français, avons la compréhension majoritaire et la réprobation minoritaire : 39 % seulement. En outre, dans ces paradis de la négociation sociale où le syndicat unique regroupe 80 % des salariés, où les organisations patronales sont tout aussi représentatives, les conventions collectives tiennent lieu de code du travail. Ce sont tout naturellement les partenaires sociaux qui ont mis sur pied et gèrent ce dispositif. L'État n'y tient à peu près aucun rôle.

La société danoise est à ce point différente de la nôtre qu'une transposition est totalement impensable. En ce sens, il n'existe pas de «modèle danois». Chaque pays invente pour son compte une politique de retour à l'emploi. Mais cette diversité repose sur un dénominateur commun : les démarches sont toujours pragmatiques et non pas idéologiques. Elles ne diabolisent pas le marché du travail et ses contraintes, elles s'efforcent d'en tirer le meilleur parti. Elles reposent sur le trio de base : un entrepreneur libre de licencier comme d'embaucher, une collectivité qui ne protège pas les emplois mais les personnes, qui assure une solidarité active, des chômeurs qui se voient proposer un statut combinant des obligations et des droits.

Sous une forme ou sous une autre, la plupart des sociétés s'orientent vers de telles formules. En Allemagne, les indemnités sont temporairement suspendues lorsque le chômeur refuse un travail « raisonnablement exigible », il en va de même en Grande-Bretagne. La Suède, quant à elle, prévoit une réduction de 25 % au premier refus, de 50 % au second et la suppression pure et simple au troisième. L'économie impose partout les mêmes contraintes, mais chaque société leur donne une traduction sociale particulière. En tout état de cause, le poids de la réalité finit partout par s'imposer. En France plus lentement qu'ailleurs, comme toujours.

Un travail de type nouveau : la recherche d'un emploi

À l'opposé de l'économie planifiée qui s'organise d'en haut, l'économie de marché se régule d'en bas. Ce sont des millions d'initiatives individuelles, celles des entrepreneurs, mais celles aussi des travailleurs, qui font tourner la machine. Dans la vision idéologique, le chômeur est un blessé qui se fait soigner sur le banc de touche en attendant d'être invité à rentrer sur le terrain. Erreur de distribution. Il a changé de rôle, mais il est toujours dans la partie. Aussi indispensable que le producteur ou le consommateur. C'est lui qui, par son action (et non par son attente), permettra à la machine économique de trouver les travailleurs dont elle a besoin.

Or tous les demandeurs d'emploi ne sont pas des chercheurs d'emploi. C'est une évidence. Certains se battent, d'autres pas. « Il faut distinguer deux formes de chômage, estiment Attali et Champain. La "forme passive" de ceux qui sont engagés dans une spirale dépressive du doute de soi, du découragement et d'un sentiment d'abandon… Il y a aussi la "forme active", la recherche active, qui concerne ceux qui ont pu identifier leurs forces et leurs faiblesses et engagent un parcours bien défini pour y remédier. Ce chômage actif est une activité[1]. » Une lutte contre le chômage ne peut réussir qu'en mobilisant les demandeurs d'emploi afin qu'ils passent de la première catégorie à la seconde. Si longtemps que cette nécessité n'est pas reconnue, on ne sort pas de l'assistance sans issue.

Cette évidence admise, la recherche d'un emploi doit être regardée pour ce qu'elle est : la plus dure des épreuves. Le chômeur précipité dans ce monde nouveau, a priori hostile, s'efforce de trouver ses repères. Et pour commencer, il doit se situer, évaluer sans complaisance ses atouts, ses handicaps, ses compétences, ses insuffisances. Puis balayer le marché du travail. Où sont les opportunités, où sont les pièges ? Quelles sont les voies trop encombrées, les objectifs trop ambitieux ? Les procédures à suivre, les gaffes à éviter ? Le chômeur risque fort de découvrir qu'il n'a aucune chance de se recaser dans l'immédiat. S'adapter ou périr, il entreprend de se réorienter. Ne pas se tromper de direction. Puis dénicher les formations correspondantes. Les bonnes si possible. Après cette requalification, affronter à nouveau le marché du travail. CV sans retours, convocations-déceptions, rendez-vous « pas pour vous », entretiens « mais pour rien ». Une chasse éprouvante, épuisante, pour, en définitive, décrocher une proposition toujours insatisfaisante. Nécessité d'un déménagement (et si ça ne marche pas ?), rémunération à la traîne, promesses incertaines.

---

1. Jacques Attali et Vincent Champain, *op. cit.*

Accepter, refuser ? Le parcours du combattant que connaissent tous ceux qui n'ont pas de travail.

La recherche d'un emploi n'est pas seulement une occupation à temps plein. Elle exige une somme de travail, de connaissances, de compétences et de qualités personnelles qui le dispute à n'importe quel emploi. Elle impose des choix difficiles, voire traumatisants, et, enfin, elle crée de la richesse comme toute activité économique. C'est le point essentiel. En acquérant une qualification dont la société a besoin, en acceptant de s'adapter aux contraintes du marché, en passant d'une situation d'assisté à une position de producteur, le chercheur d'emploi participe à la marche générale de l'économie.

Or la tâche est si difficile qu'elle ne peut se mener en solitaire. Le chercheur d'emploi a besoin d'une prise en charge sur le plan personnel mais aussi professionnel. Comment connaîtrait-il les opportunités existantes sur le marché de l'emploi ? Dans sa partie, dans d'autres branches, dans sa ville, dans d'autres régions ? Il lui faut un accompagnement efficace et personnalisé, pas seulement des indemnités, si bienvenues soient-elles, un correspondant unique, on dirait aujourd'hui un « coach », qui connaît ses difficultés, qui le suit dans ses recherches, le conseille dans ses démarches et le soutient dans ses échecs. Un interlocuteur qui, si possible, ait connu dans sa vie les mêmes épreuves et soit toujours là pour le conforter, le rassurer et lui fournir les aides spécifiques dont il a besoin pour réussir sa reconversion.

La conclusion va de soi : la recherche d'un emploi est un travail, le chômeur est un travailleur. Cette activité est même l'une des plus difficiles qui soient, tant par les qualités personnelles qu'elle exige que par les connaissances qu'elle suppose. Bien des cadres, sûrs d'eux-mêmes lorsqu'ils exerçaient leurs fonctions, se trouvent désemparés, incapables de se ressaisir, lorsqu'ils sont brutalement confrontés au marché du travail. La menace de sanctions n'a aucun sens dès lors que l'on n'apporte pas cette indispensable prise en charge, aux antipodes de notre organisation traditionnelle, bloquée dans sa vision idéologique et son organisation bureaucratique.

Les bureaucraties, rivales de l'emploi

Le chômeur français se trouve ballotté, déchiré entre les deux grands organismes rivaux que sont les Assedic et l'ANPE. D'un côté, il a payé, et, comme tout assuré, il vient réclamer son dû à l'organisme-payeur. De l'autre, il doit, comme demandeur d'emploi, se faire enregistrer auprès d'une administration, constituer son dossier, s'informer de sa situation et de ses droits, et se voit offrir royalement un panneau d'offres d'emplois à consulter. Il sera convoqué une fois tous les six mois ou tous les ans, rencontrera des interlocuteurs différents pour des entretiens formels. Assedic et ANPE, organisations rivales, jalouses de leur indépendance, ont développé à grands frais des systèmes informatiques incompatibles, n'ont ni les mêmes références ni les mêmes normes ni les mêmes pratiques, et n'ont jamais pris soin de s'installer à proximité l'une de l'autre. Elles s'accommodent de leur différence lorsqu'elles ne la cultivent pas. Cette dualité est une monstrueuse absurdité, partout ailleurs prévaut l'unité.

Et s'il n'existait que deux organismes ! Mais, en fait, les intervenants sont bien plus nombreux. Les organisations patronales, les organisations syndicales, les services du ministère, ceux des administrations territoriales et locales, et, pour couronner le tout, ce capharnaüm

bureaucratique que constitue la formation professionnelle. Impossible de s'y retrouver.

La Cour des comptes a dénoncé une fois de plus ces
incohérences dans un rapport incendiaire, publié en
mars 2006. Elle constate que notre système fait perdre
les deux premiers mois de chômage en vaines formalités avant toute prise en charge véritable. Mais elle
n'ose préconiser la seule mesure rationnelle : la fusion
de l'ANPE et des Assedic. Le modèle français sanctuarise toutes ses aberrations, et la France sans travail
devra éternellement subir la loi de sa bureaucratie. Ne
rêvons pas d'un service public de l'emploi, offrant à
chaque demandeur d'emploi un suivi constant, efficace
et personnalisé, centré sur un interlocuteur unique. Si
l'on pouvait faire travailler ensemble et non plus sépa-
rément les différents organismes existants, ce serait
déjà un grand progrès.

S'inspirant des exemples étrangers les plus efficaces,
le ministre de l'Emploi, de la Cohésion sociale et du
Logement, Jean-Louis Borloo, a entrepris cette modernisation sans laquelle les meilleures politiques se perdront dans le maquis de la bureaucratisation. Premier
point : permettre aux Assedic et à l'ANPE de se comprendre plutôt que de s'ignorer. Les conventions
signées entre les organismes et les pouvoirs publics
vont dans ce sens et, d'ores et déjà, les systèmes informatiques sont en cours de normalisation. Avant la
fin de l'année, ils devraient déboucher sur le dossier
unique vers lequel convergeraient les informations
venues de sources différentes. Il deviendra possible de
dresser très vite le profil du demandeur d'emploi,
d'identifier les chances et les handicaps de chacun, de
définir un projet personnalisé. La rapidité, un point
essentiel, car il en va du chômage comme de l'équita-
tion : le cavalier tombé doit aussitôt se remettre en
selle, de même le travailleur licencié doit réagir dans

les semaines et les mois de la perte de son emploi. Plus le temps passe et plus la recherche deviendra incertaine. Or les trois premiers mois sont traditionnellement perdus en vaines formalités. Désormais, tout devrait aller beaucoup plus vite.

Deuxième point : l'interlocuteur. Un correspondant unique pour un suivi régulier, personnalisé, professionnel. L'ANPE doit passer de l'entretien annuel à l'entretien mensuel. Pour assumer ce nouveau travail, elle a recruté 3 500 agents qui sont en cours de formation. Passer d'une position administrative à un engagement professionnel, c'est, pour le personnel, une véritable reconversion. Qui vient à son heure. Au fil des ans, tandis que s'installait un chômage de plus en plus asphyxiant, que la population sombrait dans le désespoir, l'inefficacité de l'assistance passive est devenue insupportable pour les agents. Changer de mission, c'est aussi échapper à une impuissance débilitante.

Troisième point : rassembler les intervenants. Dans la plupart des pays modernes, il existe des *job centers*, établissements modernes, accueillants, où les demandeurs d'emploi trouvent tous les services susceptibles de les aider et, surtout, de les informer. Rien de comparable à nos tristes bureaux disséminés aux quatre coins de la ville. La France va donc à son tour s'équiper de maisons de l'emploi, qui réuniront tous les intervenants sur le marché du travail. Une adresse unique, pour trouver un interlocuteur unique. 750 de ces établissements devraient être créés d'ici à cinq ans.

La réunion de ces organismes en un même lieu est un préalable, mais il faudrait aller plus loin. Les faire travailler ensemble, et pas seulement côte à côte. Ces maisons de l'emploi sont appelées à se doter de la personnalité juridique : association, établissement public ou autre, permettant de chapeauter le tout, d'insuffler un esprit commun, de réaliser des synergies au service des chômeurs.

De nouveaux moyens qui n'ont de sens qu'en fonction d'une nouvelle approche. Sur ce plan-là aussi, les blocages idéologiques commencent à sauter.

Chômeur ou travailleur ?

À la fin des années 1990, il devient évident que les recettes que l'on applique depuis vingt ans manquent singulièrement d'efficacité. Certes, la reprise économique a fait reculer le chômage, mais on est encore loin du plein-emploi, et la pénurie de main-d'œuvre freine la croissance. Cette évidence est plus sensible aux employeurs qu'aux syndicats, et c'est du Medef que viennent les nouvelles propositions visant à dynamiser le marché du travail.

Par miracle, les partenaires sociaux trouvent là une base de négociation. À la fin de 2000, les organisations patronales et les syndicats réformistes donnent naissance au Plan d'aide au retour à l'emploi, le PARE. Un dispositif qui s'adresse aux demandeurs d'emploi indemnisés (la moitié ne l'est pas), et qui repose sur un projet professionnel personnalisé. Ce plan s'établit très rapidement à partir d'un bilan de compétence. Sur cette base, le chercheur d'emploi doit être pris en charge, suivi, conseillé. En l'absence d'une offre d'emploi, il se voit proposer les formations nécessaires à sa requalification. Afin de faciliter son recasement, des aides sont prévues pour les employeurs et, pour lui-même, des primes en cas de déménagement. Enfin, les indemnités ne sont pas dégressives pendant la durée du PARE. En contrepartie, le signataire doit s'engager activement dans la recherche d'emploi, participer aux entretiens, répondre aux convocations, effectuer les formations demandées, donner suite aux propositions qui lui sont faites.

Cet accord représentait une véritable rupture avec nos schémas traditionnels. Le chômeur cesserait d'être réduit à l'état de victime pour devenir un véritable agent économique inscrit dans un processus d'engagements réciproques sur des objectifs bien définis. Une logique qui trouvait sa cohérence dans la notion de contrat. De fait, il s'agissait initialement du CARE, le Contrat pour l'aide au retour à l'emploi, qui devait lier également et individuellement les deux parties. L'Unedic s'engageait sur le reclassement, et le signataire à accepter toute offre valable. Donnant-donnant.

Mais le bloc idéologique du chômage à la française – extrême gauche, communistes, CGT et même FO – ne pouvait admettre ce basculement de la relation victimaire à la relation égalitaire. Un chômeur a des droits, il n'a pas à se reconnaître des obligations. Le gouvernement Jospin fit donc retirer le mot qui fâche, et l'on ne parla plus que de « plan », notion vide de sens. À quoi bon faire des plans si l'on ne s'engage pas à les respecter ?

Le dispositif, excellent dans son principe, s'est finalement heurté à la résistance des structures bien plus qu'à l'hostilité des syndicats. Les Assedic, à l'origine du PARE, devaient aussi en être l'opérateur. Or la fonction d'assureur n'est pas celle de réparateur. L'ANPE était mieux équipée pour assumer cette tâche. Mais dès lors que c'est la maison rivale qui a pris l'initiative…

C'est en prenant appui sur les nouvelles maisons de l'emploi que Jean-Louis Borloo a discrètement lancé en 2006 le Contrat de transition professionnelle, le CTP. Une véritable innovation sociale, qui n'a pas retenu l'attention de nos idéologues, alors engagés dans les affrontements idéologiques du CNE/CPE.

On s'intéresse enfin aux véritables naufragés du chô-

mage : les salariés des PME. Dix mille contrats de travail sont rompus chaque jour en France. Beaucoup
correspondent à des licenciements pour cause économique. Si l'entreprise est de grande taille, la presse s'en
empare et l'émotion est considérable. En revanche, si
elle ne compte que quelques centaines de salariés et
n'en licencie qu'une dizaine, alors nul n'y prête attention. Or la différence ne tient pas seulement à la taille.
Au-delà de mille salariés, les entreprises doivent mettre
sur pied un plan social – disons qu'elles « accompagnent » les salariés dont elles se séparent. Mais les
licenciés les plus nombreux proviennent de PME et
doivent donc se débrouiller par eux-mêmes. Sans la
moindre assistance.

Grâce au CTP, ces salariés en provenance des petites
entreprises seraient pris en charge par une entité centrée sur une maison de l'emploi qui leur assurerait un
salaire à peu près équivalent. En contrepartie, ils
devraient soit effectuer des formations, soit accepter
des emplois dans des entreprises ou des organismes
publics. En somme, ils deviendraient les salariés d'une
sorte de société d'intérim qui assurerait une rémunération permanente et donnerait les qualifications nécessaires jusqu'à ce que le chercheur de travail retrouve
son propre emploi. Le système, dont les contours restent encore assez flous, va entrer en expérimentation
dans six bassins d'emplois. Si l'essai se révèle concluant,
c'est la place du chômeur dans la société qui, à terme,
pourrait s'en trouver bouleversée.

Le travail du chômeur

Reste à inventer l'activité, pour ne pas dire le
métier, de chercheur d'emploi. Un travail paradoxal
puisqu'il vise à se détruire lui-même au plus vite. Peut-

on imaginer de traiter le chômeur comme un travailleur et de substituer au versement des indemnités une véritable rémunération ? C'est ce que proposait Jacques Attali dès 1984, en arguant justement du fait que celui qui améliore sa qualification crée par là même une richesse profitable au pays. Un chômeur salarié, c'est un oxymore. Pour toucher un salaire, il faut être salarié, et pour être chômeur, il faut ne pas être salarié. En outre, le statut de salarié implique des droits et garanties, difficilement compatibles avec une activité aussi particulière. On risque donc de commettre un péché de nomenclature qui introduit, à travers le terme de salarié, une suite d'ambiguïtés et de malentendus. Disons que le chômeur doit être reconnu dans sa qualité de travailleur, pour autant, précisément, qu'il travaille à redevenir salarié. Il doit être payé pour son activité – et non pas indemnisé pour son inactivité.

Aujourd'hui, le demandeur d'emploi se prévaut d'un droit à prestations. C'est le contraire même du contrat de travail, toujours personnalisé, et qui repose sur des engagements réciproques. Si la relation du premier type convient bien au chômeur «passif», celle du second type est la seule adaptée au chômeur «actif». Peut-être même faudrait-il prévoir un double statut, l'un «actif», l'autre «passif», entre lesquels le chômeur pourrait choisir. Soit conserver son entière liberté à ses risques et périls, soit être pris en charge en réduisant sa marge de manœuvre. Encore faudrait-il des mois de dialogue social, des années de suivi expérimental pour parvenir à une formule satisfaisante.

Mais on en vient toujours à l'épreuve de vérité : le refus ou l'acceptation. Inutile de se voiler la face : le choix fait partie du système économique, et l'assistance personnalisée ne peut laisser une totale liberté de choix. À l'étranger, tous les systèmes de ce type prévoient une clause du type «à prendre ou à laisser». Les conditions devraient être posées au départ, dans le contrat. Celui qui entend se réserver toutes possibilités de refus ne peut prétendre aux mêmes avantages financiers que celui qui accepte de limiter sa liberté.

Si le contrat n'est pas respecté, il se trouve rompu, mais le contrôle prend un tout autre sens. Ce n'est pas la même chose de surveiller sans rien proposer, de sanctionner sans rien apporter, et de veiller à la bonne exécution d'un contrat.

La France se trouve maintenant à la croisée des chemins. Ou bien elle rompt avec l'approche idéologique et s'engage toujours plus avant dans une approche réaliste, ou bien elle s'obstine à miser sur «ce qui ne marche pas». Il ne tient qu'à nous de revenir à terme à un chômage de transition et non plus d'exclusion. Au prix d'une rupture culturelle, bien entendu. Est-ce trop espérer ?

CHAPITRE 12

Et plus encore pour les patrons !

Les deux «Toujours plus ! » devraient s'exclure l'un l'autre. Le corporatisme chassant le libéralisme et réciproquement. Mais non ! La plus belle de toutes les privilégiatures est venue se nicher au cœur même du capitalisme : elle abrite une caste patronale qui cumule richesse et pouvoir, qui, sans nulle vergogne, impose les rigueurs du capitalisme et s'en réserve les commodités, qui prêche la vertu quand elle pratique le vice.

Je suis tout sauf égalitariste et j'admets l'enrichissement sans limites... mais pas sans raisons. À la différence des partageux qui ne s'intéressent qu'au «combien ? », qui jugent l'inégalité sur le quantitatif, je ne retiens que le «pourquoi ? », le qualitatif. L'enrichissement se légitime par sa cause, non par sa modération.

Je n'ai donc pas cette réaction de vertu outragée si typiquement française en découvrant dans la presse le palmarès des plus grosses fortunes ou des plus hauts revenus. Mais seulement deux interrogations : est-ce mérité, est-ce utile ? Si le détenteur de la richesse en est aussi le créateur, si la collectivité en recueille sa bonne part, vous pouvez toujours rajouter les millions. Dans le cas contraire, il faut, à mon sens, sortir les cartons rouges.

À ce compte, bien des managers devraient être expulsés du terrain de jeu capitaliste. Paradoxe du corporatisme ! Ces personnalités hors du commun par leur compétence, leur énergie, leur détermination ont, toutes ensemble, perdu la tête en s'octroyant une masse ahurissante de privilèges. Pour une fois, la France n'est en rien exceptionnelle. Dans le monde entier, la classe managériale a détourné l'économie de marché à son profit. Preuve que, nulle part, on n'a trouvé la bonne réponse à cette question : que vaut un patron ?

Sous des complexités protectrices, l'enjeu de ces dévoiements est d'une élémentaire vulgarité : le fric. L'orgueil, les honneurs, la gloriole ne viennent jamais qu'en second. De tels patrons doivent faire fortune aussi sûrement qu'un oiseau fait son nid. Jean Gandois, haute figure du patronat français, ne s'estime «pas choqué qu'après quinze ans d'ancienneté un PDG se trouve avec un patrimoine de 25 à 30 millions d'euros». Moi non plus, et j'ajouterais que des centaines de millions d'euros ne me choquent toujours pas si le patron a créé son entreprise et pris tous les risques. Mais nous allons parler de salariés, et cela change tout ou, plutôt, cela devrait tout changer.

Le vertige des salaires

Au XIXᵉ siècle, le patron jouissait d'une triple légitimité : comme créateur, propriétaire et dirigeant. Cent ans plus tard, la tiare patronale s'est brisée. D'un côté les actionnaires propriétaires, de l'autre les managers salariés. Ces nouveaux patrons penchent-ils côté capital ou côté travail ? Sont-ils les associés des propriétaires ou les premiers des employés ? L'ambiguïté était déjà perceptible au début des années 1980 et je l'avais signalée dans *Toujours plus !*. Je n'avais pas rangé les cadres, moyens ou supérieurs, dans la Haute Privilégiature et pas davantage les créateurs d'entreprise. Les salaires élevés des uns, les fortunes construites par les autres ne sont en rien des privilèges. Mais, entre les deux, les managers s'étaient déjà coupés du salariat classique puisqu'ils fixaient eux-mêmes leur rétribution. À cette époque, Ambroise Roux, PDG de la CGE et parrain du capitalisme français, s'octroyait, disait-on, dix millions de francs. La somme semblait exorbitante, mais elle ne s'étalait pas à la une des journaux. La plupart des rémunérations patronales, tenues secrètes, cela va de soi, se situaient entre un et deux millions de francs par an. On pouvait être choqué par cet «entre-soi», ce club fermé, constitué par une centaine de dirigeants afin de sécuriser leurs postes. En revanche, leurs gains n'avaient rien d'indécent.

En 2006, les PDG du CAC 40 gagnent toujours deux millions en moyenne, mais deux millions d'euros, et ce n'est jamais qu'une modeste base de rémunération sur laquelle se greffent des paquets de stock-options et des garanties à faire pâlir les fonctionnaires.

Je parle ici de grands patrons salariés. Ceux du CAC 40 ont l'honneur et le malheur d'être les plus en vue, mais on retrouve de semblables dérives dans la plupart des sociétés cotées. Il faut, en outre, associer les comités exécutifs qui s'invitent à la table du festin. Disons qu'au total cela représente environ 450 personnes. Rien à voir avec les milliers de chefs d'entreprise dirigeant des PME. Malheureusement, les uns et les autres sont confondus dans ce mot-valise. Les anticapitalistes se font un plaisir de clouer au même pilori ces dirigeants cousus d'or et ces hommes et ces femmes – il n'y a que des hommes au CAC 40 – qui s'évertuent à faire tourner l'économie française. À travers quelques centaines de comportements individuels, c'est toute une catégorie socio-professionnelle d'entrepreneurs qui se trouve suspectée et décrédibilisée. D'autre part, je parle des managers salariés, mon propos ne vise pas les authentiques (mais rares) créateurs d'entreprise qui figurent dans cette compagnie.

Au début des années 1980, le public connaît le salaire minimum, mais pas le salaire maximum. Lorsque les socialistes nationalisent les grandes entreprises, ils n'ont qu'une très vague idée des conditions qu'ils doivent proposer aux nouveaux dirigeants. La question des rémunérations patronales ne se pose pas.

Elle n'apparaît dans l'actualité qu'à la fin des années 1990. *Le Canard enchaîné* publie en 1989 la feuille de paye de Jacques Calvet, le PDG de Peugeot. Le scandale vient moins du niveau de salaire, 2,2 millions de francs, que de sa brusque augmentation : 46 %, alors que la paye des ouvriers de Peugeot ne s'est améliorée que de 1,5 % pendant la même période. Peu après, le PDG de BSN, Antoine Riboud, confesse, l'air bonhomme, une rémunération annuelle de 5,8 millions de francs. C'est beaucoup, mais l'opinion ne réagit toujours pas.

La question jaillit au premier plan de l'actualité en 1995 lorsque le patron d'Alcatel, Pierre Suard, mis en examen pour abus de biens sociaux, reconnaît au journal télévisé de 20 heures qu'il gagne un million de francs par mois. Un salaire d'un million ! Les téléspectateurs n'en reviennent pas. Nouveau choc en septembre 1999. Le groupe Total vient d'absorber la société ELF dont le patron, Philippe Jaffré, démissionne. Le public, éberlué, apprend que celui-ci a touché des dizaines de millions d'indemnités, plus un énorme paquet de stock-options : on parle au total de 200 ou 300 millions de francs, on ne sait pas – peu importe d'ailleurs : pour les Français, c'est trop, beaucoup trop, un scandale. *L'Express* fait sa couverture avec la photo de Philippe Jaffré ainsi légendée : « Cet homme vaut-il 200 millions ? »

Le sujet est enfin lancé. Les rémunérations patronales font l'objet de palmarès publiés dans la presse. Arrive en tête celle du patron de L'Oréal, Lindsay Owen-Jones : 3 millions d'euros par an. Première réaction du pouvoir : il rend obligatoire la publication de ces chiffres, s'imaginant que ce passage de l'ombre à la lumière mettra un terme à leur inflation. Pensez donc ! Nos grands managers voient dans ce classement une sorte de tableau d'honneur et chacun se fait une gloire de gagner plus que les autres. Les feuilles de paye patronales s'envolent donc, tandis que celles des salariés stagnent désespérément : +36 % en 2000, +20 % en 2001, +13 % en 2002, +10 % en 2003. Au dernier classement, Lindsay Owen-Jones, toujours en tête, affiche 6,6 millions d'euros devant Bernard Arnault, 3,8, Jean-René Fourtou, patron de Vivendi, 3,4, Antoine Zacharias, patron de Vinci, 3,4, pour une moyenne qui atteint 2,2 millions d'euros. Des salaires qui paraissent démesurés, mais qui passent sous silence des frais professionnels et de représentation fastueux et des cadeaux somptueux (indemnités, retraite, stock-options, etc.). À ce niveau de rémunération, nos PDG n'ont toujours pas rejoint les inégalables grands patrons américains, mais, selon l'étude du très sérieux European Corporate Governance Institute de Londres, publiée en 2003, ils ont dépassé leurs confrères européens.

La richesse n'est pas un fait nouveau, sa publicité non plus. Mais jusqu'alors elle se situait dans un autre monde. L'énormité de certains patrimoines ou des gains attribués à certaines vedettes échappaient à la logique salariale, interdisant par là même toute comparaison. En revanche, on a bien affaire ici à des salaires et, tout naturellement, chacun fait la com-

paraison avec sa propre feuille de paye. Or les salariés ont été mis au régime minceur tout au long de
ces années : les augmentations de pouvoir d'achat
n'ont guère dépassé 1 % par an. Depuis 2000, c'est
même le pain sec : + 0,5 % en 2000, + 1,1 % en 2001,
+ 0,2 % en 2002, – 0,3 % en 2003 et + 0,4 % en 2004.
Comment et pourquoi est-on passé des excellents
salaires de 1980 aux salaires vertigineux de 2006 ?

Quand les très hauts salaires lèvent le doigt

Une fois de plus, la mode a été lancée par les États-
Unis. Les salaires des patrons américains ont décuplé
entre 1970 et 1999. Dès cette époque, ils étaient de dix
à cent fois supérieurs à ceux de leurs homologues français. Aujourd'hui encore, la moyenne, pour les 365 plus
grosses sociétés américaines, est de 8 millions de dollars – avec un record à 140 millions de dollars pour le
patron de Colgate-Palmolive. Nos dirigeants se sont
estimés par comparaison sous-payés, dévalorisés pour
tout dire. Ils devaient s'aligner sur la démesure américaine, il en allait de la fierté nationale !

Ils auraient d'ailleurs pu céder beaucoup plus tôt à
la tentation, tant le haut capitalisme français vivait, et
vit encore, en vase clos. On retrouve dans les conseils
d'administration les mêmes personnes, tantôt en position de PDG, tantôt en position d'administrateur. Dans
ce « capitalisme des copains », tout le monde se tient
par la barbichette et nul ne va chercher noise à son voi-
sin au risque de se voir importuné à son tour. Dès lors
que les rémunérations restaient occultes, chaque PDG
pouvait se servir comme bon lui semblait. Et pourtant,
ils n'étaient pas toujours les mieux servis. En 1980, on
ne comptait qu'une petite moitié de PDG parmi la centaine de salariés qui dépassaient le million de francs

par an. Derrière la médaille d'or d'Ambroise Roux, décuple millionnaire, la médaille d'argent, 7 millions de francs, revenait à un gérant de portefeuilles dans une société d'assurances. En ces temps, les pilotes de ligne gagnaient plus que les présidents de compagnie et, en collectionnant les commissions, de simples VRP pouvaient atteindre quelques millions par an…

C'est le renouveau du capitalisme libéral, au début des années 1980, qui a fait office de détonateur. Les chefs d'entreprise changent alors de référence. Ils se situaient par rapport à la grille salariale, ils vont se définir par rapport aux gains financiers. Cette inflation représente peu de chose dans les comptes des entreprises, et les financiers s'en accommodent dès lors que la gestion favorise les intérêts du capital.

Les patrons vivent en contact étroit avec les banquiers, sur un marché effervescent. Les incessantes opérations financières s'accompagnent de gains colossaux pour les intermédiaires. C'est la génération des *golden boys* qui, en l'espace de quelques années, bâtissent des fortunes sur les transactions. Les managers veulent être de la fête.

Au sein même des grandes entreprises, les feuilles de paye patronales ne sont pas toujours les plus lourdes. Daniel Bouton, PDG de la Société générale et l'un des patrons les mieux payés du CAC 40, aime à rappeler que sa rémunération n'est que la 42e de la banque, et Henri de Castries, PDG d'Axa, fait remarquer que soixante collaborateurs du groupe gagnent plus que lui. En 2002, ce n'est pas la rémunération de Marc Ladreit de Lacharrière, PDG de Fimalac, qui crève le plafond, mais celle de sa collaboratrice, qui, intéressée à une opération sur le marché, a empoché 8 millions d'euros. Est-il concevable que le sommet de la hiérarchie ne soit pas durablement occupé par les mêmes selon que l'on considère le pouvoir et la rémunération ? Orgueil et cupidité se font la courte échelle. Les managers se détachent du salariat ordinaire, ils alignent leur rémunération régulière sur les « coups » réalisés par les intermédiaires financiers et autres spéculateurs de haut vol. La caste managériale entreprend sa métamorphose. Elle devient une espèce chimérique à nature double : capitaliste pour l'argent, salariale pour les protections. Car il s'agit de cumuler les avantages des uns et des autres, et nullement de troquer une condition pour l'autre.

Ainsi les prix des patrons sont-ils déconnectés des prix du travail, ils suivent leur cours propre comme ceux de l'or, des vedettes ou des œuvres d'art. Mais la transparence qui a précipité cette inflation suscite un besoin de justification. Il faut vite donner une apparence de cohérence, d'éthique et de nécessité à cette caverne d'Ali Baba dans laquelle s'entasse le butin patronal avec ses bonus, ses stock-options, ses *golden parachutes*, ses *golden « Hello »*, ses retraites « chapeau », ses jetons de présence, ses frais de représentation, etc.

Le PDG comme une star

Se dégager des grilles salariales et des comparaisons trop faciles, c'est le préalable. Certes, Lindsay Owen-Jones touche en un an autant qu'un smicard en quatre siècles et demi, mais ce rapprochement n'a aucun sens : ils ne jouent pas dans la même catégorie. « Mes talents, je les négocie comme le fait un sportif, un mannequin ou une vedette. Si je travaille bien, je gagnerai peut-être autant que Claudia Schiffer. Et sans doute moins que Boris Becker. Et je ne vois personne contester les revenus de Claudia Schiffer », disait le PDG de L'Oréal dans les années 1990 en réponse aux premières interrogations sur sa feuille de paye. Voilà donc nos PDG rangés dans la catégorie «vedettes», où ils côtoient sans complexe Zinedine Zidane (14 millions d'euros en un an), Johnny Hallyday (5,1 millions), Jean-Jacques Goldman (3,9 millions), Gérard Depardieu (3 millions), Jean Reno (2 millions), pour ne retenir que les Français, car on pourrait également citer Michael Schumacher, qui roule à plus de 50 millions par an. Avec leurs 2,2 millions affichés, les managers sont encore loin du compte.

Ainsi les patrons seraient-ils des vedettes à part entière et c'est par erreur qu'ils auraient été considérés comme les premiers des salariés. Ils sont – par fonction, par essence, par nature, par statut, allez savoir? – différents de leur personnel.

Salariés ou vedettes, comment faire la différence? Les premiers sont garantis par un statut, les seconds vivent dans une totale précarité. Ici on bénéficie de la sécurité d'un contrat à long terme, et là on doit sans cesse remettre son titre en jeu. Le chanteur ne sait jamais si son prochain album sera un tube ou un bide, le champion passe en une saison du sommet à la retraite. Sans indemnités, sans recours. Le public l'a acclamé, le public le rejette. Un autre a pris sa place.

Alignant leurs gains sur ceux des vedettes, les grands patrons doivent prouver qu'ils en partagent bien les servitudes. Sont-ils à ce point différents des salariés? Ils mettent tout d'abord en avant leurs «responsabilités». Diriger une entreprise qui emploie des dizaines de milliers de personnes, qui réalise des milliards d'euros de chiffre d'affaires, cela impressionne et exige, en effet, de grandes compétences. Mais la responsabilité ne se mesure pas aux conséquences des décisions, elle dépend du risque pris et des sanctions encourues. Or qu'en est-il? Les PDG du CAC 40 ontils des comptes particuliers à rendre, des condamnations spécifiques à redouter du fait qu'ils dirigent une énorme entreprise ? Ces derniers voudraient nous le faire croire. En réalité, ils sont couverts par des assurances que prennent et payent leurs sociétés, ils sont pratiquement inattaquables et ne répondent jamais de leurs erreurs sur leurs biens personnels. Ce sont les dirigeants de PME qui se retrouvent à l'occasion au tribunal et sont parfois lourdement condamnés. La responsabilité patronale, la vraie, est inversement proportionnelle à la dimension de l'entreprise. Au-delà d'une certaine taille, l'irresponsabilité est pratiquement assurée.

Se distinguent-ils du personnel par leur engagement financier ? Certainement pas. Ce ne sont pas des créateurs d'entreprise qui ont hypothéqué leur appartement, qui risquent la ruine en cas de faillite et dont les gains n'ont rien d'assuré. Ce sont des salariés dorés sur tranche.

Le patronat récuse cette reclassification. Suivons la démonstration. Premier point : la valeur des managers est fixée par le marché. Si la France ne s'aligne pas sur ces tarifs, elle perdra les meilleurs. Deuxième point : le PDG est révocable *ad nutum* (je traduis à l'intention des non-latinistes : sur un simple mouvement de tête). Il vit dans une totale précarité. Troisième point : il est payé aux résultats comme une vedette dont les cachets baissent quand ses films ne font plus recette. Le poste de manager n'a donc rien de commun avec celui du cadre, fût-il « supérieur », il s'apparente à la situation des vedettes. Voyons cela.

Les Français ont découvert en juillet 1998 que les footballeurs de l'équipe championne du monde jouaient tous dans des clubs étrangers. Cela prouve tout à la fois qu'il existe bien un marché international du foot et que la France sous-paye ses champions. En est-il de même pour les patrons ? Il suffit de regarder les faits. A-t-on vu les Américains venir en France débaucher nos patrons alors qu'ils étaient dix fois moins payés chez nous que chez eux ? Aujourd'hui même, combien de Français se sont expatriés pour diriger des entreprises étrangères ? On ne peut guère citer que Carlos Ghosn, PDG de Renault, qui pourrait, le cas échéant, jouer les Zidane et trouver un Real de Madrid disposé à doubler son salaire.

Les rémunérations françaises sont fixées par les Français, et pas par l'étranger. Au reste, elles sont nettement plus basses dans le secteur public. Louis Gallois dirige la SNCF pour 236 000 euros, Anne-Marie Idrac la RATP pour 210 000 euros. Quant aux patrons japonais, ils font figure de gagne-petit et cela ne les empêche pas de développer des stratégies très astucieuses face au géant chinois. Bref, les entreprises ne sont pas des opéras qui devraient se soumettre à des tarifs internationaux pour s'offrir les divas, elles n'ont pas à s'aligner sur l'Amérique pour avoir les meilleurs dirigeants. Et pas plus que les Américains, les Britanniques et les Allemands ne se tiennent aux aguets pour débaucher nos grands hommes.

Ces fauteuils patronaux sont-ils des sièges éjectables ? Traditionnellement, les PDG des grands groupes restaient en fonction pendant de nombreuses années, et toute révocation, par son caractère exceptionnel, faisait l'événement. Avec le nouveau capitalisme, il est plus courant, surtout en Amérique, de voir des équipes dirigeantes se faire brutalement débarquer. Mais, soyons sérieux, ce n'est pas encore le jeu de massacre : «Le turn-over des patrons est à peu près le même que celui des salariés[1] », constate Frédéric

---

1. Frédéric Lemaître, « Les PDG, nouveaux mercenaires », *Le Monde*, 24 mai 2005.

Lemaître. C'est dire que, jusqu'à une période récente, il était moindre.

Sans doute, mais ces mandataires sociaux peuvent être révoqués du jour au lendemain, sans préavis, sans indemnités, sans raison et sans recours. Comme ces vedettes que l'on cesse d'engager dès lors qu'elles ont cessé de plaire. Le patronat a fait de cette révocation *ad nutum* l'alibi de ses rémunérations hors normes : surpayés car totalement précarisés. Là encore, une tricherie pure et simple.

Quand le parachute devient montgolfière

Nos PDG ne prétendent pas seulement gagner toujours plus, ils entendent également se protéger toujours mieux. Ils s'équipent donc de *golden parachutes* qui, en cas de malheur, les font retomber sur un épais matelas d'euros. Comment justifier ce double jeu entre la prime de risque (qui augmente les gains) et l'indemnité de sortie (qui supprime le danger) ? Le jour où Zidane ne marquera plus de buts, le footballeur préféré des Français ne touchera pas des millions d'euros en lot de consolation. Nos patrons, au contraire, ne s'en vont pas sans de solides viatiques. Igor Landau, PDG d'Aventis, a ainsi touché une indemnité de 12 millions d'euros en quittant son fauteuil. Aux journalistes qui l'interrogeaient sur ce petit cadeau de départ, il répondit le plus naturellement du monde qu'il avait droit à des indemnités calculées sur ses années de présence, «comme n'importe quel salarié».

Le PDG retrouverait ainsi, au moment de son départ, une condition salariale à laquelle il échappe dans l'exercice de ses fonctions. La réalité est tout juste contraire. Car la révocation est très différente du licenciement. La plupart des salariés qui perdent leur emploi n'ont pas démérité. Leur employeur procède à des compressions de personnel et les met au chômage sans avoir rien à leur reprocher. Or une entreprise peut supprimer n'importe quel poste, sauf... celui de PDG. Au sommet de la hiérarchie, le partant est toujours remplacé. Son départ involontaire ne peut être qu'un désaveu. Quand on déçoit après s'être fait royalement payer, il est normal de partir les mains vides. D'où le principe de cette révocation *ad nutum*.

Par définition, les indemnités patronales ne peuvent donc récompenser... que des échecs ou, ce qui revient au même, des résultats considérés comme tels par les propriétaires-mandants dont les managers ne sont jamais que les mandataires. Au sein du groupe Accor, beaucoup d'observateurs louaient la gestion du PDG, Jean-Marc Espalioux. Malheureusement pour lui, les pères fondateurs, Paul Dubrulle et Gérard Pélisson, irrités par un mauvais cours en Bourse, ont mené une fronde d'actionnaires et ont obtenu son départ. Espalioux s'est donc fait « virer » par ses « patrons », mais, en tant que PDG, il est parti fortune faite avec une indemnité de 12 millions d'euros.

Bien souvent, c'est une OPA ou une OPE victorieuse qui oblige le président à céder la place. Là encore, le partant, les boursiers disent cruellement le vaincu, s'offre de superbes lots de consolation. Igor Landau, prenant ses 10 millions d'indemnités « comme tout salarié », quittait Aventis l'oreille basse après l'OPA victorieuse de Sanofi ; l'absorption de Paribas par la BNP rapporta à son PDG, André Lévy-Lang, 8 millions d'euros d'indemnités, Jean-Pierre Rodier, patron de Péchiney, prit 10 millions d'euros lorsque le Canadien Alcan avala le champion français de l'aluminium, et Alain de Pouzilhac eut droit à 7,8 millions d'euros pour s'être fait déloger d'Havas par Vincent Bolloré. La palme d'or revenant à Philippe Jaffré,

PDG d'ELF, pour son film : *Pile je gagne, face j'ai gagné*. Ayant perdu en 1999 la guerre fratricide entre les deux géants français du pétrole, ELF et Total, il se vit en effet offrir 10 millions d'euros en lot de consolation…

Ces patrons n'en doutent pas : la réussite de l'entreprise, c'est la leur. S'en appropriant le mérite, ils peuvent aussi s'en approprier le bénéfice. La proposition devrait être réversible. Si le succès de l'entreprise, c'est le patron, alors l'échec d'une entreprise… Halte-là ! En bonne logique patronale, l'égalité est une opération non commutable, elle joue dans un sens et pas dans l'autre. Le succès, c'est le chef ; l'échec, c'est la malchance. L'entreprise n'est pas moins redevable au PDG défaillant qu'au PDG triomphant.

La prime à l'échec est désormais intégrée à la condition patronale. Jean Gandois, quand il était patron du CNPF, estimait que ces indemnités, pour rester raisonnables, ne devaient pas dépasser trois années. Connaissez-vous beaucoup de salariés jouissant d'une clause de sortie à trois ans de salaire ? Une clause qui n'est pas toujours liée à l'ancienneté dans l'entreprise ? En tant qu'employeurs, nos PDG pousseraient les hauts cris si leurs salariés avaient de telles prétentions, pourtant rien ne leur semble si naturel lorsqu'ils établissent leurs propres contrats. Mais cela n'est rien encore. Même les gestions catastrophiques ne sauraient remettre en cause le principe de l'indemnisation. Le PDG du laboratoire GlaxoSmithKline, Jean-Pierre Garnier, avait ainsi fait spécifier dans son contrat que son parachute de 34 millions s'ouvrirait même s'il se faisait éjecter pour mauvais résultats ! Les actionnaires ne l'entendirent pas de cette oreille, et Garnier dut faire machine arrière. Histoire édifiante qui n'est pas de chez nous. Bien que le patron soit d'origine française, l'entreprise est en effet britannique.

Juillet 2002, la France entière a le souffle coupé en apprenant que Jean-Marie Messier exige une indemnité de 20,6 millions d'euros. Un sacré culot ! Le mirobolant patron de Vivendi-Universal vient d'être débarqué par son conseil d'administration. La société croule sous les dettes et les pertes, 13,6 milliards d'euros en 2001 et 23,3 milliards en 2002, l'action a perdu 90 % de sa valeur, le personnel angoissé craint la mise en faillite. Tandis que l'affaire courait au désastre, le fringant Messier menait avec ostentation un train de vie de nabab, s'octroyait des salaires princiers. Le public, qui a suivi toute la saga dans les journaux télévisés, attendrait que le responsable d'un tel gâchis soit mis en examen. Et voilà qu'il exige 135 millions de francs, une extravagance ! Mais non, l'ex-PDG qui, au temps de sa splendeur, s'était engagé à ne jamais s'équiper d'un parachute doré, s'est, en douce, fabriqué une montgolfière ! L'affaire a été réglée entre grands patrons. Démission contre indemnités, le *deal* habituel. L'opinion, qui, fort heureusement, ignore les usages patronaux, est à ce point indignée que Vivendi renonce à verser l'indemnité convenue. Mais JMM n'entend pas laisser filer un tel pactole. Il s'adresse bientôt à l'arbitrage américain, qui lui donne raison. Les contrats sont les contrats. Il s'en faudra d'un rien que les autorités américaines n'acquiescent. Elles finiront pourtant par se reprendre et interdiront le versement de ces indemnités.

En suivant ce feuilleton, les Français découvrent que les patrons se font payer les échecs encore plus cher que les succès, qu'ils peuvent s'en aller fortune faite en laissant derrière eux des actionnaires lessivés et une entreprise au bord de la faillite

Impression confirmée l'année suivante lorsque Pierre Bilger, PDG d'Alstom, est acculé à la démission. La société qu'il dirige accumule les pertes (1,4 milliard d'euros en 2002-2003), l'action a chuté (de 31 euros à 3 euros pendant la même période), et seule l'intervention massive des pouvoirs publics, c'est-à-dire du contribuable, a pu éviter la faillite. Or Pierre Bilger, conformément au contrat qu'il a négocié en prenant ses fonctions, est censé toucher plus de 4 millions d'euros d'indemnités. C'en est trop. La presse et les syndicats s'indignent. Pierre Bilger, «pour ne pas être un objet de scandale», décide de renoncer à ses indemnités.

En 2004, c'est Pierre Blayau, le PDG de Moulinex, qui se trouve piégé par ses indemnités. Il a quitté la société en 2000 avec un chèque de 2 millions d'euros. Une paille, direz-vous, comparé aux prétentions de Jean-Marie Messier. Mais Moulinex a fini au tribunal de commerce, et le juge met en examen l'ex-PDG, présumé coupable d'avoir affaibli l'entreprise en prélevant ces indemnités. Interrogé dans *Le Monde* sur ce point, Pierre Blayau doit admettre : «Je reconnais volontiers que les indemnités perçues par les dirigeants lors de leur départ sont incompréhensibles par la majorité des citoyens… Cela peut choquer, mais cette indemnité a fait l'objet d'un accord. Il est normal que celui-ci soit respecté.»

Hélas ! le public ne comprend que trop bien. Du coup, il fait l'amalgame entre ces managers surprotégés et l'ensemble du monde patronal. Tous des privilégiés, voyez Messier ! Or des milliers de chefs d'entreprise vivent au même moment dans le risque et la précarité. Dirigeants de PME, commerçants, artisans, entrepreneurs individuels ne craignent pas le licenciement, mais la faillite pure et simple. Contre mauvaise fortune, ils n'ont aucune assurance. Ils ne peuvent compter sur aucune indemnité, pas même de chômage. Heureux encore s'ils n'ont pas perdu leur patrimoine dans le naufrage de leur affaire. Des «patrons» qui se retrouvent au RMI, ça existe aussi. Mais, en France, la compassion va toujours au salarié licencié et jamais à l'entrepreneur ruiné.

Les dirigeants de PME ne sont d'ailleurs pas les moins scandalisés par les pratiques de ces messieurs du CAC 40. C'est ainsi que, en 2003, Sophie de Menthon, créatrice de Multilignes et présidente du mouvement Ethic, déclare tout de go à une commission parlementaire : «Dans une grande société, le meilleur moyen pour un patron de gagner de l'argent, c'est d'être mauvais et de se faire licencier.»

Ajoutons que nos managers révocables *ad nutum* appartiennent généralement aux grands corps. C'est dire qu'ils retournent dans leur bonne maison quand leurs ambitions managériales ont fait naufrage. Finir inspecteur général des Finances après avoir coulé une banque – ça s'est vu –, ce n'est tout de même pas une punition trop sévère et cela devrait dispenser de percevoir une indemnité en sus. Mais non, l'assurance doit couvrir jusqu'à l'ombre du risque.

Qui fixe le salaire des patrons ?

Le 27 avril 2004 se tient, au palais des Congrès à Paris, l'assemblée générale de Suez. Le climat est morose. Le millier d'actionnaires qui assistent à la cérémonie n'en a pas pour son argent. L'action qui cotait près de 30 euros en 2001 a plongé à 10 euros en 2002 et s'est traînée autour de 15 tout au long de 2003. La direction annonce des perspectives plutôt encourageantes, mais, pour le dernier exercice, les pertes dépassent encore 2 milliards d'euros, l'endettement reste très lourd. Bref, on entrevoit le bout du tunnel, mais on n'en est pas encore sorti. C'est alors que Jean Gandois, président du comité de rémunération, inter-

vient pour détailler la feuille de paye de Gérard Mestrallet, le PDG du groupe. « En 2003, explique-t-il, le
président Mestrallet a dépassé tous les objectifs fixés
et pouvait percevoir la totalité de son bonus, à savoir
1 590 000 d'euros. Néanmoins, au vu de l'ampleur des
résultats négatifs du groupe, le conseil d'administration a estimé que l'importance de ces pertes devait se
traduire par une baisse de moitié de sa rémunération
variable. » Grande première dans une assemblée générale, le PDG, à la demande de son conseil d'administration, renonce de façon unilatérale à 700 000 euros
de salaire.

Lier les rémunérations aux performances, le principe est excellent, mais le diable se cache toujours
dans les détails. Le groupe Suez avait si bien choisi
les critères de l'intéressement qu'ils permettaient
d'augmenter le PDG alors que les résultats étaient
des plus médiocres. La rectification est exceptionnelle, et fort honorable ; en revanche, l'anomalie
semble assez courante.

C'est par commodité que l'on parle de « salaires » à
propos des rémunérations patronales. Il s'agit, nous le
savons, d'un ensemble complexe qui n'a pas grand-
chose à voir avec la feuille de paye du Français moyen.
La part fixe, le salaire proprement dit, n'est jamais que
le socle sur lequel vont s'empiler les parties variables :
le bonus lié aux résultats (de l'ordre de 50 %), les
stock-options, les avantages en nature, les jetons de
présence, etc. Le total devrait évoluer de conserve
avec la situation de l'entreprise, augmentant lorsqu'elle se porte bien, diminuant lorsqu'elle va mal.
D'un simple coup d'œil, on peut voir que la relation
salaires-résultats ne va pas de soi. Comme nous
serions heureux si la superbe envolée des rémunérations patronales au cours des cinq dernières années
reflétait celle des entreprises et de l'économie dans

son ensemble ! Il n'en est malheureusement rien. La Bourse, après le sommet de l'an 2000, a plongé en 2001 et 2002, perdant la moitié de sa valeur, pour n'entamer une lente remontée qu'en 2003. Or les rémunérations patronales ont flambé pendant la déprime boursière et ont ralenti leur progression lorsque le CAC 40 a entrepris la sienne à partir de 2003. Certes, le bonus est lié aux résultats de l'année précédente, et le cours de Bourse n'est pas le seul indicateur de référence : il reste que le système fonctionne beaucoup mieux à la hausse qu'à la baisse.

Pour comprendre cette anomalie, il faut d'abord poser la question : qui fixe la rémunération des patrons ? Réponse traditionnelle : le patron. Toutefois, à la suite des premières indiscrétions dans la presse, le patronat a recommandé de confier cette mission à des sortes de conseils d'administration restreints, des comités de rémunérations. Celui de Suez est donc présidé par Jean Gandois, une personnalité éminente du capitalisme français, ancien PDG de Rhône-Poulenc, de Péchiney, ancien président du CNPF, administrateur de plusieurs grands groupes, etc. D'un comité à l'autre, on retrouve les mêmes personnages, une centaine au total, qui, tous, appartiennent au même monde et que l'on croise toujours dans les cénacles patronaux. Disons que cette réforme, loin de remettre en cause le système, le normalise, le pérennise et, en définitive, organise l'opacité. Chacun reste maître chez soi, sous le regard bienveillant des autres.

C'est pourquoi les critères de performance sont choisis dans l'intérêt des dirigeants. Usant de ces facilités, Jean-Marie Messier a pu accroître sa rémunération alors même que Vivendi-Universal courait à sa perte. En 2002, année fatale, il s'augmente encore de 10 % tandis que l'action perd les trois quarts de sa valeur. Il lui suffit alors de changer les règles du jeu.

Dès lors que le poids de la dette pèse en négatif sur les résultats, il lie son sort à un indicateur plus favorable, l'EBITDA, qui tient compte des recettes et non de l'endettement.

Comment croire à la sincérité d'un jeu dans lequel l'acteur principal peut tout à la fois fixer et changer les règles ? Comment expliquer qu'en 2002, une année boursière catastrophique succédant à une année 2001 non moins catastrophique, l'évolution des rémunérations ait superbement ignoré celle de la Bourse ? Gérard Mestrallet maintient son salaire alors que l'action perd la moitié de sa valeur, Igor Landau s'augmente de 35 % alors que Aventis plonge de 35 %, Henri de Castries gagne 50 % de plus tandis qu'Axa fait 50 % de moins.

Face à de tels résultats, comment prétendre que les variations de rémunération traduisent fidèlement celles des performances ? En vérité, les dirigeants ont conservé la maîtrise de leurs gains. Ils peuvent jouer tantôt sur la part fixe, tantôt sur les critères du bonus, tantôt sur le cours de l'action pour être gagnant à tout coup.

Pourquoi le PDG du Crédit agricole gagne-t-il trois fois moins que celui de la Société générale ? Pourquoi cet écart de 1 à 2 entre les patrons de France Télécom et d'Alcatel, de Peugeot et de Vinci, des AGF et d'Axa, de Veolia (ex-Vivendi Environnement) et de Vivendi-Universal ? Sans doute l'écart est-il fonction de la taille : plus l'entreprise est grosse, mieux elle paye, mais les exceptions sont légion. Total, la plus grosse capitalisation du CAC 40, place son PDG en dixième position, tandis que L'Oréal, la vingtième, en fait le champion toutes catégories. Le cours en Bourse n'est pas davantage déterminant. Cette distribution des prix s'apparente parfois à l'ouverture des pochettes-surprises.

La société Proxinvest, conseil pour les investisseurs-actionnaires, a vainement tenté d'établir une relation entre salaires et résultats. «L'analyse économétrique conclut à la seule justification des écarts de rémunération entre les dirigeants par des facteurs de taille d'entreprise (chiffre d'affaires, capitalisation boursière et nombre d'employés), mais nullement par des critères de performance.» Poussant plus loin la démonstration, la société a établi les feuilles de paye pour les dirigeants de 120 sociétés cotées en croisant des critères de taille et de création de valeur. Puis elle a comparé ces résultats théoriques aux chiffres réels. La confrontation est édifiante. Certains sont payés dix fois plus qu'ils ne devraient l'être, d'autres, au contraire, sont largement sous-payés. Parmi ces «maltraités», citons les dirigeants de France Télécom, d'Air France, du Crédit agricole, d'Arcelor, de la Scor ou du Club Méditerranée. Ainsi, même en retenant les critères patronaux, il est impossible de justifier ces rémunérations qui relèvent de l'arbitraire pur et simple.

Stock-options : la fin de la poule aux œufs d'or

La qualité des managers français est prouvée par la réussite des groupes qu'ils dirigent. Mais il ne suffit pas d'être bon gestionnaire pour afficher semblables prétentions. Nous sommes ici dans le domaine de l'exceptionnel. Celui qu'arpentent les Zinedine Zidane, les Roberto Alagna, les Jean Nouvel, les Alain Ducasse, des artistes qui doivent toujours être les meilleurs dans leur catégorie. Quoi qu'il en soit, sous leur direction, les entreprises en question prospéreraient, le chiffre d'affaires prendrait le téléphérique, et leur taux de profit, l'ascenseur. À considérer le niveau du salaire qui leur est versé, on imaginerait volontiers que la

réussite fait partie du devis. Eh bien non ! Elle doit
être rétribuée en tant que telle. Les salaires mirifiques
rémunèrent le travail, et rien de plus. Si la société prospère, le manager a droit au jackpot en supplément.
L'instrument de cette rémunération suprême, les
diamants de la couronne, ce sont bien sûr les stock-
options.

En 2004, Antoine Zacharias, le patron de Vinci, a
battu le record de la discipline. Chaque année, il finit
dans le quintette de tête du CAC 40 avec plus de
3 millions d'euros au compteur. Brillant résultat, mais
qui n'assure pas la fortune. Celle-ci ne se compte pas
en millions, mais en dizaines de millions d'euros. Inatteignable avec des salaires, même d'exception, mais
à portée de stock-options. En 2004, donc, Antoine
Zacharias s'est défait de 800 000 actions qui lui avaient
été allouées à 47 euros et qu'il a revendues à 82 euros.
Plus-value : 28,9 millions d'euros. Par malheur, *L'Expansion* a révélé sa trop bonne fortune, et ses actionnaires en ont pris quelque ombrage. Du coup, en 2005,
ils ont refusé au PDG les stock-options et actions gratuites qu'il comptait s'octroyer.

Les stock-options furent introduites dans les années
1970 afin de motiver l'encadrement. Le principe est
simple. Des salariés se voient attribuer des actions de
la société, souscrites au cours du jour, mais qu'ils
n'achètent ni ne payent. Ils n'ont qu'une possibilité
d'achat. Après un temps plus ou moins long, quatre
années en général, ils peuvent lever cette option,
c'est-à-dire se porter acquéreurs des actions correspondantes. La transaction se fait au cours de la sous-
cription, et non pas du marché au moment où elle
intervient. L'heureux propriétaire peut ensuite
conserver ses actions ou les revendre au plus vite,
selon son choix. Si l'action a augmenté, le bénéficiaire
encaisse la plus-value correspondante, mais, à la dif-

férence du boursicoteur, il ne perd rien si elle est descendue en dessous du prix de la levée d'option. Bref, si ça monte on gagne et, si ça baisse on ne perd pas, les châteaux en Espagne s'évanouissent sans faire de trous. Il s'agit d'un capitalisme sécurisé dont le mécanisme a été conçu à l'intention de cadres que l'on souhaite gratifier, mais que l'on ne veut surtout pas pénaliser.

Aujourd'hui, les plans de stock-options concernent 80 % des sociétés du CAC 40 et représentent, en 2005, une plus-value potentielle de 4,5 milliards d'euros, soit un doublement en trois ans ! Les bénéficiaires ne sont pas seulement quelques centaines de hauts dirigeants, 146 000 personnes au total en profitent, avec de grandes variations selon les entreprises. Les unes n'invitent au festin que le PDG et ses collaborateurs immédiats, mais d'autres répandent la manne plus généreusement. Ainsi Alcatel a-t-elle distribué des options à 46 % de son personnel.

Les stock-options ne sont donc pas spécifiquement patronales, mais elles ont été très largement détournées au profit de qui vous imaginez. Les portefeuilles détenus par les managers sont, en gros, cent fois mieux garnis que ceux des cadres et, désormais, très avantagés par l'ISF.

Le procédé s'est à ce point généralisé qu'il n'a plus rien à voir avec la «prime d'encouragement» qui tombait de temps à autre, c'est un élément déterminant de la rémunération patronale. Or cette seconde part est passée de l'ombre à la lumière en 2002. Car la loi rend désormais obligatoire sa présentation dans les rapports annuels : la publicité ne porte plus seulement sur la rémunération salariale, elle s'étend à la rémunération globale. Et il y a bien sûr un gouffre entre les deux.

Selon le dernier palmarès de Proxinvest, les 6,5 millions de Lindsay Owen-Jones montent à 22,6 millions en rémunération globale ; les 3,8 millions de Bernard Arnault à 16,2 ; les 3,5 de Jean-René Fourtou à 13,6 ; les 3,4 d'Antoine Zacharias à 13,2 et le modeste salaire d'un million d'euros de Bernard Charlès, PDG de Dassault Systèmes, se trouve multiplié par 12 !

Les grands patrons ont tous en portefeuille des réserves gigantesques de plus-values. La palme revenant au président de Dassault Systèmes, avec près de 65 millions ! Quant à l'attribution de ces options, elle n'obéit à aucune règle et intervient dans l'arbitraire le plus total, au coup par coup. En 2004, les récompenses ont varié d'un million d'options pour l'inégalable Lindsay Owen-Jones à zéro pour Pierre Bellon.

Les stock-options ont été intégrées dans la stratégie patronale. Si le cours est au plus haut, on mise en priorité sur l'augmentation du salaire ; si, au contraire, la Bourse déprime, on se rabat sur les attributions d'options. Cela évite le contraste entre des résultats à la baisse et des rémunérations à la hausse, ce qui fait toujours mauvais genre, et, surtout, cela assure de belles plus-values pour l'avenir. Ainsi, lorsque, à l'été 2002, Jean-René Fourtou prend la barre de Vivendi-Universal menacé de cessation de paiement, il ne peut décemment aligner son salaire sur celui de son prédécesseur et « Maître du Monde ». Il modère donc ses prétentions, mais se fait tout de même attribuer un million de stock-options. Avec une action en pleine déroute à 12 euros, il n'a pas grand-chose à perdre. Or le cours se redresse bientôt, grâce à son habileté managériale, ne l'oublions pas. Sur ce seul cadeau de bonne arrivée, il est gagnant aujourd'hui de 13 millions d'euros.

Les années de vaches maigres boursières, les patrons les plus astucieux réduisent donc leur rémunération et prennent des options en lot de consolation. Ainsi, en 2002, Serge Tchuruk a compensé la baisse de son salaire par l'attribution de 500 000 options, Igor Landau s'est amputé de 300 000 euros avec 300 000 options en compensation, Henri de Castries, patron d'Axa, pour 100 000 euros de moins, a pris 800 000 options, Jean-Louis Beffa, a fait de même : – 100 000 euros, + 240 000 options, etc.

Salaires et stock-options variant sans cesse, il devient très difficile d'évaluer la rémunération globale moyenne des patrons. Disons qu'elle tourne autour de 6 millions pour les patrons du CAC 40. À peu près le triple du chiffre habituellement avancé. Avec de telles sommes, en sus des frais professionnels qui couvrent les dépenses courantes, il est possible de se retirer fortune faite en moins d'une décennie. Sans avoir pris le moindre risque.

Nous sommes là plus que jamais dans le capitalisme sécurisé. Rien à voir avec le profit d'un entrepreneur qui peut également gagner et perdre de l'argent. Rien à voir même avec les plans d'épargne par actions, à travers lesquels des salariés achètent, à des conditions très avantageuses, des actions de l'entreprise. Pourquoi donc nos patrons, autoproclamés rois de la bonne gestion et champions du risque, ne peuvent-ils miser leurs économies sur leurs performances ? Pourquoi laissent-ils à leurs salariés la glorieuse incertitude de la Bourse ?

Du moins s'agit-il d'une rémunération au mérite, qui n'est pas donnée à l'avance mais déterminée à l'arrivée par la performance. Mérite ? Sans doute, mais le cours de l'action dépend pour une large part de la conjoncture boursière. En 2000 tout montait, en 2002 tout chutait. Et puis le patron n'est pas seul dans cette bataille, il n'est jamais que le chef. Il a bien raison de le rappeler lorsque les affaires vont mal, il a grand tort de le nier quand elles vont bien.

Ne chipotons pas, il est normal qu'il profite de la hausse puisqu'il peut être débarqué en cas de baisse.

Mais, justement, les stock-options récompensent-elles toujours les gestions réussies ? Il faut revenir à nos PDG qui cèdent leur siège après avoir été vaincus par une OPA. Ils touchent alors de plantureuses indemnités, ce qui est déjà surprenant. Mais cela n'est rien encore. Ils partent le plus souvent avec un gros paquet de stock-options. Or l'OPA a eu pour résultat automatique de faire monter le cours de l'action, nous l'avons vu, et les voici qui touchent les somptueux dividendes de la défaite !

C'est l'affaire Jaffré qui, en septembre 1999, a projeté les lumières crues de l'actualité sur ces pratiques. Car le PDG d'Elf combinait indemnités et stock-options pour des gains de 30 à 45 millions d'euros. Le scandale fut considérable. Mais il n'ébranla ni l'intéressé (qui créa son site, www.stock-options.fr, pour conseiller les futurs bénéficiaires), ni la classe patronale, qui ne vit là qu'argent bien gagné.

Ainsi Igor Landau n'a-t-il pas seulement empoché ses 10 millions d'indemnité lorsque Aventis a été avalé par Sanofi, il a surtout emporté des stock-options pour quelques dizaines de millions d'euros. Planter son entreprise, c'est encore pour un PDG le plus sûr moyen de faire fortune !

Malheureusement, toutes les (trop) bonnes choses ont une fin et la poule aux œufs d'or est désormais dans la ligne de mire des chasseurs. Le système conserve ses défenseurs dans sa version d'origine, la gratification de l'encadrement ; en revanche, il est de plus en plus critiqué dans sa version managériale.

Les uns s'inquiètent de voir les PDG lier leur sort au cours de l'action. Un critère qui devient obsessionnel quand il conditionne l'enrichissement patronal. Diriger une entreprise avec la Bourse comme seule référence, cela peut conduire à privilégier les « coups » susceptibles de doper le cours, préférer le rachat d'actions à l'investissement, sacrifier des filiales industrielles, quitte à faire, par exemple, «une entreprise sans usine» à périmètre restreint et valeur ajoutée renforcée. En somme, c'est miser sur le court terme dans la logique du capitalisme financier le plus vorace et le moins prospectif.

Mais les attaques les plus pugnaces sont venues de l'intérieur même du capitalisme pur et dur. Ce sont les actionnaires américains, le célèbre investisseur milliardaire Warren Buffet en tête, qui se sont indignés. En effet, cette sur-rémunération managériale n'est pas ponctionnée sur le dos du salariat, mais de l'actionnariat. En créant ces nouvelles actions, on morcelle davantage le capital social et l'on réduit la part de chacun. Car, naturellement, plus il y a d'actions et moins elles valent. Le magazine *L'Expansion* parle joliment à ce propos d'une «taxe managériale à laquelle se résignent les actionnaires». Ils s'y résignent si longtemps que ce lien entre cours de Bourse et rémunération patronale donne l'assurance que le management a pour objectif prioritaire d'accroître les dividendes et les plus-values, mais ils se rebiffent s'ils ont le sentiment que leurs mandataires abusent du système. Or on voit de plus en plus les conseils d'administration et autres assemblées générales refuser les attributions de stock-options. Et voici que les nouvelles normes comptables internationales IFRS imposent de faire apparaître les stock-options en tant que charges de personnel.

C'est ainsi que le système, après avoir fait florès aux États-Unis dans les années 1990, se trouve nettement sur le déclin. Selon une étude du cabinet Deloitte, menée auprès de 165 grandes entreprises américaines, les trois quarts d'entre elles ont réduit (ou vont réduire) cette pratique. Mais le capitalisme reste le capitalisme, et l'égalitarisme n'est pas sa vertu cardinale. La réduction risque d'affecter en priorité l'encadrement, c'est-à-dire la part la moins discutable mais aussi la plus coûteuse de cet intéressement. Quant aux patrons qui sentaient venir le reflux, ils ont abondamment garni leurs portefeuilles au cours des dernières années. En tout état de cause, le système ne dépérit que pour être relayé par un autre. C'est désormais la distribution d'actions gratuites qui est censée soutenir le moral des patrons.

Les patrons portent le chapeau de la retraite

Salaires princiers, indemnités plantureuses, stock-options royales, tout cela fait déjà beaucoup, mais ce n'est pas assez pour les patrons qui veulent plus encore ! Non contents de partir fortune faite – 10 millions d'euros pour les plus mal lotis, 100 millions pour les barons, un milliard pour les ducs et pairs –, ils exigent en plus une bonne retraite. Comme les autres salariés dans le principe ; comme des seigneurs dans les faits.

En avril 2005, Daniel Bernard, PDG du groupe de distribution Carrefour, est remercié. A-t-il démérité ? Cela dépend du critère d'appréciation. Sous sa présidence, le groupe s'est hissé à la deuxième place mondiale dans la grande distribution. Que demander de mieux en termes de développement ? Mais il a privilégié l'expansion sur la rentabilité. Le cours de l'action a chuté d'un tiers, ce que n'admet pas le groupe familial qui est l'actionnaire de référence. La loi est dure, mais c'est la loi. Daniel Bernard ne peut l'ignorer, lui qui était, avec 3,1 millions d'euros et 9 millions de stock-options, le troisième patron le mieux payé de France. Il perçoit donc son indemnité contractuelle, calculée sur trois années de salaire, soit une dizaine de millions d'euros. Mais c'est par la retraite que le scandale arrive. 29 millions d'euros ! Carrefour avait provisionné dans ses comptes le versement d'une pension égale à 40 % du salaire pour assurer les vieux jours de son ancien président ! Cela représentait 1,2 million d'euros à payer pendant vingt-cinq ans, soit 29 millions d'euros. En principe, le public n'avait pas à être informé de ces arrangements. Mais Daniel Bernard a été remplacé par son meilleur ennemi, Luc Vandevelde, un redoutable *cost-killer*, l'ancien patron de Marks and Spencer. Le nouveau venu se fait un malin plaisir de rendre publique la provision de 29 millions destinée à son prédécesseur. Le chiffre fait la une de la presse et suscite des réactions indignées, à commencer par celles des employés de Carrefour qui n'ont eu droit qu'à 1,8 % d'augmentation tandis que le dividende était majoré de 27 %. La classe politique se déclare « choquée », « indignée », « révoltée », des protestations qui surgissent aussi bien de la droite que de la gauche.

Une fois de plus éclate l'incompréhension entre les Français et la caste patronale. Daniel Bernard se défend comme un beau diable. Que lui reproche-t-on ? Il n'est qu'un salarié et doit bien toucher sa pension. Ni plus ni moins. Le patronat, pour sa part, déplore seulement que le montant ait été livré en pâture sur la place publique. Quelle erreur ! Les Français, c'est bien connu, ne peuvent pas comprendre...

Le principe est pourtant simple. Tous les salariés bénéficient d'une retraite et les managers, qui sont des salariés, doivent, comme les autres, en toucher une. Est-ce leur faute si les pensions, dans les régimes des employés « ordinaires », ne peuvent guère dépasser la centaine de milliers d'euros par an ? 3 % du dernier salaire de Daniel Bernard. Une misère !

À vrai dire, ces retraités de luxe sont rarement désœuvrés. Ils conservent des sièges d'administrateur,

participent à de multiples comités, remplissent des
missions de conseil ou d'arbitrage et, surtout, se
retrouvent à des postes honorifiques dans des organismes ou fondations dont ils ont été les mécènes aux
frais de l'entreprise. Des activités intéressantes, et de
plus lucratives, qui reportent à un âge très avancé la
perte de toute rémunération professionnelle. Mais ces
« petits boulots », qui, au total, assurent un revenu
confortable, ne sauraient se substituer à la pension. Ils
n'en sont jamais que le complément.

Le patronat a donc mis sur pied, dans la plus complète opacité, un régime particulier pour « chapeauter » le régime général. Dans son contrat, le manager
prévoit la constitution d'une « retraite-chapeau »,
dont le montant varie entre 20 et 60 % du dernier
salaire. Pourquoi pas ? Mais on frémit en calculant le
taux de cotisation nécessaire pour atteindre un tel
niveau de pension ! Qu'on se rassure, ils ne paieront
pas un sou – tout est à la charge de l'entreprise, qui
se verra obligée de provisionner dans ses comptes
cette dette certaine qui ne correspond à aucune
recette. Retraite-chapeau, retraite-cadeau, sans cotisation et sur capital garanti. Pour nous, Français ordinaires, ce sera donnant-donnant : à cotisations certaines
pensions révisables. Qu'à cela ne tienne ! Les PDG
n'éprouvent nulle vergogne à confondre les retraites
des uns et celles des autres. Une confusion facilitée
par la discrétion qui a toujours entouré ce privilège.
L'ignorance de tous pour le plus grand bien de
quelques-uns. En vertu de ce principe, les entreprises
reconnaissantes du CAC 40 ont discrètement distribué en 2004 40 millions d'euros à leurs anciens dirigeants.

L'affaire Bernard a jeté sur cette version patronale
de la solidarité intergénérationnelle une lumière crue
et particulièrement malvenue. Les remous ont été à ce

point déstabilisants que le gouvernement a imposé la transparence. La retraite-chapeau à son tour va devoir s'afficher dans les rapports publics.

Le capitalisme et mon patron, ça fait deux

Il n'est pas ici d'exception française qui tienne, c'est le capitalisme occidental dans son ensemble qui a connu de telles dérives. Je pourrais reprendre point par point tout ce que j'avance dans ce chapitre en l'illustrant d'exemples pris à l'étranger. Et, bien entendu, les réactions scandalisées sont une constante.

La véritable originalité française tient plutôt à cette surprenante apathie de l'opinion. Comment comprendre que, dans une société aussi égalitariste, aussi sensible aux arguments de la gauche anticapitaliste, le patronat ait pu développer en toute tranquillité sa privilégiature ? Pourquoi l'information ne surgit-elle jamais qu'à l'occasion d'une « affaire » et rarement d'une enquête en profondeur ? Les partis de gauche et les syndicats ne pouvaient pourtant ignorer ces pratiques. Mais le PS comprend en son sein des énarques et membres des grands corps, camarades de promotion des PDG. On appartient au même monde, on se tutoie, on sait parfaitement de quoi il retourne. Quant aux syndicats, ils siègent dans les conseils d'administration. Les grandes centrales, la CGT notamment, ne possèdent-elles pas de nombreuses informations, très précises, sur le fonctionnement interne des entreprises ? Pourtant les uns comme les autres n'ont pris aucune initiative et se sont bornés à réagir dans le sillage de l'événement. Faut-il en chercher la cause dans une certaine connivence qui finit par se tisser entre les directions et les représentants syndicaux ? Laissez-moi tranquille avec mes rémunérations et je vous ficherai la paix avec le comité d'entreprise et le reste. »

Paradoxalement, la société américaine a été infiniment plus réactive que la société française. En 2003, ce sont les syndicats d'American Airlines qui stigmatisent le comportement de leur PDG, Don Carty. Alors que la compagnie est au bord de la faillite, que l'on exige des pilotes des réductions de salaire de 15 à 25 %, les dirigeants s'octroient des primes qui multiplient par deux leurs salaires : ils vont même jusqu'à créer un fonds spécial pour garantir les retraites patronales contre toute défaillance de la société. La presse s'empare de l'affaire, la réprobation est unanime. Don Carty doit présenter sa démission. N'y a-t-il pas eu en France des histoires aussi scandaleuses ?

C'est aux États-Unis encore que le syndicat AFL-CIO mène une lutte incessante contre les excès patronaux, rendant publiques les rémunérations, se battant, sans succès jusqu'à présent, pour imposer un rapport de 1 à 100 entre les rémunérations les plus basses et les plus élevées. La presse n'est pas en reste, qui publie chaque année les palmarès tant attendus de *Forbes,* les tableaux qui font apparaître les plus mauvais rapports résultats-rémunérations des grands patrons américains.

La patrie du capitalisme s'indigne, celle de l'anticapitalisme devrait exploser. Et pourtant les Français sont en retrait de la main. En 2002, le *Wall Street Journal* a lancé un grand sondage international. À la question : « Trouvez-vous que vos patrons sont trop payés ? » l'Europe entière a répondu « oui ». 79 % en Grande-Bretagne, 74 % en Allemagne, 63 % en Espagne, 61 % en Italie… En France, 58 % seulement. Deuxième question : « Faut-il réguler ou limiter les rémunérations des chefs d'entreprise ? » Les Espagnols approuvent à 81 %, les Italiens à 74 %, les Britanniques à 57 %… Et les Français à 56 % seulement. Une seule explication possible : ils en veulent au capitalisme plus qu'aux capitalistes.

En octobre 2005, *Libération* met les différents systèmes économiques en concurrence. Il en ressort que le socialisme a une image positive aux yeux de 51 % des Français sondés, que le libéralisme économique jouit de la même faveur auprès de 38 %, le capitalisme, de 33 %. Les deux tiers des Français interrogés en ont donc une vision négative ! Mais, quand on les interroge sur les dirigeants d'entreprise, 66 % des Français disent avoir une bonne opinion d'eux, et 31 %, une mauvaise. Ajoutons qu'ils ont toujours une image très positive de l'entreprise dans laquelle ils travaillent et du patron qui la dirige.

« Le capitalisme et mon patron, ça fait deux ! » Le jugement est d'autant plus tranché qu'il est plus général, d'autant plus nuancé qu'il est plus ciblé. Générateur d'inégalités, le système ne peut qu'être pervers. Il est dans l'ordre des choses que les patrons « s'en mettent plein les poches », on n'y peut rien. En revanche, ils sont bons gestionnaires, et c'est tant mieux.

Les Français sont démobilisés parce qu'ils sont anticapitalistes, et les Américains se mobilisent parce qu'ils sont capitalistes. Ces derniers ne se battent pas contre mais en faveur du système. Ils en dénoncent les perversions parce qu'ils en reconnaissent les vertus. Ainsi le patronat français, qui avait le plus à craindre de son opinion, fut, en définitive, le moins inquiété.

Jusqu'au milieu des années 1990, la classe politique n'a rien vu venir. La droite veut croire que le patronat prendra sur lui de corriger ses dérives. C'est le sens du rapport Viénot de 1995, dans lequel l'ancien PDG de la Société générale préconise les conseils de rémunérations… pour couvrir d'un voile de respectabilité les pratiques que je viens d'évoquer. L'autorégulation est un leurre. Pris dans les remous de l'affaire Jaffré, le gouvernement Jospin se voit contraint de réagir. Le patronat, de son côté, sait faire la part du feu. Pour mieux résister aux mesures autoritaires, il cède sur la transparence. Le président du Medef, Ernest-Antoine Seillière, prend les devants en rendant public son propre salaire : 1,1 million d'euros et un portefeuille de stock-options équivalant à 4,4 millions de plus-values. En 2001, la loi sur les nouvelles régulations économiques impose la publication du « montant total des rémunérations et avantages en nature des mandataires sociaux ». Mais on ne touche pas à la fiscalité favorable des stock-options, on ne fixe aucun plafond aux rémunérations. Le Medef a préservé l'essentiel.

Avec la victoire de la droite aux élections de 2002, il pense être tranquille pour une législature. Hélas ! C'est le moment que Jean-Marie Messier choisit pour faire des siennes et multiplier les provocations. Là-dessus paraissent les premiers palmarès des rémunérations. La presse dénonce les salaires fous des patrons, l'opinion s'indigne. À son corps défendant, la droite doit réagir. Pensant ne pas prendre de trop grands risques, elle confie une « mission d'information » à une commission dirigée par deux députés de la majorité : Pascal Clément et Alain Marsaud. Les deux parlementaires travaillent tout au long de 2003, auditionnent le gratin du patronat, mais également des économistes, des banquiers, des représentants de petits actionnaires, des dirigeants de PME, des syndicalistes, etc. Ils sont effarés, éberlués et, pour les plus conscients d'entre eux, très inquiets de ce qu'ils apprennent. Il faut absolument ramener les patrons à la raison. Mais ceux-ci ne veulent rien entendre. Le « Plus encore ! » patronal se fait agressif et brandit la menace des délocalisations. Si on embête les patrons, les entreprises s'en iront…

Pascal Clément, Alain Marsaud et la majorité de la commission seraient favorables à une proposition de loi qui soumettrait les rémunérations au vote de l'assemblée générale des actionnaires. À la fin de 2003, la crise éclate. Les pressions patronales sur les députés se font directes, personnelles, menaçantes. Alain Marsaud dénonce des «abus scandaleux», Pascal Clément s'efforce de calmer le jeu. Depuis l'Élysée, Jérôme Monod, ancien PDG et conseiller de Jacques Chirac, joue les pompiers du patronat. En définitive, la commission accouche d'un vœu pieux. «Treize mois de travail pour rien. Rien sur le plafonnement des salaires. Rien sur la possibilité de soumettre ces mêmes salaires au vote des actionnaires. Non seulement les quinze propositions de la mission sont inoffensives [...] mais, quatre mois plus tard, elles seront rassemblées dans une proposition de loi [...] qui dort toujours sur les étagères de l'Assemblée nationale[1]», conclut le journaliste du *Canard enchaîné* Jean-Luc Porquet, après avoir reconstitué cet héroïque Verdun du Medef, qui, attaqué de toute part, n'a rien cédé.

Pourtant l'Assemblée nationale est saisie de la question en mai 2004. Une proposition de loi, déposée par le député socialiste Christophe Careshe, prévoit de renforcer la responsabilité des chefs d'entreprise et de faire voter chaque année par les actionnaires le rapport à respecter entre les plus hautes et les plus basses rémunérations dans l'entreprise. Rien de bien révolutionnaire, on en conviendra. Le gouvernement s'est d'ailleurs fait représenter par... la secrétaire d'État aux droits des victimes, Nicole Guedj ! La malheureuse lit un long texte alambiqué pour expliquer que le

---

1. Jean-Luc Porquet, *Que les gros salaires baissent la tête !*, Paris, Michalon, 2005.

gouvernement veut «une réponse plus élaborée que des mesures législatives supplémentaires». Comprenne qui pourra. De fait, le mini-débat va tourner à la farce. Les députés socialistes se réclament de Colette Neuville, Warren Buffet, Pascal Clément, pas vraiment «des bolcheviks le couteau entre les dents», pour justifier leurs mesures. Le représentant de l'UDF, Gilles Artigues, rappelle que «l'écart entre le salaire minimum et la rémunération patronale moyenne est de 1 à 375». Puis, après avoir approuvé l'esprit de cette proposition, il annonce… qu'il s'abstiendra. Le député communiste Jacques Desallangre, de son côté, s'en donne à cœur joie pour dénoncer les abus patronaux. Pascal Clément doit se sacrifier pour la majorité. Difficile exercice de combattre un texte qu'il aurait tout lieu de soutenir. Mais il est en service commandé et ne trouve, pour justifier son opposition, que sa confiance en l'homme ! Il faut faire confiance aux patrons, ils vont «s'amender», il n'est pas nécessaire de légiférer. Le texte est, bien sûr, repoussé.

Encore une bataille gagnée pour le Medef, mais la victoire est remise en question dès le printemps 2005 par l'affaire Bernard. Pascal Clément doit admettre que son rousseauisme n'est plus de saison. «Il m'avait été impossible de faire passer les propositions de notre mission d'enquête l'an dernier, je crois que maintenant le temps est venu. Tout le monde constate que l'autorégulation réclamée par le patronat ne fonctionne pas.» Le ministre de l'Économie et des Finances, Thierry Breton, annonce qu'il fait siennes les propositions de la commission Clément. En juillet 2005, la loi Clément-Breton, pour «la confiance et la modernisation de l'économie», prévoit que tous les éléments des rémunérations patronales seront à l'avenir soumis au vote des actionnaires et devront être rendus publics. Mais Dieu que le patronat s'est donné de mal, pour, d'un scandale à l'autre, faire monter l'indignation des Français et contraindre la classe politique à intervenir !

Est-ce l'effet de ces premières mesures ou, tout simplement, l'impossibilité pour les séquoias patronaux de monter jusqu'au ciel ? Cette folle envolée marque un temps d'arrêt. Dans son rapport de novembre 2005, Proxinvest note que « la tendance inflationniste des rémunérations observée les années précédentes est contenue ». Pour la première fois, le salaire moyen des PDG du CAC 40 baisse de 2,4 % et les rémunérations globales de 12,7 % en 2004. Une différence qui s'explique par le reflux des stock-options, qui ne représentent plus que 42 % après avoir culminé aux deux tiers en 2002. Fait notable, les proches collaborateurs, les membres des comités exécutifs sont, au contraire, avantagés : 14 % de plus. Ce recul fait passer la rémunération globale des présidents de 6,4 millions en 2003 à 5,6 en 2004, soit 366 SMIC. On est encore loin d'un écart de 1 à 100, qui semblerait le maximum socialement tolérable, et rien n'assure que la décrue se poursuivra dans les prochaines années.

La nuit du 4-Août du patronat

Les intéressés aiment à faire remarquer que ces rémunérations excessives pèsent assez peu sur l'ensemble de l'économie. Qu'est-ce, en effet, que quelques dizaines de millions en plus ou en moins pour des entreprises dont le chiffre d'affaires se compte en milliards ? Mais le véritable enjeu n'est pas là. La France ne viendra pas à bout des épreuves qui l'attendent sans se réconcilier avec l'économie de marché.

Or les grands patrons incarnent le capitalisme. Que cela leur plaise ou non. Ce sont eux qui, par leur comportement et non par leur discours, en illustrent les valeurs. S'il est une responsabilité particulière à cette fonction, c'est d'abord celle-là : la représentation sociale.

Le capitalisme possède une logique et une éthique qui génèrent des inégalités, et fondent tout à la fois les différences de condition et les principes de la répartition. S'agissant de créateurs d'entreprise comme Paul Dubrulle et Gérard Pelisson, avec le groupe hôtelier Accor, Serge Kampf et la société de services en informatique Cap Gemini Sogeti, Pierre Bellon, le leader mondial de la restauration collective Sodexho, Jean-Claude Decaux et le mobilier urbain moderne, la légitimité de l'enrichissement va de soi. Ils ont créé des sociétés qui, sans eux, n'existeraient pas, et seuls des anticapitalistes irrécupérables leur contesteront le droit à la fortune.

Ce rôle et cette condition de l'entrepreneur, les Français y sont confrontés dans leur quotidien. Ils fréquentent des commerçants, des artisans, des garagistes, des agriculteurs qui vivent de leurs bénéfices, qui se plaignent quand les affaires vont mal, et qui, à l'occasion, doivent fermer boutique. Ils savent ce que signifie vivre du profit que l'on génère soi-même, ils savent les espoirs qui lui sont attachés, les aléas qui l'entourent aussi.

D'un autre côté, ils vivent entourés de salariés qui craignent pour leur place et se plaignent des mauvaises feuilles de paye. Mais là encore, les inégalités ont leur cohérence. Tout le personnel de Renault admet que messieurs Georges Besse, Raymond Levy et Louis Schweitzer, qui ont transformé en vingt ans la régie moribonde en grand constructeur moderne, aient été très bien payés. Ces rémunérations n'ont rien à voir avec les gains des capitalistes, elles constituent à leurs yeux le point culminant de la hiérarchie salariale.

Créateurs d'entreprise d'un côté, salariés de l'autre, la société est lisible et chacun peut observer les principes qui la fondent et la logique de son fonctionnement. Entre ces deux mondes viennent s'intercaler les managers salariés. Ce ne sont pas des hommes de l'ombre mais de la lumière, ils revendiquent et exercent le pouvoir économique sur des milliers de travailleurs. Par leur comportement, ils portent témoignage du système et de ses valeurs.

Que des spéculateurs, des intermédiaires se ménagent des niches discrètes pour s'enrichir, cela peut être regardé comme un abus, jamais comme un scandale. Il en va différemment pour les personnages publics. Lorsque la multiplication des «affaires» donne prise au «tous pourris», c'est la République qui est atteinte – et pas seulement la classe politique. Il en va de même pour les maîtres de l'économie, avec cette circonstance aggravante qu'il ne s'agit pas ici de corruption. Si des brebis galeuses s'étaient glissées dans le patronat, il n'y aurait que demi-mal. Aucun milieu n'est à l'abri. Dès lors que les coupables sont démasqués et sanctionnés, tout rentre dans l'ordre. Mais l'enchaînement des scandales n'a jamais révélé le moindre coupable. Jaffré, Messier, Bernard et les autres n'ont rien fait d'illégal, n'ont même pas enfreint les règles du milieu. Ils n'ont eu le tort que de se laisser prendre les doigts dans le pot de confiture. Ce ne sont pas des personnalités corrompues dans un milieu intègre, mais des personnalités intègres dans un milieu corrompu. Les conséquences sont beaucoup plus graves.

Les Français n'ont vraiment pas besoin de cela. Emportés dans le TGV d'une économie mondialisée, ils ont trop tendance à se comporter comme des personnages de Woody Allen : « Arrêtez tout. L'histoire ne me convient pas. Je descends ! » Et que pourraient-ils bien arrêter ? Il faut nous accommoder de ce capitalisme financier que nous n'aurions pas choisi, mais que nous ne pouvons récuser. Et ce sont les grands patrons qui ont en charge de rappeler les dogmes du nouveau culte, l'impératif concurrentiel en premier lieu. Comment pourraient-ils tenir leur rôle sans prêcher l'exemple ?

Or, que découvrent les Français aujourd'hui ? Des maîtres qui pratiquent le «faites ce que je dis, ne regardez pas ce que je fais», «la rigueur pour vous, la richesse pour moi». La contradiction entre l'éthique du capitalisme et les privilèges des managers saute aux yeux.

Comment ces chefs d'entreprise peuvent-ils être crédibles lorsqu'ils imposent à leur personnel des règles dont ils s'affranchissent avec une telle ostentation ? Quelle est cette économie qui freine la masse salariale et laisse s'envoler les rémunérations des dirigeants ? Il est vrai que le niveau élevé du SMIC en France pénalise l'emploi. Une vérité difficile à admettre, et que seuls des entrepreneurs irréprochables pourraient faire entendre. Et qui donc rappelait cette contrainte de la concurrence internationale devant Michel Camdessus, chargé de faire un rapport au gouvernement sur une nouvelle croissance pour la France ? Henri de Castries, PDG d'Axa, qui a augmenté son salaire de 21 % en 2004 (avec une rémunération globale supérieure à 10 millions d'euros) et s'est fait octroyer 850 000 actions. Comment ne pas s'écrier: «Pas ça ou pas vous !» Imagine-t-on la réaction des cheminots qui, après avoir eu connaissance de la «retraite-chapeau» de Daniel Bernard, s'entendront rappeler que leur régime est beaucoup trop favorable et doit être revu à la baisse ? Et celle des syndicats auxquels la flexibilité est prêchée par des employeurs qui s'octroient trois années d'indemnités ?

Dans les sociétés traditionnelles, les inégalités sont de droit. Chacun est à sa place, depuis le roi jusqu'au paysan. De père en fils. Dans une société moderne, au contraire, c'est l'égalité qui est de droit. Elle fait de l'inégalité le signe d'une espérance, non pas une fatalité. En regardant au-dessus de soi, chacun peut espérer s'élever un jour ou faire progresser ses enfants. Jusqu'au sommet, pourquoi pas ? Un espoir cautionné par la règle commune qui s'impose à tous, du plus humble au plus puissant. Un espoir qui s'effondre lorsqu'une caste privilégiée peut s'affranchir des contraintes qui pèsent sur tous. La hiérarchie salariale, la réussite capitaliste maintiennent le jeu ouvert. Les privilèges patronaux le ferment. Ils privent le système de sa légitimité première.

Et pourquoi donc la caste patronale, qui a si bien réussi sur le plan économique, a-t-elle failli sur le plan social ? Comment expliquer cet aveuglement collectif ? Parce qu'il est collectif, précisément.

Aucun de ces grands managers n'aurait construit à lui seul, et pour lui seul, une telle privilégiature. Aucun n'aurait eu l'impudence de se mitonner dans l'ombre ces salaires princiers, ces masses de stock-options, ces parachutes dorés, ces retraites-chapeaux, tandis que ses collègues en seraient restés à la condition salariale classique. Sa singularité aurait été trop lourde à assumer. C'est tous ensemble qu'ils ont construit ce statut en or massif. Ils ont forgé de toutes pièces une condition patronale qu'ils ont ensuite déclinée en situations personnelles. C'est la chasse en meute, le corporatisme à l'état pur. Dès lors qu'elle est partagée, la condition patronale se trouve légitimée. Nos PDG millionnaires la défendent avec le même sentiment de bon droit qui transforme toute corporation en forteresse. C'est pourquoi tous les espoirs placés dans l'autorégulation ont été déçus. Il faudra donc une nuit du 4-Août pour abolir les privilèges. Nous n'en sommes pas là. Pas encore.

Il faut maintenant remettre le système à plat et le reconnaître pour ce qu'il est : une somme d'abus de biens sociaux. Il ne s'agit pas d'exigence morale, mais de nécessité économique. Par l'étalage de ses privilèges, la caste patronale bloque la société française aussi sûrement que les grandes corporations du secteur public par leur immobilisme. Elle rend inacceptables les efforts que les Français devront pourtant consentir. Pour en finir avec cet Ancien Régime patronal, une rupture est indispensable.

Le système actuel de rémunérations patronales repose sur une perversion du capitalisme, sa réforme implique donc un retour aux principes. Les gains capitalistiques sont, par nature, illimités. Pour les revenus salariaux, il en va différemment. Surtout quand le salarié peut intervenir pour fixer sa propre rémunération. Exiger que le conseil d'administration et l'assemblée générale des actionnaires fixent l'écart maximum à respecter entre les plus bas salaires et la rémunération globale du PDG, et affirmer que cet écart doit rester compris entre 50 et 100 fois, ne relève pas d'une vision gauchiste mais d'une exigence civique. Ce serait une simple mesure d'hygiène sociale. Rappelons, pour fixer les idées, qu'un salaire d'un million d'euros par an, cela représente tout de même soixante-dix fois le SMIC. Rappelons encore que les patrons des années 1980 gagnaient en moyenne 2 millions de francs, soit 300 000 euros d'aujourd'hui. Que, depuis cette époque, le pouvoir d'achat des salaires n'a guère augmenté que de 25 %. Ainsi, si nous voulions en revenir à l'écart qui existait alors, il faudrait que les patrons en question ne gagnent pas plus de 400 000 euros par an en moyenne.

Au terme d'une telle réforme, le système capitaliste retrouverait sa lisibilité à travers les inégalités qu'il crée, les patrons retrouveraient leur légitimité économique et ne seraient plus condamnés à ces justifications stupides et arrogantes. Pour les Français, ce serait de loin le meilleur exercice d'initiation à l'économie de marché.

Une telle réforme est-elle possible ? Le Medef a multiplié les mises en garde. Si nos entreprises sont ainsi corsetées, elles perdront leur compétitivité, les investisseurs internationaux se détourneront de la France, bref, nous referons la même erreur qu'avec l'ISF. Une mesure inspirée par l'idéologie, donc, qui coûterait beaucoup plus qu'elle ne rapporterait. Au reste, plaide le Medef, si l'on constate les mêmes dérives dans l'ensemble du monde industriel, c'est bien la preuve qu'elles ont partie liée avec le nouvel âge du capitalisme.

La menace ne saurait être prise à la légère. Et je retirerais tout ce que je viens d'écrire plutôt que prendre le risque de contribuer à faire 300 000 chômeurs supplémentaires et de précipiter notre dégringolade économique. Mais la réalité dit exactement le contraire.

Sur le plan international tout d'abord. Dans les années 1980-90, le capitalisme financier a favorisé l'enrichissement démesuré de ces gestionnaires mercenaires qui mettaient les entreprises à leur service. Quelques millions de plus pour le manager, quelques milliards de plus pour les actionnaires, tout le monde, sauf les salariés, y trouvait son compte. Mais cette lune de miel est terminée et les (trop) beaux jours des patrons sont comptés. C'est de l'intérieur même du capitalisme que gronde la contestation. De nombreux investisseurs et gérants de fonds dénoncent, avec Warren Buffet, je l'ai dit, les rémunérations excessives, mènent la guérilla au sein des entreprises, et obligent les dirigeants à en rabattre sur leurs prétentions. L'exemple vient des États-Unis, c'est dire qu'il fait tache d'huile.

En France même, des sociétés comme Proxinvest et quelques autres, qui agissent dans le même sens, ou une personnalité comme Colette Neuville sont les plus ardents défenseurs du capitalisme libéral. Les uns après les autres, les différents pays entreprennent de mettre les rémunérations patronales sous contrôle. La France n'y échappera pas, les élus vont maintenant être aiguillonnés par leurs électeurs. Lors du débat sur le collectif budgétaire de 2005, c'est un député UMP, Michel Bouvard, qui a déposé inopinément un amendement pour fiscaliser les parachutes dorés. Un premier pas, qui en appelle d'autres.

La mise au pas des rémunérations patronales ne résoudra par elle-même aucun de nos problèmes : nous ne serons pas plus compétitifs parce que nos managers cesseront d'être à ce point privilégiés, c'est vrai. Mais la France ne peut pas rester brouillée avec l'économie de marché, crispée sur une économie bureaucratisée, fermée au monde moderne. Elle est condamnée à effectuer de profonds changements. Ce traitement de choc sera salvateur ou destructeur, selon qu'il sera accepté ou refusé. C'est tout l'enjeu d'une telle réforme. C'est dire qu'elle est le préalable à toutes les autres, à celles qui ne peuvent plus attendre.

CHAPITRE 13

L'idéologie à la française

J'avais écrit, en 1997, que la France était entraînée dans une dramatique spirale, que notre dette atteindrait six mille milliards de francs en l'an 2002[1]. L'économie connaissait alors une crise de langueur dont on ne voyait pas la fin. Sans doute aurais-je été moins pessimiste si j'avais prévu la vague de croissance qui allait nous emporter. J'aurais eu tort, car cette divine surprise n'a rien changé au résultat. Cinq ans plus tard, à l'échéance, notre endettement frôlait les mille milliards d'euros annoncés. Rien qu'une étape dans la grande dégringolade.

De cet épisode, je retiens une double confirmation. D'une part, le mal n'est pas chronique, mais évolutif : s'il n'est pas corrigé, il s'aggrave selon la logique implacable du compte à rebours. D'autre part, sa cause première n'est pas externe mais interne. La conjoncture peut atténuer ou aggraver nos difficultés, elle ne les provoque pas.

Le monde n'est pas responsable de nos ennuis – et la France non plus. Le pays dont nous avons hérité est plus doué qu'aucun autre pour la prospérité et le bonheur. C'était vrai hier, ce l'est encore aujourd'hui. Ce

---

1. François de Closets, *Le Compte à rebours*, Paris, Fayard, 1997.

sont les Français qui ont été les artisans de leur malheur. Comme bien souvent dans l'histoire. Au reste, la
remarque vaut pour la plupart des pays européens, qui
souffrent moins des changements du monde que de
leur incapacité à s'y adapter.

Nos échecs et nos insuffisances n'ont donc rien de
bien original. Il n'est que de regarder ailleurs pour
trouver pareil ou pire. Non, notre singularité n'est pas
factuelle mais culturelle, elle réside dans cette théori-
sation, cette modélisation de nos défaillances. Difficile
de corriger les erreurs dont on se fait gloire.

Mais ne nous berçons pas d'illusions, notre mal vient
de loin et, pour n'être pas matériel, il n'en est que plus
difficile à vaincre. Ce ne sont pas des raisons anecdo-
tiques et mineures qui font passer de la France vantée
par le Hudson Institute à la France décrite dans le rapport Pébereau. On ne peut se précipiter ainsi dans le
désastre, rester sourd à toutes les mises en garde et
rétif à toutes les corrections, sans être prisonnier d'un
enfermement névrotique. Un déni de réalité alimenté
par une fuite en avant dans l'idéologie, qui ne trompe
plus grand monde.

Les Français savent qu'il faudra solder le passé, mais
ils ignorent le montant de la facture. Une ignorance
qui brouille l'avenir et entretient l'angoisse. Face à
cette déprime nationale, la bonne vieille méthode du
Dr Coué, «dites que tout va bien et tout ira mieux»,
est promue doctrine officielle. Du président de la
République à la moindre gazette, c'est à qui apportera
son «soutien psychologique» à ce peuple neurasthé-
nique. Seuls les faits refusent de se plier à l'optimisme
de commande. Ainsi le flot de l'information s'est-il
transformé en douche écossaise, faisant alterner la dernière raison de s'alarmer et les éternelles raisons de se
rassurer.

Mais le mal non corrigé progresse inéluctablement. Et, en 2003, la France s'est découverte sur le déclin.

Les déclinaisons françaises

En 2003, *La France qui tombe*[1], l'essai de Nicolas Baverez, explose comme une petite bombe dans le paysage français. La conclusion est impitoyable : « Faute d'avoir accepté de s'adapter à la nouvelle donne qui a émergé à partir de la fin du XXᵉ siècle, la France court aujourd'hui un risque de marginalisation en Europe et dans le monde [...]. Le déclin de la France s'accélère au même rythme que celui des mutations du monde [...]. »

Déclin ! Un mot qui lance la polémique. « Non, la France ne décline pas ! » proclame le Premier ministre, Jean-Pierre Raffarin, que l'on imagine mal affirmant le contraire. Derrière lui, toute la classe dirigeante, politique et médiatique, se croit obligée de monter au créneau pour faire pleuvoir les analyses, commentaires et dénégations dans un grand élan d'indignation nationale. La réfutation des thèses bavereziennes devient le dernier exercice de scolastique à la mode. Variantes multiples sur un modèle unique.

De tout temps, des prophètes de malheur ont dénoncé la corruption de leur époque. « *O tempora, o mores !* » se lamentait déjà Cicéron. Pas de quoi s'inquiéter. Il se trouvera toujours de vieux réactionnaires pour trouver qu'hier tout allait bien, et qu'aujourd'hui « tout fout le camp ». C'est bien vu, mais un peu court. Baverez ne se contente pas de lancer des imprécations, il avance des faits. Tout lecteur de bonne foi peut

---

1. Nicolas Baverez, *La France qui tombe*, Paris, Perrin, 2003.

contester certains de ses arguments, ou en tirer des conclusions différentes. Mais, à récuser l'auteur pour se dispenser de réfuter les preuves, on se comporte comme ces staliniens qui disqualifiaient *L'Archipel du Goulag* sous le prétexte, parfaitement fondé, que Soljenitsyne était un réactionnaire. D'autre part, les émules de Cassandre, s'ils se trompent souvent, peuvent aussi dire vrai. Tous les peuples ont eu des hauts et des bas. La France a reculé entre les deux guerres. Qui le conteste ?

Si l'on entend par déclin un processus irréversible, quelque chose comme la chute de l'Empire romain, la question n'a aucun sens. Laissons-la aux historiens de 2050. Si l'on s'en tient à une vision contemporaine, alors nous devons nous poser deux questions toutes simples : notre pays se porte-t-il mieux qu'il y a vingt ans ? Se portera-t-il mieux dans dix ans ?

Dans leurs réponses, les contempteurs de Baverez seront conduits, bien entendu, à prendre en compte les atouts de notre pays. Tout le monde les connaît, d'ailleurs. Ne disputons pas sur ce point. Mais les dons multiples de l'Hexagone ne suffisent pas. Qu'avait donc le Japon pour devenir une grande puissance économique ? Qu'a-t-il manqué à l'Argentine ? Pourquoi les pays qui n'ont rien, comme la Corée du Sud ou Taiwan, se développent-ils, tandis que les terres arrosées par les pétrodollars se révèlent stériles ?

Ainsi la richesse de la France n'est-elle en rien un droit acquis. Les Français le découvrent avec angoisse et, s'ils se rassurent en examinant le présent, ils s'alarment lorsqu'ils se projettent dans le futur.

Que signifie cet État-providence né à la Libération, le meilleur du monde, c'est vrai, si nous ne pouvons plus le financer ? Que signifie notre belle santé démographique, si nous sommes incapables de faire une place à la jeunesse ? Que signifiera dans cinq ans la réussite des champions du CAC 40, d'Airbus, d'Ariane, du TGV, du nucléaire, etc., si notre dette dépasse 100 % du PIB ?

Ce n'est pas la France qui va si mal, c'est l'État, disent les optimistes. Certes, mais aucun peuple ne dépend à ce point de son État. C'est une particularité nationale, je la trouve même excellente. À condition que la puissance publique ne sombre pas dans la banqueroute.

La comédie des valeurs

En deux années, la presse a changé de ton : « La France est-elle en déclin ? » demandait-on. Et aujourd'hui : « La France est-elle en faillite ? » – quand on ne se dispense pas de la forme interrogative. C'est alors que le clan des naufrageurs abandonne les avant-postes de la dénégation pour se réfugier dans sa seconde ligne de défense : l'opposition droite-gauche.

Au cours des trente dernières années, la vie publique française fut davantage marquée par la gauche que la droite. Cette dernière a donné l'impression de gérer, vaille que vaille, le pays tandis que le clan adverse a véritablement gouverné, c'est-à-dire pris des mesures spectaculaires qui, pour le meilleur ou pour le pire, ont tracé la route. Une action qu'il faut maintenant évaluer.

Rien de plus simple. Il suffit de confronter les déclarations d'intention aux résultats obtenus. Rien de plus compliqué pour nos dirigeants, qui récusent volontiers ce jugement des faits, potentiellement bien dangereux, et préfèrent s'en remettre au verdict, toujours plus indulgent, de l'idéologie. Car c'est elle qui fonde le jeu politique sur la répartition des valeurs. La droite incarne la nation, la famille, l'ordre moral, des références démonétisées. Il lui reste la sécurité, qui grimpe dans les sondages lorsque les banlieues prennent feu. La gauche, elle, s'est approprié la justice, l'égalité, la solidarité, la protection sociale, des valeurs que la vague libérale pousse à la hausse. Et chaque camp conteste à l'autre le monopole de ses valeurs.

Dans cette optique complaisante, une politique ne se juge pas sur ses résultats mais sur son origine. Les critiques, qu'au vu des effets constatés vous adressez au gouvernement, sont aussitôt reportées sur les valeurs qui les auraient inspirées. Contester une mesure prise par la gauche, c'est s'en prendre à la justice, à la solidarité, etc. Vous voilà réactionnaire, ennemi du peuple. De même, vous ne sauriez remettre en cause une politique sécuritaire de la droite sans être complice du désordre, de la délinquance, de la violence. Ainsi va la guerre idéologique à la française, la plus stupide qui soit…

Les premiers pas de l'État-providence furent pourtant accomplis par Bismarck, et cela ne fait pas de lui un homme de gauche ni n'autorise que l'on classe à droite l'institution des retraites ouvrières. L'indemnisation du chômage fut, on le sait, mise sur pied en 1958, cela fait-il de l'Unedic un organisme de droite ? Le «Toujours plus !» de la fonction publique et de ses forteresses affiche des références de gauche au service d'un égoïsme que l'on classe à droite lorsque l'on évalue les corporations non salariées. Les vedettes des médias portent volontiers en sautoir leur appartenance de gauche, mais ce n'est pas en brocardant la droite, c'est en créant les Restos du cœur que Coluche s'est affirmé de gauche. Quant à Jacques Delors version 1983, il n'est pas devenu soudain de droite parce qu'il redressait notre économie. Sait-on que, dans les grandes écoles, le pourcentage des étudiants issus de milieux populaires augmentait au cours des décennies

1950-70 et qu'il n'a cessé de diminuer depuis ? Est-ce la marque d'une politique socialiste ?

Il faut donc oublier les références partisanes, et cela d'autant plus que, en définitive, tout le monde veut la même chose. Je n'imagine pas un gouvernement qui se réjouisse de voir le chômage augmenter, les salaires diminuer, la pauvreté s'étendre et la jeunesse partir à l'abandon. La réussite est la même pour tous, les différences, que je n'ai garde d'oublier, ne sont que de priorités. Mais, globalement, tous les partis de gouvernement poursuivent les mêmes objectifs.

Une politique qui ne réussit pas à vaincre l'exclusion, à faire disparaître le chômage, à insérer les jeunes, qui, surtout, met à la charge des futures générations le coût de ses « avancées sociales », n'est ni de droite ni de gauche : elle est tout simplement mauvaise. Quand je regarde le tableau de bord des pays industrialisés, je ne me soucie pas de savoir si les gouvernements qui ont obtenu de bons résultats étaient conservateurs ou socialistes. C'est après coup que je découvre qu'ils étaient tantôt l'un, tantôt l'autre. Et peu m'importe.

Quand nous observons nos « grands indicateurs », comme disent les statisticiens, sur une quarantaine d'années sans nous préoccuper de savoir qui était au pouvoir, une période de sept ans nous intrigue. Les salaires et les retraites ont augmenté fortement, les prélèvements obligatoires se sont alourdis, l'indemnisation du chômage a été portée à 90 %, les revenus les plus bas ont été relevés, les profits et les inégalités se sont réduits. Les licenciements ont été mis sous contrôle, l'âge de la minorité avancée, le collège unique institué. Voilà un septennat qui tranche sur ceux qui l'ont précédé et ceux qui l'ont suivi, un septennat que l'on imaginerait plutôt socialiste. Eh bien, non. Mais, du coup, au vu des résultats, nous sommes autorisés à dire que la présidence de Valéry Giscard d'Estaing (1974-1981) fut franchement social-démocrate. C'est pour cette raison même que nous nous sommes retrouvés avec une gauche exacerbée en 1981. La droite ayant mordu sur le territoire de la gauche, celle-ci s'est radicalisée afin de recréer la distance que l'idéologie impose entre les deux camps.

Pendant trente ans, la gauche s'est servie de ses références plus qu'elle ne les a servies. Faut-il s'étonner que, à l'heure du bilan, le compte n'y soit pas ? La droite a de même trahi son image gestionnaire en laissant filer les finances publiques. Aux uns et aux autres d'en tirer les enseignements.

Les références idéologiques n'ayant pas mieux résisté que les dénégations, ne reste que la troisième ligne de défense : la trahison. Dresser le bilan calamiteux des trente dernières années révélerait une détestation de la France, une haine du peuple français. C'est Vichy se réjouissant de la défaite ! Au contraire, les artisans de la catastrophe seraient de bons patriotes lorsqu'ils autocélèbrent leurs défaites comme autant de victoires. Toutes les vieilles recettes de la propagande nationaliste.

Je m'étais ainsi fait traiter de mauvais Français en 1975 pour avoir dénoncé les erreurs du programme Concorde et annoncé son échec commercial. Ceux qui avaient engagé le pays dans cette aventure glorieuse et sans lendemain se rengorgeaient de fierté nationale. Comme j'aurais aimé, pour ma part, chanter les louanges d'un super-Caravelle s'imposant sur le marché américain ! Mais non, le choix du supersonique contre le subsonique s'imposait à tout Français, il fallait rejoindre le camp de la France qui allait perdre pour démontrer son attachement à la France qui gagne ! Le plus insupportable, dans ce genre d'attaque, c'est de constater comment s'y prennent certains pour usurper l'amour de la France. Car cette passion justement me tient, c'est elle qui fait monter en moi, irrépressible, la rage de voir saccager mon pays. Et voilà que la classe dirigeante, la classe déclinante, a le culot de s'arroger la nation ! Un vrai tour de passe-passe. L'instant d'avant on critiquait un gouvernement, l'instant d'après on dénigre le peuple. Le régime de Vichy stigmatisait dans la Résistance l'anti-France vendue aux juifs et aux Américains, les communistes traquaient la haine du peuple russe dans la condamnation du stalinisme, certains juifs interprètent toute critique de la politique israélienne comme une preuve d'antisionisme, voire d'antisémitisme. Pour le pouvoir, déporter le débat du terrain politique au terrain national, c'est toujours un aveu d'échec.

L'élite dirigeante s'est approprié la France après l'avoir embourbée, et l'on ne saurait dénoncer ses mauvaises actions sans dénigrer du même coup notre patrie bien-aimée. C'est énorme, mais cela marche – si longtemps du moins que les Français ne se réveillent pas de l'hypnose idéologique dans laquelle ils se complaisent. Oui, aimer la France en 2006, c'est démonter et dénoncer cette accumulation de mensonges et de lâchetés. Qui donc a jamais guéri d'un mal dont il ignorait jusqu'à l'existence ?

Idéologie, mon doux alibi

Les Français n'ont aucun monopole en matière d'idéologie. Dans tous les pays, sur toutes les banderoles, dans toutes les langues, on inscrit les grands mots de « socialisme », « liberté », « justice », « peuple », « progrès ». C'est de bonne guerre. Pourvu que les surenchères verbales cèdent devant l'état de nécessité.

Lorsque le pays court à la ruine, les exigences du redressement devraient l'emporter sur les enjeux partisans, on doit oublier les slogans ronflants, regarder les comptes inquiétants. Un consensus minimum se dégage alors sur l'urgence de la situation et la nécessité d'y remédier. Au gré des alternances, les partis s'attellent à la tâche, chacun avec sa méthode.

Toutes les nations acculées ont su puiser dans cette volonté commune la force de s'en sortir. L'épreuve serait sans doute moins rude en France qu'ailleurs. Mais l'intoxication idéologique n'autorise plus ce banal réflexe de survie.

L'idéomanie française a besoin d'un univers manichéen. Tout ce qui advient aux hommes, aux Français en l'occurrence, est le produit des luttes entre les forces du bien et des forces du mal. Ainsi tout problème se transforme-t-il en combat, tout mécontentement en mobilisation, tout chantier en champ de bataille et toute solution en victoire. Tels les peuples traditionnels qui cherchaient dans les mondes obscurs et les puissances supérieures le remède à leurs malheurs, nos manifestants anti-CPE s'imaginaient qu'en battant le pavé et en scandant des slogans, ils viendraient à bout de la précarité… Une revendication incantatoire qui tenait bien davantage du rituel magique que de l'approche moderne. Sitôt qu'un certain rapprochement semble s'opérer entre les points de vue, nos grands prêtres dénoncent l'infâme collusion, les coupables compromissions, le consensus mou et la corruption des esprits. La vie politique ne consiste pas à mettre la réalité au service des hommes, mais à opposer les clans et les idées. Son vocabulaire est essentiellement guerrier. Il faut lutter, s'opposer, combattre, triompher et non pas agir, construire, travailler, innover, entreprendre. Car le peuple, figurez-vous, est si stupide qu'il ne comprendra plus rien si les partis qui le sollicitent ne se contredisent pas en tout point, s'ils peuvent tout à la fois tomber d'accord ici et s'opposer ailleurs. Or les faits sont ce qu'ils sont, ils portent en eux une force consensuelle qui les rend hautement suspects. C'est ainsi que nous sommes restés sourds aux rappels à l'ordre de Bruxelles, que nous refusons d'affronter les chiffres du rapport Pébereau.

Les reconnaître pour ce qu'ils sont, et surtout pour ce qu'ils disent, ce n'est pas seulement renoncer au laxisme, prendre le tournant Chirac-Barre de 1976, c'est avouer l'imposture de l'hyperkeynésianisme à la française et, suite inévitable, mettre à contribution la classe moyenne – et pas seulement les riches. Honte et scandale ! C'est reconnaître que l'économie sans peine était de la poudre aux yeux et qu'il faut revenir sur les acquis au coût exorbitant de nos privilégiatures. Sur ce terrain-là, il faudrait bien finir par admettre que les justifications avancées n'étaient que des alibis justifiant la lâcheté du politique.

L'économie sans peine est seulement un cas particulier de la politique sans peine qui a mené le bal au cours des trente dernières années. Partout coexistent principes admirables et résultats lamentables. À l'école, le culte de l'égalité nie les différences et aggrave les inégalités ; dans les cités, l'antiracisme doctrinaire ignore les origines, les cultures, et fait exploser les discriminations ; en médecine, la liberté de se soigner et de prescrire sans limites fait craquer le meilleur système du monde ; dans l'armée, la dévotion à la dissuasion nucléaire réduit chaque jour nos capacités militaires ; dans l'agriculture, la défense de la paysannerie détourne, au service d'une minorité, la politique agricole commune. On pourrait continuer ainsi la chasse à l'imposture, ce n'est pas le gibier qui manque.

Dans tous les cas, lorsque nos valeurs sont ainsi instrumentalisées par la démagogie, elles ne visent qu'à servir les puissants et ignorer les plus faibles. Quand l'égalité se paye en monnaie de singe, elle laisse certains beaucoup plus égaux que d'autres.

Notre tradition politique nous prédispose à ces dérives idéologiques. Chez nous, la vie politique ne saurait se réduire à la gestion des problèmes, elle doit se fonder sur un socle culturel, s'insérer dans une vision prospective. Ce peut être fort heureux ou tout à fait désastreux. « Les Français ont besoin de rêver. » La formule, suffisamment creuse pour sembler profonde, recueille l'assentiment général. Or les Français ont besoin d'avenir, et les marchands d'illusions leur vendent du rêve. C'est-à-dire le contraire. L'avenir, c'est une direction de référence, inatteignable par définition, et un chemin de progression. Un sens et une action.

Lorsque les pères fondateurs de la République mettaient sur pied l'institution de la laïcité, de l'enseignement public, ils inscrivaient leur action dans un grand projet de société. Au vu des résultats, l'ambition était légitime. Il en va de même pour les réformes issues de la Libération. Cette mise en perspective de la politique française est superbe, exaltante, quand elle s'ancre dans l'histoire. L'utopie française, au contraire, ne vise pas à changer le monde, mais à lui échapper. Donner à croire que notre société peut ainsi se libérer des contraintes, surmonter les contradictions, marier les contraires et offrir à tous le bonheur par la seule force d'un volontarisme salvateur, tel est le piège que nous avons rencontré tout au long de ces pages, et qu'il faut maintenant démonter. Déconstruire la prison pour nous en libérer.

Les Français prisonniers de la soconalie

Ce monde mirifique et maléfique, je le baptiserai *soconalie*, car il est tout à la fois *so*cialiste, *con*servateur, *na*tionaliste et *li*bertaire.

Se dégager de la soconalie et nous réconcilier avec le réel, cela pourrait s'appeler une «révolution culturelle», si le mot de révolution n'était à ce point galvaudé qu'il est préférable de le tenir à l'écart. Boris Cyrulnik a transposé de la physique aux sciences humaines le beau mot de résilience, pour désigner le processus à travers lequel un individu parvient à se reconstruire après avoir été brisé par les plus dures épreuves. Cette idée me semble particulièrement bien adaptée au type de travail que la société française doit faire sur elle-même – mais, je le sais bien, auquel elle ne se résoudra qu'après avoir subi les plus fortes secousses. Quoi qu'il en soit, une majorité de Français partage aujourd'hui cette utopie de la soconalie, et celle-ci trouve son centre de gravité dans le secteur public.

Socialiste. Ces Français ne veulent pas du capitalisme financier, du libéralisme mondialisé, en cela ils ne sont nullement extrémistes. De nombreux partisans du système capitaliste, parmi lesquels je me compte, pensent de même. Mais la condamnation ne s'en tient pas aux dérives actuelles. C'est bel et bien l'économie de marché qui se trouve mise en cause à travers ses mécanismes fondamentaux : l'inégalité, l'insécurité, l'enrichissement individuel. Cette condamnation radicale renvoie implicitement à l'économie planifiée, qui, elle-même, débouche nécessairement sur une forme ou une autre de communisme. Mais le mot n'est plus de saison, et ces Français ne souhaitent nullement l'instauration d'un tel régime dans leur pays. Voici donc l'énigme : comment peut-on refuser le capitalisme sans, du même coup, choisir le communisme ?

Pendant des décennies, les Français, comme tous les autres peuples, ont dû se définir face à cette alternative : capitalisme ou communisme. Ceux qui refusaient le premier se réclamaient plus ou moins du second et inversement. Mais les communistes se voyaient sans cesse opposer le triste état de l'URSS. Un repoussoir qui finit par renvoyer les socialistes à l'économie de marché. Dans la plupart des sociétés industrielles, la gauche démocratique s'est ainsi engagée résolument et sans états d'âme dans l'une des nombreuses variantes de la social-démocratie. Le capitalisme pour l'efficacité, mais le socialisme pour la solidarité. En France, les socialistes restèrent éternellement orphelins de l'utopie marxiste, incapables d'opter sans arrière-pensées pour l'économie de marché. D'où l'ambiguïté de 1981 : Marx dans la main gauche, Keynes dans la main droite.

Avec la disparition de l'URSS, l'économie planifiée a perdu de sa crédibilité. Il faut désormais se définir à l'intérieur de l'économie de marché. Pour sa version libérale à l'américaine, pour sa version sociale à l'européenne. Une nécessité qui n'a fait loi que quelques années. La gauche française a trouvé un échappatoire pour retourner à ses vieux démons : le communisme est mort, vive l'antilibéralisme !

Le nouveau capitalisme mondialisé lui a offert une cible de choix. Il suffit de dévier légèrement l'angle de tir pour viser, non plus la perversion, mais le modèle lui-même. De la même façon que le rejet de l'intégrisme a vite fait d'entraîner celui de toute religion, le rejet du libéralisme financier entraîne celui du capitalisme industriel. Plus surprenant, l'échec de l'expérience communiste, qui devait être fatale à son idéologie, va, au contraire, lui permettre de renaître. En interdisant la comparaison des systèmes, il libère l'anticapitalisme de son boulet soviétique et lui permet de déployer ses attaques sans redouter l'argument qui tue : la situation réelle en URSS. De fait, ces discours s'efforcent de faire oublier les rigidités du système soviétique et renvoient bien souvent à un socialisme anarchisant pré-marxiste auquel on peut prêter toutes les vertus… qu'il n'a jamais démontrées. Instruire le procès d'une réalité, qui est ce qu'elle est, au nom d'une idéalité, qui est ce qu'on veut : le rêve de tout procureur.

Réduit à la seule critique du capitalisme, ce néo-socialisme radical a emprunté de nouveaux vecteurs (mouvance écologiste, tiers-mondiste, altermondialisme) pour pénétrer l'ensemble de la gauche et lui insuffler ses idées. Les leaders socialistes, qui avaient maintenu le cap jusqu'au rejet de la Constitution, ont dû prendre le virage : à gauche toute !

N'allez pas dire à ces Français qu'ils sont communistes, ils ne vous croiraient pas. Ils font du communisme sans le savoir et, disons-le, sans le vouloir. La raison est toujours la même. Le bourgeois gentilhomme ignorait que « tout ce qui n'est point prose est vers ; et tout ce qui n'est point vers est prose » ; les Français veulent ignorer que tout ce qui n'est point capitalisme est communisme, et réciproquement. Ils entretiennent depuis toujours le fantasme d'une « troisième voie » qui cumulerait les avantages de l'un et l'autre système.

Voilà donc ces Français porteurs d'une utopie socialiste qui assure l'égalité dans la liberté, la sécurité dans la prospérité, l'efficacité dans l'étatisation, et qui, en prime, resterait totalement démocratique. Chacun y serait assuré de son emploi, de son revenu, de toutes les protections sociales, des meilleurs services publics. Tel est le bon de commande à livrer sans attendre les « lendemains qui chantent », à la charge du capitalisme et non du communisme. La gauche radicale se veut subversive plus que révolutionnaire et situe son action à l'intérieur même du système, pas à l'extérieur. Elle prétend moins lui substituer le modèle adverse, que lui imposer des exigences, des rigidités et des contraintes qui le rendent inopérant. Et comment démontrer que cela ne saurait marcher puisque nul n'en a fait l'expérience ? L'URSS tuait le rêve communiste, sa disparition l'a libéré. À la seule condition de ne jamais prononcer le mot honni.

Conservateur. Dans nos guerres idéologiques, le conservatisme renvoie à la droite. La gauche est progressiste, elle veut changer le monde. Par la réforme ou par la révolution. Les tenants de cette nouvelle société devraient prêcher le grand changement. Oui mais… dans le respect absolu des droits acquis. Lesquels sont nichés partout en France. L'État actuel est ainsi perçu comme une perfection à ne jamais remettre en cause. Du haut en bas de notre Administration, l'attachement au statu quo se manifeste dans la plus extrême crispation, à l'opposé des entreprises que le marché soumet au régime du mouvement perpétuel. Voilà précisément le mal absolu : la concurrence. C'est dans la planification et le monopole que doit se réaliser la transformation de la société française en société idéale. La mentalité soconaliste ne s'épanouit jamais mieux que dans l'immuabilité du « service public à la française » ou dans la consécration du principe de précaution qui de l'avenir fait table rase en réduisant le futur au présent prolongé.

Réaliser l'utopie dans la conservation de l'existant est aussi contradictoire que mettre le capitalisme à la sauce communiste. Mais l'idéologie se tient à distance respectable du réel et de son principe de non-contradiction. L'égalitarisme implique le respect et même l'élargissement des privilèges corporatistes. Tous les Français devraient jouir des retraites de la Banque de France, des soins gratuits des cheminots, des services sociaux des électriciens, du temps de travail de la RATP, etc. Inutile, bien entendu, d'être commissaire aux comptes pour comprendre que la France n'a pas les moyens de mettre en œuvre cette égalité par le haut. Banale contrainte de la réalité, dont s'affranchit la soconalie. En dernier recours, s'il faut vraiment faire les additions, il suffira de prendre l'argent où il est, dit-on. En faisant payer les riches.

Nationaliste. L'utopie française l'est devenue face à l'évidence de son échec. Au départ, cet idéal socialo-communiste transcendait les nations. N'est-il pas celui de *L'Internationale*? Mais, dans un siècle voué au capitalisme libéral, il se trouve condamné à la singularité. Le modèle se fait exception et doit se préserver pour servir au monde de référence. Car sa supériorité et son universalité ne font aucun doute. Notre nation retrouve sa vocation messianique dans la grande tradition de 1789. Elle conservera la vérité dans l'intérêt de tous pour le jour, pas si lointain, où l'humanité reviendra des erreurs présentes.

Ce sentiment d'être la nation élue de l'histoire fait partie du génie français. Une dimension mégalomaniaque qui, je dois le confesser, n'est pas pour me déplaire. J'aime à croire que mon pays se trouve dépositaire de certaines valeurs, d'un certain art de vivre, qu'il constitue un foyer de culture et de création, bref, que la France n'est pas une nation de plus dans le monde, qu'elle y occupe une place spécifique. Je n'y vois pas une marque de supériorité, mais d'identité. Il n'empêche que ce patriotisme universaliste des Français n'est jamais loin de verser dans le nationalisme pur et simple. Et, du coup, il est souvent mal perçu par l'étranger. Il séduit les uns, horripile les autres.

La politique du général de Gaulle s'est tout entière fondée sur cette destinée historique. « Il y a un pacte vingt fois séculaire entre la grandeur de la France et la liberté du monde » ; « J'ai, d'instinct, l'impression que la Providence l'a créée pour des succès achevés ou des malheurs exemplaires. » Je ne sais pas ce que tout cela signifie exactement, mais je suis conscient de la force qui se dégage de ces propositions. Cette vision a tenu le village gaulois, a canalisé son énergie et donné aux Français un avenir, source d'exigence et de confiance.

Le nationalisme soconaliste est à l'opposé. C'est la vitrine clinquante et agressive du laisser-aller, de l'égoïsme, du conservatisme. On l'a senti monter en même temps que la crainte du déclin. Depuis le début du siècle, l'échec de la politique sans peine jette le trouble dans les esprits. Ses idéologues, qui vendraient père et mère plutôt que de reconnaître leurs erreurs, ont allumé le contre-feu nationaliste. Premier point, la France se porte mieux qu'on ne dit, seule la propagande libérale prétend le contraire. Deuxième point, les comparaisons internationales sont toutes biaisées. Les prétendues bonnes performances de certains pays ne sont que mensonges colportés par la propagande libérale. Troisième point, nos difficultés proviennent de l'extérieur, elles ont été fomentées par des forces mauvaises, évidemment libérales. La France se trouverait donc assiégée par un monde hostile qui voudrait la détruire pour lui imposer l'*american way of life*. Dans ces conditions, le salut du pays passe par le refus des mécanismes de régulation internationale, la réaction nationale, le renfermement sur soi.

Dominique Reynié[1] s'est livré à une analyse minutieuse de la campagne référendaire de 2005. Il a scrupuleusement analysé l'argumentaire développé par le camp du « non ». À relire ces déclarations, on se

---

1. Dominique Reynié, *Le Vertige social nationaliste*, Paris, La Table Ronde, 2005.

trouve pris à la gorge par l'expression d'un nationalisme agressif, d'une xénophobie à l'occasion rageuse. La France serait entourée de voisins inquiétants, de peuples prédateurs. Elle n'aurait pas assez de dix lignes Maginot pour protéger ses frontières. Comme tout nationalisme, celui-ci combine la peur de l'étranger avec un arrogant complexe de supériorité. Cette Constitution dangereuse, qui faisait la part trop belle au point de vue des partenaires, doit être remplacée par une autre, disent les nouveaux nationalistes, qu'il nous appartient de rédiger et dans laquelle les peuples européens reconnaîtront et applaudiront le génie français.

Ce retour du nationalisme est inquiétant. Dans les années 1980-90, il était l'apanage de l'extrême droite. Les partis de gouvernement étaient, au contraire, unanimement européens et, s'agissant des socialistes, plutôt fédéralistes. Voyez par exemple l'argumentaire que développa, à l'occasion de la campagne référendaire de 1992, un leader socialiste défendant le traité de Maastricht. Il ne souhaitait pas, que l'Europe communautaire devienne «un espace protectionniste destiné uniquement à la conservation des droits acquis». Mais l'Union européenne n'allait-elle pas introduire la concurrence des travailleurs étrangers ? Il ne le pensait pas car le traité «ne favorise pas, par rapport à aujourd'hui, le dumping social, en revanche «la stabilité monétaire facilitera également la mobilité du travail et la libre circulation des travailleurs». Ne craignait-il pas l'influence des modèles étrangers sur le modèle français ? Bien au contraire, notre homme estimait que les États méditerranéens ainsi que l'État français «[...] ont su évoluer en se frottant aux autres modèles de management public et au modèle d'administration anglo-saxon. Là encore, je ne vois pas un appauvrissement, mais un enrichissement», disait-il.

Mais ne fallait-il pas nous tenir sur nos gardes avec ces pays de l'Est européen ? C'est vrai, un danger existe, concédait-il, mais pas celui qu'on croit. Bien plutôt « l'envahissement de leurs marchés par des produits extérieurs, le démantèlement de leurs industries nationales, la dépossession de leur identité ». Bref, il avait peur pour eux, pas pour nous.

Ainsi parlait en 1992 Henri Emmanuelli, qui se fera treize années plus tard l'infatigable propagandiste du « non ». Certes, les questions n'étaient pas exactement les mêmes, mais on a vu se reformer à cette occasion les camps du oui et du non. À quelques exceptions près, comme Laurent Fabius et Henri Emmanuelli. Le véritable changement porte sur le ton du réquisitoire antieuropéen, qui est devenu nettement antilibéral et, surtout, national-xénophobe. Les adversaires de Maastricht se mettaient au service de la France éternelle, ils étaient avant tout souverainistes. Un sentiment plus patriotique que nationaliste. Les adversaires de la Constitution sont entrés en lutte contre l'Europe libérale, contre les peuples envahisseurs. Ils ne craignent plus d'aller chez lui déstabiliser l'ouvrier lituanien, ils redoutent que le plombier polonais vienne chez nous voler le travail des Français.

L'évolution d'un Henri Emmanuelli sur une décennie est donc considérable, et reflète probablement assez bien, au vu des résultats, celle de l'opinion française. Face à la poussée libérale dans le monde, à l'échec de plus en plus évident des politiques dites de gauche, les socialistes purs et durs récupèrent la nation comme repli défensif. La France était ouverte et fière quand elle se sentait assurée, elle devient craintive et arrogante à mesure qu'elle est gagnée par le doute.

Libertaire, enfin. L'idéologie soconaliste est profondément individualiste et rejoint en cela le tempérament national. Ne pas confondre bien sûr cette idéologie d'inspiration libertaire avec l'individualisme fondé sur l'indépendance d'esprit et l'autonomie personnelle, une morale que je respecte entre toutes. Je parle ici de l'égoïsme arrogant, qui est à l'esprit frondeur ce que la bigoterie est à la spiritualité, la bravade au courage : les restes dégénérés d'une vertu oubliée. Ce comportement s'accommode de tous les conformismes intellectuels, et même de l'esprit grégaire. Il fleurit de l'extrême droite à l'extrême gauche.

Ce serait à désespérer de la civilité française si elle n'avait pas, dans le même temps, trouvé sa plus noble expression dans l'engagement humanitaire. Des Français qui laissent derrière eux un sillage de déchets, qui agressent les piétons dans les passages cloutés, mais aussi des *french doctors* qui se portent au secours des plus démunis, qui ont inventé la nouvelle solidarité internationale. La France ne se reconnaît que dans les extrêmes.

Le nouvel esprit libertaire revendique l'assistance généralisée. Il nous fait basculer du « chacun pour soi » au « tous pour moi ». La collectivité ne doit rien attendre de lui et se trouve toujours en position d'accusée. Chargée d'obligations mais dépouillée de ses prérogatives, sommée d'intervenir et priée de s'abstenir, son autorité se réduit à mesure que s'étend le champ de ses responsabilités. Elle doit ignorer les différences, mais lutter contre les discriminations, augmenter les subventions sans contrôler leur utilisation, proposer des emplois sans rien imposer, améliorer la sécurité routière sans radars ni gendarmes, donner le bac à tous les candidats, mais sans le dévaloriser, etc. Bref, ne jamais recourir à l'interdiction et à la sanction, car l'État ne saurait décréter une règle qui ne devienne liberticide.

Cette soconalie a désormais un formidable propa-gandiste : le président de la République en personne. Ghislaine Ottenheimer[1] a très justement mis au jour la tactique chiraquienne. C'est le Président lui-même qui diabolise le libéralisme à l'égal du communisme, qui se fait le chantre du «modèle français» sous ses versions les plus conservatrices, qui le proclame immuable et supérieur à tous les autres. Un discours socialo-étatiste conservateur et nationaliste, qui, d'ailleurs, aurait dû le conduire à rejoindre le camp du «non» à la Constitu-tion européenne.

Jacques Chirac est le contraire même d'un idéo-logue, d'un doctrinaire, c'est le politicien qui joue à chaque instant au mieux de ses intérêts. Il a tant varié dans ses prises de position (ne parlons pas de convic-tions) tout au long de sa carrière, que son virage social-nationaliste n'est pas plus surprenant qu'un autre. Le tout est d'en comprendre les raisons tactiques. «Le président de la République a une peur phobique de provoquer des désordres sociaux qui pourraient dégénérer», diagnostique Ghislaine Ottenheimer. Bien vu. Il a été aux premières loges en 1968 et en 1995, mais il ne dispose plus des expédients qu'utilisèrent Pompi-dou, Giscard et Mitterrand, pour calmer les humeurs révolutionnaristes des Français. Il ne lui reste que l'idéologie. Va pour la soconalie ! Tout opium est bon, qui permet d'endormir le peuple.

1968 : la peur de la rue

Sous ses grands airs de doctrines politiques, de théo-ries scientifiques, de prescriptions morales, cette idéo-

---

1. Ghislaine Ottenheimer, *Nos vaches sacrées*, Paris, Albin Michel, 2005.

logie se révèle finalement assez puérile, tout juste propre à encourager l'enfant buté qui refuse les contrariétés et voudrait faire plier le monde des adultes. C'est elle pourtant qui pèse sur la société française au point de la mettre en danger. D'où vient donc sa force, qui séduit tant les esprits et fait reculer le pouvoir ? Je laisse la question aux historiens, sociologues, psychanalystes, je me contenterai ici d'interroger mes souvenirs.

J'ai connu cette France des bourgeois qui craignaient les bolcheviks, et des «cocos» qui attendaient «le grand soir». À chacun sa vérité. On savait à peu près ce qu'on pouvait attendre de l'un et l'autre système. Et nous voilà dans cet univers déstructuré où l'on cultive la chimère d'un capitalo-communisme qui s'affranchit des logiques de l'un et l'autre système, le capitalisme et le communisme. La grande rupture ? Mai 1968.

L'événement insaisissable par excellence. Qu'est-ce qui a pris aux Français ? J'aurais bien aimé que quelqu'un me l'expliquât. Mais non, j'ai traversé ces semaines enfiévrées comme Fabrice del Dongo le champ de bataille de Waterloo, sans rien y comprendre. Avec le recul, je ne suis d'ailleurs toujours pas assuré qu'il y ait quelque chose à comprendre. Je veux dire : qui se prête à une analyse rationnelle.

Sans doute serais-je resté complètement à l'écart si je ne m'étais pas trouvé à la télévision. Mais l'incendie universitaire gagna très vite notre bonne maison. Le gouvernement ayant censuré les reportages sur les émeutes, la télévision bascula dans la grève. Je fus donc emporté dans le maelström. Sans avoir jamais pris la carte d'un parti ou d'un syndicat, je me retrouvai un leader élu des journalistes en grève. Que faire ? Il ne pouvait être question de rejoindre la contestation gauchiste, avec laquelle je ne me sentais pas la moindre affinité. Pas question non plus de revendiquer des augmentations de salaire, ce n'était ni l'heure ni le propos. Pourtant cette «chienlit» pouvait aussi bien être bénéfique à l'information télévisée. Avec mon ami Emmanuel de La Taille, nous imaginâmes alors une autorité qui se porterait garante de son impartialité, qui la soustrairait au pouvoir exécutif. Le projet nous semblait fort réaliste, comparé aux surenchères maximalistes du moment. Un gouvernement incapable d'éteindre l'incendie à l'université, de remettre les grévistes au travail, devrait tôt ou tard céder sur ce point. Il finirait bien par ouvrir les négociations. Il suffisait de maintenir la grève.

Nous avons tenu sept semaines. Pour rien. Le personnel reprit le travail après avoir obtenu des augmentations. Il fallut se rendre à l'évidence : le gouvernement n'entendait pas céder. Il avait même choisi l'épreuve de force pour entretenir un climat de tension pendant les «élections de la peur». Le dernier carré des journalistes se retrouva seul sur le champ de bataille. Prêt pour le massacre. J'avais toujours envisagé la possibilité d'un licenciement pour moi et pour quelques leaders. Mais je n'avais pas imaginé que le gouvernement ferait monter soixante-cinq journalistes dans la charrette. Pour l'exemple ! Quelle idée aussi de prétendre faire passer des réformes utiles alors que l'on jouait à la révolution, de miser sur le réalisme alors même que la France entamait sa grande dérive idéologique !

Ces temps étaient déraisonnables, mais peu importe ce qu'ils furent, ne compte désormais que ce qui reste. Pour le pouvoir, l'épreuve fut terrible, et la perte de crédibilité, considérable. En démocratie, la légitimité se fonde sur l'aptitude à maîtriser la société et le monde dans lequel elle évolue. À ce titre, mais à ce titre seulement, le pouvoir fixe des limites, demande des efforts, impose des contraintes. À charge pour lui de prouver que ce n'est pas l'arbitraire, mais la nécessité qui commande.

Et voilà que les prétendues contraintes se révélaient

flexibles et malléables lorsque la rue grondait, que les infranchissables murailles reculaient comme de simples feuilles de décor. La leçon ne sera pas oubliée. Les Français ont pris leurs rêves pour la réalité, ont opposé la colère à la raison, sans doute avaient-ils de bonnes dispositions pour cela, mais le pays ne sembla pas, sur le coup, s'en porter plus mal.

La France gaulliste, figée dans son dynamisme économique, dans son monolithisme politique, avait besoin d'une bonne secousse pour moderniser la vie sociale, les mœurs, l'information. De ce point de vue, le coup de folie eut des effets positifs. C'est Raymond Aron qui fit remarquer : « La France fait de temps à autre une révolution et jamais de réforme », ce à quoi le général de Gaulle rétorqua : « La France ne fait jamais de réforme que dans la foulée des révolutions. » Concluons sur le sourire aronien que : « La nation française [...] a gardé une fraîcheur d'âme révolutionnaire. »

Et c'est le deuxième legs de 68 : la peur d'un peuple fantasque, toujours imprévisible. Avec le recul, on découvre que cet épisode ne s'est nullement terminé sur un retour à la paix sociale. Rien qu'un armistice. À tout moment, sans que rien n'annonce l'explosion, le mécontentement s'étend, la grève se fait mouvement, le mouvement envahit les rues. Et l'on oublie tous les projets de réforme, et l'on déverse les flots du crédit pour éteindre l'incendie. La France est une grenade dégoupillée, gare au maladroit qui la fera exploser ! La vie politique voit désormais s'opposer le réalisme contraint de tout gouvernement au rêve menaçant des Français. Voilà pourquoi, avec une classe politique recrutée parmi les meilleurs élèves, nous menons une politique de cancres. Nos gouvernants, de droite comme de gauche, ont toujours su ce qu'il fallait faire. Mais ils n'ont jamais évalué leur politique qu'à l'aune de la paix sociale.

Périodiquement, les gouvernements, ceux de droite notamment, tentent une réforme, prennent une mesure impopulaire. Une imprudence bien vite sanctionnée. Les lycéens, les étudiants ou les divisions du « Plus encore ! » repartent de plus belle en guerre, et le pouvoir, incapable de tenir dans l'affrontement, bat bientôt en retraite.

Le même scénario va se rejouer des dizaines de fois, tantôt sur le mode majeur avec des grèves, des blocages, des manifestations, tantôt sur le mode mineur lorsque le gouvernement retire à temps les mesures annoncées pour éviter l'affrontement. Les réformes avortées relevaient le plus souvent d'une évidente nécessité. Pourtant le gouvernement y a renoncé. La conclusion va de soi : ladite nécessité n'est qu'un prétexte auquel on ne doit pas céder. Cette politique du pas de samba n'a fait que conforter les Français dans leur irréalisme protecteur. Il suffit désormais de leur dire : « Nous n'avons pas le choix… » pour faire monter la tension. Nous avons toujours le choix, celui de refuser la réalité. C'est à elle de plier devant les exigences de la soconalie.

Un ami engagé dans l'action politique me demanda un jour : « Mais quels hommes politiques trouveraient grâce à tes yeux ? » Je lançai les noms de Raymond Barre, Jacques Delors, Michel Rocard, Alain Juppé, Bernard Kouchner. La réponse tomba comme un couperet : « Rien que des *losers* ! » Tout est dit. L'idée qu'il vaut mieux être minoritaire dans le vrai que majoritaire dans le faux ne vient manifestement pas. Et de fait, la classe politique s'est convaincue que les démagogues seuls peuvent gagner les élections. Elle n'ose plus investir de véritables hommes d'État. Dès lors, les campagnes ne sont plus que des concours d'illusion. La vérité et sa mère, la réalité, sont politiquement incorrectes en France.

Pour nos enfants

Au terme de cette fantastique fuite en avant dans l'irréalisme idéologique, la France se retrouve prise au piège de sa singularité. Elle n'a de choix qu'être la pire ou la meilleure. Et comme elle pense en fonction de ses envies… « Rien n'est plus gênant que les faits, disait Claude Roy, ils empêchent de croire ce que l'on veut. »

Les faits nous ayant trahis, nous nous payons de mots, notre inépuisable réserve monétaire. Caisses vides et têtes pleines, nous haranguons le monde et sommes tout surpris de n'être plus écoutés. Le temps de la réflexion est venu et, pour commencer, celui du miroir.

Voir où nous en sommes, telle est la première urgence. Regarder le monde tel qu'il est, c'est le deuxième point. Faire notre marché dans les expériences des uns et des autres pour reconstruire notre modèle national, c'est le troisième. Il faudra alors se mettre au travail, et ce ne sera pas le plus difficile. On ne le redira jamais assez : tout le monde sait ce qu'il faut faire. Si l'on pouvait en douter, l'exemple de la LOLF en apporterait la démonstration. De droite comme de gauche, les responsables politiques connaissaient les défauts de nos procédures budgétaires et le sens des réformes qu'il convenait de faire. Le miracle a voulu que des hommes de bonne volonté oublient leurs appartenances partisanes et travaillent dans le seul intérêt du bien commun.

Il suffirait que cette démarche cesse d'être exceptionnelle, que les actions civiques se distinguent enfin de l'action politique au jour le jour pour que la France se remette en marche.

Les Français le voudront-ils au lendemain du grand choc ? Tout notre avenir tient dans la réponse que nous apporterons à cette question. S'ils parviennent à se libérer de la soconalie au nom du pragmatisme et de l'effort, alors la voie du redressement sera plus large qu'une autoroute.

Pour cela, nous ne devrons pas nous tromper de « révolution culturelle », ne pas refaire en France les erreurs qu'a commises la Chine il y a quarante ans. Celle-ci a connu, de fait, deux ruptures majeures. Une réaction et une révolution, une implosion et une explosion. Ce fut d'abord l'horreur absolue, avec Mao et ses gardes rouges. Bien des intellectuels français applaudirent pourtant ce délire idéologique, cette monstrueuse régression. Ah ! qu'ils étaient beaux, les camps de rééducation vus du VIe arrondissement ! Puis vint la seconde révolution culturelle, la vraie. En une phrase, Deng Xiaoping avait tout dit : « Peu importe que le chat soit gris ou noir, pourvu qu'il attrape la souris. » La Chine sortait de son hallucination idéologique, elle se convertissait à la réalité. Elle se redonnait un avenir. Hélas ! pas sur le plan politique – il lui reste toujours à réussir sa révolution démocratique. Mais elle avait fait le premier pas pour sortir du cauchemar idéologique.

Ce retournement, décisif pour les Chinois, n'eut pas grand retentissement en France. Comment bâtir une analyse intellectuelle sur un événement aussi pauvre qu'une conversion au pragmatisme ? L'idéologie exalte la pensée, le réalisme la déprime. Ainsi la deuxième révolution culturelle chinoise fut, à sa naissance, négligée par nos intellectuels, pour n'être découverte, bien plus tard, que par les économistes.

La France, à son tour, va connaître l'épreuve de la rupture intellectuelle. Mais où se trouve notre Deng Xiaoping de demain, celui qui saura tout simplement nous dire : « Les bons chats sont ceux qui attrapent les souris, peu importe qu'ils soient de droite ou de gauche » ? Et qui saura bâtir la social-démocratie pragmatique dont nous avons besoin ? Par chance, notre avenir ne dépend ni d'un sauveur suprême ni d'un homme providentiel. Il revient aux Français de remettre la France sur pied.

Pour nos enfants.

Table

Du même auteur :

L'Espace, Terre des hommes, Tchou, 1969.

La lune est à vendre, Denoël, 1969.

En danger de progrès, Denoël, 1970 ; coll. « Médiations », 1975.

Le Bonheur en plus, Denoël, 1973 ; coll. « Médiations », 1975.

La France et ses mensonges, Denoël, 1977 ; coll. « Médiations », 1978.

Scénarios du futur
  Histoire de l'an 2000, Denoël, 1978.
  Le Monde de l'an 2000, Denoël, 1979.

Le Système E.P.M., Grasset, 1980.

Toujours plus !, Grasset, 1982 ; Le Livre de Poche, 1984.

Tous ensemble : pour en finir avec la syndicratie, Seuil, 1985 ; coll. « Points Actuels », 1987.

Le Pari de la responsabilité, Payot, 1989.

La Grande Manip, Seuil, 1990 ; coll. « Points Actuel », 1992.

Tant et plus : comment se gaspille votre argent, Grasset/Seuil, 1992 ; Le Livre de Poche, 1993.

Le Bonheur d'apprendre : et comment on l'assassine, Seuil, 1996 ; coll. « Points », 1997.

Le Compte à rebours, Fayard, 1998 ; Le Livre de Poche, 1999.

L'Imposture informatique, avec Bruno Lussato, Fayard, 2000 ; Le Livre de Poche, 2001.

La Dernière Liberté, Fayard, 2001 ; Le Livre de Poche, 2003.

Ne dites pas à Dieu ce qu'il doit faire, Seuil, 2004 ; coll. « Points Sciences », 2006.

Une vie en plus, avec Dominique Simonnet, Joël de Rosnay et Jean-Louis Servan-Schreiber, Seuil, 2005.

Composition réalisée par CHESTEROC Ltd

Achevé d'imprimer en décembre 2006 en France sur Presse Offset par

BRODARD & TAUPIN

GROUPE CPI

La Flèche (Sarthe).
N° d'imprimeur : 39177 – N° d'éditeur : 81626
Dépôt légal 1re publication : janvier 2007
LIBRAIRIE GÉNÉRALE FRANÇAISE – 31, rue de Fleurus – 75278 Paris cedex 06.

31/1993/0